Jirgls Roman erzählt vom Verschwinden der Sicherheiten und Gewohnheiten, vom Abschied von den vertrauten Orten und Menschen, Geschichten aus der Großstadt, aus der Provinz: zum Beispiel die von der Füchsin, der Rothaarigen, die eines Tages hinterm Gasthaus einer Kleinstadt im Mecklenburgischen tot aufgefunden wurde. Oder die von den beiden Brüdern, die in sie verliebt waren und als Rivalen nichts unversucht ließen, um den anderen auszustechen. Obwohl die Füchsin längst einen Chefarzt in Ost-Berlin geheiratet hatte, der sie jedoch schon bald in die Psychiatrie verfrachten ließ, als sie seiner Karriere und seinen Privilegien gefährlich wurde wegen ihrer Westkontakte. – »Ein seltenes Kunststück gegenwärtigen Erzählens. Ein Roman über die deutsch-deutsche Vergangenheit und Gegenwart, ein unerbittlicher Katalog von Fragen nach den Verlusten, die das Abschiednehmen der letzten Jahre brachte«, urteilte Rainer Moritz im ›Rheinischen Merkur‹, und Iris Radisch schrieb in der ›Zeit‹: »So mächtige poetische Totenlieder wird man so schnell kein zweites Mal finden. Sie sind, was große Literatur immer war: Einspruch ohne Trost.«

Reinhard Jirgl wurde 1953 in Berlin (DDR) geboren. Ausbildung zum Elektromechaniker, nach dem Studium der Elektronik Hochschulingenieur. Ab 1978 Arbeit an einem Berliner Theater. Bisher sind erschienen: ›Mutter Vater Roman‹ (1990), ›Überich. Protokollkomödie in den Tod‹ (1990), ›Im offenen Meer‹ (Schichtungsroman; 1991) und ›Das obszöne Gebet. Totenbuch‹ (1993). Für ›Abschied von den Feinden‹ erhielt Reinhard Jirgl 1993 den Alfred Döblin-Preis und 1994 den Literaturpreis der Stadt Marburg.

Reinhard Jirgl

Abschied von den Feinden

Roman

Deutscher Taschenbuch Verlag

Im Roman weichen mitunter Interpunktion, Frage- und Ausrufezeichen, die Schreibform der Konjunktionen »und«, »oder« sowie die Numerale von der üblichen Norm ab. So entstehen differenzierte Zeichenebenen, die als Sinnträger eine größere Genauigkeit der Beschreibung ermöglichen.

Ungekürzte Ausgabe
Dezember 1998
Deutscher Taschenbuch Verlag GmbH & Co. KG,
München
© 1995 Carl Hanser Verlag München · Wien
Umschlagkonzept: Balk & Brumshagen
Umschlagbild: ›Duell mit Knüppeln‹ (1820–23)
von Francisco José de Goya (© Peter Willi/Artothek)
Gesamtherstellung: C. H. Beck'sche Buchdruckerei,
Nördlingen
Gedruckt auf säurefreiem, chlorfrei gebleichtem Papier
Printed in Germany · ISBN 3-423-12584-5

»*Das Auge wird zu den Stätten seiner
Betrügereien zurückkehren.*«

Beckett, »*Mal vu mal dit*«

Bericht vom Abschied. Die Wohnung meines älteren Bruders liegt im Finstern, 1 winzige Glühlampe beißt 1 wenig Dunkelheit aus dem Korridor heraus – dort ist helles Schimmern, das dem glatten Haar der beiden Frauen ein dunkles, mattes Leuchten gibt. Bisweilen sehe ich auch das Gesicht 1 dieser Frauen als ein Schemen aufleuchten in dem dunkeln Labyrinth einer Wohnung. Der Bruder ist vor einigen Jahren schon fortgezogen von hier, von diesem Ort, diesem Land + dieser Frau, in den-Westen zu einer Zeit, als kaum jemand mehr zu ahnen wagte + noch weniger zu wissen, daß auch dem-Osten ein erlebbares Ende beschieden war. Lange Jahre noch vor der Unruhe, vor den Stürzen + Aufbrüchen, den Trunkenheiten + dem Taumeln wie sie Plätze Wege + Straßen schrägen seit Tagen + die Körper wie ein Brennen ergreifen; in diesen ersten Tagen, nachdem die Eine Grenze keine Grenze mehr ist, die Stadt Berlin für Stunden 1 Schritt vom Tod sich entfernte.

Immerhin, solch erste Stunden sind unsicher, die Haut des Neuen noch dünn, Rückfälle jederzeit möglich: Panzer würden aufrücken, Polizisten + Soldaten Straßen + Häuser besetzen, Gestalten, die Hände erhoben, eilig aus den Wohnungen heraus-, in geschlossne Lastwagen hineingetrieben werden, + tauchten niemals wieder auf –; vereinzelt Schüsse in den Alleen, + anderntags auf einigen Straßen neben ausgebrannten Autowracks in schwarzrote Qualmfetzen gehüllt die Leichen, ihre Gesichter von Zeitungsbögen verdeckt –, sie würden auch am folgenden Abend noch dort liegen, Niemand der die Straßen zu betreten wagt; aufflammend Leuchtraketen, Hundegebell Stiefel gegen Asphalt wieder Schüsse, Wetterleuchten, ein blutiges Feuerwerk zum Bürgerkrieg. Und in Schwärmen auch hier wie allenorts die Fliegen.....

–!Genug. Sagt mit entschlossener Stimme die Frau, als hätte sie meine Fantasien erraten. Ihr Gesicht, zum Kinn spitz zulaufend, schimmert weiß. –Es ist Zeit. Wir müssen gehn.

Der Nachmittag zum Weihnachtsabend sinkt in Dunkelheit, Nebel weben sich ins Quecksilberlicht der Straßenbeleuchtung ein, in den feuchtklammen Lüften fühlbar die Unruhe, das Vibrieren, als flögen hunderte dunkler Vögel mit leisem Gefiederrauschen über den offenliegenden Leib dieser Stadt.

Die Gesichtszüge der Frau hellen im Schimmern der 1zigen Lampe auf, als sie die ausgeräumten Zimmer noch einmal abgeht. Sie hat in den Jahren nach der Ausreise meines Bruders hier in diesen Räumen gelebt; vor kurzem nun die Heirat mit dem reichen, um so viele Jahre älteren Mann, Chefarzt einer Klinik in Berlin. Damit sind ihre Jahre der Serienmonogamie vorbei. Alles steht für den Umzug bereit; ihr letzter Rundgang durch die halbdunkle, in Staubgerüchen erkaltende Wohnung, deren Vertrautheit von kyklopisch aufgerückten Möbeln verschluckt wird, ist Abschiedsgang auch für sie. Die Andere hier ist seit Jahren die Freundin dieser Frau + war meine Freundin bis vor kurzer Zeit.

Die Begegnung heute + hier an diesem Ort, dem Kreuzungspunkt dreier erotischer Beziehungen, ist pikant: Jeder weiß von des Anderen Verhältnissen, die Andere zudem, daß auch nach der Heirat der Frau deren Verbindung zu mir noch bestehen könnte. Solch Gespanntheit schließt das Sprechen aus. Und so reden wir nur wenig, als wir das letzte Licht in dieser Wohnung löschen, die Tür verschließen + auf die Straße hinaus, ins Zwielicht + den leuchtenden Nebel eintreten; oberhalb des Bodens zieht mit dem Nebel eine unangenehm warme Strömung herauf, während der Boden-selbst noch im Frost verbleibt. Unter der Straßendecke scheint eine Wasserleitung geborsten, ein Teil der Straße liegt überflutet – das Wasser ist gefroren + bedeckt als fahlweiße Eiszunge den Asfalt. Kinder in schäbigen Kleidern rutschen auf dem Eis, ihr Spielen wirkt müde, gelangweilt, das Licht aus der Straßenbeleuchtung bleicht die Gestalten in die stumpfweiße Färbung des Eises – wir gehen dran vorbei. Vor der nächsten Straßenkreuzung leuchtendblau das Schild des U-Bahnzugangs. Die beiden Frauen wollen den Weihnachtsabend im Haus des Arztes, des Ehemannes der Frau, in einem weit entfernten Stadtteil in Westberlin verbringen – ich muß nun entscheiden, ob ich sie begleiten od allein in meine Wohnung im Osten zurückkehren will. Die Spannung zwischen uns 3 ist zur Gereiztheit geworden : Begleite ich die beiden Frauen, riskiere ich zunächst die Rückkehr in meine Wohnung an diesem Abend – es würde sehr spät werden dort draußen, + so spät würden Bahnen + Busse nicht mehr fahren; für das Taxi fehlte mir das nötige West=Geld. Das Übernachten in jener fremden Wohnung am Stadtrand wäre indes ausgeschlossen (allein mein Besuch würde eine Zumutung sein für alle). Doch steht weitaus mehr auf dem Spiel als kurzfristige Bequemlichkeit. Überdies, scheint mir, ist meine Entscheidung bereits vorbestimmt: Folge ich den beiden Frauen, bekunde ich meine bleibende Affäre zu der Frau, auch jetzt, nach ihrer Heirat noch, + stellte mich ihrem Ehemann als Rivale gegenüber. Verlasse ich hier, am Zugang zu dem U-Bahnhof, die beiden Frauen, habe ich mir selbst den Abschied erklärt + die Beziehung beendet. Unschlüssig bleibe ich vor der in den Schacht hinablaufenden Rolltreppe stehn. Der Nebel sinkt tiefer, schon sind die auf dem Eis spielenden, müden Kinder den Blicken entschwunden. Undeutlich ahne ich die Intrige, vermutlich von seiten der Anderen, die mich blindlings in solch Lage hineinlaufen ließ. So muß es auch der Frau erscheinen; betont gleichgültig hält sie sich abseits, während die Stimme der Anderen energisch meine Entscheidung fordert. Die Aussichtslosigkeit lähmt mich, die Fahrt=hinab auf der Rolltreppe soll unsere letzte Gemeinsamkeit sein. (Ich suche während der kurzen Fahrt hastig wie ein Blinder den festen Halt, die Hand der Frau auf dem laufenden Band, ich finde sie nicht.) Unten, in den Katakomben der U-Bahnstation, trennen sich unsere Wege, wir müssen auf verschiedene Bahnsteige gehn. Nach kurzem Warten fahren die beiden U-Bahnzüge zur gleichen Zeit, aus der gleichen Richtung kommend auf benachbarten Gleisen, in den Bahnhof ein + verlassen die Station ebenso gleichzeitig, über eine Weile noch die Tunnelstrecke nebeneinander herfahrend. Von den Stützpfeilern skandiert, sehe ich im Nachbarzug auf gleicher Höhe die beiden Frauen in der hellgelben Wagenbeleuchtung stehn. Die Andere (sie hat mit dem Ausgang dieses Abends das Ziel ihrer Intrige erreicht) wendet mit demonstrativer Gleichgültigkeit der Szene den Rücken zu. Die Frau jedoch schaut zu mir herüber.

Die Entfernung, das durch die rasche Zugfahrt bewirkte Schwanken der Gestalt sowie das gelbe Licht im Wagen rücken die Frau als Erscheinung in einem Film in die 2dimensionalität. Wobei die Möglichkeiten des spür- + fühlbaren Körpers schon nicht mehr glaubhaft erscheinen, um im gleichen Maß des Entrückens, grad wie bei 1 bekannten, vom Publikum geliebten Schauspielerin, die Illusion ihres Körpers – ihrer Augen, der Wangen, Backenknochen, Lippenwürfe, der beiden Adern blaßblau schimmernd unter der Haut an ihrem Hals – zur perfekten Erinnerung einzuschmelzen. Wobei diese Wahrnehmung auch das Gefühl des Verlustes, eines beständig weiter vorantreibenden Verlierens, Schwindens, zu Nebel Zergehens ein lastendes Körperempfinden aufkommen läßt, + jegliches Dagegenankämpfen alles nur umso schmerzlicher zur Gewißheit macht. Ähnliches auch früher oft am Telefon. Ihre Stimme, vor Stunden noch nah + vertraut – :Dann, im Telefonhörer, die Stimme zu dürftigen Ja-Nein-Splittern zerbrochen, Redepartikel, das fängt kein Bild mehr, gibt kein Leuchten.

Um der Anderen nicht aufzufallen, blicken wir – die Frau, ich – nur für 1 kurzes durch die Fenster der beiden fahrenden Züge ein=ander an, schauen gleich darauf wieder fort – + wiederholen diesen Blickkontakt einige Male, stets wie auf 1 vereinbartes Zeichen zur gleichen Zeit. Dann trennen sich die Bahnstrecken, die Züge rasen in verschiedenen Richtungen davon. Der U-Bahnzug verläßt den Tunnel und wird zur Hochbahn. Unter meiner Fahrt liegen von farbigen Lichtern betaute Straßen + in den ersten Stockwerken todstumme Fenster, gelbschimmernd in der Nacht. An irgendeiner Station steige ich aus dem Zug, etlichen Menschen folgend, sie drängen ausgetretene Treppenstufen hinab, Stufen, von Eile + Hast der Schritte Alltagstausender verschliffen. (Wobei das Merkmal allen Steins – die eingekratzten, stummen Zeichen der Not, des Übels, alles Fluchens + aller Gelüste der Vorübergegangenen aufzunehmen – selbst verwischt, verschwunden + ausgelöst sind + diese steinernen Treppenstufen taubstumm bleiben, blöde Erfüllungsgehilfen blöder Verrichtungen aus dem Alltag von Leichen (deren Motorik, aufgrund irgendeiner seltsamen Physik erhalten geblieben, jenen die Treppen hinab- + hinaufhastenden Kadavern die Energie zu ihrer Fortbewegung gibt, so wie bei Leichnamen die Fingernägel + das Haar noch Wachstum haben), gemeine, pockennarbige Helfershelfer eines Alltags, die in graue Uniformen an Eisenhaken die Gerichteten die Stufen hinabzerren, um sie nach 1 genau festgelegten Stundenplan ebenso blindlings + roh wieder heraufzuziehen + sie so in etwas zurückzuwerfen, das ein schales Etwas in tausendfacher Kopie von einem schalen Etwas ist, vielleicht dieses 1 Etwas, dem, beiläufig wie die steinernen Stufen, aus Mangel an schlechterem Einfall die Bezeichnung *Dasein* gegeben ist.....)

Bahnhof + Stadtgegend sind mir unbekannt, die Fremden ringsumher gehen schweigend; ich habe mich verirrt. Die Brücken- + Bahnsteigkonstruktionen aus schweren Stahlträgern, die Stationsaufbauten, anthrazitfarbene Verkleidungen aus Metall sowie von rostigem Staub bepelzte Fensterfronten (in Reihen + Leisten große Nietenköpfe wie eiserne Papillen) bilden als Spitztürmchen, Erker + Balkone in einer fremdartigen Mode das bizarre Ensemble einer stählernen Bastion: plump + fragil, zivilisiert + barbarisch.

Obwohl die Menschenscharen ringsum auch mich mit sich fortdrängen, gelingt mir vom Hochbahnsteig der Ausblick auf die Umgebung: Auf einen weiten, dunklen Park, Baumstämme + Kronen ruhen schwarz, von schnurgerader, leerer Chaussee durchschnitten (auf dem Asfalt glänzend getautes Eis + Nässe), legen Dunstwolken graublau + schwer sich nieder, senken sich Finsternisse in Landschaft + Menschen ein. Das Ende der Parklandschaft ist nicht auszumachen; als schwarze Mauern rücken die Bäume zum Urwald auf – die Chaussee: die Klinge 1 Schwertes, in die Wildnis eingeschlagen. Das Gefieder der dunklen Vögel breitet sich lautlos über die Stadt. Neue Mauern drängen herauf.

Die Frau ist fort. Ich werde sie nicht wiedersehen.

In früheren Zeiten (überlege ich) sind Männer daraufhin in den Krieg gezogen, verdingt als Söldner für fremdes Erobern, für fremde Schlachten – Kreuzzüge, Conquista :all diese Kühnheiten, Schlachtungen von Männern durch Männer, auf ihnen völlig unbekannten, vollkommen unbedeutenden Flecken Erde, + haben im fremden Sterben nur immer 1 gesucht: endlich den eigenen Tod. Die Eine Mauer ist verschwunden – die Grenzen rücken wieder einmal auf. Und Landschaften für anderen Tod breiten sich weithin aus.

I

1 Tags auf der Steilküste. Er war, Absperrungen ignorierend, herangetreten bis an den Rand. Aus Neugier – so kannte ich ihn von kleinauf – aus Wagemut, vielleicht auch im Suff (er hatte mit Saufen begonnen, der Kindskopf, damals, als sie, die Frau mit dem spitzen Füchsinnengesicht, ihn nicht wiedersehen wollte) – :dies od andere schlechte Wörter für andere schlechte Gründe, ließen ihn den Sandweg am Grat des schroffen Abgrunds verlassen. Ein Tag im blaugrauen Licht. Aus schweren Wolken warfen Sturmböen u Regen sich in seinen Weg. In der Tiefe donnernd das Meer, der schmale Streifen Sand am Fuß der Steilküste war bereits überflutet. Wellen sprangen den Steilhang herauf wie Raubtiere in Gefangenschaft. Ich lasse ihn dichter an den Rand herantreten. Näher an den Abgrund. Lasse ihn hinabschaun. Der Hang mochte dreißig bis vierzig Meter in einem Winkel von vielleicht 75 Grad abfallen. Ein direkter Sturz, überlegte er, wie beispielsweise von 1 Turm herab, wäre bei solchem Winkel nicht möglich – als die überhängende Erdscholle, die er soeben betreten hatte, vom Regen erweicht, nachgab unter seinen Füßen. Langsam sich neigend lasse ich sie abbrechen. Und mit ihm den Steilhang hinabstürzen. Dem Meer entgegen. Zu spät sein Griff nach verkrüppeltem Gewächs. Er fand keinen Halt am dürren Kiefernzweig. Hände u Finger schlugen ins nasse, blaugrau gefärbte Gras; vergebens: kein Halten an solch regennassen Rispen : Im Stürzen geriet sein Körper in eine grabentiefe Rinne, einst von Regenbächen in den Ton geschnitten. Steine u Erdbrocken sprangen dem Stürzenden in die Tiefe voraus. Dem Meer entgegen. Mit dem Kopf schlug er mehrmals gegen den Steilhang, in den Geschmack von Erde mischte sich Geschmack von Blut. Alsbald, nach den Schichten aus Ton, schürfte sein Körper über rauhen Kiesel (er hatte sich gefügt in den Sturz, suchte kein Halten mehr), dann, lehmig u schwer, Kreideschichten, Muschelscherben, Kalk und buntes Geröll – jetzt zunehmend festes Gestein, ein heftiger Schmerz an der Schulter, sein Schrei (?hatte er

geschrieen bislang) 1 dürrer Fetzen im Sturm. Neben einem Felsbrocken schlugen im Dröhnen Wellen u Schaum über ihm zusammen. Er, auf einem Grund aus schütterem Kies, nun unterm Schäumen der Wellen, schmeckte Salz Muscheln Tang und fade den Geschmack eigenen Bluts : So in die Brandung geworfen, nach dem Sturz u vor dem Begreifen, was eigentlich geschah, das grelle Auf- und Abblenden von Wörtern, Anfänge von Sätzen, vielleicht, u vielleicht solche *Geschmack des Meeres – Wer heute stürzt stürzt bis auf den Grund – die beiden Urnen – verloren auf der großen Ladefläche des Lieferwagens – ? Wieviel Komik hat ein Tod* – od andere Sätze, Wörter, Silben, Laute, die er stammeln mochte gegen das Brennen seines Schmerzes u seines Schreckens, der nicht aufhören wollte. Der immer da war. Auch jetzt. Vielleicht. Ich will es so festhalten. Und Wellen schwemmten Dunkelheit in den zerschundenen Leib.

Der Sturz hatte ihm Fingernägel abgerissen. Einige Vorderzähne herausgeschlagen. Den Kiefer zerbrochen. Das Fleisch an der Schulter offen, entblößend das Grau des Knochens. Wellen spülten drüber hin. Löschten das Bild.

Ich lasse ihn erwachen im Krankenhaus einer Kleinstadt im Norden des Landes, auf einer chirurgischen Station. Sein Körper in Bandagen gefangen, hilflos. 1zig die Fähigkeit zu hören & zu erinnern war ihm geblieben, in seiner Dunkelheit in seinem Schmerz.

2 Mein älterer Bruder, ein Mann Ende der Dreißig, hatte sein Anwaltsbüro geschlossen und war am Morgen von Da-Heim abgereist. Mit dem Zug ist er durch helle Märzlandschaften gefahren; ein Fernzug, der unter monotonem Getöse aus den Feldern Vogelschwärme riß – Emporgeworfene, die Flügel schillernd wie Blätter von Silberpappeln, – in großen Schleifen kehrten sie zur Erde zurück. Er registrierte, durch die bräunlich bestaubten Scheiben hinausschauend, die raschen Wechsel der Projektionen weiter gerader Ebenen, grün überschattet, Horizonte gezogen aus hohen Kiefernwäldern, die schwarze Umrahmung einer Kondolenz. Dörfer, schwer u behäbig, rotschimmernde Särge aus Stein, hineingestellt in das weite Grün *in ein verschollenes Land in eine Erde, eingesunken wie alte Gräber.* So könnte er in seine Stille gesprochen haben, während die Mondspur verblaßte im frühen Tag. Ich lasse ihn den 1zigen Reisenden in diesem Abteil sein. Damit er allein bleiben konnte u Grund hatte zum Aufatmen, nach jedem Halt des Zuges auf einem Bahnhof aufs neu. Er blieb allein. Sein heller Wildledermantel mit Pelzkragen fügte sich als stummer Körper in die gegenüberliegende Ecke der Sitzbank. Der mochte ihm Gesellschaft zur Genüge sein. Bereits während der Fahrt war er nicht mehr sicher, von Bekanntem sich zu entfernen u einer Fremdnis sich zu nähern; die Umkehrung wäre ebenso denkbar gewesen. Die Ansichten aus dem Fenster des Zuges wollten ihm von Beständigkeit zeugen; wollten das vor Zeiten Verlassene als noch immer dasselbe ausgeben, das sie einst gewesen waren : die Kulissen früher Jahre, Splitter einer Landschaft, die *Heimat* zu nennen schon nicht mehr gewagt werden konnte. *Die Zeit selbst,* wollte ihm scheinen, *ist in Gleichgültigkeit od voll Ratlosigkeit hier vorübergegangen, nicht wissend, was in solcher Schwere u Grausamkeit aus einfachen Tönen – einer Kreissäge im Holz – einer Sense durchs Gras – an Veränderbarem aufzufinden sei.* Er war damals fortgefahren, dieselbe Strecke in umgekehrter Richtung, in das andere Deutschland westlich der

Elbe – es sollte, wußte ich damals, ein Abschied für immer sein, mehr als ein Tod. Und ich war froh gewesen, damals. Froh, daß ich ihn, den älteren Bruder, niemals würde wiedersehn müssen. ?Damals: Das war vor nicht einmal 8 Jahren. So kurz heißt Ewigkeit manchmal. Ich wußte, der Tod unserer Kuratoren (wie sie offiziell hießen), der zwei alten Leute, das war ihm nur Vorwand für sein Kommen. Der eigentliche Grund war diese Frau *mit dem Gesicht einer Füchsin,* wie er stets sagte, *die Augen staunend wie Augen eines Kindes nach einem Mord.* :?Wie konnte er in seiner prosaischen Welt auf solch 1 Metafer verfallen, auf 1 Konstrukt, das einer längst verschwundenen Stufe der *Décadence* entstammen könnte; :?Wollte er jenseits, hinter solcher Ornamentik des Tiefsinns etwas verbergen. ?Ein Wissen, mit dem er mich zu okkupieren, zu denunzieren u zu seinem Komplicen zu machen gedachte. Ich werde es erfahren. Weiter. Nachdem die Grenze verschwunden war innerhalb 1 Nacht so, wie Gespenster verschwinden, nachdem sie im Neid auf alles Lebendige vom Lebendigen genügend Blut & Zerstörungen eingefordert hatten, hatte er zurückkommen können, einen Plan, den er seit Jahren beschlossen haben mußte, auszuführen. Er hatte ihn ausgeführt; u dieser Teil seiner Reise sollte schon die Rückfahrt sein. – Beim Rucken des Eisenbahnwagens glitt sein heller Wildledermantel vom Haken. Ich denke, so war es. Und die leere Hülle schmiegte sich in die Ecke der Sitzbank. Das zwang ihn aufzustehn und den Mantel zurück auf den Haken zu hängen. Sein Blick streifte dabei die Blumen im Gepäcknetz. Tauperlen am Zellofanpapier glänzten wie helle Regentropfen, die Blüten leuchteten frisch.

3 .....Wir haben ihn kommen sehn Vor ein paar Tagen als wir noch nicht hier im Krankenhaus waren Als noch nicht all die gottverdammten Randalierer da waren Wir haben das nicht gewollt So haben wir Das nicht gewollt Und nun ein Fremder Schon von weitem Als er auftauchte ganz am Ende der Bahnhofstraße haben wir ihn gesehen Als die Gestalt ein kleiner dunkler Punkt noch war kaum größer als das Unkraut dort zwischen den Kopfsteinen Und wir haben gleich gewußt !Auch dieser Mann ist Unglück Für unser Haus für unsere kleine Stadt Als das erste Mal was Fremdes daherkam eine !Frau ganz aus der Ferne – damals war noch kein Unkraut zwischen den Steinen – damals war es auch ein Unglück Die Fremde die Tote Vor ein paar Monaten Es war Herbst die Felder glühten Da haben wir sie gefunden das heißt Einer von uns hat sie gefunden der Sohn vom Kälberwirt Der wissen Sie der nicht ganz bei Verstand ist Der arme Kerl Gott hat ihn gestraft Das sagte sein Vater immer Ist harmlos der Junge tut keiner Fliege was Der hat die Fremde gefunden eines Morgens Draußen am Feldrain Kopf im Wasser die Kehle durchgeschnitten Das Gras ringsum war rot als hätte die Natur ausgerechnet an dieser Stelle 1 Ausnahme gemacht Und nichts war zertrampelt nicht 1 Halm Es hatte offenbar keinen Kampf gegeben Sah fast so aus als hätte sie den ders getan hat Od die gut gekannt Oder Wie solln wir sagen als hätte sie gewollt was mit ihr passiert So hat das zumindest der Polizist gesagt der den Fall untersucht hat Nun wir sprechen nicht gerne drüber wissen Sie Die Toten sollen ruhn Die seligen wie die unseligen Und dann also ein Fremder der zwischen dem Unkraut der Bahnhofstraße näher kam und näher mit den Schritten vorsichtig sich entlangtastend Als sei der Kopfstein dünnes Eis Als könne er mit jedem Schritt einbrechen ins schwarze Gewässer ohne Grund u ohne Ufer Wer so läuft bringt Unglück Wie alle Fremden Wir wissen was wir sagen Und wissen was wir von Fremden zu halten haben Das hat nichts zu tun mit Haß Und totschlagen das haben wir mit nie-

mandem gewollt Das waren Die Anderen diese Glatzköpfigen die aus der Hauptstadt gekommen sind mit ihren Knüppeln ihrem Suff und ihren Parolen Aber wir fragen Sie ?Weshalb mußten die Fremden hierher kommen Ausgerechnet hierher zu uns ?!Ist hier vielleicht das Paradies daß Allewelt hierherkommen muß Hätten wir geahnt was geschehen wird !Wir wären niemals hingegangen an jenem Abend Nur zuschauen haben wir gewollt Nichts weiter Und dann Nun sind wir hier im Krankenhaus als wären Wir die Fremden die man verprügeln wollte So ist das ?!Und ist das vielleicht gerecht Sie können uns glauben Wir wissen was wir von Fremden zu halten haben Die die jetzt tot ist Das war unsere erste Heimsuchung Nein wir sprechen nicht gerne drüber Wenn Sie eine Weile hier bleiben bis Sie wieder in Ordnung sind werden Sie alles wissen ?Aber wozu müssen Sie das wissen ?Sind Sie verwandt mit der Toten Nein Sie werden schon alles erfahren Alles zu seiner Zeit !Jedenfalls der Mann : Als ob er beim Näherkommen langsam aus dem Unkraut herausgewachsen wär Eine helle Pflanze des Unheils !Sein Blick ?Was ist darüber zu sagen Als hätte er all das hier zum ersten Mal gesehn !Na sowas Der wird doch in seinem Leben schon mal ein paar abgestellte Güterwaggons einige verfallene Boxen zum Viehverladen eine zerbröckelnde Rampe aus Feldstein 1 rostigen Kran nen Haufen zerbrochner Kisten alter Loren Kabelrollen & nen Haufen Sand gesehn haben !Und die Güterabfertigung mit den Schuppen & Verladeluken u den Weinranken über der Südseite bis hinauf an die Dachrinne Im Herbst war das Weinlaub rot u wenn der Wind hineinfuhr glaubte man die Wände glühten Aber der Wein=selber die Reben die wurden niemals reif Blieben immer klein & hart wie betaute Murmeln aus grünem Glas Und unter dem Wein verfiel das Haus mit den Jahren Aber man sah nicht Was für ein runtergekommener Kasten das war Erst nach der-Wende hat man kurzerhand die schönen Weinranken abgerissen & das ganze= Elend kam dabei zum Vorschein Dann haben sie den alten

Kasten kurz bevor sämtlicher Fassadenputz abgefallen wäre schnell noch mal frisch mit Farbe vollgejaucht !Seien Sie froh daß Sie nichts sehen müssen : Vom Anblick solcher labberigen blauen Farbe – ?Erinnern Sie sich an die Fondant-Kringel aus der Kinderzeit – !grad solch ein zuckeriges Blau mit cremefarbener Bauchbinde & Umrahmung um den ganzen Kasten : !Schlecht könnt Einem werden bei dem Anblick (früher war der Anstrich lauchfarbenes Grün : ein fades Blau jetzt : An dem Unterschied können Sie sehn wie die-Zeiten sich ändern.....) Und von der Aufschrift des Gebäudes Von den einst schorfbraunen Holzlettern über die der blaue Anstrich drübergefahren ist so daß sie jetzt in Schorfbraunfondantblau schimmern Von dieser Schrift sind auch nur noch Reste geblieben wie innem Greisenmaul das karieszerfressene Stummelgebiß GUTER BFERTIGUNG AL E L – : !Ein Jammer u zum Lachen !Und ausgerechnet all-Das starrte der Kerl an als wär das Das 8. Weltwunder Nun wenn Der früher vor Jahren schon einmal hier gewesen sein sollte : dann ?vielleicht vermißte er jetzt die Weinranken mit ihren kleinen grünen Trauben – – – So einen haben wir schon lange nicht gehabt Da braut sich was zusammen Das können Sie uns glauben !Wie er das alles begutachtet hat Ob er ?Was sucht Wir sagens Ihnen: Der sucht das Unglück das er über uns alle u über sich bringen wird Das sucht er Wie alle Fremden die hierher gekommen sind Und die noch kommen werden Und wenn Sie länger hierbleiben – u Sie werdens müssen bei !Ihrem Zustand – werden Sie das Unglück erleben Am eigenen Leib Was Ihnen passiert ist das ist erst der Anfang Denken Sie an unsre Worte Es kann ihm übrigens nicht schlecht gehn: heller Wildledermantel mit Pelzkragen Seidenhemd Seidenhose Gewiß italienische Schuhe Die Reisetasche wie einen Rucksack geschultert !Landstreicher u vornehmer Pinkel !Und solch 1 Blick ! ?Und was wollte er mit dem Blumenstrauß Waren schon ganz verwelkt Wie sein Gesicht Als wäre er grad dem Tod von der Schippe – !Seine Augen Als müßte er Wie solln wir sagen als müßte er alles in dieser Umgebung bis ins letzte Stäubchen Dreck untersuchen um ?Was zu finden Ja was ?Haben Sies noch immer nicht kapiert Das Unglück Das will er finden Und das wird er finden !Gott was warn wir 1 friedliches Fleckchen Erde hier Bis die–Grenze aufging Seither ist es aus mit dem Frieden Naja Den Frieden=eigentlich den hatten wir nie Wir sprechen nicht gerne drüber Aber unsere *Ruhe* Die hatten wir Und so einer wie der So einer hätte sich früher niemals hierher zu uns verirrt !Nie Könn Sie Gift drauf nehmen ?Sie wissen noch was TRAPO hieß Und die haben bei ihren Kontrollen in den Zügen alle rausgeholt die nicht hieb&stichfest nachweisen konnten warum sie hierher wollten & zu wem Schließlich wir waren ja Grenzgebiet Für Taugenichtse & Flanöre kein Platz Wir sind anständige Menschen Das war früher Sehen Sie und das war unser Frieden !Wie sicher der Fremde mit 1 Mal lief Wir meinten Der wußte genau wohin er will Als kennte er diesen Ort die Straße Alles hier am Ort Als wäre er schon mal hiergewesen Nicht nur 1 Mal öfter Und die Umgebung starrte er an wie einer der kontrolliert ob auch Alles noch so ist wie es war Früher Zu seiner Zeit ?Wann mag das gewesen sein Wir haben ihn nie zuvor hier gesehn Jeden Eid drauf !Nie Zuerst als wir ihn kommen sahn glaubten wir er sei 1 entfernter Verwandter der beiden alten Leute die vor einiger Zeit gestorben sind Die haben früher hier oben in der Güterabfertigung gewohnt Dort wo ein paar Privatwohnungen für ehemalige Bahnangestellte waren Dann vor Jahren mußten sie dort raus weil die Wohnungen als Lehrlingswohnheim gebraucht wurden Man hat die alte Frau nachdem ihr Mann gestorben war In den Neubaubezirk verfrachtet So alte Leute kann man nicht mehr verpflanzen Dort ist auch sie bald gestorben Mehr haben wir nie von ihr gehört Denn schon als die beiden Alten noch hier wohnten waren sie in der letzten Zeit kaum zu sehen Er ging in den letzten Jahren nicht mehr vors Haus Manchmal dachten wir er sei schon lange gestorben Und sie die wir zum Einkaufen gehen sahn manchmal langsam Schritt für Schritt ihr weißes Haar schimmerte wie eine Pusteblume über den Kopfsteinen Wir dachten sie versteckte den Leichnam ihres Mannes in der Wohnung Damit sie sich nicht trennen müßte von ihm Wer so lange miteinander gelebt hat der trennt sich nicht mehr Und wir sind als sie fort war zum Einkaufen leise an die Tür getreten Haben sie aufgeschlossen Und haben hineingeschaut in das Zimmer weil die Vorhänge immer geschlossen warn Und im Dunkel haben wir ihn dann gesehen Das heißt wir haben seine Silhouette in dem großen Sessel gesehn und Wie solln wir sagen wir glaubten seine Augen glühen zu sehn und seine dürre Faust die den Stock hielt hob sich langsam Als wollte sie uns den Stock entgegenschleudern Wir sind dann wieder hinaus Und sie als sie später zurückkam langsamen Schrittes Sie wird nie erfahren haben was wir getan hatten Und als er dann wirklich tot war der Alte in seinem dunklen Zimmer kam sie vor die Haustür Stand nur da die Arme zu beiden Seiten vom Körper gestreckt die Finger gespreizt u ihr Gesicht Wie solln wir sagen es wirkte nicht mehr eingefallen stumpf Sondern hell u klar und ihr Kopf mit dem weißen Haar war hoch erhoben – So stand sie in der Tür ohne 1 Wort Als hätt sie sagen wolln *Nun ists vollbracht* Nein nein ?!wo denken Sie hin !Sie hat ihn natürlich nicht umgebracht Auf sowas kann auch nur einer aus der Stadt kommen Sie hatte ganz was andres sagen wollen Sowas wie *Jetzt endlich ist Ruhe auch für mich* od damit Sies verstehen: *Jetzt endlich kann auch ich sterben* Und nur zehn Tage später 1 knappe Woche nach dem Umzug ins Neubaugebiet war sie tot Sowas gibts Wenn der Wille zum Leben verschwindet Mit dem alten Leiterwägelchen das sie vom Dorf mitgebracht hatte Damals & auf dem diese beiden Flüchtlinge Reste ihrer alten Habe noch aus *Der Heimat* & Reste ihrer neuen Habe verstaut hatten Mit einem Leiterwägelchen machte die alte Frau den gesamten Umzug alleine Wieder & wieder von früh bis in die Dunkelheit unermüdlich drei Tage=lang sahen wir sie pünktlich auf die Minute im Wechsel dieselbe Strecke durch die halbe Stadt ins Neubauviertel ziehn Hin & zurück Sie hatte keinen von uns um Hilfe gebeten Hatte alles allein getan & Wir haben zugesehn..... Die meisten ihrer Möbel brauchte sie in der neuen Wohnung nicht Die Neubauten sind teilmöbliert Wir haben aus ihrer Wohnung nachdem sie den Umzug offensichtlich beendet hatte (denn sie & der Leiterwagen erschienen nach den drei Tagen nicht mehr) einiges vom Zurückgelassenen herausgeholt ?Was hätte sie auch mit solchen Dingen jetzt noch anfangen können :?Verkaufen – !Man hätte sie nur übers Ohr gehaun bei so schönen alten Möbeln zum Teil noch aus dem vorigen Jahrhundert gute feste Stühle vor paar Jahren erst neu bezogen & Küchengerät Steingutkrüge altes Porzellan mit Prägestempel – Das hat sie alles zurückgelassen Hatte das auf dem Handwägelchen nicht mehr transportieren können Od sie hattes vor Erschöpfung stehn- & liegenlassen weil Wie solln wir sagen weil sie vielleicht schon damals *wußte* daß sie zehn Tage später tot sein würde Bei alten Leuten gibts das – ?!Wozu dann noch die unnötige Anstrengung Wir haben all die Möbel & die übrigen Sachen noch bei uns..... Sie hätte nur 1 Ton sagen brauchen..... Diese Frau ist Wie solln wir sagen Schritt-für-Schritt aus ihrem Leben herausgegangen Und der Umzug in die Neubauwohnung das war der letzte Schritt Wie ein Tier das weiß daß es sterben wird und sich in den Schatten verkriecht So war diese Frau Sagen Sie selber: ?Hätten Sie das Herz gehabt und wären ihr in den Weg getreten ?Verwandtschaft ?Kinder Nie haben wir erfahren was aus den beiden Jungs geworden ist 2 Brüder waren das Sind im Kindsalter – der 1 war vielleicht 10 Der andere 6 Jahre alt – fortgezogen Nach Berlin od sonstwo hin in eine Großstadt Es hieß nun kämen sie zurück zu ihrer leiblichen Mutter Fragen Sie nicht weshalb die beiden Kinder zuerst aus Berlin od aus einer andern Stadt hierher zu ihren Adoptiveltern gebracht wurden um dann wieder zur Mutter zu kommen Wir sprechen nicht gerne drüber Es war sicher nicht gut für die beiden Kinder das Herausreißen aus einer Umgebung wo sie aufgewachsen waren ?Warum das passieren mußte Wir wissen nur 1: Eltern heutzutage das sind keine Eltern mehr Setzen Kinder in die Welt wie Katzen Junge aber was draus werden soll Das kümmert sie nicht Weil sie selber ratlos sind..... Und dann waren die beiden Kinder fort und die Alten blieben allein zurück Wieder waren sie allein wie damals als sie aus ihrer *Heimat* fortmußten Das hat sie wunderlich gemacht u menschenscheu Jedenfalls blicken lassen hat sich all die Jahre hier niemals jemand Und wir hatten ja auch keine Adressen So konnten wir auch niemanden benachrichtigen 1 Mal nur – zich Jahre ist das her – kam eine seltsam nervöse Frau zu den beiden Alten Der 1zige Besuch den sie jemals bekommen haben Wir sehen noch das dunkle Kleid der Frau mit großen Blüten bedruckt Und hören noch den Streit den es oben gegeben hatte Die Frau kam nach Stunden weinend die Treppe runter gerannt Sah uns Und blieb stehn als hätte sie sich auf ?was besonnen Und ging langsam wieder nach oben zurück Am nächsten Tag ganz in der Frühe Hieß es sei sie zum Bahnhof & wieder fort Irgendwer wollte wissen Das sei die leibliche Mutter der beiden Jungs gewesen Aber genaues haben wir nie erfahren u auch nicht worum es in jener Nacht oben gegangen ist Jedenfalls zur Beerdigung der beiden Alten ist niemand Fremdes gekommen Und nun ist er hier Dieser.....

4 Mein älterer Bruder war, bevor er in den-Westen ging vor einigen Jahren, Justitiar in einem Krankenhaus; Rechtsanwalt mit dem Spezialgebiet Arbeitsrecht. Er hatte seine Berufswahl nicht bereuen müssen, war bis zuletzt ohne eigentlichen Vorgesetzten, verfügte über seine Zeit im wesentlichen nach eigenem Gutdünken u hatte es verstanden, sein Verhältnis zu den Machtinhabern des Krankenhauses – Direktor, Chefärzte, Parteisekretär – als ein höflich=distanziertes zu gestalten. Das war auch in seinem Ressort, und in Zeiten beginnender Ausreisewellen in den-Westen, ein immer schwieriger zu haltendes Maß. Denn diejenigen, die ihm Weisungen erteilen durften & mit denen er vor Stunden noch auf friedlicher=Distance verkehren konnte, wurden plötzlich & immer häufiger zu Gegnern, sobald einen Mitarbeiter wegen seines Ausreisewunsches die Racheaktionen staatlicher Behörden trafen. Ihm, meinem Bruder, wurden nur 2 Mal derartige Fälle übergeben, bevor er selbst zu 1=solchen geworden war. Und es war ihm seinerzeit gelungen, die 2 Fälle, bei denen ihm von seiten der Krankenhausleitung nahegelegt worden war, die fristlose Entlassung der beiden Mitarbeiter durchzusetzen, in der Entscheidung zu verschleppen so lange, bis von staatlicher Seite das Gesetz erlassen worden war, wonach Ausreiseanträge kein Kündigungsgrund mehr sein durften. Gewiß hatte man ihn durchschaut & solch Manöver sollte auch nicht folgenlos für ihn selber bleiben. Und schließlich wurde den beiden Angestellten, Pflegern von der Intensivstation, dennoch gekündigt; deren Vorgesetzte hatten die beiden über lange Zeit peinlich beobachtet, über jede ihrer Minuten während der Arbeitszeit gewacht, bis der Kündigungsgrund feststand: *häufiges Zuspätkommen & Vernachlässigung der Pflegearbeiten zum Nachteil des sozialistischen Gesundheitswesens......*

Die Stunden damals im Büro gehörten alsbald wieder der Gewohnheit : stets gleiche od zumindest ähnliche Rechtsbelehrungen, Vertragsabschlüsse, Klärung von Unstimmigkeiten zwischen Vorgesetzten u: Angestellten –:Belanglosigkeit & Monotonie (denn seit jenen Vorfällen war man eiten der Krankenhausleitung mißtrauisch geworden & hatte ihm lediglich Nichtigkeiten überlassen) hatten ihm, unterstützt vielleicht durch deren Auftritte in der weißen= anonymen Arbeitskleidung, die Individualität seiner Klienten verwischt, die Trennschärfe zwischen Allgemeinheit u: Exemplar, zwischen Dingen u: Schimären aufgehoben. Er sah die Zeit der eigenen u der anderen Funktion als geschlossnes, wenn auch in sich zerbrochenes, Kontinuum an, bestehend aus Reminiszenzen & Wiederholungen : kalkuliert, daher beherrschbar in den Mikro- wie den Makrobereichen; vorgegeben, daher wenig an zehrendem Substanzverlust zu investieren. Eine Existenz, Doktor Jekyll u Mister Hyde in=sich am Leben zu erhalten; den 1 im Sein, den andern im Denken. Die eigene Funktion innerhalb des Systems betrachtete er zuweilen als die eines Auskunftsbeamten bei der Bahn, der, & zumeist aus freiem Gedächtnis, über ein Wissen innerhalb 1 Tableaus von möglichen Anschlüssen verfügte. Od er sah sich als Protagonist auf einer Bühne, worauf seit mehreren Jahren bereits 1-u-dasselbe Stück gespielt wurde, des großen Erfolges wegen od in Ermangelung eines besseren Spielplans. Er bezeichnete sein Dasein als Mittler zwischen Konfliktursachen & -wirkungen als THEATER, seine Klientel beiderseits der Gesetzbücher als LEICHEN :*Wieviele Menschen, weiße Flecke ohne Kontur, sind mir entgegengekommen,* dies hatte ich einst, auf 1 Zettel notiert, auf seinem Schreibtisch gefunden, *wieviel an* THEATER *ist vorübergegangen;* LEICHEN, *die analysiert werden wolln.* Und wie unter 1 Summationsstrich hatte er darunter geschrieben: GEHIRNMECHANIK.

Dabei konnte er auf andere Menschen durchaus beeindruckend, gewinnend wirken. Und hat Frauen wie Männer in wichtigen Beschlüssen zu beeinflussen vermocht u sie sogar in bereits gefällten Entscheidungen, sofern das günstig für die Betreffenden sich auswirken konnte, umzustimmen gewußt. Kaum jemand hätte auf den 1. Blick ihm so etwas zugetraut, daher sein Erfolg. Der blieb selbst zu jener Zeit, als man ihn nur noch mit Bagatellen betraute, die keinen vordergründig politischen Sinn ergaben, nicht aus. Von der Ärztekammer, & in Absprache mit der Bezirksparteileitung, hatte man ihm einen »Mitarbeiter zur Seite gestellt«, einen der vielen Ja-Sager, eine willfährige Kreatur; doch die von den Maßnahmen der Krankenhausleitung Betroffenen besuchten zumeist ihn vor den anberaumten Aussprachen & holten sich für ihre Situationen Rat, den er ihnen freimütig gab. Mit solch geheimen Hilfeleistungen wuchs er allmählich in die Rolle des Seelsorgers, der den zum Tode Verurteilten in ihren letzten Minuten, wenn nicht Trost od gar Hoffnungen, so doch zumindest das Gefühl gab, in solchen letzten Augenblicken nicht ausschließlich von Vollstreckungsbeamten umgeben zu sein. (Ich hatte ihn zuweilen beobachtet, früher, als wir noch unter 1 Dach wohnen mußten, wie er vor 1 Spiegel stand & in sein Gesicht mit all den Asymmetrien u Störungen, die ihm bekannt sein mußten aus unzähligen solcher Spiegel-Begegnungen, hineinstarrte. Dann hob er jedesmal beide Hände & führte sie langsam an die Schläfen und preßte die eng zusammenstehenden Augen noch enger aneinander, ließ die eingefallenen Wangen noch tiefer erscheinen & den schmalen Mund zur grotesken Zickzacklinie sich verzerren; er preßte seinen Kopf so stark zusammen, als wolle er ihn aus dem Spiegelglas herausheben & gewissermaßen vor den eigenen Augen zwischen seinen Fäusten zerdrücken. *!Wie leicht, diesen Schädel zu brechen u das Gehirn, Motor zur Hölle, abzuspulen wie 1 Garnspindel, und dann in den Abort mit dem ganzen Schund;* Vielleicht hatte er geglaubt, *danach* befreiter mit sich umgehen zu können.) Und er begegnete den Leuten, die ihn kannten – niemand, der nach solchen Spiegel-Momenten ihm anders als sonst gegenübergetreten wäre: Nur in seinen eigenen Angelegenheiten schienen von Mal zu Mal größere Störungen sich einzustellen. Einmal, als wir noch miteinander wirklich sprachen, als wir unsere Feindschaft noch in Worte setzten & 1-ander, trotz der Rivalität um *sie, die Frau* –, auch im Wahrhaftigen noch unsere Waffen suchen konnten, hatte ich ihn nach Gründen für solch Mißverhältnis der Erfolge für Fremde u: der Mißerfolge für sich selbst gefragt. *Schlimm genug, meine Existenz ertragen zu müssen,* hatte er damals geantwortet, *?!und mich um solch Erbärmlichkeit auch noch bemühen, ?!mich für mich in den Fluß der Dinge & zu Füßen anderer Bestien werfen, ??kämpfen gar : Hundertmal lieber für Wildfremde im Joch & mit meinem Schweiß deren drekkige Gemetzel schlagen od was im Zeitalter der Eunuchen & Zuhälter als Die-Essenz gilt; das vertreibt die Zeit – u geht mich !o Glück nicht das mindeste an.* Denn er gehörte zu jenen Menschen, die mit ihrem Tun keinerlei innere Anteilnahme, keine Sympathien verbanden. Er wußte, daß kein Leben denkbar wäre ohne Kompromiß; so fügte er sich ins Unvermeidliche, irgendwo & irgendwem Dienste zu leisten mit seiner Kraft. *Man kann an jedem beliebigen Platz in der Gesellschaft zeigen, Wer man ist – denn die Gesellschaft lebt von der Beliebigkeit,* kommentierte er einmal seine Haltung. Und so stellte er seine Dienste in einen zeitlichen, doch in keinen inneren Zusammenhang. *Ich bin davon überzeugt, daß jegliches Tun in jeder beliebigen=Gesellschaft notwendig unvollkommen, jegliche Anstrengung darin ohne Aussicht bleiben muß. Unter solchen Voraussetzungen ist gut arbeiten. Herr & Anwalt: Man kann nur den Beruf halbswegs mit Anstand tun, der einem von Grund auf zuwider ist.*

Das äußere Abbild dessen war der Anblick seiner Wohnung: Zustand erstarrten Provisoriums – doch weder Junggesellenschlampigkeit noch Bohème –:gesichtslos od: durch zuviele Gesichte Unvollendetes, die Möbel abgestellt scheinbar mit Bedacht auf leichte Räumbarkeit für den stets möglichen, rächen Aufbruch (:und das schon viele Jahre, bevor er daran dachte, den Ausreiseantrag zu stellen) : Flucht & Vertreibung, das Erbteil der frühen Jahre, als jederzeit wahrscheinliche & wiederholbare Katastrofe.....

Und kein Platz in seiner zugekrempelten Wohnung für andere Menschen; seine Räume als immer gegenwärtige Mahnung für den Besucher zum alsbaldigen Abschiednehmen & als stumme Zurechtweisung für manch eine Frau, die möglicherweise Gedanken des Bleibens, länger als 1 Nacht, mit sich trug. *Was geblieben ist von mir, ein unordentliches Koordinatensystem voll mit wirren Figuren. Babylons Ruinenbau. Ich fürchte Andere-Menschen, ich weiß nur umzugehen mit Gespenstern.* : Dies stand, mit Bleistift notiert, als Nachsatz einst auf jenem Zettel, den er mit GEHIRNMECHANIK beschlossen hatte.– ?Vielleicht war dies ein unvollendeter Brief an *sie,* an die Frau mit dem Gesicht einer Füchsin –, und bewies durch solch Unfertigkeit, was er immer beweisen wollte: seine Nichtsozialisierbarkeit, seine Unfertigkeit.

Er war dann aus dem Land geschwemmt worden in 1 der Exoduswelle bürokratisch gestützter Flucht, durch die Labyrinthe polizeilicher Kloaken, seinerzeit, als es noch ein Risiko war, den Willen zu äußern zur eigenen Flucht – Und Ausreise war Flucht, nicht allein im Vokabular gekränkter Funktionäre & Parteigänger (die über Jahre hinweg wie Schweine sich benommen & andere Menschen als Dreck behandelt hatten, & dann aufschrien im beleidigten Tyrannenwahn, sobald der Dreck nicht länger Dreck sein wollte –) : Flucht aber war es für ihn, 1 Realität, ich wußte das. *Ich trete nicht 2mal vor dieselbe Frau.* – Viele mit ihrem Willen zur Flucht aus diesem Land verbargen unter den wenigen, den stattgegebenen Motiven ganz unterschiedliche Absichten; zehrendes Unbehagen, halbfertige Alpträume aus der grausamen Langsamkeit alltäglichen Zerstörens, Fantasien vom Neubeginn, um nicht zugeben zu müssen, daß man vielleicht längst gestorben war an all dem, was man sich selber in den Jahren zuvor eingehandelt hatte – – :Er hätte damals beinahe *Alles* ertragen, um fortzukommen. Von hier, von ihr. Es mußte etwas Außergewöhnliches geschehen sein zwischen ihr u: ihm; es war nicht seine Natur, fortzulaufen vor dem Schrecken. Im Gegenteil, mit seinen Sinnen suchte er wie mit 1 Radar die Umgebung ab nach dem Grellen, dem Deutlichen, nach dem, was er einmal *das Versagen der Maskerade* genannt hatte. Und hatte hinzugefügt, daß nicht einmal beim Geschlechtsakt die Nacktheit vorkomme; *das Sterben, das ist der 1zige Moment, wo niemand sich verstellen kann*. ?Was ist vorgefallen zwischem ihm u: jener Frau, das ihn zum Fliehen zwang.

Ich lasse ihn die Landschaften der frühen Jahre wiedersehn, zunächst durch das Fenster 1 rasendes Zugs, und ich zeige ihm später die Zerstörungen darin, so daß sein grausames Verlangen nach Unveränderbarkeit *seiner* Heimat sich nicht erfüllen wird.

Kurz bevor er wirklich verschwand, sagte er einmal: –Ich werde diesen Teil der Welt nicht mehr riechen müssen, ich werde um 1 Art von Angst ärmer sein: Und !das werde ich als Gewinn betrachten. Denn ich werde dieses Treiben nicht mehr mitansehen müssen, dieses Treiben aus Blut & kaltschnäuziger Demütigung in diesem Ententeich des Größenwahns – :Er hat sich geirrt.

1. Maßnahme. Halten auf freier Strecke. Erst langsam registrierte das ans Tempo des Zuges gewöhnte Gehirn diese Veränderung, den Stillstand des Zuges. In den vom Dröhnen des Fahrtwindes hypnotisierten Kopf kehrte plötzlich Stille ein. Die wenigen Geräusche aus dem Zug, hin & wieder 1 Vogelruf von draußen, 1 Bö. *Möglich u alles ist Kinderei*. Lasse ich die Schritte seiner Gedanken beginnen, die Leere des Augenblicks betreten. *?Was eigentlich suche ich noch in dieser Stadt, in Gräben zwischen mordgeilen Säufern & Hinterhöfen mit ihren in den fleckigen Stein gebrannten Gerüchen verbratenen Fettes & der Eingeweidewärme menschlicher Behausungen, unterm Geschrei von Gören & zänkischen Alten ?Was also such ich in dieser Stille, zwischen Häusern in diesem Haus bei dieser Frau, was ich nicht schon weiß*. Und bemerkte sofort die Unmöglichkeit solcher Betrachtung :!*Wie ich Er-Leben heuchle. Mich schreckt nicht diese Frau; mich schreckt, was ich mir eingehandelt habe an Vergangenheit. Ich werde, am Ende dieser*

Fahrt in Berlin wieder angekommen, den Bahnhof nicht verlassen. Werde diese Stadt benutzen, wozu ich sie einst benutzt habe: zum Umsteigen in den anderen Zug. Der wird mich zurückbringen in den-Westen. Ich will Berlin nicht wiedersehn.

Halten auf freier Strecke. Als er auf der gegenüberliegenden Abteilseite aus dem Fenster sah, bemerkte er umhegtes Gelände. Und fand seine Blicke in der schäbigen Putzsucht von Kleingarten-Parzellen, *umzäunte Düfte bunter Krokusfotzen.* Und zwischendrin, schon zu dieser Stunde – aus den Bäumen rauchend früher Morgen blau u kühl – Unkraut jätende Frauen: *die Ärsche himmelwärts, die Köpfe der Erde entgegen, kurz vorm Rückfall in die 4beinigkeit od – für Metaphysiker der ersten Stunde – als Symbol für allzeit in sein Grab sich zurückwühlendes Menschsein. Still, die Fraun, u mit Beflissenheit auch um diese Zeit, Dienstbarkeit aus Nachtstunden tränierter Vergewaltigung im Ehe=Geschäft, die Flügel des angetrauten Amor aus Stullenpapier, der Köcher für den alles beseelenden Pfeil :dreckige Unterhosen.* Auf seiner Seite des Abteils der Ausblick auf sanft sich wellende Felder. Ich lasse ihn die Gedanken vorausschicken, ins Stunden entfernte Berlin. Der Ort war auch jetzt noch untrennbar mit jener Frau verbunden, u ich lasse ihn in seiner Fantasie die Frau *mit dem Gesicht einer weißen Füchsin* noch 1 Mal besuchen, in seinem über Jahre hinweg geträumten Traum seines Wiederauftauchens bei ihr. *Sie wird noch immer allein leben wie vor Jahren,* sann er & strich mit der Hand über die Stirn; die war naß vor Schweiß, obwohl es nicht heiß war im Abteil, *sie wird allein leben, allein in ihrer Serienmonogamie : Sie ist sehr früh zu dem geworden, was sie war.* Und fühlte Bilder wie Insekten aus dem Ried aufsteigen in sich, längst vernichtet Geglaubtes; Bilder, überhell, flimmernd – dann wieder Weiß wie bei alten Stummfilmen, die in Nitrodämpfen in Stille u Vergessenheit langsam sich selbst auflösen. Und er sah sie beim letzten Einkauf der Woche; in überfüllten Supermärkten greifend ihre Hand nach dem Leuchten einer Frucht, 1 Pfirsich, und später, Rückgrat u Wadenmuskulatur in Starre verkrampft, in die Schlange vor der Kasse sich reihen; ihre Augen groß, die Blicke gerichtet in ein Nichts, in ihr ganz persönliches Nichts; im Zustand jener seltsamen Ohnmachten, die er kannte von ihr aus vielerlei Momenten, wo sie sich=selbst am liebsten fortgenommen hätte aus der Gegenwärtigkeit, dem niederen Sein-müssen. Nicht aus Ekel, nicht aus Grauen, viel mehr: aus der Sehn-Sucht nach dem *cut,* dem Schnitt. *Sie lebte ihr Empfinden sektoriell.* Und mußte dennoch, natürlich, bleiben in der Kontinuität der Grausamkeiten eines Jetzt & Hier. Das war vor einigen Jahren und davor. Das würde heute noch so sein. Währenddessen Gespräche mit Zufallsbekannten beim Warten in der Schlange – !aber ihre Augen, !aber die Wangen, !Backenknochen, !die Lippenwürfe, !die Adern, blaßblau unter der Haut an ihrem Hals –:Ohnmachten, von sich weggetreten sein; Existenz in einem fremden Film, in den unendlichen Dimensionen zwischen Schnitt und Schnitt. *Sie wird die Frisur verändert haben, Frauen machen das häufig, wenn der Mann den Mann ablöst.* Sein Gepäck war gering an Umfang, sah nicht mal nach 2 Tagen Bleiben aus. *Wäre kein Grund für sie zum Erschrecken.* Wenn er in jenes schäbige Haus fast am Ende dieser Niemands-Straße, in ihre mittelgroße Wohnung im 2. Stock hätte zurückfinden wollen, *wenn ihre Küche aufgeräumt, neben dem Spülstein abtropfendes Geschirr & frisch bereitgelegte Handtücher lägen, schaffte ich keine Nacht.* !Nein: Kein Zurück nach Berlin. Denn solche Vorbereitungen gälten ja nicht ihm; sie hätte nichts ahnen können von seiner Möglichkeit, ausgerechnet heute, nach mehr als acht Jahren & um diese Zeit zurückzukommen, zu ihr – so wie er auf seiner Reise zurück aus der Kleinstadt im Norden des Landes wußte, daß ein Wiedersehen mit dieser Frau, das Wiedersehen mit einer Toten, niemals wieder möglich wäre.....

3. Maßnahme. 1 ganz normalen Freitag lasse ich diesen Tag sein, auch im Privatkalender, der Chronik persönlicher Fest- u Todestage, geheimer Schlachtungen & geheimer Lieben, Triumfe, Niederlagen, sollte jenem Freitag keine

Bedeutung zukommen : 1 Tag wie ein weißer Fleck auf der Landkarte. *?Mit welchen Gespenstern fände ich ihre Wohnung belebt nach soviel Zeit.* Damals ein Bündel Zahnbürsten mit Paste- & Essensresten im Geborste, in die Plastikstiele gekratzt Initialen *M D J G – die andern hab ich vergessen*. Und spürte Abseits, schon damals Zuspät. Er wollte eine Stadt erbauen helfen, und fand 1 festgefügtes Gebilde, das keines Verbesserns bedurfte. Jedenfalls nicht seiner Korrektur. Er hielt die Fackel aus Zahnbürsten, Werkzeuge fremder Intimität, ohne Worte *in effigie* übern Mülleimer, bis der letzte Plastiktropfen verschmort war. WARUM VERSCHLUCKT SIE DAS ERDREICH NIT/WO SIE DOCH DICH VERLEUGNET HAT/UND ZU DEM BÖSEN TEUFEL STAT/DEM SIE GEBEN SEEL' & LEIB : Währenddessen stand die Frau in der geöffneten Tür, ohne Regung im Genuß ihres Triumfes, ihr Gesicht das Gesicht einer weißen Füchsin, ihre Augen staunend wie Augen eines Kindes beim Mord. Und weiter noch ging ihr Triumf über ihn: Er kam aus dem ätzenden Plastikqualm auf sie zu, nahm sie aus dem Rahmen der Tür wie aus einem Bild, sie legte sich unter sein Fleisch ohne 1 1ziges Wort. Ihre Stimme dann hoch u kehlig, in kurze laute Schreie zerbrochen, gefährlich/ängstlich/drohend/sanft voll Geilheit od: nichts von alldem, nur weit weit entfernt von ihm, ganz bei sich u außer sich. *Die Musik ihres Körpers nicht für mich u für keinen.* Dachte er.

5 In Träumen mußte er oft ein Szenario seiner Begierden sehn, mit meinen Worten u meinen Bildern, die ich gesehn hatte, bevor ich diese Stadt & dieses Land verließ. Ich könnte von mir sprechen; meine Erinnerungen brauchten nicht die Maskeraden seines Gehirns, ginge es nur um Erinnerungen. Und so werde ich alles, was ich darüber sagen werde, ihn sagen lassen; werde alles in ihm mit meinem Ich verderben u werde ihn zu 1 Produkt meiner Bilder machen, abhängig in Vollkommenheit von meinem Wissen. Vielleicht, durch meine Annäherung u: diese Distance, werde ich erfahren können, was er weiß vom Verbleib der Frau *ihr Gesicht das Gesicht einer weißen Füchsin, die Augen staunend wie Augen eines Kindes nach einem Mord.* Er wird das aushalten müssen, wie ich die Vergangenheit.

Das war in Berlin, und begann immer mit dem Weg zu dem Haus, worin sie 1 mittelgroßes Zimmer bewohnte. (Er nahm aus seiner Reisetasche 1 Buch, das wir beide, mein älterer Bruder & ich, in unsrer Jugend mehrmals gelesen hatten (:»*Die unsichtbare Hand, die uns den Griff nach Büchern lenkt*«) (u hatten uns voreinander geschämt, wenn uns das Lesen den Tränen nahebrachte). Er, mein älterer Bruder, blätterte das Buch nun an 1 beliebigen Stelle auf und las:) *!Landnahme. !Diese Stadt ist okkupiert.* Ein fremdes Heer, Spanier & ihr Anführer: *!Wir erklären diesen Erdteil zur Kolonie.* Unser Aufmarsch in funkelnden Rüstungen, der lächerliche Ernst & die falsche Feierlichkeit eines Kurorchesters, deren Instrumente plötzlich sich verwandelten in scharfe Waffen: Schwerter, Hellebarden, Arkebusen. An den Straßenrändern Spaliere der Bezwungenen, ein verstummtes Warten jener Niemands, die von Niemandem nichts erwarteten außer den Tod. Und der Anführer der Conquistadoren erblickte in ihren Augen, stumpf wie geronnener Teer, das Sterben, das Echo seines Triumfes. So war oft der Beginn in seinen Kindskopf-Träumen. – Ihre Adresse fast am Ende der Straße. Das heißt, die Straße besaß keinen Anfang u: kein Ende; sie ging unmerklich aus einer anderen

Straße hervor und versiegte ebenso unauffällig in der nachfolgenden. Einzig am Erscheinungsbild der Häuser ließen sich Anfang u: Ende markieren. Das Haus, worin sie in der 2. Etage 1 mittelgroßes Zimmer bewohnte, war eines der letzten Häuser ohne Anstrich, od es waren deren zuviele, so daß Farben einander addierten zum Grau; Häuser, die gewiß schon am Tag ihrer Fertigstellung den Eindruck von Schäbigkeit & Verfall hinterließen. *Und erinnerte beim Anblick der Häuser die Spaliere der Einwohner in seinen Träumen.* Die Straße ein greller Schein : Fahrzeuge (drinnen u inmitten von Blech & Leder das Vielzeller-Eiweiß, unablässig sich teilend), Wind, künstlicher, staubte hinter den Fahrzeugen her, fegte MONDO's & WRIGLEY's Reste zum Feierabend: Wolken glommen Blau u Rot, als wären Aschekästen verschüttet voll sengender Glut. In seinen Träumen ließ ich ihn oft die Farben solch früher Abende sehn; Farben aus der Flugasche pazifischer Vulkane. Er versuchte, Farben u Zeichen nicht auf sich zu beziehn; auf seine Anwesenheit nicht & nicht auf sein Vorhaben. !Nanu. ?Was hatte er vor, außer dem Vorhaben 1 Mannes bei einer Frau. Weiter. Er betrachtete die Straße. Jenseits vom Zweck, wofür sie einst gedacht, war diese Straße lediglich Begleitumstand vielerlei Wege. Die Kenntnisnahme Durchreisender von jener Straße samt der sie begleitenden Häuser blieb Höflichkeit: Wo 1 Körper ist, kann ein 2. nicht sein. *Im Anfang war der Stein.* Dachte der Anführer der Conquistadoren, und schritt das Spalier der Stummen ab mit ihren Blicken aus Teer. Die Straße *die Menschen sind ein zu frühes Zuspät* – und verstand selber nicht, was er damit meinte, ein Abschied, von dem ich nichts weiß. *?Wie den Wert od Unwert von Unbekanntem, die Karat-Zahl des teerigen Schweigens, ermitteln, wenn ich den Maßstab nicht besitze.* Er griff nach seinem Schwert, denn er fühlte eine blödsinnige Schwäche unter dem Eisen seiner Panzerung; eine Schwäche, wie er sie in den Augen ganz alter Conquistadoren gesehn hatte, die in dreckigen Kneipen, im Hafen od in der Kälte in den Gossen hockten. Und

deren Augen hatten ihm stets eine dunkle Furcht beschert.
?War er jetzt selber schon so weit wie diese alten Bluthunde
in der Scheiße. Besser das Schweigen vernichten, bevor es
in vernichtendes Schweigen sich kehrt, gegen mich. Seine
Blicke tasteten über rauchbittre Fassaden. Alle Häuser, nirgends höher als 5 Stockwerke, wie Koben nebeneinandergereiht – Toreinfahrten, Haustüren lehnten träge & alt sich in
den Stein – fingen in den Fensterscheiben ihren Abend,
orange Feuer im staubblinden Glas. Er sah in den oberen
Stockwerken offene Fenster, er sah Köpfe darin; Frauen &
Männer schwer bezifferbaren Alters, Oberkörper & Ellbögen auf schmierigen Decken & Kissen, den Fensterbänken
aufgelehnt, von Dederonschürzen od Netzunterhemden nur
spärlich verhüllt krankweiß schimmernde Haut. Und er sah
im Vorübergehen Bruchstücke eingerichteter Stuben,
wagte Einblicke ins Innere von Parterrezimmern, Schaugefäße tintiger Alpträume, Einsichten in die Riesenleiber
von Häusern, die wie aufgebrochene Kadaver von Fliegen
umschwärmt die eigene Verwesung offen zur Schau stellten: Halbnacktheiten plumeau-durchrochner Nächte, tympanisch bronchitisch wasser- u fettsüchtig gastritisch spondylitisch gonorrhoisch zentriertes Da-Sein, die Stuben erstarrt, geronnen in Dumpfness verquollner Schränke Tische
Kommoden. Und Gerüche von Staub u Schweiß griffen aus
dem Zwielicht heraus, jener niederdrückende Brodem, der
in alten Brotbüchsen klebt. Er ahnte ihre Gefangenschaft.
Tiere, unentrinnbar eingebunden in die Mechanik ererbten
Wiederholungszwanges; Zugvögel, die Flucht und die
Heimkehr und wieder die Flucht. Überlegte der Anführer
der Conquistadoren, und schritt weiter die Reihe der Gestalten mit dem fieberrüchigen Atem ab. *Wahrnehmen u:
Empfinden, durchs Prisma der Sinne gebündelt, erbringen das alte
Kaos der Fühlsamkeiten. Was zum Feuer bestimmt ist, wird Wasser nicht ersäufen. So die Kohlebrocken, die, zur Halde gehäuft,
sich plötzlich aus sich=selbst entzünden. Dasein ist Schwelbrand,
ein Fieber, und ewig heißt der Terror des Gefühls.* Jener Tag,

in seinen Träumen gegen den Abend gerückt, voll mit giftigem Frühjahr & Abgas, er ließ Menschen näher aneinander vorübergehn. *!Wie gekonnt sie Dasein spielten.* Dachte er, weiter sich voranwagend, die Straße entlang, seine Blicke gerichtet in die Parterre fremder Zuflucht: rhythmische blaugraue Elektronenstrahlen sprangen, gegen Blumentapeten, Möbel, Gesichter – hinter Gardinentüll verborgen od durch schamlos aufgesperrte Fensterflügel offen sichtbar auf den Bildschirmen der allabendliche Totschlag polizeilich genehmigter Feinde, elektronisches Blut & elektronische Leichen, Bierschaum auf des Familienernährers Lippen. *Das Lebbarmachen des Unerträglichen, das ist Komik.* Weitergehend trommelten Nachrichtensendungen Nahost, verzerrte Sicht von draußen auf den Bildschirm, auf 59er Glas der Bombenanschlag in Beirut: Männer trugen einen Verstümmelten auf der Bahre aus einem zertrümmerten Haus auf die Straße, gleichfalls in Trümmern, das Gesicht des Mannes augenlos, für 1 Moment Kamerablick in 2 Höhlen voll Blut & im aufgerissenen Mund des Mannes Schrei (Ton wurde nicht übertragen), einen Arm hielt er verkrümmt empor, so blutete der Mann in Schwarzweiß, in Eile getragen durchs Spalier von Gaffern mit Polaroid –/– Bildstörung, das schöne Rauschen, nebenan –/– Theodor-Fontane-Verfilmung (so die Ankündigung in verzerrter Bildschirmschrift), die ersten Bilder: Kostümfest märkischen Bürger-Wehwehs –/– Volk's Tanzgruppen & hoppsende Sepplhosen. Heimat, das ist 1 juristischer Begriff, kein Grund fürs Trachtengestampfe der Bauernseelen. *Die Bilder der Frühe sind ausgelöscht.* Der Anführer der Conquistadoren blieb stehn vor einem alten Gesicht, voll mit Furchen, Kerben, Narben auf der bernsteinfarbenen Haut. Auf solch Gesicht war viel Heimat schon eingestürzt, dachte der Anführer. Und solch Gesicht war krepiert wie in toter Erde zwischen totem Gestein. *:!Welch ein Friedhof für Heimat.* Die Frau griff zur Keksschachtel auf dem Tisch, der Mann im Sessel neben ihr an die schweren Brüste der Frau, die Augen leer wie die

Höhlen von Lourdes. Der Frauenmund, freßbereit offen, im Blaugrau vom Bildschirm her ein zuckendes Loch. *Heidi del Dumm:* die Kamera fuhr der Volk's Tänzerin untern Rock. Anregen der Drüsensekretion :Bürger brauchen was zum Heulen & Wichsen. (Dachte er, weitergehend) –/– Planetarisches Rammelgelüst in Filzlatschen, Herakles im offenen Bademantel, gab Einsicht auf des Haus=Herren lange Unterhose, das Nessos-Hemd wurde grad gebügelt. ?Wohin mit meinem Frühjahr in den Hoden – (hinüber zur angeheirateten Deianira des Steuerzahlers prüfender Blick, erkaltet wie Eintopfreste vom Abend) : !Alter Besen. Nummer-Schieben fällt heute aus. Herakles kratzte zwischen den Beinen & Abtritt in die Küche, zum Kühlschrank, zum Bier –/– Vor dem letzten Haus hielt er im Gehen ein, lauschend an verschlossnem Fenster. Das Rouleau gewiß selten od nie geöffnet, vom Beingrau der Straße gefärbt. Der Raum dahinter schien leer; er meinte die staubkalte Schäbigkeit eines verlassnen Zimmers zu riechen. !Aber dort drinnen Musik. !Chorgesang, aus den Höhlen im Neandertal. Jetzt setzte das Singen wieder ein. Lauschend blieb er stehn, das Schwert in der Hand die vergessne Waffe, langsam sank sie herab. HO HE JOLLOHOHE HUSSAHE und HO HE JE HA – dröhnend hinter festverschlossnem Rouleau – HUSSASSAHE : Feierabend, die tollen Stunden..... Auch die Sterne werden andere sein, hier, in allen Nächten in dieser Fremde weit fort von meiner Fremde=Heimat. Der Anführer sah zu den schweren Wolkenbauten hinauf, die als graues Massiv dem üppigen Dschungel entstiegen, ein Abendwind strich sie glatt. Ein älterer Mann stolperte ihm aus 1 Haustür entgegen, eine ältere Frau danach, zweimal wankendes Fleisch, ineinandergekrallt, die Haare der Frau verfilzt wie ein alter Bettvorleger, ihre Brille die Störung beim Knutschen: schiefes Gezüngel über Bleichhaut, zerfallen, zerkerbt. *Wie sie aneinander klammern,* dachte er, *der 1. Wille & der letzte.* Die beiden Alten streiften so dicht an ihm vorüber, daß sie ihn anrempelten, u er hörte den Alten lallen: –Mein Engel deine Haut is zaat wien Firsich: !wien sechsich Jahre alter Firsich. – Und lachte seinen Kümmelatem gegen das schlaffe Weibsgesicht. Die Frau kreischte in gespielter Empörung. –Watt willzte meer olle Q. Fümf Konn Jack reichn aus for eene Nummer swischendurch, Roh Mann Tick jieptet nur am Weih nackts Ahmd. – Die Sterne hier sind anders, nicht fremder als daheim. Noch einmal sah der Conquistadorenführer zu den bleigrauen Wolken auf. *Und dahinter ein Himmel, der sich fortbewegt vom eitrigen Auswurf Erde.* An uns, den Fremden, werden die Fremden hier erkennen, wer sie sind. Und das wird sie erschrecken. So groß wird ihr Schrecken sein, daß viele uns, den weißen bärtigen Göttern, den Tod wünschen werden. Der Anführer spie voller Ekel aus & trat mit der Stiefelspitze den Fladen in den Sand. Die beiden Alten verschwanden, grölend die Stufen hinab, in 1 Kellerkneipe. HALLOHE HUSSAHE, das Dröhnen hinter den Rouleaus, den geschlossnen Lidern aus Holz, davor noch immer er, trat wieder hervor. In seinen Träumen lachte er manchmal, und wachte bisweilen lachend auf. Und hatte wieder genügend Auswege gefunden – Auswege, die ich ihm gegeben hatte – in eines der letzten Häuser dieser Straße, in dieses bewußte 1 Haus, nicht einzutreten. Er mußte im Szenario seiner Wünsche ihr, jener Frau, deren Gesicht an das Gesicht einer weißen Füchsin erinnerte, die Augen staunend wie Augen eines Kindes nach einem Mord, noch nicht begegnen. Und würde Auswege finden zur Genüge, um ihr wiederholt sich annähern zu können. Ich werde es aussprechen müssen. Ich wollte durch mein Sprechen sein Wissen über die 1 Sache, die seinerzeit geschehen war, bekommen. Ich werde es bekommen.

6 .....Und das geschah ganz plötzlich Das war der schlimmste Moment Wir wollten schon wieder gehn raus & fort aus dem Friedhof Als der Pfarrer mit uns mit 1 knappen Geste ‚Hier entlang' bedeutete : Und da stand der schwarze Lieferwagen des Friedhofs die Ladeklappe runter u ganz vorne am Rand winzig u wie 1 mißglückter Witz auf dem blanken Holzboden der Ladefläche diese beiden Urnen Wir kannten nicht das Ritual einer katholischen Beerdigung Wir sind wenn überhaupt in der Kirche protestantisch Die beiden alten Leute Umsiedler waren sie & mit dem Treck nach dem letzten Krieg aus dem Sudetenland hierher gekommen Die waren katholisch – nur wenige von uns hier mit denen sie an den Weihnachtsabenden in ihre kleine Kirche neben dem Rathaus gehen konnten Das war früher Und wir waren nicht viele die zum Begräbnis gegangen sind Die beiden Alten sie sollten halt nicht einfach verschwinden ohne daß ihnen jemand die letzte Ehre gab In der Friedhofskapelle blieben viele Bänke leer Denn Wie solln wir sagen sie haben niemals richtig zu uns gehört Vielleicht wollten sie das auch nicht Und nun die beiden Urnen auf der großen leeren Ladefläche des Lieferwagens Wir standen davor u wußten nicht was tun Der Pfarrer daneben schwieg Das war als paßte er auf uns auf Als befürchtete er wir könnten der Asche der beiden Alten noch etwas antun oder gar wir könnten Wie solln wir sagen etwas anderes etwas aus Verzweiflung tun Vielleicht befürchtete er so etwas ähnliches wie das schon geschehen war beim Anblick von aufgebahrten Toten in jenem allerletzten Moment vor einer Endgültigkeit Bevor der Sargdeckel geschlossen wird & das Gesicht des Toten für immer verschwindet 1 junge Frau hatte einst sich auf den Leichnam ihres verunglückten Mannes gestürzt ihn vor aller Augen in der Kapelle aus dem Sarg herausgezerrt & sich an ihn geklammert Geschrieen hatte sie geheult mit langgezogenen furchtbaren Lauten wie ein Tier Sie mußte mit Gewalt fortgeschafft werden Und ist später in die Irrenanstalt gekommen ?War es das weshalb der Pfar-

rer wie 1 angespannter Wachposten neben dem Lastwagen stand Aber das wird es wohl nicht gewesen sein Eher das andere Die Furcht des Mannes wir könnten das Ritual stören durch unsere Teilnahmslosigkeit könnten den Ablauf der amtlichen Feierlichkeit vorzeitig abbrechen durch unser Unwissen ?Wie lange bleibt man stehen in solch einem Augenblick ?Wie lange Anteilnahme Trauer vortäuschen für den Tod zweier alter Leute die wir niemals richtig gekannt hatten Aber u das geschah damals ganz plötzlich wir haben in diesen Momenten beim Anblick dieser winzigen Urnen auf der großen Ladefläche eines Lastwagens etwas anderes empfunden nämlich Wie solln wir sagen – vielleicht verstehn Sie was wir meinen Wir sprechen nicht gerne drüber Können uns vielleicht nicht recht verständlich machen Und wir haben den Schauder empfunden damals den man Wie solln wir sagen immer vor der *Wirklichkeit* empfindet Wir sprechen nicht gern drüber Den Tod soll man nicht rufen Er findet seinen Weg von ganz allein Ein Verwandter wollte er sein dieser Fremde :?Weshalb hat er sich dann in all den Jahren zuvor niemals hier blicken lassen ?Und wozu jetzt Wo die beiden alten Leute unter der Erde sind Jetzt können sie Den auch nicht mehr brauchen Aber früher da hätte das Sichkümmern ja Mühe gemacht Aber wenn der meint es gäbe was zu erben von den beiden alten Leuten :!Da hat er sich schön geschnitten Für die paar Mark hätt er sich die Fahrkarte sparen können Wir sind nur heilfroh daß wir die Möbel haben Nun er wird schon noch die Katze ausm Sack lassen & sagen was er hier will Hat sich benommen hier wie einer dem hier alles gehört Er wollte mit seinem feinen Anzug in »Die Eiche« wie wir gehört haben ?Weshalb ausgerechnet dorthin Es gibt andere bessere Absteigen im Ort Sogar 1 4-Sterne-Hotel Das wäre passender für solch feinen Pinkel Aber nein »Die Eiche« mußt es sein Nun ja wenn Sie was rauskriegen wollen über den Ort & was drin vorgeht dann freilich gibts keinen besseren Ort hier als »Die Eiche« Der Pinkel hat das offenbar schon gewußt Wie damals die

Fremde als sie herkam zu uns Und beinahe mit den gleichen Worten: *?Können Sie mir sagen, wo ich den Gasthof ›Die Eiche‹ finden kann...* ?Wozu geschieht sowas wenn es keine Bedeutung hätte Es wird alles wieder beginnen Das ganze Unglück noch einmal Wenigstens !Er ist kein Ausländer Das ist noch Glück Seit wir die Ausländer hierhaben in den ehemaligen Kasernen der Grenztruppen Seitdem vergeht keine Nacht ohne Schlägerei Hätten Sie uns vor drei Jahren gesagt daß wir bei einer Randale gegen das Asylantenheim dabeisein würden wir hätten Sie für verrückt erklärt Und doch sind wir hingegangen Ja das können Die Verhältnisse aus einem machen Und neulich war es soweit Da haben diese Fremden sich zusammengetan und haben zurückgeschlagen Zum !1. Mal uns angegriffen Haben !uns zusammengedroschen Die verstehen gar nichts Verstehen nicht worums uns geht Und von nun ab wird das so weitergehen Prügelei Brandstiftung Totschlag Das steht fest ?!Wo soll das enden Aber wir werden wieder hingehen wenn wir hier raus sind aus dem Krankenhaus Und wir werden nicht nur hingehen Das können Sie uns glauben Wir werden uns wehren Solange bis alle Fremden weg sind von hier !Das können Sie uns glauben und wenn wir uns totschlagen lassen Mit den Rabauken die immer Heilhitler brüllen mit denen haben wir eigentlich nichts im Sinn Aber wie solln wir sagen Nein wir könnens nicht denn Wir haben im Grunde Nichts gegen die Fremden Aber wir sind ja nicht vorbereitet auf sie Früher hieß es immer !Freundschaft !Solidarität mit allen Völkern Aber diese Völker mit denen Wir Freundschaft schließen & Solidarität halten sollten die haben wir nie zu Gesicht bekommen Im Portemonnaie da haben wir die Solidarität bemerkt Und ?Wer hat mit uns Freundschaft & Solidarität geübt die wir eingesperrt waren Hier vierzig Jahre lang wie Kriegsgefangene !Erinnern Sie sich mal wie das war selbst in den sogenannten *Bruderländern* : wenn wir ankamen dort mit unseren Ost-Kröten !Wie die uns behandelt haben !Wie den letzten Dreck !Wie Abschaum & Untermenschen !Aber das will heut Keiner mehr hören Wir=alle waren über Jahre-jahrzehnte Der letzte Arsch für Die – Aber damit ist jetzt !Schluß Und jetzt wo die=selber in der Scheiße stecken !Da auf 1-Mal sind wir ihnen gut genug Und nun kommen Die in Scharen zu Hunderten zu Tausenden hierher Wo wir uns selbst nicht mehr zurechtfinden da kommen nun die Fremden und wir sollen uns auch noch mit Denen zurechtfinden Unseren Kindern besonders unseren Töchtern die zur Schule gehn und wir wissen nicht mehr Was dort vorgeht und was sie machen in der Zeit danach und mit Wem sie sich rumtreiben in ihrem Alter Vierzehn Fünfzehn das sind keine Kinder mehr & auch noch keine Erwachsenen Denen haben wir Hausarrest gegeben seit neulich seit der Prügelei & den Brandbomben Schließlich ?werweiß bringen unsre Kinder noch einen von denen mit nach Haus ?!Und was sollen die Nachbarn dann von uns halten Unsere Kinder u: ein Ausländer Das geht zu weit Wir kennen unser eigenes Land nicht mehr wieder Früher als die-Grenze noch war da hatten wir unsre Ruhe Die wenigen Fremden die im Textilwerk arbeiteten ein paar Frauen & Männer aus Vietnam die haben wir im Ort kaum gesehen Jetzt ist das anders Und mit den Fremden kamen auch Die Drogen & Die Krankheit Unsre Kinder ?woher sollen Die wissen Die sind so leicht zu verführen Damals bei dem Flächenbrand leuchtete der Horizont eine feuerrote Wand die Nacht war ein Flackern & Fauchen wie aus Hochöfen Und dann brachen die Pferde aus der Koppel aus und rannten in ihrer Angst auf die Grenze zu Dort hinten wo der Todesstreifen war hinein Wir hörten die Minen explodieren u die Selbstschußanlagen gingen los Die Feuermauern rückten immer näher auf die andere Mauer auf die Grenze zu – und die Pferde manche schon mit brennender Mähne trugen das Feuer wie blindwütige Brandstifter in den Grenzstreifen hinein 1 der Tiere hatte sich im Stacheldrahtverhau gefangen brannte schon wollte sich losreißen – da explodierte die Mine & riß dem Tier den Bauch entzwei Wir sahen durchs Fernglas Gedärme quollen aus dem Pferdeleib Das Tier warf die Hufe gegen den Stacheldraht – die Selbstschußanlagen schleuderten ihre Metallsplitter auf das Pferd Es konnte nicht mehr fort u es konnte nicht sterben Das Tier brannte und schrie – wir hatten nicht gewußt daß 1 Tier menschlicher als Menschen schreien kann im Sterben – und noch immer schossen die Selbstschußanlagen auf den Pferdeleib Mit jedem Zukken des zerfetzten Leibes löste sich 1 weiterer Schuß Das Tier warf den Schädel gegen das Feuer gegen den Schmerz – wir standen in der Entfernung mit unseren Ferngläsern u konnten nichts tun Jeder Schritt dorthin u seis nur das Tier von seinen Qualen zu erlösen wäre Tod auch für uns gewesen Wenn nicht von den Minen dann von den Grenzposten Die Soldaten schossen gut & ohne Ansehen der Person Auf das zu Tod verwundete Pferd schossen sie nicht Vielleicht weil es dafür keinen Befehl gab Der Befehl war !Auf Flüchtlinge schießen Das waren immer Menschen Von Pferden stand da nichts Dann gegen Morgen fiel nach 1 letzten Schrei der wie ein gräßliches Ausatmen klang der Pferdekopf schwer in den Stacheldraht Das Tier war tot Endlich tot Die Flammen fraßen die Reste Fleisch Und als der Wind gedreht hatte herüberwehte von dorther wo das Pferd im Stacheldraht hing vor der Kulisse eines brennenden Waldes Da haben wir ihn zum 1. Mal gerochen: Den Geruch der von Fremdem kommt Das ist mehr als Brandgeruch aus einem Wald & versengtes Fleisch aus einem Kadaver Das ist Wie solln wir sagen das ist *der Geruch des Todes=selber* Und ist nicht mehr verschwunden seitdem Wie auch die Fliegen nicht mehr verschwinden..... So als läge überall Aas verstreut hier im Land..... Totes das nicht verschwinden kann Das Land seit die-Grenze verschwunden ist es ist ja nun größer geworden und weiter Aber Wie solln wir sagen ?Riechen Sie nichts Diesen Geruch der immer da ist u immer bleiben wird Und auch wir werden nicht mehr fortkommen von hier So ist das Wir sprechen eigentlich nicht gerne drüber Wollten kein Aufhebens machen um uns Sind nur etwas ins Erzählen gekommen Das war nicht unsere Absicht Verzeihn Sie.....

7 Als hätte das Geschehen damals am frühen Morgen nur aus Details bestanden. Aus überhellen, in klaren Konturen gezeichneten Details von einem Bild, das wie eine dieser technischen Abbildungen als Explosivbild dargestellt war, worin auch das kleinste Schräubchen noch Erwähnung findet. Doch wollte er das Geschehen jenes Morgens heute nach jenem Explosivbild wie nach einem Bauplan zusammensetzen, so müßte er feststellen, daß diesem Bild vom Versand 1 fehlerhafter bzw. der falsche, für irgend-1 anderes Modell vorgesehene Bauplan mitgegeben war – nicht gültig für das, was er als seine Vergangenheit würde ausgeben können –, so daß also daraufhin nur ein seltsames, funktionsuntüchtiges Gebilde entstehen würde, wobei er (mein älterer Bruder) rigide u wider besseres Wissen nach den fehlenden, nicht mitgelieferten Teilen suchen müßte. Sein Bild von jenen frühen Stunden in der Küche, als die Männer in weißen Kitteln die Stube betraten, die Mutter in der Küchenecke, das Waschbecken umklammernd wie 1 letzte Möglichkeit, 1 Falltür zur Flucht. Und so im Leuchten ihrer Einsamkeiten auch all die übrigen Details im Schimmer jenes Morgens (?Nach welchem Kodex der Macht suchen Verhaftungen, Verschleppen, Exekutionen die frühesten Stunden eines Tags. Als gäbe es für jeden 1zelnen Tag 1 exakt begrenztes Konto, 1 festes Budget an Leiden & Qual, und zu solch frühen Stunden wäre die Wahrscheinlichkeit, daß dieses Konto für den grad begonnenen Tag noch nicht überzogen sei, am größten.) ?Vielleicht daher die Eile der Männer – zu den weißen Kitteln traten ins bleiche Licht nun andere Männer in dunklen Mänteln aus kratzigem Stoff hinzu (1 der Fremden berührte in der Hast seiner weitausholenden Armgesten, mit denen er nach der Frau in der Küchenecke griff als sei sie ein Gespinst, ein fast durchsichtiges Gewebe, das es gleichzeitig zu zerreißen wie auch ding=fest zu machen galt, seine Wange, und er spürte den Stoff wie scharfe Metallwolle über seine Haut schaben; u er roch den Geruch aus Schweiß & Staub, der sich ins Gewebe

verschlungen hatte bei wievielen amtlichen Verrichtungen :
ein Brodem dumpfer Vergängnis, wie er nicht Menschen,
sondern vielmehr Gewölben, Kemenaten, Rüstkammern,
Pfandleihen & Altkleidersammlungen eigen ist, und sein
Staunen galt der Küchentür, die brutal weit aufgerissen wie
das Maul eines Wesens, das, eine lange Zeit fällige Erleichterung sich verschaffend, immer weitere Gestalten in die
schmale, zum Trichter in Richtung auf das Fenster hin verengten Küche erbrach). (In seiner Erinnerung das Bild an
hohe, schiefe Wände, dazwischen der enge Schacht voll mit
Licht, das weiß über die gekalkte Mauer fiel, hinführend
zum Fensterkreuz –:Doch ist seine Erinnerung an eine Mansarde Täuschung, 1 Überlagerung mit den Bildern einer
anderen Heimstatt – ein Ort, den er & den ich damals nach
jenen Ereignissen eines Morgens noch vor uns hatten –; er
konnte niemals dazu sich aufraffen, diesen Erinnerungsfehler zu korrigieren.) ?Aus welchem Märchen soll ich ihm die
Erinnerung geben, die solch 1 Bild ausgespieener Gestalten
gerecht wird. Ich habe keine Märchen. Er starrte auf die
Scheiben im geschlossnen Küchenfenster, die von den Ausdünstungen so vieler Menschen rasch mit einem Schleier aus
golden & blau glänzenden Tröpfchen sich überzogen –
er sah, aus dem Blickwinkel des Vierjährigen, nahe der
Tischkante die Schneide 1 Küchenmessers, das Metall verschmiert von Striemen Butter & Marmelade (1 Fliege balancierte den Griff entlang – ?Würde die siruparige Masse das
Tier festhalten wie der Leimstreifen, der vom Schirmrand
der Küchenlampe herunterhing) – er hielt das Brot noch in
der Hand (und der Mantelstoff des Fremden hatte bei einer
dieser weitausholenden Bewegungen auch dieses Stück Brot
gestreift, hatte 1 Spur Marmelade heruntergewischt & dafür
einige winzige Fasern des Mantelstoffs auf dem Brot zurückgelassen, so daß er meinte, das Brot müsse nun
den dumpfen Geschmack des Mantels angenommen haben.
Und fühlte Übelkeit & Brechreiz aufsteigen in sich –) – und
1 der Fremden, der aus irgendwelchen Gründen die Türen

& Fächer des Küchenschrankes aufriß, Messer Gabeln Löffel stürzten zu Boden, ein helles Mikado aus Metall im wässerigen Streifen Stubenlicht, das wie ein geängstigtes Tier vorsichtig über die Dielen kroch –, ein Anderer stieß mit dem Fuß die Feuerungsklappe des Ofens auf, die Tür krachte gegen 1 Kachel, Rußflocken wabbten auf das Ofenblech als schwarzer Schnee – und er sah noch 1 Mal das 4eck der offenen Küchentür – das Rund der Porzellanuhr an der Wand daneben – den Mund der Mutter, weitaufgerissen & schwarz (:?Hat sie geschrieen – keine Erinnerung : in der Küche ein Dröhnen, lauter & lauter, als würde die alles erbrechende Küchentür auch Traktoren & Panzer ins schwülnasse Küchenlicht spein –) – :da würgte unverdauter Brot- & Marmeladenbrei seine Kehle hinauf und sprang im Bogen aus seinem Mund über die Dielen u gegen den Mantel des Fremden –; 1 Ohrfeige mit der geröteten Männerhand warf ihm das angebissene Marmeladenbrot ins Gesicht – in die widerliche Kleberigkeit & in den süßen Geschmack mischten sich Schmerz & Blut aus seiner aufgesprungenen Lippe. *!Nu schnappt euch endlich die Verrückte. !Vergeßt nich die beiden Bälger, den Kotzer-hier & den Hosenscheißer, dort im Zimmer im Bett.* :Diese Sätze lasse ich in seiner Erinnerung als niemals verklingende Echowelle stehn. Auch diese Worte, nicht überlaut doch widerhallend in der Küche mit ihrem fadsauren Geruch nach Erbrochenem, sie wirkten wie abgesprengt von einem unsichtbaren Riesen, u jedes 1zelne Wort, aus dem Dunkel des Flures hereinstampfend als zusätzliche Abgesandte jener fremden Macht; diese gesichtslosen Wörterfremden formierten sich zu einer Mauer aus Mänteln mit dem Geruch einer ungewaschenen Meute – Mäntel voll erkalteter Hitze & Schweiß –, wobei die Meute ein Transparent vor sich herzutragen schien, so daß unter ihren Händen die auf Stoff gemalten Wörter wie Fäuste in Erregung & Wut gegen die hell aufleuchtende Stunde, gegen ihn, gegen die Frau dort in der Ecke am Waschbecken ansprangen *schnappt euch – Hosenscheißer – Kotzer-hier im*

Zimmer – die Verrückte –; und nun erschien in der offenen Tür eine Gestalt – !tatsächlich ein Riese –, den Rahmen beinahe ausfüllend, und der Fremde (wie seine Helfer in ebensolchen Stoff, der aus Fußabtretern geschneidert schien, gehüllt) wiederholte noch 1mal seinen Befehl u hatte beim Rufen kaum die Lippen bewegt, so daß seine Worte wie Spruchgirlanden auf 1 jener mittelalterlichen Tafelbilder erschienen, schwebend in einem gemalten Himmel (als hätte der Maler der Sprache seiner Malerei mißtraut); (als hätten diese Büttel in Fußabtretern nicht gewußt, wozu sie hier eingedrungen warn), allein für=sich etwas aus Abscheu & Häme bezeichneten, womit das Gesicht des Riesen mit abwesendem Blick (die Bartstoppeln, sogar den Hals des Mannes bedeckend, eine Maske aus Eisenspänen: unbeweglich, feindselig & voll kalter Geringschätzung) aus dem Dunkel des Flures in die offene Küchentür wie in einen Bilderrahmen trat. Auch seinem Körper entströmten Schwaden talgigen Geruchs, aber – so gebe ich ihm heute die Vermutung – der feiste Leib des Fremden gehörte zu jenen Menschen, die, soeben aus dem Bad gekommen, die Wasserperlen noch auf der Haut, schon wieder in ihren alten Körpergeruch hineinstiegen wie in abgetragne, feuchtklamme Wäschestücke. Vielleicht war dies eigentlich weniger ein *Körper*-Geruch, als vielmehr Gestank aus einem *inneren* Dreck : Wünsche Illusionen & Begierden, die eigenen Ansprüche & die Ansprüche an sich=selbst – und das völlige Versagen stets, das nicht einmal Scheitern war, sondern nur in den Brutalitäten seiner Kleinlichkeit ein fettiges, ekelerregendes Abgleiten von sich=selbst –.– Ein Schwarm Fliegen fiel jetzt durch die Küchentür herein (ihr hohes, giftiges Sirren wie die Parodie eines Klagegesangs) – mit einem Mal war die Küche erfüllt von Gespinsten aus hektischen Körpergebärden – Arme Hände Ellbögen Beine – und Haare: wehende, peitschende, hilflos um sich die Luft durchzuckende Haarsträhnen einer Frau –: Erst jetzt bemerkte er, was geschehen war : Einer der Mäntel hatte die Frau mitsamt dem Waschbecken an=sich gerissen, das schwere Porzellan war in der Heftigkeit der Bewegung der Frau entglitten, gegen den Mann geprallt, und hatte wie ein Mühlstein den Mann unter=sich begraben – : Der, brüllend, hatte das Bassin von sich geschleudert, war vom Boden aufgesprungen & hatte, unterm schadenfrohen Grölen seiner Kumpane (*!Fick nich s Becken !Fick s Loch*), die Frau gepackt: *!Warte !Nazihure !Westschlampe* & aus dem auffächernden Mantel das Knie in den Bauch der Frau gerammt: dumpf brach sie zusammen, wurde gepackt, hochgezerrt –, das Gesicht der Mutter tauchte plötzlich dicht vor ihm auf, aus dem Nebel aller Bewegungen, abrupt in 1 Augenblick des Stillstands, und wie vordem der Mantelstoff eines der Fremden, so strich über sein Gesicht nun 1 Strähne ihres Haares, kühl wie das Gefieder 1 Vogels im Flug. (:?War es das, was ihm das Grauen brachte; solch federleichte Berührung, die er nicht vergessen konnte, die wie 1 Brandnarbe erhalten blieb; die in unzähligen Traumbildern, in ebenso unzähligen Variationen, sich einstellte, wiederholte, u dennoch hinter all ihren Masken umso deutlicher hervortrat in Fremdnis & Kälte alles Erstmaligen : die 1 Haarsträhne der Mutter, der unterm brutalen Griff des Büttels der Oberkörper herabgezwungen wurde, u ihr verzerrtes Gesicht so nahe dem seinen geriet als die sarkastische Karikatur 1 Abschieds.) Und aus seinem von Speichel & Blut & Marmelade verschmierten Mund fuhr ein trockenes, unbändiges Schreien, gegen diesen Ort wo soeben das Gesicht der Frau erschienen war –. Der Schrei konnte ihr nichts mehr anhaben; die Männer hatten die Frau längst unter eckigen & trampelnden Bewegungen aus der Küche hinaus-, das Treppenhaus hinuntergezerrt; von unten, von der Straße herauf, der gedämpfte Schlag 1 zugeworfnen Wagentür. – :Der Schrei traf die Leere nach 1 Explosion, blieb allein, für=sich, inmitten aller Details dieser Einsamkeiten, dieser verlassenen Dinge einer Behausung, an einem frühen Februar-Morgen.– Es war das Bild jener Frau, das ihm bleiben sollte: ihr vom Schrei verzerrtes

Gesicht, der hohle erschreckend=weitgeöffnete Mund, die 1 Haarsträhne über seine Wange fliehend –: 1 Inbegriff für *Mutter,* über all die Jahre mit ihren Toten hinweg. Die Rückkehr jener Frau nach zehn Jahren, vielmehr seine u: meine Rückkehr zu ihr, zu dieser Frau *Mutter* – es war keine Rückkehr: War Begegnung mit einer Fremden in der Maske der einstigen Frau, wie die schlechte Zweitbesetzung einer Theaterrolle, wobei die Übereinstimmung in Gesten, Maske & Kostüm mit dem einstigen Original die Fälschung nur umso deutlicher heraushob. Jener 1 Morgen in der Küche, vor vielen Jahren, war der letzte Morgen auch für sie. Und auf das Erbrochene auf den Dielen wie auf die kleberige Messerschneide, noch immer an der Tischkante liegend, aus den Gespinsten ihres Schwirrens, wie man sie nur sieht zu solcherart Gelegenheit : Fliegen; ihr Summen musikalisch & böse – als große schwarze Flocken sanken sie herab.....

Als hätten sie auf den Stillstand des Zuges nur gewartet. Od als hätte das Halten auf der Strecke sie eigens hervorgebracht, einen Schwarm Fliegen, um nun, wie Wegelagerer von draußen durch den Spaltbreit des geöffneten Zugfensters einzudringen & von dem Abteil, dem Wagen und dem gesamten Zug Besitz zu ergreifen. Die Fliegen lasse ich aus den Gärten, den taufeuchten Büschen, den Hecken mit ihren störrischen, von winzigen Blätterzungen besprenkelten Zweigen, den Komposthaufen & den vom Winter zerbrochenen Riedgräsern aufsteigen. !Ungewöhnlich für diese Jahreszeit, solche Menge an Fliegen, !in dieser Größe. Vielleicht haben sie, gegen die Natur, den milden Winter überlebt und stürzen sich jetzt, irritiert von solchem Dasein in einem hellichten Frühjahr, taumelnd in der ratlosen Bösartigkeit eines zu langen Krepierens, auf jedes andere Wesen mit dem *Geruch-des-Lebens.* Obwohl ich seit dem Stillestehn des Zuges erst wenige Minuten vergangen sein lasse, überzog sein Gesicht bereits nervöses Brennen, eine Maske od eine Kruste, sich einfressend in seine Haut, Unruhe u:

Langeweile zugleich, was seine ansonsten beherrschte Physiognomie zu zerreißen drohte. Die Fliegen, auf seine Hand den Arm & 1 Knie niederfallend, sie brachten das Maß der Ungeduld zum Überlaufen. Er sprang auf von der Sitzbank, 2 Schritte hin zur Abteiltür – mit 1 Mal das Gefühl, überhitzte, von schlafloser Nacht verdorbene Luft zu atmen –: er zog die Tür mit 1 Ruck auf, und trat hinaus auf den Gang, ans dort geschloßne Fenster. Die Luft hier war anders, aber nicht besser; Geschmack von kaltem Staub wie in langezeit unbewohnten Räumen, ein Gefühl, das ihn frösteln ließ wie unter einem kühlen Mantel. Und ich lasse ihn seine Müdigkeit spüren; Abgespanntheit nicht aus versäumtem Schlaf. Gegen seinen Willen, u das machte ihn wütend wie eine über Stunden hinweg im Stillen wiederholte, schwachsinnige=Phrase einer Schlagermelodie, beschäftigten ihn in Gedanken die Fliegen.....

?Weshalb können sie nicht sterben.

Der Anführer der Conquistadoren hielt noch immer den Arm erhoben, in der Hand den Griff des Schwertes & das unsagbare Gefühl nach dem Anprall gegen einen fremden Leib. Dieser Widerstand anderen Fleisches & der Knochen, der als ein Vibrieren, Zittern & Brennen auf der Handfläche wie ein Echo zurückblieb und sich fortsetzte den Arm entlang in den Kopf, und vom Gehirn Besitz ergriff und von dort vom gesamten Leib, hineinfuhr in die Genitalien als 1 wütende Welle. Tod. Zu Füßen des Söldners, auf dem lehmigen Sand, zusammengekrümmt zur blutigen Letter, der Körper des Alten, sein Gesicht zerschnitten von der Klinge des Spaniers. Das Schwert dabei wie 1 Knüppel verwendet & den Alten niedergeschlagen nicht wie 1 Soldaten, 1 Krieger: die Spitze voran (das Metall wäre, dem Mythos dieses Todes gerecht, durch den Schädel gedrungen und im Nacken wieder herausgetreten –: Tod von 1 Mann für 1 Mann *Auch Feindschaft hat 1 Tarifsystem*), sondern diesen Wilden-hier: erschlagen wie einen Bettler, *wie einen unserer räudigen Köter, denen ich seine Reste zum Fraß vorwerfen lasse:*

!Weg mit diesem Dreck !Mit diesem unverschämten Stück Mist, das es gewagt hatte, mich, 1 ehemaligen Granden aus Córdoba, anzustarren: in-mich einzudringen wie 1 jener giftigen Fische-hier in den Flüssen, die sich durch die Körperöffnungen in die Eingeweide fressen, und man krepiert langsam, unter Folterqualten..... :!Solch ein Stück uralter Indio=Scheiße – !Solln die Hunde sich dran vergiften – : ?Weshalb sterben sie nicht alle auf-der-Stelle mit diesem Alten. ?Worauf warten Die noch. ?Wollen die dreckigen Kreaturen Die Ausnahme: jedem sein spezieller Tod. ?Od haben Die etwa Hoffnung, daß sie – !ausgerechnet sie – überleben könn-
ten. Seine 1zige Sorge, die Kumpane um ihn her od die Fremden, diese halbnackten Wilden, sie könnten das Zittern in seinem Arm bemerken; die Gleichmut, mit der er das Schwert an den Gürtel zurücksteckte nach dem Mord, als Täuschung entlarven. !Solch Entdeckung wäre vernichtend. *Sie solln abkratzen, diese Viecher. Diese Wilden & dieses Pack, mit dem ich hergekommen bin. !Alle. Jener Alte, der mich angestarrt hatte, um die Kraft mir zu nehmen (denn er hatte mich durchschaut, mit 1 1zigen Blick seiner erdalten Augen erkannt) – der war nur der Erste, heute, auf dem langen Weg, hin zu meiner perfekten Maskierung –. !Gier, !Verrat schlagen hoch hinauf, bis nach Peru, bis nach Panama – alles ein 1ziger brodelnder Kessel Aufruhr Meuchelmord Raub,* & jeder niedergeschlagene Putsch wie das glimmende Holzscheit, das ins trockene Buschwerk fällt, läßt neue Flammen, neuen Aufruhr in kochendheißem Feuersturm auffahren – *!Der-König & Spanien sind weit, u der Griff zur Krone, zu Besitztum ohne Arbeit, zu Reichtum ohne Risiko, zu Macht & Willkür ohne Verantwortung: !so nahe hier: vielleicht hinter der nächsten Flußbiegung schon, !so nah selbst für den gemeinsten aller Caudillos – Pizarros aufgepflanzten Schädel fressen die Würmer: ?Abschreckung, ?Hindernis für neuen Putsch – :!Wen scherts, hat eben Pech gehabt der Herr – mir solls besser gelingen –,* Großes Elend Großer Tod, Garrotte Strick & Beil kommen nicht zur Ruhe, das Geschäft mit der größten Konjunktur in dieser Welt ist das Geschäft des Henkers – *doch die Landschaft ist weit, der Urwald*

gütig wie die Nacht & voller Schlupfwinkel für die Schlangen von Wortbruch & Verrat, !ich Narr: schlachte einen hundealten Indio ab als seien das meine ersten Schritte hier vor dreißig Jahren. Heut schlachtet niemand Indios mehr so wie ich es tat – :Der größte Feind hier sind wir=selber. Wer damit begonnen hatte, Totes auf Totes zu häufen, der muß weitermachen mit Töten. Nur solange lebt er. (Ringsum – aber das hörte & sah der Conquistador nicht mehr – setzten die fremden Stimmen ein, & die Körper im rhythmischen Wiegen als ließen Todesfurcht & Qualen durch solch pflanzenhafte Bewegung sich bannen: die furchtbar=menschliche Klage aus dem Wissen: es ist Alles verloren.) Er, mein jüngerer Bruder, hatte das Glück, 4 Jahre später geboren zu sein. Für ihn war die Frau, die an jenem Morgen von den Mänteln aus der Wohnung fortgezerrt wurde, immer eine Fremde geblieben. Ihre Rückkehr nach Jahren, dh. unsere Rückkehr zu ihr – für ihn blieb sie Die Fremde, Die Neue, die *plötzlich* da=war & an deren Vergangenheit es keine Erinnerung gab. Vertrauen ist nur 1 anderes Wort für Unwissen, wie Treue ein Maß ist für Rücksichtslosigkeit. Sie hatte Ihm, diesem Mann u unserem Vater, damals vertraut: Nach 2 Kindern von Adel & gutgläubig noch immer : Frollein Unschuld vom Lande. Hatte seinem Brief & dem letzten Satz geglaubt *Ich hole Dich nach sobald ich Fuß gefaßt haben werde* (:das war eilig an den unteren Rand des Blattes geschrieben wie eine höfliche Floskel, hohl, nichtssagend, doch die zu vergessen als Beleidigung aufgefaßt würde & die der Schreiber im letzten Moment noch erinnert dahingeschmiert hatte). Und je mehr Zeit ohne Nachricht verging, der Blick in den Postkasten, in die Handvoll rostfarbenen Staubes, längst schon Routine & überflüssig, desto hartnäckiger, trotziger, verstockter aufrechterhalten u desto kindischer diese wackelige Schaubude ihrer Illusionen *ich hole Dich nach,* u vor der Szene immer aufs neu der fadenscheinige Vorhang aufging mit dem Prospekt 1 Ansichtskarte von München *sobald ich Fuß gefaßt habe,* der letzten Nachricht von ihm. :Er, sein u: mein Vater, dieser Unbekannte, der in den Jahren nach dem letzten Krieg von 1 Tag auf den andern, vielmehr 1 Abends eilig verschwinden mußte aus der sowjetisch besetzten Zone (?Warum, ?Was hatte dieser schlanke, hochgewachsene Mann mit den dünnen Lippen, wie die Fotografie ihn zeigte, ausgefressen in den Jahren zuvor: der Fremde in der Uniform der SS –) – da war es schon zu spät. Da konnte sie nicht mehr zurück u Alles leugnen, sich lossagen von diesem Flüchtling vor der eigenen Verantwortung : Unsere Existenz – mein Bruder wenige Monate alt, u: ich mit 4 Jahren – Klammern & Anker auch für sie & ihre Verbissenheit, gepaart mit dem 1=jeden normalen Frau eigenen, gesunden Hang zum Verbrechen. Und die kindische Hoffnung, er, dieser Mann, werde sie & uns nachholen *sobald ich Fuß gefaßt habe,* gehütet von ihr wie die Trumpfkarte im Ärmel des Falschspielers, der nicht begreifen konnte, daß längst ein anderes Spiel begonnen hatte, worin der Trumpf kein Trumpf mehr war. Ihre Eitelkeit der Grund für ihre Treue (stets hielt sie einen Koffer, Taschen gepackt bereit, für *den* Augenblick, wenn seine Nachricht uns erreichen sollte); und konnte einfach nicht glauben, daß der Fremde, der ihr 2 Kinder hinterließ, 2fach Flüchtling war: vor seiner Vergangenheit, vor ihr. :Dieser Irrtum hatte sie vielleicht alles Folgende ertragen lassen: die Verhöre, die Erpressungsversuche, Vorladungen (aus nichtigen Gründen zumeist), & wieder Verhöre, mit immer den gleichen Fragen, stereotyp & grausam dahergeleiert od dahergebrüllt wie in der Zeremonie einer pervertierten=Religion, und schließlich die Einweisung in die psychiatrische Klinik (*!Die muß verrückt sein dieses Weibstück !Das is keine Sturheit !Wir kriegen schon noch raus was sie weiß ihre Verbindungen zu einem Staatsverbrecher Schon ganz andere Früchtchen kleingekriegt hier drin*) :Ich lasse ihm diesen Glauben an 1fachheit der Behörden, an Durchsichtigkeit & beinah ehrlich zu nennende Brutalität ihrer Maßnahmen & Ziele (er, der Rechtsanwalt, müßte es schließlich wissen, und vielleicht stimmt das so in allen Zeiten). *Von Menschen, von dieser Tierart, so rasch zu Emfase u Verzweiflung neigend, allezeit das Schlechteste erwarten; sie schlechter machen als sie sind, ihre Begierden Triebe Wünsche Träume & Gebärden ansiedeln noch unter denen der Schmeißfliege : das heißt Sichbewahren vor gewissen Faszinationen & schmierigen Verliebtheiten u kommt Der-Wahrheit um 1 kleines Schrittchen näher. Denn Hoffnung macht Idioten, verlängert die Verbrechen, blutige Spiele um Sekretionen & Geld :* Überlegungen, dutzendfach aufgegriffen & wiederholt, so daß sie allmählich ihre Konturen verloren, brüchig, schäbig wurden & vergilbt wie zu oft gelesene Seiten immer 1-u-derselben Illustrierten; Überlegungen, die ich ihn widerkäuen lasse, sie steigerten jetzt seine Abgespanntheit, seine flackernde Unruhe, draußen auf dem Gang vor den Abteiltüren im Geruch von kaltem Staub. Die Besinnung darauf, seinen Plan, dessentwegen er seine Reise unternommen hatte, bereits ausgeführt zu haben – ! *Alles erledigt – es wird lange dauern, bis ein Verdacht auf mich fallen könnte* – :diese Besinnung, die ich ihm gebe sowie die Aussicht, mit nur wenigen Menschen in nächster Zeit Kontakt haben zu müssen, verschaffte ihm jetzt 1 wenig Entspannung. Jener Stadt im Norden (darin er u ich einige frühe Jahre bei Adoptiveltern verbracht hatten), konnte er nun für immer den Rücken kehren. Es gab keinen Grund für ihn, länger dort zu bleiben od noch 1 Mal dorthin zu fahren. Die beiden alten Leute, unsre Adoptiveltern, waren vor Jahren schon gestorben – ?hatte er den Friedhof, ihre Grabstätte besucht : ?hatte der »Blumenstrauß«, den er mit-sich trug, diesen Grund vortäuschen solln & ?war er, mein älterer Bruder (wie damals nach seinem Entschluß, in den-Westen zu gehen, in der 1 Nacht der Panik, nun auch dieses Mal, vor seiner Tat, wieder zu den beiden Alten geflohen, die damals still waren zu allem, was er über sie beide hinweg zu sich=selber sagen mußte, u die nun auf dem Friedhof in 2 winzigen Urnen verwahrt wurden, wiederum Zeugen seiner Rede über sich=selbst); war er also nur deswegen auf den Friedhof gegangen. ?Od war er (nachdem er des nachts in das Krankenhaus geschlichen war, heimlich, her zu mir, auf die chirurgische Station) seinen eigentlichen Plan zu verwirklichen....., danach vor die kleine Urnengrabstelle getreten, die (wollte ihm scheinen) zu winzig war für das Grab zweier Menschen –, so daß 1-solche Grabstelle noch ein Mal als eine Art der Erniedrigung, gewissermaßen eine Erniedrigung für Die-Ewigkeit, erscheinen mußte – für diese beiden Flüchtlinge des letzten Krieges, Umsiedler, für die es offensichtlich nirgendwo einen Platz von sozusagen normaler menschlicher Größe geben sollte..... (Bemerkenswert übrigens, daß in den Stätten, wo Menschen leben, die größten Flächen gleicher Funktionalität immer die Friedhöfe einnehmen. Weder Sportarenen noch die Center einer aufgedrehten Freizeit-Industrie reichen an diese weitläufigen Felder der Toten heran :) *Die Toten sind unser natürlicher Umgang.* Er blickte zurück ins Abteil. Sein heller Wildledermantel, erneut vom Haken gerutscht, lag wie die abgestreifte Haut eines Reptils über die Sitzbank gebreitet. Als er in die Gepäckablage zu dem »Blumenstrauß« hinaufschaute, bemerkte er auf der mit gläsern durchscheinenden Tröpfchen betauten Zellofanhülle : die Fliegen..... – Details eines wasserhellen Februar-Morgens..... Geschmack von Marmelade & Blut, Erbrochenes auf den Küchendielen..... Schmerz im Gesicht dieser Frau..... Mäntel wie aus Metallwolle, voll erkalteter Hitze & Schweiß..... – Der alte Ekel kehrte zurück.

8 .....!Der Tod des Vaters – damit hat für sie Alles begonnen Das war wie solln wir sagen *Der Anfang ihres Leidensweges* Aber vielleicht wäre sie auch darüber weggekommen – sie zog das Unglück von jeher an u Das war so mit allem was sie begann Man hat Wie solln wir sagen vor einem Beginn immer zur 1 Hälfte die Chance die Sache am richtigen Griff anzupacken & zur andern Hälfte eben nicht Solange wir sie gekannt haben hat sie immer mit der andern Hälfte begonnen Wir haben das auf-den-1.-Blick gesehen Damals als sie die Straße auf uns zukam Mit diesen unbeholfnen tastenden Schritten Mit denen Leute-aus-der-Stadt auf dem Land sich bewegen Grad so unbeholfen & tastend wie der mit den Blumen eben !Solch feiner Pinkel die Blumen als hätt er sie ausm Abfall auf nem Friedhof geklaubt Als sollte sein Strauß Wie solln wir sagen eine Tarnung sein Vortäuschen von Harmlosigkeit ?Wer weiß was der wirklich im Schilde führt..... An den ersten Schritten-in-der-Fremde erkennt man wies dem Fremden in seiner Fremde ergehen wird Die ersten Schritte sagen Alles Und entscheiden Alles Das steht fest Und sie sah nach Unglück aus das trug sie in ihren Schritten genauso wie der Kerl im hellen Wildledermantel das Unglück in seinen Schritten trug Man sollte die Unglücklichen nich frei rumlaufen lassen Das ist unsere Meinung Die Irren sperrt man ein & die Verbrecher Die Unglücklichen dürfen machen was sie wolln ?Was meinen Sie wieviele Weltverbesserer daherkommen palavern von der Freiheit-Gleichheit-Brüderlichkeit-aller-Menschen Aber im Grunde plagt sie nur der Ischias od sie können nich mehr – ?Wo aber ist da der Unterschied zwischen Verrückten Verbrechern u Unglücklichen Die sind wie die Wirbelstürme : Sie ziehen ihre Nächsten mit ins Verderben Soviel steht fest Und sie war mit den Nerven schon am Boden als der Mann den sie noch aus Kindertagen kannte Den sie geliebt hatte wie solln wir sagen Mit einer Hingabe wie ne Nonne ihren Heiland nich inbrünstiger..... Das war wenn Sie uns fragen schon nicht mehr normal Aber das geht uns

schließlich nichts an Sie wäre schon drüber weggekommen
Mit der Zeit das schafft jede Soviel steht fest Denn sie hatte
ja ihre Kinder 2 Jungen in Berlin !Doch die Rede des Pastors
damals bei der Beerdigung ihres Vaters !Wieviel Unheil
1 Satz auslösen kann Wie das Steinchen am Berg und grad
dieses 1 löst dann die ganze Lawine aus Sie müssen wissen
Ihr Vater war seit Jahren querschnittsgelähmt Betriebsunfall
Als er in einer Werft arbeitete noch als junger Mann ?Haben
wir Ihnen das schon erzählt Sollten wir uns wiederholen
müssen Sie uns das sagen – Verzeihn Sie es fällt uns noch
immer schwer zu begreifen daß Sie nicht sprechen können
Unter all diesen Verbänden Bandagen nichts reden u nichts
sehen Schrecklich..... ihr Vater lebte beinahe dreißig Jahre
im Rollstuhl !Ein halbes Leben Das sagt man so Doch wenn
man sich das naheholt: ?Wieviel bleibt von einem Leben für
manchen nur 1, 2 Jahre Ein paar Monate 1 Tag Für viele gar
nichts So ist das ?Und der Mann ihr Vater ?Wieviel ist ihm
geblieben !Ein Scheißdreck !Mit 24 der Unfall der Rest war
Krüppel & Rollstuhl sich Einscheißen Einpissen ohne s zu
merken ?!Ist das vielleicht ein-Leben Aber da ist kein Ausweg Nich mal umbringen konnt er sich selber !Kein Ausweg Keiner Und es hieß in den letzten Jahren war er nicht
mehr ganz richtig im Kopf..... Damals in der ersten Zeit als
die Tochter noch ein Schulkind war Da soll er mit dem
Kind..... Genaues weiß man nich..... Und der Pastor sagte
damals am Grab ihres Vaters Er hat über viele Jahre seines
Lebens ein Kreuz getragen. Nun ist er durch das Kreuz
hindurchgegangen. ?Verstehn Sie das Wir haben uns seinen Satz gemerkt wie keinen anderen weil Wie solln wir
sagen danach die Veränderung mit ihr begann – Wir sehen
noch wie heute den Strauß blasser Lilien der ihr aus den
Händen fiel nach jenem Satz So als hätte sie nur auf diese
Worte wie auf 1 Bestätigung gewartet : All die Jahre ihrer
Kindheit ihrer Jugend gewartet auf diesen 1 Satz Und als er
dann endlich laut ausgesprochen wurde : Da war es am Grab
ihres toten Vaters So war das Und sie rannte fort über den

Friedhof über andere Gräber hinweg Fort Auf & davon als wären die Hunde hinter ihr her Und sie hatte noch nicht mal das bißchen Erde ihrem Vater ins Grab nachgeworfen..... ?Können Sie sich vorstelln was 1 Handvoll Wörter aus 1 Menschen machen kann..... Schon wieder ist es Abend Es wird kühl Wir wollen ins Haus gehen Kommen Sie..... Wir helfen Ihnen.....

9 Sobald in Böen Wind die kleine Stadt ergriff u unter hellgeschliffenem Himmel die Wolken zerfaserte – Staubkörner, die Gesichtshaut mit Nadelstichen rötend, Markisen vor winzigen Kaufläden wappten dumpf wie alte Segel –, lag ein Geruch des Meeres in diesem Windstrom; in die Schwaden aus dem Chemiewerk am hügeligen Stadtrand, in die nistenden Kohl- & Fettgerüche, behäbig & stumpf lastend wie Vorurteile, im Genetz der Stein- & Fachwerke, darein also mischend die Nordwindböen Kiesel-Algen-Schlick- & Salzgeruch wie Wörter aus fremden Sprachen, die aufatmen ließen für 1 Moment. Der Mantel schlug harte Falten um seine Knie, Böen warfen Händevoll wasserhellen Lichts, überschauerten in grellen, fegenden Sprenkeln die Pfützen auf seinem Weg. Der Anblick der, obwohl kein Dutzend Schritte breiten, so doch der breitesten Straße im Ort – hier die meisten Kaufläden dicht neben 1 ander –: eine stille Flucht die Fachwerkzeilen entlang, leicht in-sich gewellt wie ein verwitternder Bretterzaun &, in der Perspektive immer weiter sich kürzend, eine unhörbare, eine überhörbare Folge von immergleichen Tönen, wie der Wind im Vorübergehn Dächer u Schornsteine streift, 1 kurze fahle Dissonanz. Um etwa auf halber Straßenlänge zur linken & zur rechten Straßenseite zwischen alten Häusern durchschnitten zu werden von 1 schmalen Wasserlauf –: Und war scheinbar bemüht, die beiden Wörter von-sich zu weisen: Denn weder von Wasser noch von Laufen konnte die Rede sein : eine faulige, stockende Abzucht, kaum knöcheltief, in allen Farbtönen der Verwesung; eine Art flüssigen Schlammes, der eine tiefer als die Hauptstraße gelegene Gasse überflutet zu haben schien. Und an lichtlosen Hauswänden, zum Teil mit kleinen Erkern (verquollne, rottende Fensterchen mit Tüllfetzen hinter den Scheiben verrieten Einwohner dort-drin, und bisweilen öffnete sich 1 dieser Luken & Mülleimer od andere Behälter wurden in den Schlammgraben entleert) über jenem muffigen Kanal schwebend, schrieben sich in gelbgrauen Zackenlinien wie Schweißränder in zu

lange getragener Kleidung Salpetergemälde hinauf – es roch sauer & beizend aus dem engen Zwielichtkanal nach modrigen Ziegeln, faulendem Verputz. (In früheren Jahren, von Zeit-zu-Zeit, waren vom Stadtrat & anderen, offiziellen Behörden Forderungen nach Zuschütten des Grabens laut geworden; bisweilen standen sogar schon Termine & Geld hierfür bereit –: Aus Gründen jedoch, die offenbar niemand genau kannte & für die also niemand verantwortlich war, wurden all diese Pläne zunichte u Alles blieb wie es war.....)
Und sobald jemand 1 Stein od ähnliches in solch flachen Schlamm hineinwarf, stoben, vordem unsichtbar, plötzlich u mit wütendem Summen als wären sie winzige Angriffsmaschinen Fliegenschwärme aus dem faulschwarzen Wasser auf..... – Die Brücke über den Graben trug zu beiden Seiten 1 massives Eisengeländer, drängte gleichsam schamvoll den Anblick dieses Faulgewässers zurück – doch konnte man, mitten auf der kurzen Brücke stehend, andere, unglaublich verfallene Brückenstege erkennen (die Geländerstützen, mit Zinkblech beschlagen) :der Zugang, sofern überhaupt jemand solch verdächtige Stege noch betreten mochte, war von außen, von der Straßenseite her, unmöglich; nur von den Hinterhöfen zu anderen Hinterhöfen führten diese Wege, Verbindungen zu einem 2., einem geheimen Leben, das dem anderen, offenen der Straßen wohlweislich sich entzog..... :?Weshalb hatten Die-Behörden gerade solchem Leben das Über-Leben gestattet, ?diesem krank dahinwuchernden Da-sein, das unmerklich noch zu Lebzeiten bereits alle Stufungen des Verfallens, Sterbens, Verwesens vorführte.
Diese Straße & ihre Stadt hatten selber etwas Organisches, etwas von einem lautlosen Immerdasein wie alte, ausladende Bäume in der Gleichförmigkeit ihres Erduldens der Jahreszeiten. Und in seiner Erinnerung an die Straße, als sei das stets dieselbe Fotografie, die beim zufälligen Blättern im Album rigide sich jedesmal aufdrängte, bot sich dem Anblick: Der Gemüseladen – seine Winzigkeit in Düsterness

beständig vorgezogener Markise (brüchige, zerfranste, von Staub & der Witterung verblichne Leinwand, 1 kurzes, schwappendes Geräusch im Wind erzeugend wie greises Fahnentuch eines längst in seiner Gruft verwesten Landesfürsten.....) – besaß 1 besondren Grad von Schäbigkeit. Und, so wollte ihm scheinen, diese enge Düsterness – im Zwielicht des Ladens vergärendes Gemüse – war der Ursprung einer besonderen Gefahr: !Der Ursprung der Fliegen..... Ihm erschien jenes Geschäft, in das er übrigens niemals einzutreten wagte, als die Brutstätte, als die heimliche Remise für diese Schwärme Fliegen, klebrige Punkte, Tropfen, schwarz & grün schillernd, und plötzlich wie aus dem Nichts der Lüfte, aus dem Nichts rissigen Gewölkes niedergehende zähe Schauer, den Gegenständen Eßwaren Menschen sich anheftend – als Unmengen dunkler Noten für ein pelziges, bösartiges Summen, auf der Haut des Armes u der Hand wie Stigmata einer Seuche erscheinend..... So, vielleicht, hat Angst 1 von vielen Anfängen genommen, deren Angst fähig ist. Das war seine Ankunft hier in dieser Stadt vor Jahren & erstmals zu einer späten Stunde. Der Abend, nachdem er zu ihr in ihrer Wohnung in Berlin das schon Entschiedene gesagt hatte: *Ich hab den Antrag gestellt. Ich geh in den-Westen* – Und war, ohne ihre Antwort abzuwarten, vor seinen eigenen Worten in Panik geflohen, hierher, in die Kleinstadt, zu den beiden alten Leuten, die noch immer hier lebten, die ihn in ihrer Welt=Fremdheit nichts fragen, die all seine Entscheidungen mit Schweigen hin nehmen würden, so auch diese 1, eine folgenschwere *Ich geh in den-Westen* – Er spürte bei den beiden Alten im beständigen Dämmerlicht ihres Daseins, in dieser Kleinstadt, worin auch Licht u Wind vertraut erscheinen mochten aus den Jahren der Kindheit=hier, seine Sicherheit u Zuflucht. Und kam damals mit dem letzten Nachtzug an: wenige vertrunkene Gestalten, gelblich wie das Licht der trüben Bahnhofshalle in Zugluft einer späten Stunde Herbst. Verblutende Himmel, die Felder vor den Zugfenstern schon früchtelos, ein Jahr wieder, sterbend. Und kurze Zeit später der Weg vom Bahnhof unter fahlem Schimmern aus einem fleckigen, weit aufgeworfenen Himmel, die eigene Gestalt ein dunkler Zeiger übers steinerne Zifferblatt des Pflasterweges hastend, irgend-1 noch unsichtbaren Tag entgegen. Und Nacht ließ den hölzernen Hall eines zuschlagenden Fensters in die Finsternis fallen. In eine Stunde, wo die engen Straßen nackt waren, die Hauswände in Starre – nirgends Linderung, nirgends Verschwinden. Und flachstirnige Fassaden von 1-Familienhäusern, dumpf=brutal im Lichtwurf aus Neonfäusten, bernsteinfarbne Pogromfackeln & stupide Hausvisagen, den Fremden durch Levkojengesträuch bekläffend als Faust-Lichter gegen alle, die verschwinden solln –: Dahinirrend er, ein ausgesetzter Hund, ein Reisender aus der Fremde in einer anderen Fremde, die schwarzen Dächer als Beile in ein weites Stück Himmel geschlagen, das, in vollkommene Stille u eingehüllt in Schleier aus Sternenleuchten, seinen Schatten über erloschene Fenster warf. Und den im Herbstlicht glühenden Blättern des wilden Weines an der Südwand des Hauses, darin die beiden alten Leute noch lebten, waren ihre Flammen gleichfalls erloschen; sie streuten sich die Nacht & den Stein hinauf als ein schwarzes Laub. Und niemand, der ihn jetzt noch erkannte. *?Vielleicht ist dies 1 jener Momente, in denen das-Kind aus einem Menschen gerissen wird. Und zurück bleiben Kälte & Ekel – der Ekel vor einer leblosen Hülle im Dreck, das Gesicht dieses Toten ist das eigene.* Der Conquistador hatte den Blick des Mädchens in seinen Augenwinkeln wahrgenommen, vielleicht weil das Kind, das es vor dem Tod dieses Mannes, der ein Verwandter – Vater, Großvater – sein mochte, noch gewesen war der u 1zige Körper, der nicht in das rhythmische, kollektive Wiegen von Leibern in der Totentrauer verfallen war, dieses Mädchen, erstarrt wie 1 jener Götzenfiguren auf ihren Altären (*?Vielleicht treten Götter immer aus den Gestalten des Schmerzes hervor*), das Mädchen war in jenem Moment, als das Schwert durchs Gesicht des Alten schnitt, zum Stein des Hasses geworden. Der Alte, sein Blut floß zurück in den lehmigen Dreck, aus dem es gekommen war, u dort wo einst im Gesicht der Mund, klaffte eine Wunde so groß, als suchten alle Wörter in 1 Augenblick aus dem Gehirn heraus, zurück in den Staub ihren Weg in Blut, das nun in die Färbung des Lehmgrundes sich verwandelte –:*Selbst als Tote noch scheinen sie anders, mächtiger als* – Der Conquistador verbot sich den Abschluß des Satzes. Und blickte zum stumpfen Gewölke, zu den Bergesgipfeln hinauf, die zu beiden Seiten des Indiodorfes fast senkrecht aus dem Urwald sich emporwarfen, u auch diese Berge in den Farben von Lehm & Blut, der Himmel der diesen beiden Bergesköpfen langsam, zäh, unerbittlich wie Flüche aus Rauch entströmte, in den Farben von Lehm & Blut. Auch die Atemluft lastete erdig & feucht in trüber Färbung stagnierend, Pflanzen Tiere Menschen die Waffen den Troß in=sich=einbindend, als sei das Geschehen auf dem Grund eines trüben Flusses od auf dem Meeresboden, Haare Rüstungen Gesichter & Haut im grünbraunen Schimmern, ein Leuchten ohne Helligkeit ohne Schatten wie aus fieberrohen Augen *Gespenster wir, die noch 1 Mal ihr Sterben spielen* 1 ums andere Mal, über alle Jahre über alle Getöteten hinweg, ohne Fragen nach einem Sinn od Ziel, *zwecklos wie das Ficken – !doch nur Idioten=u=Heilige fragen beim Vögeln & beim Beutemachen ?Wozu – :Doch Beute-Machen kann selbst der blödeste=Söldner-&-Raufbold, sobald die blutige Brandung eines Krieges ihn durch Zufall ans Ufer des Siegers wirft – Beute-Besitzen aber heißt die Beute besser kennen als sichselbst..... Die Große Zeit der Eroberungen ist vorbei. :Jetzt wäre Zeit, das zerrissene, zertrampelte, von Stahl & Pulver ausgeweidete Land zu befestigen – wir haben uns durch das Fleisch eines Landes geschlagen gebrannt gefoltert geschossen & weiter durch sein zerbrochnes Skelett hindurch – u haben Es noch immer nicht gefunden: !Das Gelobte Land !Das Goldene Kalb Mose in dieser Welt, !nich mal 1 Haxe von all dem Gold haben wir gefunden –:?Was liegt unter dem Fleisch, ?unter den Knochen, ?!was kommt zum Vorschein nach all diesen vergeblichen Schlachten, wenn nicht allein der ekelerregende Hohlkörper des Krakens der Lüge – seine Fangarme umschlingen unsre gierigen Gehirne, saugen das Blut der Vernunft aus unsren Adern, lassen leere Hüllen zurück für den Pestbrand der Wut & der Schlächtereien, fester Boden, damit das Land nicht schwankt unter den Füßen wie die Planken der Höllenschiffe, mit denen sie kamen einst, !festes Land, gepflastert mit den Schädeln der Verräter, den gehenkten, zu Dreck & Abfall geworfenen Leibern der Unterlegenen –:!unsere Leute allsamt; Leute aus meiner Nachbarschaft Da-Heim – ?gibts das: Da-Heim, ?auch eines dieser Hirngespinste & Lügen am Ende;* – Noch hat der Puma der Schlachten & der Hinterlist ihn nicht eingeholt; hat *seine* Schlacht noch nicht begonnen, um die unheilbaren Wunden einzukralln, von seinem Leib Tribut zu fordern – Beine Arme Hände Rippen Gebiß & Knochen – !noch nicht. *!Kaum zu glauben: Seit mehr als dreißig Jahren Caudillo ich, u noch hetzt das Raubtier meiner Schlachtung mich durch Urwaldwogen vergebens..... !Noch nicht geschlagen..... !Noch keine Verstümmlungen !Noch kein Ende.....* Wir haben das nicht gelernt & könnens auch nicht, und müssen deshalb töten töten, immer weiter, die Toten töten, u damit nicht genug, die Erde töten, in die sie, all die Toten, zurückgeworfen werden, u die Farben, die aus den Toten sind, u töten, wohin sie fließen, sich vermengen, neues Fleisch entstehen lassen, töten, – – Gott u Haß sind die 2 besten Schützen. Frost, das Reptil das die Angst mitbrachte, stieg aus dem dumpfschwülen Boden des Urwaldkolosses heraus, ließ die kühlen leblosen Schuppen über die Haut unterm Panzer des Conquistadors gleiten, packte sein Fleisch & fraß in breiten Striemen den Leib sich hinab, so daß der Söldner meinte, aus den Poren quelle Blut, wie das Blut einst aus dem Leib jenes Mannes, dessen Namen & dessen Glauben wie den Glauben an ihn er, der Conquistador, den Fremden hier mit dem Schwert in die Gehirne schlagen sollte, u mit dem nach sovielen aufgebrochenen Leibern, nach sovielen Metzeleien & Plünderungen, Vergewaltigungen & Verstümmlungen unterm geilen Kreischen der Zuschauer, die ihre kahlen od bärtigen Fressen, weit aufgerissen, den Schmerzensschreien der Gefolterten wie monströse Geschlechtsöffnungen darbietend, diese Schreie der Qual in-sich eindringen zu lassen & zu verwandeln in die Schauer einer gewaltigen Lust –, ihn-selbst nur 1 Glaube noch verband: Der Glaube an die Angst, die diesen Menschen sein Blut ausschwitzen ließ damals vor dem Tod am Kreuz, dem Martyrium das man den Sklaven gab; doch auch von seinem Tod-am-Kreuz vor einer so langen Zeit am Rand jenes Kaffs in Judäa inmitten einer dreckigen, steinigen Wüste war ihm nur das ungemein überschätzte Gerücht vom Tod irgendeines irrsinnig gewordenen Schwätzers & pädofilen Landstreichers geblieben.....

Aus dem Ärmel seiner Uniform floß in Strömen Schweiß; die Hand, die das Schwert hielt, umkrampfte fester den Griff der Waffe, doch steigerte das nur den Schweißstrom –, und als der Conquistador mit der andern Hand über sein Gesicht fuhr – der Schweiß aus der Stirn floß wie Regen über seine Augen herab – und er diese Hand anschließend betrachtete, war sie rot & klebrig von Blut & Gehirn – :der Conquistador wäre neben dem Toten in die Pfütze niedergestürzt, hätte 1 Begleiter ihn nicht aufgefangen. *!Die Reste von dem Kerl-hier für die Hunde* –, rief er seinen Söldnern noch zu. Und vorm Abgrund einer schwarz glühenden Ohnmacht sah er noch einmal die Züge des Hasses im Gesicht dieses Mädchens, das vor Augenblicken noch ein Kind gewesen war. *Wie schön sich Haß in weiche Kinderzüge schreiben kann,* und sein letzter, von Bewußtlosigkeit abgebrochner, Gedanke war, wann er wohl auch diesen Feind töten würde. Ein schwarzes, brandiges Rauschen füllte sein Gehirn. Ein Zerreißenwollen des Organismus, Schmerz, der ihn heimsuchte selbst in den stillsten Momenten einer Abgeschiedenheit, unbeobachtet in seinem Büro im Seitenflügel des Krankenhauses, nun, hier im Abteil eines stillstehenden Fernzuges jedoch stärker, bemächtigender als je zuvor; im Gehirn das Schreien, als hörte er die Leichen unterm Stein – – –

–?Is-Ihnn-nich-gut. Kannich Ihnn irngtwie: ?helfm.

Die Stimme des Schaffners, die diensteifrig hervorgezogenen Worte durchdrangen das Gedröhn in seinem Kopf wie dumpfe Hammerschläge. Und als seine Augen die Finsternis mit ihren grell glitzernden Metallspänen durchdrangen, Tageslicht mit seinen Bildern zurückkehrte, schwebte vor ihm unter übergroß wirkender, schmutzigroter Schirmmütze 1 bleiches Mannsgesicht, die noch jungen Züge darin in den Faltungen von Besorgnis/Argwohn: (:Vielleicht is der Kerl nur besoffm – kotzt am Ende den Wagen voll & ich musses aufwischn)

–?Kannich Ihnn helfm. Wir hamne-ä:Rotkreuzschwester im Zug. Sollich velleicht –

–Neinein. (In seine Geruchserinnerung gebe ich ihm den Dunst von gestärkter Wäsche, dazu das Aroma lauwarmen Kräutertees vermischt mit Wurststullengeruch:) !Nein. Es geht schon. Nur schwindelig. Ein bißchen. Geht gleich vorüber.

–Also: ?Wirklich nich. Macht keine Mühe, wennich –

–!!Nein. Bitte. Ist schon in Ordnung. Hab das öfter. Da drinn (er deutete in das Abteil zur Ablage zu seinem Koffer hinauf) da drinn hab ich Medizin. (Log er.)

Der Hinweis auf die übergeordnete Instanz eines medizinischen Präparats schien den Zugschaffner zu beruhigen.

–Wenn Sie mir wirklich helfen wolln – (:das Schaffnergesicht justierte sich augenblix in aufmerksame Dienstbeflissenheit) –dann lassen Sie diesen Zug !endlich weiterfahren.

Der Schaffner lachte (erleichtert): –Das, mein Herr, liegt leider nich in meiner Macht. (und begütigend): –Kannjanich mehr lange dauern. Müssen warten aufn Gegenzug. Die Strecke wird jetz endlich ausgebessert, unnda fahrn wir wieder 1gleisig wie in den Jahrn zuvor. Unndann der neue Fahrplan: Der 1. wieder für Gans-Deutschland: Das mussich erstma einschpieln, nichwah. – Die Schwingtür im Gang schwappte dem Davoneilenden träge nach –.

Er blieb allein vor der Abteiltür zurück, schaute den Gang hinab: der flüchtete in schmale Enge, u nahm auf seiner Flucht mit=sich rechts die Front der Fenster, helle Glasgemälde, links die Türenreihung der Abteile :Käfige, Terrarien, Zwinger für eine bedenkliche Tierart –. Und kehrte sich dem trüben Fensterglas zu, sah durch Palimpseste des Staubes hinaus, mit dem Gefühl, das stets solchen Beinahohnmachten folgte, ähnlich wie nach einem Rausch, daß inzwischen Stunden, Tage vergangen sein müßten, jedenfalls in der Zeitrechnung der übrigen Welt. Und sah in einiger Entfernung Pferde auf den von spärlichem Grün bestaubten Weiden, ein fadenscheiniges Grün – in den dichten Perlenteppich des Taus jedoch fiel ein Sonnenlicht: die Gräser gleißten auf, eine Landschaft plötzlich der punktförmigen Sonnen...... Und die Tiere bewegten sich nicht. Od nur so geringfügig, daß er aus der Distance nicht bemerken konnte, ob sie ihre malerischen Posituren, Klischees völkischer Ölgemälde *Pferde auf der Koppel,* überhaupt veränderten. Als wären sie aus hellbraunem, fleckigem Holz geschnitzt, Attrappen von Tourismusunternehmen hier aufgestellt in der linkisch=rührenden Absicht, in diesen Gebieten eines verschwundenen Staates im Wett-Bewerben um Kundschaft jenen herangelockten Fremden etwas von dem anzubieten, worin man sie zu erkennen glaubte: in der Sentimentalität des Kitsches. Und das Empfinden, öd & lächerlich zu sein, wurde abgewürgt durch die betörende Fantasie vom Geruch des Geldes...... Od solche Attrappen-Tiere, aufgestellt & drapiert von 1 listigen Feldherren zur Vortäuschung von Friedfertigkeit, den aufrückenden Gegnern die Falle zu stellen, den Hinterhalt; das war in dieser Traurigen Nacht, als die Wilden zum 1. Mal an den Fremden, den Spaniern, an ihren Tieren & ihren Waffen, sich vergriffen mit aller Wut aus der Entdeckung, daß die für die Wilden fremden Tiere – Pferde – ebensowenig unbesiegbar, unsterblich, göttlich waren wie ihre bleichen, bärtigen Wesen obenauf, deren schillerndes Rüstzeug von Blut & Dreck &

Eingeweide genauso besudelt wird wie die Haut eines=jeden Sterblichen; daß auch sie, die Tiere wie ihre Reiter, unter all ihrem Pomp nur miserabel kreischendes, spuckendes Fleisch waren, sobald man Speere Lanzen Schwerter Pfähle in solche Bündel aus Blut & Gedärmen stieß. Und der Nackte, 1 dürrer dreckig blutiger Halbstarker mit zerbrochnem, nickendem Federnschmuck auf seinem Schädel, stieß dem Pferd des Conquistadoren-Führers den angespitzten Bambuspfahl in den Leib, und stach, und stach : in den Hals, in die Weichen, in den Schädel – :das Tier blieb einfach stehn, stocksteif wie aus naßglänzendem Holz geschnitzt; blieb einfach stehn unter einem Hagel einstechender Lanzen, so als träfen die wilden Attacken ein ganz anderes, nur ein Totes; als tobte dieser mordtrunkene Wilde an 1 aufrecht stehenden Leichnam sich aus, dem Lieblingstier eines zu seinen Lebzeiten vergöttlichten, nach dem Tod von seinen Nachfolgern verfluchten Königs, u das Sinnbild eines toten Königs von einst treffen nun die Sturmfluten der Wut & des Hasses – wie das Denkmälern allenthalben geschieht..... – Blutströme, dampfend & beinahe schwarz, schossen aus jeder der gestoßenen geschlagenen gerissenen Wunden hervor, übergossen die Waffe & den Körper des trunken=wütenden Indios – :die Augen des Pferdes riesig, dunkel wie sein Blut, weitaufgerissen zum unbegrenzten Staunen, wie nur Tiere staunen können in den Augenblicken vor ihrem wirklichen Tod –,– und dann knickten die Vorder-, gleich darauf die Hinterbeine des Tieres ein, brach das Tier in=sich zusammen, ohne Übergang, plötzlich, als hätte es gewartet auf 1=bestimmte Anzahl von Verletzungen, die nun, nach 1 weiteren Lanzenstoß gegen den Kopf (ein nicht mal besonders stark geführter Stoß, verglichen mit all den übrigen, grauenhaft klaffenden Wunden) erreicht war, wonach es, das Tier, nun endlich würde sterben dürfen, vielmehr nach einem Leben=lang Sterben endlich in das Endgültige, Unwiderrufliche, in den wirklichen Tod würde hinüberstürzen können; und blieb im Lehm in der schwarzroten Pfütze seines Blutes liegen (was – hätte irgendjemand in dieser brennenden Nacht des Mordens auch nur für 1 Moment 1 Blick dafür gehabt – einen Anblick zwischen Grauen u Komik geboten hätte, wie jeder Austritt aus der alltäglichen Gefangenschaft in Beliebigkeiten, hinüber in den Ernst u die 1zigartigkeit der Verletzungen, Verstümmelungen, wie sie allein Katastrofen u Morde mit sich bringen, wohin auch die Körpergebärden, die Verrenkungen, Zuckungen, das ungestüme Gestikulieren des Sterbenden gehören, in heftigem Zucken der Hautoberfläche als gälte es Insektenschwärme abzuwehren, die Beine weitausholend die blutschwere Luft zu zerschlagen, in letztmaligem Fluchtreflex ein Terrain zu erlaufen, das schon das Terrain des Todes u der Kadaver wäre; die Nüstern geweitet, das Maul & die riesigen Zähne bläckend, als werde der Kadaver geschüttelt von Lachschauern über den grauenhaften Witz allen Kämpfens von Menschen & Tieren mit dem Sterben ringsum. Und sah eigentlich in all der feuerzuckenden Dunkelheit nur den idiotisch nickenden, zerbrochnen Federbusch dieses Wilden, der auch den sterbenden Pferdeleib noch weiter metzelte, solange, bis auch ihn irgendetwas in dem mörderischen Sirup aus Geschrei Waffenklirren Arkebusesalven Pferdewiehern Hundejaulen & Gekläff, aus einer kotzenmachenden, lehmigen, wie ein Gebräu aus Blut u heißer Schokolade stinkenden Finsternis – ?1 Beil, ?1 Schwert, ?1 Schuß od: einfach ?1 Knüppel od ?Stein – herausgeschleudert, ihn, diesen Wilden mit zerbrochnem Federnschmuck (der zweifellos Rangabzeichen & Würde war) niederstreckte in den zerstampften Morast. Und der Urwald rauschte & prasselte als fräßen schwarze, unsichtbare Flammen, als sei jener erdteilgroße Urwald nur 1 Haufen trockenes Gehölz, notdürftige Tarnung für Etwas, für Ein Wesen, für eines jener sagenhaften Ungeheuer, das aus dem Schutz der Pflanzen, aus den Tiefen der Moore heraus sich erhob, hervorbrach &, alles vorige Töten ins Nichts eines Geplänkels, eines Epiloges verweisend, jetzt erst seine wahre, seine 1zige unverhüllte Kraft &

Todesmacht offenbarte : zerbrochne Schwerter zersplitterte Lanzen (die Bruchstellen hell & ausgefranst wie Miniaturen der Silhouette des Urwalds), zerrissene Geschirre zerschlagene Helme & Harnische wie leergefressene Muschelschalen abgehaune Gliedmaßen zerfetzte riesige Blätter & dreckige Fahnenlappen, *Kriegskrempel aus allen Schlächtereien, blutiger Schund aus den Abfallkübeln der Feldscher, hierher, in den Urwald, zu uns mit uns über uns ausgekippt,* auf eine Deponie aller Kriege, in eine monströse Verwert-Fabrik für alles Fleisch, umtobt von veitstanzenden Feuern & Gebrüll, menschliche Laute der Qualen der Gier & des Triumfes, im stampfenden Rhythmus des Zerstörens, in dieser einen Nacht, in der das Blut brannte & das Gold versank, & Alldas im zähen Gestank aus Fleisch Rauch Pulver Metall Erde zerrissener zerhauner zerstampfter Pflanzen in einem gigantischen Morast sich mengte; in dieser einen langen Nacht, *die wir später die Traurige nennen werden* – – – –Ich !scheiß auf dein blödes Gequatsche: *Das Gäsücht ainär waißän Füxin die Augähn schtaunähnd wü Augähn ainäs Kindäs nach ainäm Moard* – (hatte sie gebrüllt) –solch !blödsinnige Nachäfferei von deinem Bruder. !Werd endlich erwachsen !Himmelherrgottdonnerwetternochmal. Sei wenigstens !1 Mal du= selber. !Wenigstens wenn du mit mir vögelst. ?!Od biste dazu auch zu blöd –

So lasse ich diesen Abend, nachdem er aus Dunkelheit & Wind der Straße die 2 Treppen zu ihr hinaufgegangen, an die Tür und später hinter die dunklen Fenster getreten war, enden.

Sie stemmte sich auf die Ellbogen, lehnte den Oberkörper zurück & sah ihn aus verkniffnen Augen an. Zwischen ihren Schenkeln, aus dem Spalt ihrer Scham, sickerte 1 schleimigweißes Rinnsal heraus, 1ige Tröpfchen fielen auf das zerknitterte Laken, wo sie wie auf trockne Erde gefallene Regentropfen dunkle, glänzende Punkte hinterließen. Wie aus dem Nichts saß plötzlich 1 Fliege auf dem Bausch des Bettbezugs, die schwarzen Beinchen strahlenförmig vom schillernden Körper abgespreizt, als wäre ihr Sturz auf das weiche Bett noch zusätzlich abzufedern gewesen. Die Frau lachte schrill auf, griff nach 1 Papiertaschentuch & wischte demonstrativ langsam zwischen ihren Schenkeln, –den !Arsch nich zu vergessen. – Sagte sie laut. Beiläufig bemerkte sie die Fliege – mit 1 nonchalanten Handbewegung scheuchte sie das Insekt davon, warf sie das feuchte, nach Samen Kot & ihrem Körperschweiß stinkende Papierknäul quer durchs Zimmer, es blieb liegen an der Türschwelle, vor seinen Füßen, dort, wo er Stunden zuvor, nachdem sie auf sein Klopfen an der Wohnungstür geöffnet & ihn hereingelassen, gestanden hatte : Er ahnte schon vor Beginn das Risiko in dieser Begegnung, das Unvorhersehbare einer disparaten Situation; er hatte wohl insgeheim auf den Ausbruch gehofft : immerhin wäre dadurch *Begegnung* möglich geworden, mit ihr, im Erstaunen über die Kongruenz seiner Fantasie mit der Wirklichkeit hier, der ihren.

Sie hatte die Tür geöffnet und war ohne 1 weiteres Wort ins Zimmer zurückgekehrt, ließ ihn stehen dort, auf dem Fußabtreter. Vor sich im gelbdunklen Licht der Abgrund ihrer Wohnung. Und ich lasse ihn diesen Raum fühlen, der vor ihm sich erhob, zu einem anderen, enormen Raum sich erweiterte, u lasse diese Frau, vor dem Tisch stehend, ihre Hände in die spitze gelbe Lichtkappe aus der Deckenlampe getaucht, mit leicht vorgeneigtem Oberkörper ihre der Holzplatte aufgestützten, zu Fäusten geballten Hände bestarrend, gleichfalls in Fernen auf unsichtbaren Wegen entrücken; Wege, die sämtlich aus den Gefilden des Erotischen hinausführten, und in den Weiten der Anonymität, schlimmer: der zurückgekehrten Gleichgültigkeit, sich verloren. In diesem 1 Augenblick spürte er wohl zum 1. Mal die Gewißheit, daß er eine unbenennbare Grenzlinie, die die Räume der Jugendzeit umgibt, nun überschritten hatte : unumkehrbar, ohne Widerruf. Und fühlte sich eintreten in ein Niemandsland, das wie hinter zähen Nebelwänden den Blicken, dem Fühlen od nur dem Vermuten sich entzog u in das er dennoch eingetreten war, sogar eintreten mußte, ohne diesen Zwang zu bemerken. Doch ahnte er, daß all sein Wissen aus den Gebieten jenseits solcher Grenzlinie – sein bisheriges Denken, Sprechen, seine Mimik, seine Gesten bis hinein in die Fingerspitzen ab Jetzt u Hier fehl am Platz, verkehrt, grundfalsch, lächerlich u ohne alle Bedeutung sinnlos waren. Er war, wieder 1 Mal, ohne Sprache, unsicher, ohne Begreifen wie 1 Träumer in einem Traum, doch ohne die schützende Hülle des Schlafs. Seine Vorstellung vom still ablaufenden Schicksal erhielt 1 neues Steinchen für den Bunker od Turm, in dem er sich von Kindheit an wähnte, u in 1=solchen Bunker od Turm nichts als unablässiges Ticken von Uhren, ein monotones Geräuschenetzwerk wie das von Grillen erzeugte Zirpen, das über abendlichen Wiesen schwebt. Und jene Uhren, sie liefen sämtlich rückwärts – dieser Bunker od Turm ein Tempel für millionenfachen Countdown eines jeden 1zelnen, während er, ohne an jenes stete Rückwärtszählen, das die Atmosfäre erfüllt wie die Atemluft, zu denken, einen Spaziergang unternimmt, eine Zeitung aufblättert od nur mit seiner Hand nach 1 Bleistift greift – – :Bis irgendwann in solchen Zeitschüben unaufhörlichen Rückwärtszählens eine Art zeitlicher Mauer, eine unsichtbare Schwelle (vielleicht diese Schwelle, hier, zu ihrer Wohnung) erreicht ist, wo das ereignislose Dahinzählen plötzlich umschlägt in 1 Geschehen: 1 Tat, 1 Unfall, 1 Mord. Als müsse die sich verdichtende Zeit 1 Befreiungsschlag führen; freisein danach für wiederholtes, ereignisloses Rückwärts mit sich wiederholenden Ereignissen, die lediglich als Webfehler in einer Stetigkeit, als winzige helle Punkte in einer Maßlosigkeit u Weite dieses Immersoseins erscheinen müssen. Und fühlte nun über sich eine Trockenheit sich ausbreiten, eine ausdörrende Hitze, die wie Strahlungen ihn durchdrang – Gaumen, Handflächen, Achselhöhlen, Fußsohlen, die gesamte Oberfläche seiner Haut – auch den Klang seiner Stimme, die er sich ausprobieren hörte in diesem neuen, weiten Raum, von dem er Nichts wußte außer, daß er ihm=allein gehören sollte – :1 katarrhöses Geraschel wie Packpapier; unter seiner Kleidung, die er als punktförmige, brennende Reizungen empfand, jede seiner Bewegungen in Knistern & Rascheln : in ein bösartiges, hartes, nachmenschliches Geräusch wie beim Berühren der mumifizierten Kadaver in irgendeiner südländischen Krypta, während er das Gewicht seines Körpers in niemals zuvor empfundene Leichtigkeit sich verwandeln fühlte. Ein dürres Double aus trockener Haut (muß er empfunden haben) über einer Larve, die plötzlich zu bröckeln beginnt..... *Es ist vielleicht ganz leicht. Viel leichter als ich mir das jemals vorgestellt habe – – –* Er sah in dem in Schatten versinkenden Kubus ihres Zimmers fast nur die Frau, vor dem Tisch noch immer in leicht gebeugter Haltung stehend; eine Gestalt im gelben Lichtfall, eingebunden in eine Zeremonie, von der er nichts wissen konnte. Und sah den enormen Raum zwischen ihm u: ihr – – doch der Raum war jetzt *frei*; Nichts mehr dazwischen, nicht mal das Gespenst aus Gebärden & Wörtern des Anderen, des Bruders; nicht das wirre Geschlinge aus Hemmungen, enthüllenden Tarnungen & neurotischem Gerede : Er sah einfach die Entfernung; sie würde nun leicht zu überwinden sein. Auch fühlte er seinen Körper nicht – :der Trieb, zu dieser Frau hinzugehen, sie zu berühren und in ihren Körper einzudringen, das war kein Trieb seines *Körpers*; es war vielmehr *Notwendigkeit,* so wie 1 Kugel, 1 Stein, in Bewegung versetzt, den steilen, glatten Abhang hinabrollen muß auf seinem Weg des geringsten Widerstands. Vielleicht (ich gebe ihm einen kurzen Anriß solchen Einfalls) wäre diese Leichtigkeit zu fühlen dem-Menschen zu jeder Zeit möglich, immer gut vertraut, hätte die-Natur ihm Das Fliegen nicht vorenthalten –. Und ging also zu ihr hinüber, an den Tisch, trat mit Händen, Armen, Brust & Beinen in den gelben Lichtfall wie in 1 Zeltbau ein; hörte dabei seine Schritte nicht, spürte nicht seine Gelenke – und berührte Schultern, Rücken, Hüfte – (*Wie leicht ihr Skelett unter meinen*

Händen wiegt) – – und ließ ihren Körper ihm sich zuwenden in 1 kurzheftigen Bewegung (:die Spitzen ihrer Brüste prägten sich in den Blusenstoff (:dies Unvermittelte verwunderte u erfreute ihn)) – (ich lasse ihn die Verachtung in ihrem Blick nicht sehen). – Als ein Körper den anderen Körper überfiel mit den Gesten des Besitzers, des Fleischers, lasse ich ihn noch immer Nichts bemerken.....

Od alles war ganz anders. ?Weshalb sollte er Nichts bemerken..... :Es hätte ihm, so od so, Nichts geholfen. Er, mein jüngerer Bruder, hätte vielleicht diese-ganze-Geschichte, die ihm nicht nur über den Kopf gewachsen war, sondern mit der er niemals auch nur hatte umgehen, sie nicht einmal hatte »wegstellen« können, zu 1 bestimmten Zeitpunkt aufschreiben, sich Luft machen müssen; er gehörte zu denen, die, in der Nachfolge der Beichte, Hoffnung suchten & Trost fanden im Wörtermachen. Und weiter auf dem Weg einer Selbstanzeige, Selbstdenunziation: Was geschrieben stand, mußte Buch werden od Inszenierung od Film : per aspera ad acta.– Und daraus also folgende Begebenheit.
–?Ihr Drehbuch. Aha. Nun, mein Herr, es freut mich, Sie einmal persönlich –
Der Redakteur starrte von dem Mann vor seinem Schreibtisch auf den Stapel beschriebenen & in eine hellrosa Klemmappe gezwängten Papiers. Schon die Anzahl der Seiten – es waren über dreihundert & bereits während des wahllosen Darinblätterns offensichtlich nicht der 30-Zeilen-Norm pro Seite entsprechende, sondern weitaus enger, dicht-bei-dicht mit Schreibmaschine (einer alten Kursiv-Type) beschriebene Seiten – ließ den Redakteur keinen guten Ausgang vorausahnen hinsichtlich der Chance, dieses Manuskript in dieser Redaktion mit seiner, des Redakteurs, Billigung, irgendwann vom Papier zum Filmstreifen verwandeln zu können. Dem Mann, dem Autor, dessen Name oben auf dem Titelblatt stand, sank ebenfalls zusehends der Mut. *Der Teufel muß mich geritten haben, als ich* – od ähnliche

Randmarken auf der Straße-ins-Aus mochten ihm eingefallen sein. Und ließ, als könne es noch Rettung, 1 Umschwung geben, zum Erklärungsversuch sich hinreißen. Und redete lange & viel, sehr viel von *Verantwortung, Geschichts- & Sprachverlust sowie offensichtlicher Schweigensverabredung über gewisse Vorkommnisse deutschdeutscher Vergangenheit heute im gegenwärtigen D......*, und setzte hastig hinzu: –Es ist, wie könnte das anders sein, ein autobiografischer Text. Ich – (Er schwieg, denn er sah den Redakteur auf seinem Sessel rutschen wie Theaterpublikum im Parkett der Langeweile; seit geraumer Zeit mochte der nicht mehr zugehört haben). Vielmehr hatte der Redakteur an beliebigen Stellen das Manuskript wiederholt wie in 1 bedauerlichen Reflex aufgeschlagen & (scheinbar) zu lesen begonnen (zumindest ließ er seinen Blick laufen über die kursiven Zeilen mit der nach oben verrutschten e-Type (–*Sieht aus wien Unfallprotokoll, vom diensthabenden Bullen getippt*), od ähnliches mochte der Redakteur empfunden haben, 1 Versuch zur stillen Erheiterung während des fatalen Exkurses dieses Autors). Er, der Redakteur, bemerkte anfangs nicht, daß er irgendwann leise und mit zunehmend lauterer Stimme (so daß er, der Autor, in seinem Vortrag stocken & nun, irritiert, seinen eigenen Text mitanhören mußte) aus diesem Manuskript an irgendeiner Stelle mit dem Vorlesen begonnen hatte:

–*Das war das letzte Mal. Du mußt nich glauben, daß mir Das irgendetwas bedeutet.* – *Ihre Stimme war jetzt ohne Wut; sie sprach mit der Bestimmtheit eines Technikers, der nach einer Havarie den Schaden taxiert.*

–So. Bedeutet dir nichts. Weshalb hastu mich dann –

–Es war Nichts. !Verstehst du. Gar Nichts. !Hab ich dir das nicht klar gesagt. !Haben wir uns ver –

–Und hab ich dir nicht klar gesagt: Ich werde wiederkommen. Und hab ich dir nicht klargemacht, daß ich mit dir – *(er stand auf aus dem Bett, suchte seine Kleidung vom Boden auf)* – –machen kann was ich will. Denn du hast – *(sie fiel in schrilles Lachen,*

aber die Lautstärke war Ausdruck ihrer Hilflosigkeit) – –dich verraten. Aber (u er grinste): ?Wie benehmen sich Damen: dämlich –
Sie schwieg. Sah ihn an aus ihren großen Augen. In solchen Momenten mochte sie etwas gesehen haben, das sie wie eine Reisende im Vorüberblicken als ihre künftige Geschichte begreifen konnte, u wie eben eine Reisende den Ausblick auf die Landschaft ohne wirkliche innere Teilnahme unternimmt, so auch sie beim Anblick dieses sich ankleidenden, fremden Mannes & seines Geredes, das er gewiß als seinen Triumf empfinden mochte.
–Ich werd also wiederkommen. (Sagte er und ging hinüber zur Tür. Dort wandter er sich noch einmal zu der Frau:)
–Ich bin dein 1ziger Freund. Das weißt du. Ich werde dich bald schon wieder besuchen. Wir müssen ja nicht –
–Raus. (Sagte sie ruhig; es war eher 1 Reflex)
–Wie du willst. – Er ging hinaus. Und noch immer lasse ich ihn Nichts bemerken......

1 Mitarbeiterin, die ich das Zimmer inzwischen betreten ließ & die, wie sich herausstellen sollte, nicht die Chefsekretärin, sondern die Cheflektorin des Verlagshauses war, wollte dem Autor=Bittsteller zuhilfe kommen: –?Haben Sie schon einmal daran gedacht, aus solchem Manuskript einen Roman zu machen. Ich meine, es enthält soviele erzählende & beschreibende Details, die doch eher einem Roman anstünden als einem –(:sie brach ab, als sie dem entsetzt=bösartigen Blick des Autors begegnete). Nun richtete der Redakteur in seinem Sessel sich auf & begann seinerseits eine Erklärungsansprache, die dem Autor das allerneueste Quäntchen Mut (:er war nämlich so 1fältig, seiner vorhergehenden Ansprache (der er als 1-ziger) zugehört hatte & aus seinen, ihm vertrauten, Argumenten sowie aus der Tatsache, diese Argumentationskette lückenlos referiert zu haben, sogar etwas wie neuen Mut & Selbstvertrauen hatte schöpfen können) innerhalb von Augenblicken zerstäuben mußte. Und, nachdem also die gegenwärtigen Schrecknisse der Rezession auf allen Märkten – insbesondere auf dem der deutschen Literatur & des deutschen Films, u hierin ganz besonders hier bei ihm, in diesem

Verlagshaus – als besonders schwarze Moritat vor den offensichtlich von Belangen des Marktes wie allgemein vom Denken in Wirtschaftlichkeitskriterien völlig ungetrübten Autorblicken vorübergezogen worden war, setzte die Dame Cheflektorin noch das Sela: –Und, wissen Sie: Alle Autoren, die wir-bei=uns aus der Alten-DDR unter Vertrag haben, sind ja in den letzten Jahren depressiv geworden & haben aufgehört zu schreiben. Sie aber haben weitergeschrieben, und das ist jetzt Ihr Problem. – Sela. Psalmenende.

Nachdem der Autor, ohne seine Textmappe noch anfassen & sie mitnehmen zu wollen, verschwunden war, blieben Redakteur & Dame Cheflektorin, am Schreibtisch vor den Kaffeetassen u dem aufgeblätterten Manuskript sitzend, allein zurück.

Redakteur: !Solche Tüpen: die haben mir !grade noch gefehlt. Da hat nun Einer mal nen Haufen recht passablen Materials von seinem Vorgänger – und das in !dieser Zeit: !Mehr kann man nun wirklich nicht verlangen – aber ?was machen der Herr daraus (liest): *Als er fort war, begann die Frau mit einem leisen Lachen. Dieses Lachen steigerte sich zum Paroxysmus.*

Dame Cheflektorin: Zum ?Was.

Redakteur: Paroxysmus. Das ist, wenn (& erklärte. Dann weiterlesend) *Paroxysmus, je weiter sie aus sich heraustrat, in die weite, unpersönliche Fremdheit, in die sie die vorangegangene Szene geführt u die mir ihr, mit dieser Frau, nicht das Allergeringste zu tun hatte. Und sie empfand jene Falschheit, die er an diesem Abend nicht & niemals empfunden hatte; die ungeheure, über die Zeit sich steigernde Verdorbenheit dieser Szene:*

Dame Cheflektorin: Dutzendware, en bloc geklont in diesen Dutzendlaboratorien einer Drehbuchschreiberei. Dabei kann er manchmal richtig=gut erzählen, richtig !originell – wenn der Rest nur nicht so !kopflastig wär: Das erinnert Einen doch an Ha –

Redakteur (winkt ab): Nur nich !diesen Namen, ja. (nickt bestätigend, weiter): *Und, nackt auf dem Bett liegend, ersann sie*

auch die zugehörigen Dialog-Versatzteile. So etwa folgenden, den sie ihrer Rolle in diesem Schundfilm gab:
–!!Wann werdet ihr blöden=Kerls endlich mal begreifen, daß eine Frau mit !Nein auch Nein meint.– Raten Sie mal, wies weitergeht.
Dame Cheflektorin (winkt ab).
Redakteur: Genau. *Die Kamera schwenkt in die Totale auf ein unverständiges, dummes Mannsgesicht; den Mund halboffen, vergeblich nach Worten, Erklärungen stochernd, während sie, die Frau, (blättert, blättert) einen längeren Vortrag über Die-Frau-im-allgemeinen & über sich, die-Frau-im-Besonderen, über dieses plattgemachte Schußfeld eines Mannsgesichtes vorrücken läßt.* (blättert, blättert) Nicht zu vergessen die langsame Fahrt der Kamera, die den Hintergrund entfaltet, so daß (blättert) *der Bildausschnitt, sich vergrößernd, allmählich das gesamte Ambiente eines tod=chick eingerichteten, großen, hellen Wohnzimmers entrollt* (blättert) *wobei mit der Gleichzeitigkeit des Aufrückens des tod=chicken Mobiliars auch paßgerecht die Wörter & Sätze sozusagen aus der inneren Inneneinrichtung heraus ins Bild einer Inneneinrichtung sich schieben.*
Dame Cheflektorin (ergänzt): Das heißt demnach: Das Milieu zwischen Werbefachmann Designer Soziologe, allermindestens aber sogenannter freier Wirtschaftsjournalist mit stark investigativen Neigungen hinsichtlich Büro Bett & Bankkonto unsrer aller Allerhöchsten, wenn nicht gar selbst Jungunternehmer (Aussteiger mit Rendite), das Yuppie-As, noch die Ringelsöckchen & die Prise Haarschuppen auf dem Kragen à la Lagerfeld –
Redakteur: Trägt L. ?Ringelsöckchen.
Dame Cheflektorin: Er sieht zumindest so aus.
Redakteur: Und nun stellt die Frau sich wiederum die alte Frage, weshalb derlei Filme solchen Sinn für Innenarchitektur entwickeln (blättert) und da die Antwort – ?erraten Sies.
Dame Cheflektorin: Vermutlich, damit die Aktöre, die sich Gesinnung & Menschlichkeit wie ihre modischen Accessoires leisten können, das nötige Raster erhalten, um

pausenlos & ohne Ende ihre gefeilten Schmerzen herausquatschen zu können.

Redakteur (einfallend): Was inmitten einer Slumwohnung im dritten Hinterhof, vollgestellt mit verquollnem, schmierigem Mobiliar, das, wenn nicht von der Schwiegermutter od von den verstorbenen Eltern, vom Sperrmüll stammen mußte, Interesse bei einem mit Schönheit's Sinn ausgestatteten & eingerichteten, allfällig angeschielten Publikum kaum zu erwarten wäre. – Ich meine: Aus sonem Mülljöh kommen doch Die von Drüben – ?warum schreiben Die dann nich drüber. Früher durften sies ja nich wegen ihrem heilen Sozialmus – aber ?Wer verbietets ihnen Heute. Dann könnten wir Die wenigstens zur Bronx-in-Deutschland erklären : aber so: Nix Eigenes, kein Selbstbewußtsein. Die taugen nich mal zu Negern : Nachäffen könn wir uns= selber.– Hören Sie nur weiter (liest): *Und, nachdem die Fresse des Mannes, das platte, dummgestellte, mit blödsinnig halboffenem Mund gezeigte Schußfeld für die Verbalattacken der Frau wieder mit einer gleichfalls platten, dummgestellten Sicherheit sich einfing & umzäunte, sagt dieser Mann schließlich: –Laß gut sein, Kleines, und unser aller Stammhirn in Frieden. (Und ab der Mann, das flauschige Markenfrottétuch lässig über die Schulter werfend; seine Unterhosen gleichfalls aus einer Nobel-Boutique.*

Dame Cheflektorin: Was Jeder sofort als den ironischen 1schlag od, hier besser: als den ironischen 1griff – ?!aber 1griff wohinein bloß – erkennen würde.

Redakteur: Also Allesinallem: eine Deutsche-Komödie-mit-tieferem-Sinn. Man sollte doch 2erlei Den Deutschen strikt u für Allezeiten verbieten: Das Herstellen von Whisky & Humor. Denn beides können sie, Diese Deutschen, nämlich nicht.

Dame Cheflektorin: Mit anderen Worten: Die Szene wird wie all solche Szenen unerträglich. (Sie zögerte einige Augenblicke, ob sie auf dieser Strecke weitermachen, ihm, dem verschwundenen Mann, solch Identität anhängen sollte.)

Redakteur: Die Wirklichkeit ist noch weitaus blödsinniger als die Wirklichkeit der Erfindungen. Hören Sie nur: *Und ließ also in die Körper=Maschinen die mechanisierten Szenen einziehen, die Standardsätze; bogen Gehirne & Zungen nach ihren Musterformen, ließen Augen rollen, Gliedmaßen sich verrenken in den fertigen Backformen des Surrogates: Wahrnehmungen nicht mit=sich, sondern aus der Distanz der Körperlosigkeit, außer sich : Blickfelder einer festmontierten, starren Kontrollkamera im Tresorraum einer Bank, überm Gelände einer Fabrik, in einer beliebigen Polizeistation.....* : Das ist doch, sagen Sie selber, zusammengeschnittener Schund für 1 Augenblick – die Modesätze der Quatschos, die auf den Sägespänen ihrer Gesinnungen hecken, ausgebreitet für privaten Bekenntnisausfluß & Stimmungstümlichkeiten : !Zeitungs-Blattschuß für Die Szene, Langeweile von ennuyierendem Gesindel für ennuyiertes Gesindel. Was wir brauchen, ist Ein Klassiker, 1 Renner wenigstens von Kann bis Holliwudd.

Dame Cheflektorin (nimmt das Drehbuch): Hier gibts den 2. Teil dieser Deutschen Komödie mit tieferem Sinn. (blättert, blättert-blättert) Nun mußte der Herr Autor die Frau aus der tod=chicken Wohnung sich hinaus- (blättert) & in den Alltag hineinnehmen, in jene ferngesteuerten, vom Autor erstellten, mediengerechten Wüsten: (blättert, blättert) Eine Demo natürlich, eine jener Manifestationen seit dem Grenzenverfall, (blättert) diese neue Art von Städteturnier mit Lichterketten läßt er sie mit sich reißen, im Fahrtwind der neuen Demo-Kratie sozusagen.

Redakteur (seufzend): Ich erinnere mich: Jetzt ließ er Dokumentarmaterial einbauen in seinen Film : Stimmen von Männern/Frauen, mit u ohne Kinder auf den Schultern od an der Hand, allesamt leuchtende Kerzen tragend.

Dame Cheflektorin (nickt & blättert): Wobei jedem Betrachter diese leuchtende Deutsche Konfliktelösung sofort einleuchten mußte.

Redakteur: Ist doch der Kampf Molotow-Cocktail gegen Kerzenlicht hier in Deutschland seit der 1. brennenden

Kerze nach dem x-ten brennenden Asylantenheim sogleich zugunsten der brennenden Kerze entschieden worden : Schließlich lassen die Kerzen, ganz im Gegensatz zum Molotow-Cocktail, unter der Rubrik Wohltätige Zwecke von der Steuer sich absetzen. :1 echte Deutsche Lösung. Riecht nurn bißchen schlecht, solch-1 Lösungsmittel.

Dame Cheflektorin: Bißchen is gut. Diese Bastarde kann man nur Mores lehren, wenn man ihnen ans Sparschwein geht. Schlage vor: Die Anschlagsteuer: Nach jedem Anschlag von Doitschen !rauf mit der Steuer & !abgezockt: Und zwar Alle.

Redakteur: ?!Sie auch, Frau Cheflektor –

Dame Cheflektor: !Rin, bitte: Cheflekto-!Rin.

Redakteur (gähnt gelangweilt): Naschön. Also !Rin, wenn Weiblichkeit so leicht zu befriedigen is. (lebhaft) Aber, hören Sie meinen Vorschlag zur Welt– – naja: wir=alle müssen sparen, also: zur Deutschland-Verbesserung. Mir ist schon seit einiger Zeit 1 Gedanke gekommen –

Dame Cheflektorin: !Das wär ja mal ganz was –

Redakteur: !Gedanke gekommen, den ich mal unsern Ministern unter die Nase reiben werde: Sie müssen nur zwei Jahrhunderte zurückgehn, zum Kurfürst von Hessen-Kassel – Bündnis mit König Georg von England – Krieg in den amerikanischen Kolonien – Söldneraushebungen in Hessen – Landeskinder zum Stückpreis !Ab nach Amerika = Da !klingelt das Staatssäckel : Na, ?klingelts bei Ihnen.

Dame Cheflektorin: Sie meinen – !oh – Sie meinen, man sollte diese Siegheil & Blutundehre grölenden Hosenscheißer einfach einsacken & zu einem saftigen Stückpreis in die kriegführenden Regionen der Welt verscherbeln –

Redakteur: !Klar, u zwar an alle kriegsbeteiligten Seiten zugleich: gibt ja genügend davon, u man könnte sicher sein, daß solch Futter die Kanonen ordentlich sattmacht. Die Folgen: Diese Schweinekerle wären aus der Welt, der Heilige Theo od sein nachfolgender Kassenstürzer kriegt sein Sparschwein dick&rund, hunderttausende Arbeitsplätze, Wohnungen werden frei –

Dame Cheflektorin: ?Glauben Sie denn, Ihre Schätzung ist real.

Redakteur: Sie kennen mich: ich !untertreibe immer. Am besten wärs, die Klacköre, die bei den Anschlägen aus den Fenstern hängen & Beifall klatschen, werden gleich mitabgeräumt. Danach wäre Deutschland wieder leer wie nach dem Dreißigjährigen Krieg. Wär kein schlechter Zustand: Stelln Sie sich vor: Sie gehen durch die Lande & Sie begegnen tagelang nicht !1 Doitschen.

Dame Cheflektorin: Tchaaa, das wär Die Schöne Neue Welt – ?Wie hieß dieser Kurfürst übrigens.

Redakteur: Im Zweifelsfall immer ein Wilhelm : Im Kern von Deutschland ist ein Paradies – nur die Deutschen stören darin. Ich sag Ihnen noch was: Die meisten, die als Rekruten verhökert werden würden: Die gingen sogar !freiwillig mit. !Jede Wette drauf. Die sind noch dämlicher als die Bauerndeppen vor zweihundert Jahren. Die mußten die Werber damals noch besoffen machen & ihnen im Vollrausch die Pfoten führen fürs Kreuzmachen auf der Liste.

Dame Cheflektorin: Wäre wirklich nicht nötig heutzutage. Das kommt von der allgemeinen Schulpflicht: Das Recht auf Blödheit ist 1 Menschenrecht. – Aber ich muß schon staunen, mein Lieber: Daß Sie zu solch staatstragenden Ideen fähig sind, hätt ich nicht gedacht.

Redakteur: ?Wieso nicht.

Dame Cheflektorin (anzüglich): Nuu – Sie als ein alter Achtundsechziger –

Redakteur: !Wer sagt Ihnen denn, die Achtundsechziger waren nicht staatstra-!achwas. !Vergessen Sies. ?Wer ist denn der beste Schütze: immer der Pazifist. Und besser ein Schlächter im Schlechten als ein Schlechter im Bessern –

Dame Cheflektorin (räuspert sich): Besser weiter in diesem schlechten Text: Und im Verlauf dieses – hmpr – Drehbuches über eine bürgerliche Willenskundgebung müssen natürlich (blättert, blättert, blättert) wie vom Zauberer die Kaninchen aus dem Zylinder, gewisse allgegenwärtige ostdeutsche Bürgerrechtler & Rinnen vor der Kamera erscheinen.

Redakteur (winkt ab): Deutsche Widerstand's Wichtel, die keine Dummheit ausließen; Gärtner wider Wissen einst auf dem Schindanger der Alten Herrn : Regenwürmer, den Dreck-des-Herrn nach mißlichen Brachialgewalten redlich durchpflügend, das Wachstum Der Wahrheit zu fördern – und förderten in Wahrheit durch ihr Pflügen redlich das Wachstum mißlicher Brachialgewalt der Alten Herrn.

Dame Cheflektorin (pfeift vielsagend, schaut Redakteur kurz an, dann weiterlesend): *Und sie, jene Frau, nackt auf dem Bett liegend, um noch 1 Weile nicht in sich=selbst sein zu müssen* (blätternd) spielt dann in diesem Film schließlich 1 jener Journalistinnen, natürlich eine Vertreterin öffentlich-rechtlicher od privater Bedürfnis' Anstalten –

Redakteur: !Natürlich.

Dame Cheflektorin: – die mit rindsledernen Gehirnen, Sichtweite Einschaltquote & geistiger Gehaltsstufe Null, mittels Mikrofon, Kamera & Leitartikel auf diese von sich & der Zeit gezausten Gestalten sich stürzen.

Redakteur (ergänzend): Die, um *ihren* Teller an der Table d'hôte zu kurz gekommen, nun ihre *Akten* wie Kriegsblessuren vorzeigen Denen, die aus Doof- & Faulheit *Akten & Opfer* zum Medienaufstrich verwurschten – »Prima talken & sparen« (:harte lange Arbeit nämlich).

Dame Cheflektorin: Tja, wer in den Fleischwolf steigt, muß wissen, er kommt nur als Boulette wieder raus.– Aber hören Sie weiter: *Und nun, mit ihren Kerzen & ihren Rotzgören im Wind geblieben wie Bettler aus dem Mittelalter Beinstümpfe & Schorf stets frisch sich aufrissen als Geschäftsgrundlage für 1 kurzlebige u langweilende Konjunktur.....* – So, und 3x dürfen Sie raten, was weiter passiert (blättert): Natürlich trifft diese Frau auf der Demo einen Typen wieder, der mit ihr mal 250 Seiten früher gevögelt hatte. Inzwischen aber war sie bei der

Gauckbehörde & hatte rausbekommen, daß ebendieser Typ: – !na – der war natürlich all-die-Jahre zuvor bei der Stasi –

Redakteur: !Klar. Und wennse sonzt auch doof sind, zum Nüttchen mit der eigenen Vergangenheit reichts allemal. Ich sag Ihnen mal was: Dieser ganze Schmonz kristlich-abendländischer Bedürfnisanstalt ist doch nur modischer Verzweiflungstinnef, der unter-sich macht & der nicht schweigen kann, bis hinaus über den Tod seiner Mode nicht..... (fügt seufzend hinzu) Man darf halt diese Zonis keine Texte schreiben lassen: Die habens noch immer nich kapiert, daß ihre Bet- & Jammernummern !total out sind auf dem heutigen Markt. !Out bis ins Neandertal. – Was waren das früher für Zeiten, als Die Mauer noch stand: Von Dörrie bis Derrick : Sone richtich lockere Sache war das. Mein-!gott: Wir sitzen doch Alle auf der Titanic – als ob wir das nich längst schon !selber wüßten: Die untersten Decks so-weit abgesoffen, daß sie niemand mehr sehen will & in unsre Kantine treiben auch schon die Wasserströme Zeitungen & Ersoffne herein, die Ratten pfeifen vor den Türen: ?!Und was passiert: Da tauchen diese Dödelz aus dem Un-terdeck auf, um !uns mit ernstem Gesicht vor dem Wasser zu warnen. : ??Was soll ich anfangen mit sonem Zeugs-hier. (wirft das Manuskript auf den Tisch) Das reicht doch nich mal für Oberhausen. Eine !Verzweiflung haben wir uns da einvereinigt, meine Liebe, eine Ver!zweiflung.

Dame Cheflektorin: Ende eines verpfuschten Textes.

Redakteur (läßt die restlichen Seiten wie Inflationsgeld über den Daumen blättern): !Bloß nich zuende lesen, bloß nicht bis zum verpfuschten Ende: 1 von vielen. Und der nächste Text kommt bestimmt. Denn Einer muß ja nun das Drehbuch schreiben, jetzt, wo der Etat dafür schon bewilligt ist.

Dame Cheflektorin: À propos Kantine. Gehn wir essen. Wir habens uns verdient.

Redakteur (aufstehend, fingert sein Jackett zu): Unser täglich Gift gib uns heute, in der Kantine wie auf dem Papier –

(Beide hinaus)
Auf dem Tisch zurückbleibend ein aufgeblättertes Manuskript, für tot erklärt noch vor seinem Anfang. Das Ende der Geschichte dieser Frau, die Lösung 1 Geheimnisses, blieb ungelesen. Denn niemand, der nun die Fortsetzung noch hätte lesen mögen. – Heute war sie tot, diese Frau.

Und erstmals nach jener Nacht, als die beiden alten Leute, unsere Adoptiveltern, noch hier lebten & er nach seinem Schritt, nach dieser 1 Entscheidung *Ich geh in den-Westen,* in jener Nacht der Panik vor Jahren, nun heute, nach soviel Zeit, bei Tageslicht unter hellgeschliffenem Himmel, hierher, in diese Stadt im Norden des Landes, zurückgekommen war, die alten Steinmuster der Gehwege in ihren Schattierungen von Grautönen wieder betretend, vorübergehend an den zusammengerückten Häusern mit den Meißelspuren aus ihrer Zeit, lasse ich ihn erstmals die Veränderungen sehn: Die Fassaden okkupiert von Ranken & Fähnchen & den Schriftzügen einer frisch aufgerissenen Grellheit – in beißenden Farbdämpfen schwitzend neu Renoviertes – einer flackernd vorgetäuschten Lebendigkeit, Lebendigkeit mit all ihrem Troß lärmender, schriller Zeichen, die den Tod in diesen Gemäuern (der wie die Salpeterinseln zu ihnen gehörte, der sie gleichzeitig aufweichte & stützte) kaschieren wollte..... Als wären die alten, fauligen Ziegelmauern, Fachwerkhäuser, Mietkasernen von einer 2. Fassade rasch verhüllt; Potjomkinsche Wände, schief & ungelenk in der Hast des Aufstellens, Masken die, wie alle Masken, Nichts verbergen, doch Alles enthüllen, u bedenklich die leuchtenden Farben auf altem, bröseligem Mörtel : die Masken rutschten, bröckelten : Conny's Boutique – Inge's Imbiß – Neueröffnung! Döner Kebab mit Soße nur 2,50 DM – Beate Uhse International – Atze's Snackpoint – Evi's Partyservice – Dr. Müller's Sexshop – »Weil's hier schmeckt« – Ecky's Fahrschule – Gitte's Kleidermarkt – Jeans Fashion – Eva's

Wunderland (:1 Laden, ehemals Konsum, für Getränke & Lebensmittel; desgleichen:) Nicky's Futterkiste – Rudi's Videothek – Gerti's Videoland – Video Aktuell – Paule's Video-Wunder – – :immer irgendeinen Vornamen als anheimelnde Privatsfäre vorantragend: Koofmich-Spiele mit richtjem Geld, Projektionen von Jahrzehnte niedergehaltenen Seelen der »Privatlichkeit«; Intimitäts- & Vertrauensschimäre als Schild vor dem Wucher, dem Schwindel, dem oftmals überteuerten Ramsch. Und Schaufenster, überquellend von Waren – Schuhparaden, Lederhäute, Fernseh- & Hifi-Türme, regalentlang stiegenhoch – drängend, beinah über-Nacht, zur Front aus den alten Fassaden heraus, als 4eckige Rammen die Potjomkinschen Umhüllungen durchstoßend –:Als hätten diese Händler all die Jahre=Jahrzehnte auf diesen 1 Tag, auf diese 1 Stunde gewartet, an deren Kommen sie od ihre Kinder und Kindeskinder mit absoluter & unerschütterlicher Überzeugung geglaubt hatten wie Religiöse an die Wiederkunft ihres Messias – & hatten zu solchem Zweck schon seit Jahren 1 bis ins letzte Detail ausgeklügelten Maßnahmeplan, für *ihre* Stunde X, in geheimen Fächern ihres Schreibtisches od, wie alte Jungfern ihr mühsam=geizig Erspartes, im Wäscheschrank unter verschlissenen, altmodischen Blusen & unterm lila Schimmern niemals getragener Spitzenunterwäsche, in Dünsten von Kampfer Fenchel & Naftalin – diesen Gerüchen eines-ganzen knauserigen Lebens-&-Wartens auf *Ihn,* auf diesen *1,* der angeblich 1-Tages, nach all den Langenjahren eines erbarmungswürdigen Waffenstillstands mit den eigenen Trieben, kommen würde um sie zu heiraten, in *ihrer* Stunde X –.– Und als dann 1-Tages auch tatsächlich ein Jemand aufkreuzte, der es nach ihrer merkwürdigen, niemals vollständig benennbaren, aber über-all-die-Jahre hinweg unveränderten Checkliste für *Den Auserwählten* auch wirklich hätte sein können : da war es eben 20, 30, 40 Jahre zu spät; da blieb eben von diesem Traum nur das welke Grinsen od die Un-Menschlichkeit einer Beziehung über 1 od gar 2 Generationen hinweg, ein Blütenfest im giftigen Aroma des Sichbelauerns, des Tastens nach der Hinterlist, Erbschleicherei & dem bösen zynischen Witz, dessen Gelächter wie die Injektion 1 Überdosis Adrenalin den alten Körper endgültig zusammenbrechen ließe –; im festen=naiven Glauben also an die Sicherheit ihres Verstecks vor Einbrüchen & anderen Haussuchungen, hatten diese Händler ihren Maßnahmeplan für jenen Tag X verborgen gehalten.

Und ich lasse ihn auch jenen Gemüseladen (diesen Ort kindlicher Furchtsamkeiten, darin er seine ersten Ängste wie alles Unglück in Pandoras Büchse weiß) heute bei seiner Rückkehr wiedersehen : Unter grün/rot/braun/orange leuchtendem Markisendach, schon vor der Schaufensterscheibe & zu beiden Seiten der Ladentür neben- & übereinander gereiht, die Holzkistchen in leicht angekippter Lage & zum Zugreifen auffordernd (wie, so lasse ich ihn das Bild erinnern, im markisegefilterten 4-Farben-Licht die ausgestellten Särge exekutierter Feinde : Kommunarden, von Schüssen in die rohen Holzkisten geschlagen & wie gekillte Gangster in Wildwestfilmen vor & für den Pöbel exhibitioniert, denn solcherlei Ausstellungen gehören zum Plan 1=jeden wiedererstarkten Macht u als Zeichen kommenden, noch größeren Unheils) überquellend von Trauben dunklen & hellen Weines, Apfelsinen, Kokosnüssen, Kiwi-Früchten, den nachtschwarzen glänzenden Leibern von Auberginen, & Pfirsiche im samtenen Leuchten, Vorboten aus einer anderen Welt voll fremder Farben & fremder Gifte –. Und, sollte ihm scheinen, quollen, wie einst in diesem Laden die stets angefaulten Köpfe Weiß- & Rotkohls, nun all dies neue Gemüse, all die neuen prallen Früchte in Trauben, in Bündeln – angeschnittene Melonen mit lachsrosa Fruchtfleisch hell schimmernd wie ein lachender Frauenmund – unablässig aus dem Dunkel des Ladens auf die Straße heraus. Die Vorübergehenden mochten ihn spöttisch aus dem neuen Gefühl der Überlegenheit angesehn haben, als er, dieser fremde feine Pinkel im hellen Wildledermantel, an den

Füßen vornehme italienische Schuhe u einen welken Blumenstrauß wie eine verglühte Fackel gesenkt in Händen, ausgerechnet vor jenem winzigen Gemüseladen das Angebot all dieser auch Hier nun nicht mehr seltenen Früchte reglos wie das neueste Weltwunder bestarrte. Er ahnte indes Täuschung, Selbst=Betrug aus der Verdrängung : Wie Menschen in einer Stadt, darin die letzte Ruine des grad letzten Krieges verschwunden ist, andere Zeichen finden müssen für ihre Angst..... :*Kein Zweifel* (Dachte er): *!1 Täuschung: das Hier. !Gewiß. 1 billig=blöder=Theatertrick, Effekt für nur wenige Minuten* – Denn auf der Herfahrt, aus dem Zugfenster, als die Waggons im Schienendelta durch die Ausläufer der kleinen Stadt dem Bahnhof entgegenklirrten, hatte er in den wenigen Industriebetrieben, über die diese Stadt & Region einst verfügten, in den zerschlagenen Fensterscheiben, am Rost der Betriebsbahngleise & am kniehoch geschossenen Unkraut in der gespenstischen Leere stillgelegter Fabriken: das-Ende..... gesehen. Und auch die pompösen Verbraucher-Markthallen, die feldweiten Stellflächen der Autohändler mit ihren metallisch bunt blitzenden Karosserieen, aufgestellt wie Schachfiguren zum Endspiel, und hatte gewußt, was das bedeutete: Wer jung ist & sichs leisten kann, der zieht weg von Hier; Arbeitslosigkeit gewiß schon bald über dreißig Prozent : im Stadtpark, vorm Bahnhof, am Ortsrand vom hellichten Tag bis in aschgraue Nächte saufende Mittdreißiger Mittvierziger Jugendliche ohne Lehrstellen – prügelnde besoffene Skinheads, dumpftierische Brutalität im Bierschaum rülpsend die grölende Ordnung's Liebe, Doitschtum die Eisenstange im Rückgrat der Verzweiflung; zerbrochene Fensterscheiben zerbrochne Kinnladen Schädelbrüche zertöpperte Bierflaschen mit Blut an den Schneidekanten; aus Kotze & Blut ein neuer Morgen. : *Die westdeutsche Provinz, vor dreißig Jahren: !Genau so.* (Hatte 1 Anwaltskollege aus Frankfurt am Main auf meine Bestürzung reagiert, müd abgewinkt & gähnend hinzugefügt:) *1 Reprise, eine Deutsche Leichen=Auferstehung & nun*

Grund genug für westliche fingerhutkleine Ratenabstotterer Kleinwerkler Krediteschnorrer mit ewig=jammervollem käsig schlechtem Gewissen & dem Goldzahngrinsen im Selbstunbewußtsein (wie sie auch mein Anwaltsbüro überschwemmt haben bis gestern (bis ich aufbrach von-Dort, das Büro aufgelöst & die Türen verschlossen); wie sie mit dem Freizeitvergnügen von Giftzwergen – dem Ziehen vors Gericht – ihr kleinliches Nachbargezänk mit dämonischer Wut & Kälte in die Dürrheit & Wicht-Igkeit einer Amtssprache hinaufkatapultierten; wie geplatzte Kaufverträge & die Schatten der Gerichtsvollzieher in ihre Augen den teerigen Glanz der Verzweiflung trieben..... – ihre Rechtsfälle schreiben jeder Epoche ihr Maß an Bedeutung ein) *und konnten wenigstens beim Anblick dieser verkommenen Eingeborenen Hier, für 1 Moment sich erhoben fühlen : Glück ist manchmal so 1fach zu kriegen wie Hämorrhoiden.* Und zu den Riesen-Discounts (die einzogen in die ehemaligen Werkhallen & Betriebsräume (das Ortsschild wurde um ½ Kilometer verschoben, um diese Steuerzahler noch im Stadtgebiet zu haben)) strömten am Tag die Herangereisten, die Fremden, die billig einkauften & wieder abfuhren –: *Eine Region, die allein aus Konsumieren besteht, ist am Ende: !Aus, !Bankrott, !Feierabend. So wird das Ostland zum Slumland, u alter Haß, der immer schon wie Sumpfgas die Provinzen durchzog, strömt erneut in jeden sich bietenden Raum & schlägt Flammen, die Explosion der Armut, der Niederbrand der klein-Bürger – : Nichts Hier ist anders geworden; es droht immer Ersticken, es atmet immer Ende die kleine Stadt,* ein Fleischerdunst wie aus eilig zugeschartem Gräberfeld (:?hatte Man etwa *Leben* dort miteingescharrt –). Die Häuser zerflossen, das Mosaik des Pflasters, in den Schattierungen von Grau, schwemmte fort; der helle Mittag wankte und stürzte als Brandung aus leeren blauen Bogenwürfen Himmel, u in den Aufbrüchen, in den Wellenschlägen enger Straßen zusammengespült, für Blitzmomente das fahle Fleisch der Schiffbrüchigen schimmernd..... – Solche Strömungen zogen ihn mit-sich ohne Halt bis auf den Grund.

Was blieb: Leere u Vergessen –.– Er stand noch immer vor den Stiegen mit Obst & Gemüse; ins spiegelnde Scheibenglas des Schaufensters starrend, sah er sein Abbild als Doppelbelichtung auf Pyramiden flammender Äpfel projiziert, unscharf im Halbdunkel wie eine schlecht entwickelte Fotografie: *Es ist im erhitzten Plastikdampf dieses Neuen die uralte Feindschaft aufgebrochen hier.* (Dachte er) *Nicht Angst, sondern brutale Gewalt, weil 1 Vater=Gott, der alle unter Alles zwingen konnte, verreckt war vor kurzer Zeit,* od vielmehr zerfallen, in sich zusammengesunken wie Gespenster & Mumien in alten Hollywoodfilmen, und als 1 Handvoll kranken Dreckes verweht von zufällig aufgekommenem Wind mit einer Ahnung des Meeres in seinen Böen, *Feindschaft, freigelassen wie Rudel bösartiger Hunde,* dachte er, die taxierenden Blicke der Vorübergehenden, deren Gesichter, wie 1 gemeinsamen Zwang folgend, bei seinem Anblick ruckartig sich zu ihm wandten & ihre Bilder neben seines hineinstürzten ins halbdunkle Fensterglas, brennend neben sich u in seinem Rücken spürend, mit gehässigem Leuchten sich einbrennend neben das Abbild seiner Gestalt, denn sie hatten in ihm Den Fremden erkannt, Den Anderen, dem das Mißtrauen von jeher galt & von dem alles Übel wie von den Pestratten des Mittelalters zu erwarten stand, *Feindschaft, wie nur ein Leben dem anderen Leben feind sein kann.*

Bericht vom Vater. Noch 1 Mal bin ich zurückgegangen in das Viertel der Kleinstadt, worin die Häuser im schmutzigstarren Sepiaschimmern um den Lauf des Flüßchens sich scharen + wo der Gemüseladen dasteht wie die Pförtnerloge zu einem Bezirk der Unterwelt. Ich habe dort die Altbauwohnung aufgesucht, in der ich lange Jahre zubringen mußte – die Langenjahre, bevor ich in den Westen ging..... Seit Wochen nämlich bin ich auf der Suche nach 1 Buch, darin ich + mein Bruder in Jugendjahren oft gelesen haben. Das Buch – Autor + Titel sind vergessen – handelt vom Kampf südamerikanischer Indios gegen die Conquistadoren aus Europa. Bilder sind in diesem Buch, in Farbtönen Gold + Braun, sie wirken wie verblaßte alte Aquarelle. Das Buch habe ich, als ich den Ort + dieses Land verlassen habe, verloren od ich ließ es in der Eile zurück. Und die 1 Wohnung in diesem Stadtviertel des Verfalls + der Schäbigkeit ist die 1zige, in der ich noch nicht nach dem Buch gesucht habe.

Das Haus ist inzwischen geräumt. Niemand wohnt mehr darin, der Verfall breitet sich in seiner schäbigen Allmacht über Gemäuer Treppenhaus Dachboden aus. Die Toreinfahrt ist zugemauert – große weiße Ziegelsteine mit Mörtelnarben dazwischen, in aller Eile zur Mauer geschichtet, versperren den Zugang von der Gassenseite – erst über 1 jener verfallnen Brücken + über 1 Nachbarhof führt der Schleichweg durch das Hinterhoftürchen ins Haus hinein. Hier mögen zu dunklen Stunden Schieber Zuhälter + andere Geschäftemacher zusammenkommen, auch Gekidnappte können hier gefangengehalten werden, auf ihren Loskauf wartend od auf ihren Tod. Im Treppenhaus schwärend die giftige Atmosfäre eines sterbenden Hauses: Katzenpisse + Moder, in der Luft der Geschmack von kaltem Staub – so steige ich im Zwielicht die knarrenden Holztreppen hinauf, in den 2. Stock – die Tür dort, ohne Namensschild unversiegelt das Schloß ausgebaut, steht 1 Spaltbreit offen; ich drücke das abgeschabte Holz beiseite, tret in Kälte + Krätzigkeit einer leeren Wohnung ein.

Fröstelnd stehe ich still in dem 1zigen Zimmer, worin ich einst gewohnt habe, die abgestandene Luft umfängt mich wie eine kalte staubige Plane. Im Halbdunkel einer Zimmerecke der hohe Kachelofen, die Ofentür zugesperrt, ein Häufchen Asche davor. Plötzlich, als bewegten sich im Innern des Ofens Kohlebrocken, 1 dumpfes Geräusch. Ich geh hinüber, berühre die Steinkühle der Kacheln, öffne das oberste Türchen. Und 1 Mannesstimme – obwohl mir unbekannt, meine ich doch 1 wohlbekannten Klang in ihr zu hören – beginnt (zu ?!mir) zu sprechen.

–Ich werde dich in Zukunft nicht länger tyrannisieren. (Höre ich eine seltsam vertraute Stimme sagen.) –Du, dein Bruder + deine Mutter, ihr sollt nicht länger hoffen müssen. Es ist nun Zeit (redet die Stimme aus dem Ofen fort) –daß ich über meinen Tod spreche. Denn lange Zeit habe ich überlegt, habe ich gesucht nach einem Ort, an den ich gehen könnte, um für immer, wie das heißt, + ohne Spuren zu verschwinden. *Zu Lebzeiten gräbt sich jeder selbst den Platz für seinen Tod.* Das habe ich mal irgendwo gelesen. Bis zu dem Tag, als ich hierher zurückgekommen bin (erzählt die Stimme + es scheint, als rücke sie im Ofeninnern etwas näher an die Feuerungsöffnung heran – manchmal weht 1 Aschewölkchen mit der Stimme heraus – von Ferne der Klang 1 Kirchturmglocke, als schlüge jemand gegen Eisenkessel), –bis zu dem 1 Tag meiner Rückkehr also habe ich das Leben der Fremden wie mein eigenes vor meinen Augen vorüberziehen lassen. Und ich habe graues Gezücht gesehn mit Visagen wie Knüllpapier, voll giftiger Triebe + Mordgelüste. Und stets habe ich mir deren Tod vorstellen müssen, wie ich mir meinen eigenen vorstellen mußte. Denn was tausendfach wie Schweine lebt, das wird auch wie Schweine tausendfach krepieren.

Die Stimme im Ofen schweigt für 1 Moment. Und fährt etwas leiser fort: –Dies mir vorzustelln waren Augenblicke des Glückes-aus-niederen-Motiven, dem Grundgestein allen Glückes, dessen zu Lebzeiten eines Menschen allein begeh- + erlebbare Gefilde von *Glück*. Hier drinnen, (schließt die Stimme im Ofen), –hier bin ich in der Vergessenheit seit langen Jahren schon, + die Momente von Heiterkeit sind seltener geworden. Ich ahne, sie sind verloren für immer. So habe ich beschlossen, aufzuhören mit mir.

Dann schweigt dieses Wesen im Innern des Kachelofens. Ich sehe im schwindenden Tageslicht in das leere Zimmer ringsum : kalkig verkrätzte Mörtelwände, geschunden wie Sklavenhaut + in Fetzen die Reste von Tapeten, tief ins Dämmerlicht gesenkt; über rissige Dielen gebreitet Linoleuminseln, schmutzige brüchige Kontinente mit zerklüfteten Rändern, von Dreckdünen Kehricht überwellt, Flockengebinde in einer stinkenden Wüste. Aus der Decke ragen 2 kurze Drahtenden (:?Ob da noch Strom=dran is –), auch etwas Schnur + in 1 Zimmerecke gegenüber, zur Schlangenform aufgerollt, erkenne ich einige Meter uralter Kupferlitze, die Webart der Stoffisolierung erinnert an Kreuzotternmuster.

–Sag mir, (meldet sich die Stimme aus dem Ofen wieder), –sag mir: Habt ihr, du dein Bruder eure Mutter : ?!tatsächlich gewartet auf die Nachricht von mir, nachdem ich wegmußte damals.

Doch bevor ich Antwort geben kann, unterbricht er mich lachend (die Stimme wie ein aschiges Husten): –Glaube nicht im Ernst, ich habe dich herkommen lassen – hierher, in meinen Frieden aus Asche + Stein – um mich noch 1 Mal mit fremden Sorgen zu langweilen. Jeder Beruf hat sein Ethos : Im Haus des Henkers spricht man nicht vom Strick; der Vater nicht von seinen Kindern.

–!Was willst du dann von mir. (Höre ich mich erwidern und gähne, heimlich wie ich meine.) Doch der im Ofen, der vorgibt, mein + meines Bruders Vater zu sein, scheint mich genau zu beobachten (?vielleicht durch 1 der vielen Risse zwischen den Kacheln, durch die, erinnere ich, schon damals beim Heizen Kohlengas ausströmte).

–Siehst du, (sagt die Stimme), –du langweilst dich schon über deine eigenen Fragen. !Wie müssen deine Fragen erst Fremde, wie ich nur 1 bin, langweilen. Ich habe – soviel kann ich dir verraten – die Ausschnitte der Welt, in denen ich die Jahre draußen lebte + die vollgestellt waren mit Dingen, immer nur in ihrem Abschied verstanden. Ich bin schnell durch Alles hindurchgegangen od Alles, Dinge + Menschen, sind an mir schnell vorübergegangen, so daß ihre Konturen verwischten wie Gesichter in den Scheiben vorbeirasender Züge. Umsonst habe ich in früheren Jahren versucht, Dinge + Menschen anzuhalten, zu ihnen + ihren festen Ursprüngen zu gelangen, zu ihrem klaren Licht, das doch immer von ihnen auszugehen schien. Das ist mir niemals gelungen. Und so habe ich gelernt, Alles so zu begreifen, wie ich es gesehen habe. Also habe ich eine große Sehnsucht nach Stillstand – + dieser Ort=hier ist der Ort, den ich brauche. Ich habe ihn nicht lange suchen müssen; ich habe ihn gefunden, wie jedes Wesen todsicher die Stelle findet, wo es aufhören kann. À propos, (+ die Stimme bekommt 1 unangenehm=familiären Ton), –?Was eigentlich ist aus eurer Mutter geworden. ?Lebt sie noch.

–Sie ist tot. (Antworte ich + bin selber überrascht über die Sicherheit in meiner Stimme, mit der ich eine Ungewißheit überspiele.) –Gestorben kurze Zeit, nachdem ich weggegangen bin aus diesem Land, + noch vor den beiden Alten, bei denen wir, mein Bruder + ich, aufgewachsen sind, nachdem du dich davongemacht hattest + Mutter in Die Anstalt gebracht worden war.

–Sie ist tot. (Stellt die Stimme im Ofen resümierend fest.) – Tot: das ist immer + für Alle das beste. Und, schließlich, auch du bist weggegangen von einer gewissen Frau, nicht wahr Sportsfreund: Ich brauche dir *ihren* Namen nicht zu sagen, (:?!Woher konnte Der das wissen –), –auch deinen Schritten, mein Lieber, weht ein Schatten hinterher.

Dem im Ofen entgeht offenbar keine Nuance in meiner Stimme. Und fährt fort in seinem Sermon: –Dagegen od

dafür läßt gewiß Vieles sich sagen, doch bin ich über 1 froh :
Niemals habe ich etwas, Dinge od Menschen, durch mich
verdorben. – An dieser Stelle seines selbstgerechten Monologs lache ich höhnisch auf. Ich hatte mich, während er
sprach, leise – + dieses Mal von ihm offenbar unbemerkt –
vom Ofen entfernt + war in die Zimmerecke geschlichen,
zu der Kabelrolle aus Kupferlitze hinüber. Schon in Händen
laß ich sie jetzt fallen + spring wütend zurück vor die Ofentür: –Du !Gauner du, (schreie ich, Asche stiebt auf + in den
Ofen hinein), –Ich hätte Lust, dein schönes Versteck niederzureißen, damit du wieder raus mußt + siehst, was du angerichtet hast damals. Und !nicht nur Du=allein. »Zeit heilt
alle Wunden«, ?!wie. Das glaubst du wohl am Ende wirklich. Einen !Scheißdreck macht die Zeit. Und, das 1 sag ich
dir: !Diesmal wirst du nicht entkommen. Und 1 Vorgeschmack, was du erleben kannst, wenn du wieder leben
mußt, den will ich dir gleich geben –, (:doch in der Überlegung stock ich schon: ?Was Dem-dort noch erzählen von
meinen Zeiten im Heim; ?von unseren, meines + meines
Bruders Jahren danach; ?Wie diesem selbstgerechten Killervon–einst, der inzwischen so alt, so Greis geworden + klein,
daß die Toten auf seinem Kerbholz nurmehr Legende sind +
Statistik; ?Wie 1=solchen 1 weiteres, überflüssiges Mal klarmachen, was Verhöre sind, Zwangszuweisung; ?Was erzählen von unserer Erziehung im Dämmerlicht, in der Luft
eines ewigen Alters, von Sonnenstrahlen auf dem Staub, die
durch die Ritzen geschloßner Fensterläden traten + über
einen alten Teppich hinwegtasteten als dürre Uhrzeiger auf
dem Zifferblatt unserer Kinderzeit; ?Was schließlich 1 Alten,
eingemauert in seinen Sarg, erzählen von den magnetischen
Zirkeln Leidenschaft zu 1 Frau, bis in ihren Tod + über
ihren Tod hinaus.....)

Als hätte der Fremde im Ofen auch diesen letzten Gedanken miterlebt, höre ich wieder seine durch Asche + Stein
bedämpfte Stimme, + höre deutlich die Veränderung in ihr.
Jetzt fehlt alles Selbstgerechte, sie schwingt leise wie ein

trauriges Instrument: –Ich darf Nichts mehr sehen, so verliebe ich mich nicht mehr. Denn das wäre die allergrößte Gefahr. Für meinen Ofen-hier ists gleichgültig, ob in seinem Innern Asche liegt od ein Mensch. Der Unterschied ist, wie man weiß, nicht groß. Manchmal, wenn der Wind durch den Schornstein fährt + mich mißhandelt, fürchte ich mich. Es klingt wie mein früheres Leben=draußen. Aber niemand kann das sehen, nicht einmal ich selber. (Er holt für 1 Augenblick Atem.) –Und Worte, (redet er noch leiser fort), –Worte sind schnell im Widerruf, schnell im Vergessen. Denn Niemand soll glauben, was ich hier sage. (Stille für einige Momente. Danach:) –Ich fahre fort + ich schweige ein wenig. :Siehst du, wie sehr meine Wörter deine sind. *Ich fahre fort* : Du wirst dich wieder erinnern müssen an jenen letzten Morgen, als vor deinen + deines Bruders Augen die Büttel eure Mutter abholten, + danach euch mitnahmen..... Erinnern an die Wochen im Heim, an diesen hohen Bau mit dem fahlen Ölanstrich im Innern, dem Gelärme der Scheißgören, dieser Horden Elternloser mit ihren Brutalitäten + ihren Gemeinheiten, die waren wie Glassplitter, über die du mit bloßen Füßen – (der Mann im Ofen redete sich in Schwung, seine Stimme sicher + fest), –eure Ankunft bei den Adoptiveltern, von denen du sagst, sie lebten beständig im Dämmer ihres vorweggenommenen Todes – (er schnalzt mit der Zunge, ein lehmigfeuchtes Geräusch), –schließlich die Wiederkehr zu dieser Frau, von der man euch immer wieder sagte, daß sie eure Mutter sei, daß man sie rehabilitiert habe, daß Alles Gewesene nichts gewesen war + ihr nun 1 richtige Familie sein könnt, aber ihr glaubtet es nicht, niemand wohl hat das jemals glauben können..... – :!Du wunderst dich, woher ich all=Das wissen kann. Ich weiß es aus deinen Wörtern. ?Siehst du jetzt, wie sehr sie deine Wörter sind. Denn grausamer als Tod ist ihr Zentrum *Ich fahre fort,* das Zentrum der Explosion der Erinnerung. (Jetzt lacht er im Innern des Ofens) –?!Habe ich dich nicht vorzüglich abgelenkt mit meinem Gesülze, ?!vorzüglich deine Erinnerungslücken + Erinnerungsnarben gemästet wie eine Gans fürs Schlachtfest am Martinstag. Du wirst all diesen Wörtern, die *Leidenschaft* sind, folgen müssen auf ihren verwirrenden Bahnen nach der Explosion. Und du wirst immer nur treffen, was du am meisten fürchtest: Dunkelheit..... Die eigene Dunkelheit.....

Seine Stimme, aufgeräumt, hat wieder die alte Sicherheit + Schärfe. Der Mann scheint sogar bester Laune; voll Übermut höre ich ihn mit den Fingern von innen gegen die Kacheln trommeln.

–Ich habe hier drinnen keinen Mangel an Dunkelheit + ich liebe Dunkelheit über Alles. Soviel kann ich verraten. Immerfort fließt Dunkelheit durch den Schornstein zu mir herein, in meine Urne aus Kachelstein + Schamott –

Seit geraumer Zeit höre ich ihm nicht mehr zu. Ich bin zurückgeschlichen in die Ecke zu der Kabelrolle. Und während er weiter + weiter in seinem Monolog sich ergeht, recke ich mich zur Zimmerdecke hinauf, knüpfe mühsam den Draht an den Leitungsenden, die aus der Decke ragen, fest (sie sind mit Grünspan bedeckt + geben sicher nur schlechten Kontakt) – dann, das Kabel langsam + möglichst ohne Geräusch abrollend, zurück vor den Ofen. Die Dunkelheit, die seit geraumer Zeit im Zimmer liegt, hat mein Vorgehen sicher begünstigt; er, der im Ofen, konnte nicht sehen, was ich im Zimmer tat.

Er spricht noch immer, unverändert die Stimme: –Ich wünsche allem, was ich in meinen Jahren draußen erzeugt, ein langes Leben: einhundertfünfzig Jahre + länger – !im Zuchthaus. (Ich höre wieder sein Lachen aus dem Aschenstaub. Doch – + das Grauen läßt mich erstarrn – sehe ich im Restlicht der späten Stunde !1 kleine, unglaublich dürre, mit weißlichen Haarflusen bewachsene Hand aus der Feuerungsöffnung des Ofens heraus, tastend nach: !mir.) Die Hand, wie 1 Hühnerkralle, die fleckige, ruß+aschebeschmutzte Haut überspannt, packt das eiserne Ofentürchen – die Sehnen straffen sich –:scheint, als wolle der Körper im

Klimmzug aus dem Ofeninnern sich ziehen, während die Stimme, vor Anstrengung jetzt knarrend + zitternd, ihre Verwünschungen gegen mich wirft: – + auf allen 4 kriechend, sabbernd, greinend voller Flehen nach dem Tod sollst du + alles Lebendige dieser Jahrejahrzehnte der Folter erdulden, + Nichts wird sterben, Nichts wird erlöst werden können. (1 Schluckauf unterbricht ihn, dann:) –Ich muß aufhören jetzt mit meiner Fantasie, sonst geht mir 1 ab. Und wer weiß, was für Folgen daraus kommen in solch fruchtbarer Zeit. Du hast mich zeitlebens sehen wollen, mich, deinen Vater. Hier bin ich. Ich-komm-jetzt-!raus. –

Die letzten Worte hat er wie Schläge gesetzt, sie wecken mich aus der faszinierten Starre auf. Und wie 1 Dolch steche ich das Kabelende (fast hätt ich gebetet: !Laß dies Kabel Strom führen –) in die knotige Hühnerkralle seiner Hand, halte den anderen Pol an die eiserne Ofentür : 1 kleiner, greller Blitz, Funken stieben auf + Rauchwölkchen schrauben zäh aus dem Handrücken sich heraus – :Gestank nach verschmortem Kabel + Fleisch. Die Hand klebt an der Ofentür, ich sehe sie wie 1 vom Leimstreifen gefangenes Insekt flatternd + zuckend im Rhythmus des Stroms – schließlich durchsichtig werdend + hellrosa sich verfärbend wie Gelee..... Darauf meine ich, den gesamten Ofen, von innen her, erglühen zu sehn, die rissigen Fugen zwischen den Kacheln im gleißenden Feuerschein..... als fielen Sonnenstrahlen durch Ritzen geschlossner Fensterläden..... dürre Zeiger auf dem Zifferblatt 1samen Krepierens.....

Ich lasse das Kabel fallen, durch Schwaden Gestank hindurch renne ich zur Tür, fort aus dem Zimmer, aus dem Haus + aus der Gegend, wo die Väter, die nicht sterben können, in ihrer Vergangenheit hausen, fort aus diesem verfaulten Herzstück einer Stadt. (Das Buch, das mein Bruder + ich in der Jugendzeit oft gelesen hatten, dessentwegen ich gekommen bin, habe ich wieder 1 Mal nicht gefunden.)

II

10 Vielleicht hätte ich diesen Leuten hier im Krankenhaus, die ich wegen meines Kopf- & Gesichtsverbandes nicht sehen konnte u die daher nur Stimmen blieben für mich; vielleicht hätte ich auf diese Stimmen besser hören solln. Diese Leute – u in deren ununterbrochenem Raunen & Plappern, in solchem Geschwätz & der Geschwätzigkeit ihrer Stimmen meinte ich die 1 Stimme meines Bruder zu hören, der (zum eigenen Abnabeln, zum Sichselbstherausschneiden aus jenem zähen, über Jahrzehnte gedehnten Stimmenbrei von diesen-Leuten, neben denen auch er einst in all den Jahren seines Daseinmüssens im Osten hatte leben müssen, Heute wie Cioran voll der lüsternen Wut & der wütenden Lust zum Abtöten das Messer selber führend) sagen würde: *Diese Leute, Erben von Schillers Räubern : in den Schädeln ewig der Deutsche Traum vom Aufstand – gegen Die, die am Boden liegen; die Schwachen, die Schwachen hassend mit all dem Haß, der nur in Schwachen brennt, denen das Wen egal ist, solange Sie nur hassen können. Das kommunale Ich der Filzlatschen, der Mut aus privater Lebensversicherung, – Abgrund heißt Selber-nix-kriegen, der Horizont das Eigenheim, bewacht von Schäferhunden..... Und jetzt im Krankenhaus Sie, die verprügelten Prügler & Sympathisanten, die von Den-Fremden, die ihrer Haut sich gewehrt hatten, zum 1. Mal Hier im fremden Land, verdroschen worden waren, denn Sie mußten zuvor unterm Zwang Ihrer Massenseele die Ränge & das Parkett beifallklatschend füllen in diesem Zeitalter-des-Pöbels auf der jüngsten Messe der Meister für Pogrome von Morgen; Sie, die – wieder 1 Mal – Zusammengehauenen, die – wieder 1 Mal – das ja nicht So gewollt hatten.....* :Ich hätte diesen Stimmen vielleicht besser zuhören solln. Auch als sie über die Frau (auch 1 Fremde für diese-Leute, die hierher gekommen war aus Gründen, die ich nur zu gut kannte) gesprochen hatten, mit jener Gewißheit, die Leuten eigen ist, die über Andere *Alles* wissen (dh. alles, was ihnen als wichtig für einen fremden Menschen erscheinen mag, um ihn aus seiner Fremdheit herauszuholen und im Katalog ihres Verständnisses & ihrer Gewöhnlich-

keiten zu placieren), und auch, als sie über die beiden Alten sprachen, unsere Adoptiveltern, die gestorben waren in ähnlicher Dunkelheit, in der auch der Großteil ihres Lebens verlaufen war. Die Stimmen hatten, als sie von der Frau erzählten, jenen aggressiven Unterton wie bei Erzählungen über eigene, gescheiterte Unternehmungen (ein Scheitern, das man nur schwer sich & anderen einzugestehen erlaubt u das, ähnlich der Gewißheit, im Unrecht zu sein, für lange Zeit Ruhe & Schlaf fortnimmt) – beim Thema der beiden Alten, die im Halbdunkel ihrer Mansardenwohnung verdämmert waren, mischte sich in den Klang dieser Stimmen jene leis tappende Unsicherheit, als würden sie zu nächtlicher Stunde 1.mals einen Weg entlanggehen, der ihnen bislang nur im hellen Tageslicht bekannt gewesen u daher stets wenig beachtet geblieben war. Wirklich, ich hätte diesen Stimmen besser zuhören solln. Doch wollte ich auch mein Inkognito solange wie möglich bewahren. Weil einem vermeintlich Fremden (zumal einem Verletzten, einem Wehrlosen) die Fremden vieles anvertrauen, was immer= Bekannten gegenüber im Schweigen verbleiben muß. Vielleicht muß ich dies Spiel zuende spielen, weil ich nichts anderes kann als Spielen, u die Verstecke der Kinderzeit sind seit langen Jahren ernsthaft geworden : Bunker, durch dessen Türen ich einmal leichtfertig lachend hindurch- und hinein in die dumpfe, vor Nässe kalte Betonatmosfäre getreten war, die mir den Atem, nicht aber das Grinsen nahm. Und ich hatte, auf Irgendjemandes Frage, ob ich bleiben wollte Hier, mein !Ja laut & noch immer lachend zurückgerufen..... Aber das wäre gar nicht nötig gewesen, denn wer 1 Mal solche Luft geatmet, solche Betonwände berührt & seine Augen vom schattenlosen Graulicht verdorben hatte, der *mußte* bleiben und, unmerklich für ihn, an den schründigen Wänden, die stets klamm waren, immer den Hall der eigenen Stimme zurückwarfen gegen die Stirn, sich langsam zerreiben, auflösen, zu ebensolch grauem Staub werden, der in den starren Pfützen am Betonboden im Laufe von ?wieviel Zeit zu Schlamm sich verwandelte. Und vielleicht bin ich dort – od irgendwo anders – erfroren zu dem Gespenst, von Abschiednehmen u Scheitern stets wie vom eigenen Schattenwurf umkreist, mit dem unablässigen Zwang, zurückzukehren, in Hinterlassenschaften wühlend, um herauszufinden, was das hätte gewesen sein können: *ein Leben*. Vielleicht, in irgend-1 dieser gespenstischen Rückschauen (so die irrsinnige=Hoffnung) könnte ich etwas finden – von mir=selbst od von irgend Anderen – das wirklich Neues sein könnte, das, hätte ich zu Lebzeiten 1-wenig länger & besser zugehört, mir Damals für den 1 Moment etwas von Dem gegeben hätte, wozu angeblich nur Menschen fähig sein sollen: Glück aus einem Wissen. Nicht, daß ich glaubte, das hätte irgendetwas ändern, verbessern gar od abwenden können – auch nicht *ihren* Tod, den Mord an dieser Frau *mit dem Gesicht einer weißen Füchsin* –, u nicht über Langejahre 1samkeit hinweg das Sterben jener beiden Alten, meiner u: meines Bruder Adoptiveltern – :Darum ging es nicht. Es ging immer nur um Wissen. Das stete, geduldige Hinschauen Hinhören Bewahren, und Weitergehen wie der Wind durch die Straßen dieser kleinen Stadt ging, Nichtbleiben, Nichtfestsetzen, Nichtanklammern an Eigentümern & Familie, an Ideen & weichen gemein=Sitzplätzen. !Nicht das. Sondern *Ereignisse* sammeln, über die kurze Strecke meiner Jahre. ?Wäre es das gewesen, was zu mir gehört hätte. Vielleicht. Jetzt indes bleibt nur der Anblick des wirren Haufens eines Abrißhauses, wobei sich Bauschutt zerborstenes Gebälk Glassplitter irgendwas rührend=Albernes aus der einstigen Habe (etwas zwischen Teddybär und Dreschflegel, zwischen Bilderbuch und Rasiermesser), dem einmal 1 gewisses Maß an Bedarf & Interesse gegolten, dann vergessen & wie all der übrige Tinnef dem allgemeinen Abriß überlassen worden war, sich nun noch 1 Mal ins Blick- & Tastfeld drängend, wobei die Erinnerung an einstige Bedeutung leisen Ekel weckt wie der Anblick von flennenden Erwachsenen. : Tränen überzeugen nur bei Kindern u bei Greisen : die einen sind noch nicht fern vom wirklichen Nichts, die anderen nicht mehr fern davon. Der Rest den Krokodilen & Theatern.– Dabei, während des Stocherns in den erbarmungslosen Resten, immer auf dieselben Dinge treffend, dieselben Schatten von anderen Menschen, die mir begegnet waren, die ich erkannte – zu denen ich niemals freundlich genug gewesen war. Und die nun, an einem Frühsommerabend – der trug noch in Gräsern u Bäumen die Wärme seines vergangenen Tages im orangefarbenen Licht –; an solch einem Abend, vielleicht, auf einer Straße zwischen dem vielzungigen Laubflüstern der Birken, die mit jungen, schmiegsamen Blättern juvenile Lustigkeiten erprobten; die Begegnung mit diesen über so lange Zeit Bekannten – –: sie gingen an mir vorüber mit desinteressiertem Gesicht u mit Augen, die hindurchsahen durch mich, denn sie erkannten mich nicht. Vielleicht hätte ich einst wirklich nur besser zuhören solln.

Die Stimmen (u ich glaubte das Summen von Fliegen zu hören, die meinen Kopf mit ihrem wirren Flug wie mit Gespinsten umfingen), sie sagten soeben: Schon wieder ist es Abend. Es wird kühl..... Wir wollen zurück auf die Station gehen. Kommen Sie..... Wir helfen Ihnen..... : Und frierend schrak ich hoch aus Halbschlaf & Traumgesplitter, die Echos aus allen angefangenen, niemals zuende gesehenen Bildern wieder im Gehirn.

Und das Erste, was ich ihn finden lasse in seiner Erinnerung, noch in Benzinwrasen des Autobusses & in den pissigen Geruch, wie er von Horden kleiner Kinder ausgeht, eingepfercht, das waren diese Fliegen..... Ihre Schar war so überaus groß, ihr sirrendes Genetze so dicht in dem stickigen, rumorenden Tubus des Fahrzeuginnern aus Blech Stahl & Bakelit, daß die den Transport der auf sozusagen natürliche Art zu Waisen gewordenen od von staatlichen Behörden zu Waisen erklärten Kinderhorde begleitende Erzieherin (1 ältere Frau, deren Haut an Armen Händen & im Gesicht, wie von unsichtbarer Hand brutal nach unten gezogen, einen Fächer straffer grabenartiger Falten schlug), wenn sie durch den schmalen Mittelgang zwischen den beiden Sitzabteilungen hindurchgehen wollte, das Fliegengeschwirre mit ihren dürren, zerfurchten Armen wie Spinnweben zerteilen mußte. Ich gebe ihm die Erinnerung an das Gesicht dieser Frau, das er mit der unverfälschten Neugier des vierjährigen Kindes für alles Absonderliche unverwandt anstarren mußte, solange, bis der Frau seine Blicke auffielen. Sie bahnte sich erneut ihren Weg durch den Mittelgang, durch Fliegengespinst Pisseschwaden & Motorengelärme hin zu ihm, dem 4jährigen auf der letzten Sitzbank im Bus – :er sah dieses furchige Gesicht, das wie eine Maske auf 1 Besenstiel gespießt erschien, auf sich zukommen, und je näher das kam, desto weiter schien ihm dieses Gesicht zu entrücken; die Frau beugte sich nicht nieder zu ihm, der vor kurzem durch die Verhaftung seiner Mutter von 1 Moment zum andern zur Waise geworden war (:auch über solche Tötungsart verfügen Staaten), dennoch sah er den dünnen Mund, scheinbar lippenlos, dieser in taubenblauen Stoff gehüllten Frau; 1 Mund, der lediglich wie 1 weitere Falte in ihrem Gesicht erschien, doch quer zum übrigen Faltenfächer laufend wie 1 Wunde, und, so lasse ich ihn erinnern, es schienen nicht ihr lippenloser, zusammengekniffner Mund (der zum Sprechen, für Inhalierendes Gieriges Freßsüchtiges gar nicht geschaffen war, vielmehr für Anderes, für etwas Vollzughaftes, Austeilendes, so wie rationiertes Überleben in Lagern & sogenannten Entwicklungsländern ausgeteilt wird von *Helfern,* die so vollkommen in ihrem Recht sind, daß sie nicht 1 Mal die Beschämung über ihr Tun empfinden können.....), nicht also ihre beiden dünnen Lippen, sondern die beiden grauen Reptilaugen & der gesamte dürre Leib der Frau, wie ihre Dienstkleidung trocken, gestärkt, korrekt, schienen Wörter gegen ihn, den 4jährigen auf der letzten Sitzbank, zu stechen: –!Starr mich nur an. !Westbankert. !Dir wird das Anstarren noch vergehn. !Dreckige kleine Bestie du. – Und, als hätt 1 dürre, mit Mauerkalk verkrustete Holzlatte seine Wange getroffen, brannte der Schlag in seinem Gesicht, 1 Streifen Feuer auf seiner Haut. Der Grund für diesen Ausbruch blieb ihm verborgen. Und Fliegen..... sprangen den Striemen brennenden Fleisches an. Er spürte es nicht. Er konnte nun seinen Blick von dieser Frau nicht mehr abwenden. / Das Haus am Stadtrand, mitten auf kahlem Hügel wie Felsgestein braunblau schimmernder Erde gelegen, von fleckiger, putzbröckeliger Mauer umzingelt, wirkte auch aus der Entfernung groß & verkommen wie einer der Schränke, die bei Wohnungsräumungen ärmerer Leute od Verstorbener an den Straßenrändern erscheinen. Und noch weit von jenem Ort entfernt, meint man bereits den Gestank-des-Todes zu riechen, der von solcherlei Dingen ausgeht und mit seiner kalten Klebrigkeit die Betroffenen zu umhüllen scheint, so daß nichts Anderes, von solch zähem Stinken Nichtbehelligtes mehr wahrzunehmen übrigbleibt. In die dreckigen Busfenster – die ihm nächsten waren viel zu hoch angebracht für einen 4jährigen, so daß er nur aus entfernter liegenden Fenstern mit ihren abgerundeten Ecken hinausschauen konnte – seit geraumer Zeit wie bei einem Diabild-Vortrag od beim Vorführen von Rollfilmen-für-Kinder mittels einer sogenannten Laterna magica (1 schwarzes Bakelitgehäuse, das durch die Glühlampe im Innern schnell heiß wurde & schwitzend jenen scharfen Geruch ausströmte, den er später in ihrem Menstruationsgeruch wiedererkannte) schob sich in all die Busfenster stets das gleiche Bild, wobei mit dem auf der Landstraße dahinschlingernden, stampfenden Autobus allein der Größenunterschied von Bild zu Bild wechselte, zunahm solange, bis das letzte dieser immergleichen Bilder stehenblieb, nicht mehr sich veränderte, nicht mehr vom Vortragenden gewechselt wurde, u er befürchtete, die heiße Lampe des Projektors möchte dies allerletzte Bild verbrennen, vom Zentrum zu seinen Rändern hin auflösen, verdampfen zu einer Wolke beißenden Plastikgestanks, und danach wäre Nichts mehr außer der blendenden Grelligkeit der durchs Objektiv des Projektors aufscheinenden Leinwand – (-?! *Wo is nur der verdammte –* !*Licht* !*machdochma:* !*Licht* – :die nervös umhereilende, von der Projektorlampe zu grellen Teilen zerschnittene Gestalt der Mutter fand den Schalter, und das Stubenlicht erschien verdorben, nicht hell, sondern eher schmutzig & dumm : Sonntag's Ende, das Spiel war vorüber. – Der Anblick des Gebäudes mit seinem Ring aus fleckigem, efeuzersträhntem Mauerwerk, eine Fassade, ruiniert wie das Gesicht eines alten Säufers, es gab ihm an jenem Tag (das vermute ich heute) sogar etwas ähnliches wie Erleichterung: *Endlich ankommen. Nicht mehr weiter fahren Raus & weg von diesen Fliegen..... von diesen Kindern Weg von ihrem Geschrei & dem Pinkelgeruch Nicht mehr diese Frau mit ihren grausamen Falten den Reptilaugen & den mörteligen Armen anstarren müssen. Keine Schläge mehr. Nichts. Nur noch da-sein wo ich sein soll.....* – Beim Aussteigen aus dem Bus – die braunblaue Erde trat derb gegen seine Füße – traf ihn aus der unbewegten Luft der Geschmack-der-Fremde: ein Geschmack nach Regen & Metall. – Durch den steinernen Torbogen schritt 1 junge Frau hindurch und ging der Gruppe der Neuankömmlinge entgegen. Sie trug ein helles Kleid mit winzigen Blumenmustern, ihr Gesicht schaute offen u klar. Sie ging mit weiten Schritten 1 Mal um die zusammengedrängte Gruppe der Kinder herum. Als sie bei ihm vorüberging, schien sie stillestehn zu wollen, für 1 Moment verlor sie den Schritterhythmus –; dann setzte sie den Weg um die Kinderhorde fort. Doch aus ihren Augenwinkeln (so erzählte er einmal) fing er 1 Blick auf von dieser Frau, 1 beinahe flüchtigen Blick..... – Er konnte nicht ahnen, daß Alles Bisherige noch Freisein war. / Gewiß, mit seinen 4 Jahren war er der Jüngste in diesem Heim; ein Haus, das in den letzten einhundertfünfzig Jahren eine Karriere hinter sich hatte: von einer Klosterschule zur Kadettenanstalt zum Feldlazarett, danach wieder Kadettenanstalt und noch einmal Feldlazarett, für kurze Interimszeit ein Lager für Flücht-

linge und Umsiedler, hin zum Erziehungs heim für Waisenkinder, und – doch das sollte Jahre später sein, in den Jahren 1988/1989, & auch dann nur auf dem Reißbrett in geheimen Maßnahmeplänen (denn *Zeit* fuhrwerkte auch in solcherart Paraden) ein Internierungslager für *subversive, feindlich-negative Elemente* :ein Konzentrationslager made in D.D.R. nach sozusagen Alter Schule – :alles=in=allem eine für diesen Teil der Welt namens christliches Abendland geradezu als natürlich zu bezeichnende Karriere für ein Haus wie dieses.....
Und was ich ihm an Erinnerung gebe an jene Tage, Wochen im Innern dieses Hauses mit seinen schmalen, hohen Fluren und den Schlafsälen, groß & stickig wie Turnhallen, entlang zu beiden Seiten eines Hauptflures (dort, an hoher, kapellenähnlicher Stirnfront, von rotem Fahnentuch umrahmt & unerreichbar für jede Hand, die Fotografie des Staatspräsidenten: das streng nach hinten gekämmte, weiße Haar auf dem pyknischen Schädel, unter buschigen Augenbrauen wie aus 1 Visier heraus starr blickende Augen – sie sahen nicht auf den Flur herab, nicht auf die Kinderhorden, nicht auf die Erzieher die mit derben Schritten, & manchmal die Trillerpfeife die Steinflure entlangschrillen ließen, übers Fliesenmosaik dahineilten : Die Augen des Präsidenten blickten seitlich nach vorn dorthin, wo der Fotograf einst den Staatspräsidenten hatte hinblicken lassen in seinem Atelier mit Stativen & reflektierenden Schirmen, jene grotesken, unter der Schirmhaube metallisierten Regenschirme, dorthin wo für alle Betrachter der Fotografie nach 1 niemals ausgesprochenen, doch seit Jahrhunderten stillschweigenden Vereinbarung *die-Zukunft* liegen sollte –, :die derbe Nase & der zusammengekniffene Mund mit abwärts gekehrten Winkeln gehörten zu diesem Mann, der, wie es hieß, 1-Mann-des-Volkes war, 1 Tischler früher, bevor er, wie das hieß: vom-Volke-für-das-Volk eine Regierung übernahm.....), diese Erinnerungsbilder sind steckengeblieben in ihm; vielmehr steckte ein Abschnitt seines Gehirns in ihnen, diesen erstarrten Bildern mit ihrem Geruch aus Re-

gen Pisse Erbsensuppe Formalin & Metall, die zäh & von zitteriger Konsistenz wie Klumpen Sülze, gleichsam wie diese jene Bröckchen Fleisch bewahrten, die in Färbung & Aussehn – knochig-bleiches hellfarbig faseriges, in-sich gekrümmtes & mit Borstenhärchen bewachsenes, od kräftiges in Zinnoberfärbung getränktes Fleisch – noch die grauenvolle Erinnerung an ihre Herstellung, besser an die Zerstörung & Zerstückelung, des Ausblutenlassens & Zerteilens eines vormals lebendigen Wesens durch die Schlachtermesser & Sägen, die Haken & Beile, sodann die Verwandlung eines noch warmen Kadavers in blasige, langsam gerinnende Massen Blut & Fleisch & Fett & Gekröse & Abfall, gefangen in jenen blockähnlichen Geleeklumpen, wie die Monster in den Schaugefäßen der Pathologie ausgestellt, als Erinnerung ans fabrikmäßige Töten dem Fresser noch auf seinem Teller vor Augen legte. / .....in den Stunden, als die Erzieher die Gänge zwischen den Reihen der Metallgitterbetten entlang patrouillierten & den Eingesperrten Nacht & Schlaf, das Stillhalten Aushalten Schnauzehalten, befahlen (schon damals lasse ich ihn spät & erst langezeit nach dem Niederlegen wirklichen Schlaf finden); sobald irgendwo aus 1 der numerierten Betten Geräusche kamen, schlug die Stimme des Aufsehers von seiner Empore herab durch die Dunkelheit hallend gegen die Sünder an: *–Bett 23 25 26 : Ruh-!hä*. Und, sollte der Frevel sich wiederholen: *–!Du hast Minus & !Du hast Minus* (:es existierte für jedes Heimkind 1 Punktesystem Plus-Minus, worüber von den Erzieherinnen peinlich=Buch geführt wurde, erzählte er mir später. Wer in den Minusbereich geriet, war fällig für Dreckarbeiten: Klo saubermachen, Abwaschen in der Küche, Hof fegen od Ausgeh- & Spielverbot), und die hölzerne Stimme im Schlafsaal prallte gegen die Finsternis als würden Bretter auf Steinfliesen schlagen: *–!und Morgen melde ich euch dem Heimleiter*. (:das, setzte er damals seine Erzählung fort, hieß eine Strafpredigt über sich ergehen lassen, bei der vor dem Schreibtisch des Heimleiters strammzustehen war, wobei viel & lange von Gewissen Ehre-des-ganzen-Heims Menschen-in-unserer-neuen-Gesellschaft..... die Rede war). In solchen Nachtstunden der übervollen Leere starrte er, der 4jährige, zu der hohen Saaldecke hinauf, solange, bis eine teerige tintfarbene Finsterness den Schlafsaal samt Insassen & Wärtern in die Unsichtbarkeit versenkte. Und ihm kam dann die Saaldecke noch entfernter, noch ungreifbar höher als zu Tagesstunden vor, wo man nicht auf die Idee kam, zur Decke hinaufzuschaun, so wie niemand ohne besonderen Grund seine Blicke zum Himmel schickt – :und die ferne, die offensichtliche Unerreichbarkeit gaben ihm den Wunsch, dort=oben – allein, fern, unerreichbar in einer Art Versteck – möge er leben, dort= oben möge er sein. / Zu Zeiten der Klosterschule war dieser Saalbau im gotischen Stil das Kirchenschiff gewesen – noch sichtbar die Führung der Kreuzgänge u -bögen, wenn auch der Zierat an Fenstern & Bogenkanten geschliffen worden war, so daß lediglich die Grundformen von Mauern & Decke an ein gotisches Bauwerk erinnerten. Und jene Empore an der Stirnseite des Saales, worauf Heute der Platz des Saalwärters war, der die schlafenden od: schlafend sich stellenden Kinderhorden, in ihren Gitterbetten langgestreckt wie Raupen im Kokon, überwachen konnte, trug einst den Altar & anstelle des Kreuzes mit der draufgenagelten Holzfigur, hing auch hier Heute an diesem Ort, mit dem roten Fahnentuch, der Farbe des Blutes & der Macht, der Macht des Blutes wie des Blutes der Macht, umwunden, die Porträtfotografie des Staatspräsidenten, dasselbe Gesicht wie draußen auf dem langen Flur, dieselben Augen, in *die-Zukunft*..... starrend. Zudem hatte man einst Wände & Decke des Saales mit einheitlichem, horngelbem Ölanstrich versehen. (Mittlerweile, hoch oben u direkt über seinem Bett in besonderer Stärke, hatte der einst gewiß in aller Eile angebrachte Ölanstrich Risse erhalten – tief in die fettig schimmernde Farbschicht sich brechende Risse als wären hauchdünne Blitzstrahlen dort=oben erfroren. Dahinter, hinter diesen schwarzen Aufbrüchen, dort würde er sein Versteck einrichten können : Dort würde er sein können, unentdeckt=unbehelligt=unzerstört von allen diesen Anderen.....) / .....1 Mal hatte er Kranksein simuliert. Hatte Bauchschmerzen vorgetäuscht, um dem von Erziehern anbefohlenen & von allen übrigen Heimkindern freudig & lautstark erwarteten Turnen an & auf jenen (offenbar nur für ihn) schrecken=erregenden Holmen Barren Matten Sprossenwänden Ringen & Seilen wenigstens 1 Mal für eine Woche zu entgehn, und durfte bleiben einen ganzen Tag lang im Bett & konnte ohne Störungen hinaufsehen zu seinem Versteck, zu dem aufgebrochenen Himmel aus horngelbem Öl..... Die eigene Hand starrte er an: blaßrot marmorierte Haut :? *Vielleicht* (dachte er erschrocken) *vielleicht sieht so Die Lüge aus* –, und seine Hand hielt sich, fest geschlossen zur Faust, um 1 der Gitterstäbe des Bettes, jene Stäbe aus eierschalenfarbenem Metallrohr (davon etlich Farbe bereits abgesplittert, so daß wie auf geschlossener Eisdecke plötzlich Risse sichtbar wurden u darunter schwarze Wasser aus Eisen, unergründlich in ihren Bruchfiguren aller Ängste u aller Faszination –). Und ich lasse ihm Heute die Erinnerung an Etwas, das er damals, hätte er das Wort dafür schon gekannt, *1 glücklichen Augenblick* bezeichnet hätte, *1-Klang* für 1 Moment, wo alles Fühlen, Denken, Sprechen (ansonsten verstreut, zerstäubt und kaum noch zu greifen von einem Ich) in diesem 1 Moment gleichzeitig getroffen, gleichzeitig erspürt u gehört werden kann. Denn es gab schon soviel an Vorstellungen in seinem Kopf – – / Zu den übrigen Heimkindern also wollte er nicht gehören. In den Stunden, wenn die zu Gruppen aufgeteilten Kinder in den Hof zum Spielen geschickt wurden, zog es ihn, sobald die Gruppe der er zugeteilt war, aufgerufen wurde geschlossen in den Hof zu marschieren, in 1 der düsteren Hofecken, wo die Mauern mit dem abgeplatzten Verputz im rechten Winkel zusammentrafen. Der Sand in diesen Schattenecken, wo er in seine Spiele flüchtete, wirkte kränklich, ausgelaugt, roch stockig u sah bleich aus wie die

Haut von Menschen, die im trüben Lampenlicht in Kammern ohne wirkliche Luft ihr Leben verdämmern. Die Berührung mit dem Sand ließ an den Mulm denken, der in Abrißhäusern unter Dielen nistet – verwahrloste, vergessene Schütten Vergangenheit. Dort spielte er im Stillen seine Spiele, lautlos; niemandem fiel er auf. Froh indes war er, wenn diese junge Frau, die ihn am Tag seiner Ankunft für 1 Moment aus den Augenwinkeln angesehn hatte, auf dem Hof erschien & die Aufsicht übernahm. 1 Mal mußte dieser Frau der still u abgesondert in sein Spielen verschloßne Junge in der Hofecke doch aufgefallen sein; sie ging in ihren weiten Schritten von den Stufen der Hauspforte herab quer über den Platz, hin zu ihm, in die Ecke des Hofes, dorthin wo der meiste Schatten lag. *–Aber warum bist du nicht bei den Anderen.* Die junge Frau stand vor dem im Hofsand kauernden Jungen : auf 2 feste, schlank geformte Waden starrte der aufschreckende Junge. Dann blickte er hinauf zu ihr, in das junge Frauengesicht, langezeit lasse ich den 4jährigen Jungen in dieses Gesicht hoch über ihm schauen. Dann stand er auf, er reichte der Frau gerade bis an die Hüfte, und dort vergrub er sein Gesicht. Er weinte nicht. Er stand still, atmete wenig, die Augen hielt er offen, so lagen sie am Kleiderstoff der Frau u er sah in eine helle Dunkelheit hinein –. Langezeit verbarg er sein Gesicht an ihrer Hüfte, verbarg er sich in der warmen, hellen Dunkelheit einer Frau. / Nachts (erzählte er) war es im Waisenhaus strikt verboten, den Schlafsaal zu verlassen. Wer austreten mußte, hatte den Nachttopf unterm Bett, 1 für jeweils 2 Kinder, zu benutzen. Jede Nacht wachte er auf aus dem Schlaf & hatte den Drang zum Pinkeln. Aber er getraute sich nicht, und ab 1 bestimmten Nacht überhaupt nicht mehr, den Topf zu benutzen. Er kannte die Spiele der Anderen, die alle die-Älteren waren & wußte, was unweigerlich geschah, sobald das Geräusch des Hervorholens des Blechtopfes od sein Verwenden im nächtlich stillen Schlafsaal zu hören war: Von überall her schossen wie Suchscheinwerfer

Taschenlampenstrahlen auf diesen Einen (Lampen, die man dem Hausmeister gestohlen hatte) : Das Ritual verlangte, daß der solchermaßen Entdeckte im Lampenlicht sich vollkommen entblößte, Penis & Hoden herzeigte und vor aller Augen seine Notdurft auf dem Topf verrichtete –. Dann, nach genau bestimmter Zeit, verlöschten die Taschenlampen wieder; der Entdeckte galt für gewisse Zeit als *tabu*..... Auch er, mein 4jähriger Bruder, war schon einigemale das Opfer der Lampen geworden, doch hatte man stets sogleich unter giftig gezischten Lauten Hohn die Lampen wieder ausgelöscht: er, der 4jährige, zählte noch nicht..... (Seither, u aus zweierlei Gründen, hatte er Angst vor solch Entdeckungen & der nachfolgenden Verachtung. Doch einfach ins Bett zu pissen getraute er sich ebensowenig, denn vielleicht würde *sie,* die junge Frau im hellen Kleid, deren Geruch u deren weiche Hüfte er noch spürte in seinem Gesicht, enttäuscht u wütend sein auf ihn, den Bettnässer, den Zwerg-). Eines Nachts waren die Älteren auf 1 Idee verfallen, wofür der Zwerg zu gebrauchen war: Mehrere ältere Jungen schlichen im Dunkel des Schlafsaales hin zu ihm, man packte ihn, hielt ihm mit derber Hand den Mund zu, zog ihn aus dem Bett –: In jeder Finsternis ist 1 Rest von Licht, u seine vor Schrecken u Angst aufgerissenen Augen sahen aus dem tintfarbenen Schlafsaal 1 Gestalt hervortreten, das Weiß eines Nachthemdes wurde emporgerafft – Hände wie Schraubzwingen preßten ihm die Kinnlade auf – und er spürte in seinen Mund den Strahl einer warmen Flüssigkeit fahren, salzig & herb, er mochte nichts schlucken, der Strom überschwemmte sein Gesicht, seinen Hals, den gesamten Leib bis zu den Füßen, und ließ ihn zurück in einer Pfütze aus Urin..... / Der Kerl war mehr als doppelt so alt wie er, beinahe zehn Jahre, die Haut ohne jegliche Färbung, nicht einmal blaß od weiß, sondern keine Spur von Leben schrieben die Züge in dessen 4kantgesicht; kleine, stets zu Schlitzen verengte Augen, derbe Backenknochen & 1 winzige Nase; seine Eltern hatten den Zehnjährigen oft geschlagen. Der Vater, Rangierer bei der Reichsbahn, war oftmals tagelang besoffen & wurde dann von seinen Saufkumpanen auf 1 Leiterwagen zuhause abgeliefert (:*–Kiekma, da kommt !Pappa,* meldete der Junge der Mutter solch Ankunft). Die Reichsbahndienststelle warf den Mann dennoch nicht hinaus, denn es gab: keine-Leute. Sobald der Alkohol zuende ging & der Pegel sank – *–Der Olle krichte dann wieder die Mottn* (berichtete der 10jährige) – dann schlug der Mann seine Frau & den Sohn, abwechselnd, je nachdem wer in den Bereich seiner Fäuste kam. Und die Mutter (Wagenreinigerin, auch bei der Reichsbahn) stürzte sich heulend auf den Sohn & schrie – *Du hast mir mein !Leem mein !Ganzesleem hastu aufm Gewissn du Saukerl hast mir aufm Gewissn* & ähnliche Lamenti mehr. Er sah nur das Blut in den Augen der Mutter, sein Vater auf den Dielen der Wohnbaracke kroch fluchend & kotzend quer durch die Stube –:– Im Essensaal spielte der 10jährige diesen Vater nach, immer wieder, jedes mal, u jedesmal auch befahlen die Erzieher meinen Bruder zum Essen auf den Platz, dem 10jährigen gegenüber : der Junge stopfte sich den Mund voll Makkaroni, Kartoffelbrei, Fleischbrocken, Soße, mit allem was es grad zum Essen gab, und ließ den verflüssigten Speisenbrei langsam aus seinem breiten Mund herauskleckern. *–So kotzen die Olln wennse voll sinn,* kommentiert er & spie 1 letzten Essenbrocken meinem Bruder genau in den Teller (die Meute am Tisch begann mit Grölen). Mein Bruder weinte, rutschte vom Stuhl unter den Tisch und erbrach das ganze Essen. Die Beine 1 Erzieherin erschienen vor ihm, 2 feste, schlank geformte Waden. Eine Hand packte zu & zog ihn unterm Tisch hervor. Die Beine u die Hand, sie gehörten zu *ihr,* zu dieser jungen Frau, die ihn am Tag seiner Ankunft aus den Augenwinkeln angesehn hatte für 1 Moment......, und an deren Hüfte er sein Gesicht verbergen konnte, in der fremden, hellen Dunkelheit des Körpers 1 Frau..... –: *–Während des Essens bleibt jedes Kind an seinem Platz. Wann wird aufgestanden* (der 4jährige weinte & schwieg) *–Wenn wir es sagen.*

Dann erst wird aufgestanden vom Tisch. Die Hand, die seinen Kragen festhielt, drückte den Kopf des Jungen wieder unter den Tisch. *Und gegessen wird hier, was auf den Tisch kommt. Und du wirst Alles aufessen und wenn du bis heute abend hier sitzt.* Diese Worte (erzählte er mir einst) schrie die Erzieherin nicht; sie sprach sie leise, fast begütigend od: völlig ohne jegliche Emotionen wie eine unsagbar oft dahergeleierte Litanei. –Dienstvorschriften sind die letzten wirklichen Gebete. (Und setzte damals hinzu:) –Das war übrigens das letzte Mal, daß ich geheult habe. Bis auf den heutigen Tag. Es ist gut, in frühen Jahren derb enttäuscht zu werden. :Die Hand der Frau, die damals seinen Kragen festhielt, preßte nun seinen Kopf nieder, so tief, daß sein Gesicht im eignen Erbrochenen lag. Die Meute war inzwischen von ihren Plätzen aufgesprungen, umringte entzückt die Erzieherin & den 4-jährigen am Boden, unter Grölen das Schauspiel bis zum Ende zu sehen. Denn es geschah selten eine Abwechslung wie diese im Waisenhaus.....

Spätestens als sie erfuhr, daß er, mein älterer Bruder, den Ausreiseantrag gestellt hatte; spätestens an diesem 1 Abend, als er aufsprang, sie ohne 1 weiteres Wort allein zurückließ & noch in der selben Nacht in die Kleinstadt fuhr, zu den beiden alten Leuten, wo er sicher sein konnte, daß seine Entscheidung ohne Widerspruch, ohne Bedenken u ohne Mahnungen an Rücksichten auf Andere aufgenommen werden würde (Rücksichten schon gar nicht auf sie, die vereinsamten und immer weiter ver1samenden Alten, unsere ehmaligen Adoptiveltern, gefangen in ihren jahrzehntealten Träumen von *Der Heimat,* die man ihnen ein 2. Mal durch unser Fortgehen weggenommen hatte, & die in ihrem ganzen Leben niemals irgendetwas für sich selber einzufordern gewagt hatten: :?Und was auch hätten die beiden alten Leute, Flüchtlinge aus dem letzten Krieg, einem Flüchtling aus diesem anderen Krieg=hier sagen sollen –) : Spätestens an jenem Abend hätte sie die Analogie beider Geschichten –

der Geschichte unserer Mutter, die sie kannte, u jetzt der ihren – erkennen müssen. :?Woher dieses dämonische Vergessen, ?Woher dieses Übermaß an Glaube & Hoffnung, es gäbe Wiederholungen nicht in einem stets sich & Alles wiederholenden, dahergeschluderten, blutig=obszön=banalen 3-Groschen-Roman namens *Geschichte*..... :??Woher dies gespenstische Vergessen.

 ?Was für Überlegungen mag sie statt dessen angestellt haben, ?was für irre=Hoffnungen, gepreßt aus der Kälte dieses 1 Augenblicks, als er zu ihr sagte *Ich geh in den-Westen*. ?Hatte sie an jenem Abend, od an irgend-1 der folgenden, als sie beide sich wiedersahen, überhaupt ihre Sprache aus ihrer 1samkeit herauslösen & ihm diese 1 Frage stellen können, die in Wahrheit Etwas war, das sie noch niemals zuvor hatte in dieser Art aussprechen müssen, jetzt ausgesprochen aus einer bislang unbekannten Angst die flehentliche Bitte *Laß mich nicht allein zurück hier*. Und hatte die Situation ihn, meinen älteren Bruder, soweit treiben lassen, daß er diesen 1 Satz hatte sagen können, der wie einer jener Sprüche im Türbalken alter Bauernhäuser eingeschnitzt & mit dem altertümlichen Zierat einer vergessenen Mode versehen, nicht mehr od: besser noch niemals als ein Segen, sondern immerfort gewendet u wiedererstanden hervorgeholt in einen Satz der Lüge, od schlimmer der Gleichgültigkeit & des Verrats eines Davoneilenden über unserer Familie & ihrer Vergangenheit u allen von ihr Mitbetroffenen schwebte: *Ich hole dich nach, sobald ich Fuß gefaßt haben werde dort*.....

11 .....!Die mußten verrückt gewesen sein Diese beiden Alten : !2 wildfremde Kinder aus dem Waisenhaus sich aufzuhalsen !In solchen Zeiten wo Jeder froh gewesen war wenn er ein paar Mäuler zu stopfen weniger am Hals hatte Aber sie waren eben nicht von Hier: diese beiden Alten Das haben wir Ihnen schon erzählt und 1 Mal Flüchtling immer Flüchtling Soviel steht fest Und sie diese beiden Alten – wir nennen sie die Alten obwohls eigentlich nicht stimmt Denn als sie Hier-bei-uns ankamen Herbst Fünfundvierzig waren sie weder alt noch jung Vielmehr mit ihren Jahren Wie solln wir sagen Mitten in diesem Niemandsland von Zeit Und das Alter Das wirkliche Altsein kommt dann übernacht..... Mit 1 Mal..... Und wieder ist 1 Leben vorbei..... Aber er der große gedrungene Mann mit (?noch blondem od ?schon grauem) Bürstenhaar u dem derben Kinn & sie die kleine hagere Frau (ihre Füße an den fast dürren Beinen setzte sie immer zu bedächtigen Schritten als müsse sie zeitlebens einen Schwebebalken entlangbalancieren) Die Frau die gewiß schon als junges Mädchen immer etwas gebeugt daherging so daß wir anfangs meinten sie hätte einen Buckel – Aber sie & der Mann die hatten ganz etwas anderes nämlich: Ihren Stolz Ihre Aufrichtigkeit – od wie Sie das nennen␣wolln : Der Flüchtlingstreck aus dem Sudetenland hatte die Beiden zunächst in 1 Dorf (ungefähr dreißig Kilometer von Hier) abgeworfen Da waren sie nun mit ihren Lumpenbündeln ihrer Nicht-mehr-Habe Ausgeplündert unterwegs in den Viehwaggons in die sie mit hundert Anderen gepfercht worden warn von Tschechen von Russen von Deutschen Ausgeräumt und kaum mehr als ihre Kleider auf dem Leib aber: !Anstand-im-Leibe !Stolz u auch die idiotische=Hoffnung diese Aussiedlung sei nur vorübergehend *Schon bald bald schon gehts wieder Richtung Heimat* :Davon haben sie sich zeitlebens nicht abbringen lassen Vielleicht konnten sie mit solchem Blödsinn in der Seele so Vieles überhaupt ertragen Denn Hoffnung wirkt verlängernd Fürs Leben wie fürs Sterben Soviel steht fest Und

kamen in dem Dorf zu einem Großbauern auf den Hof Der
stellte sie ein als Gesinde *!Geld nix ?!Verstehn Dafür !Fressen
umsonst* Richtig satt wurden sie nicht Diese Flüchtlinge dafür
aber nicht mehr sooft geschlagen Ein richtiger Kulak (SS-
Mann bis vor kurzem Hatte Zwangsarbeiter auf seinem Gut
& (hieß es) auch mal hin & wieder 1 von denen abgeknallt)
:Der-Russe kam ihm drauf Haben ihre Hunde auf ihn ange-
setzt den Kulaken quer durch die eigenen Felder & Wälder
gejagt Haben die Spur verloren und das Gesinde gefragt
?!Und an wen mußten Die kommen : !Natürlich an sie An
diese Umsiedler die jeden Taglang für 1 Teller Pellkartoffeln auf dem Kulaken-Anwesen schuften mußten – Und
nun raten Sie mal was die auf die Fragen der Russen ?Wohin
der Kulak getürmt sei geantwortet haben –: !Die falsche
Richtung haben sie den Verfolgern angezeigt Damit der Ku-
lak=das Schwein in Ruhe türmen konnt Die Zonen-Grenze
zu den Amis war ja nicht weit Und das ist noch nicht alles :
?Was meinen Sie haben diese Flüchtlinge mit ihren ewig
knurrenden Mägen & abgemagert bis aufs Gerippe getan
Als auf dem verlassnen Gut Die Kammern entdeckt wurden: !Butter !Eier !Schinken !Würste (:alles dem Abgabesoll
hinterzogene Sachen) – :Da standen diese Hungerleider vor
Den Kammern des Schlaraffenlandes Hätten nur die Hände
ausstrecken & s Maul aufmachen müssen und hätten ihr
Lebtag lang Fettlebe gehabt – Nun s Maul haben sie auch
aufgemacht Diese beiden halbverhungerten Flüchtlinge mit
ihrem gottverdammten Stolz & ihrem Anstand in ihren
weißgott sudetendeutschen Seelen : !Die sind zum Landrat
& haben Anzeige gemacht Und Alles Das ganze paradiesi-
sche Lager Buttereierschinkenwürste –:wurde !Beschlag-
nahmt & !Abgeholt :!Einen Hund bei Mondschein konnte
Das jammern Aber selbst dem Vollzugsbeamten mußte das
komisch vorgekommen sein: !Soviel Heroismus !Soviel
Uneigennutz !In solch diebischen rohen dreckigen verhur-
ten mordgeilen Zeiten !Soviel Ehrlichkeit !Soviel Dämlich-
keit auf 1 Haufen :Der Beamte gab ihnen aus dem Schatz des

Paradieses ne Handvoll Eier – ganze !5 Stück – und sagte *Machn Sie sich weengstens n Eierkuchen von* und stockte ne Weile (wahrscheinlich mußte auch der das Lachen sich verkneifen bei soviel Dusseligkeit) und räusperte sich & sagte so ernst wie möglich *Sie haben sich Das ja !redlich verdient* –:Und was solln wir Ihnen sagen: diese 5 Eier !Die haben sie genommen & haben noch Danke gesagt Denn die waren ja *redlich* verdient Oder wie sie das in ihren verschrobenen Flüchtlingsgehirnen hingebogen haben :Gehirne die offenbar & trotz aller Plagen Gemeinheiten Entbehrungen nicht begreifen wollten daß sie wirklich *Flüchtlinge* waren: Ausgestoßene Heimatlose Daß sie wieder auf die Beine kommen mußten Und ihre scheiß=Moralgrundsätze hätten sie lieber gleich mitsamt ihrer *Heimat* & ihren Wertsachen im Garten verbuddeln sollen !Sind am Verhungern aber machen aus *Ehre & Anstand* das Maul zu wenn die gebratenen Gänse anfliegen : Stellen Sie sich einen Autofahrer vor (obwohl 1 Privatauto zu besitzen für die beiden Leute eine so absurde Vorstellung gewesen wäre als würde sich jemand 1 Weltraumschiff kaufen wolln) Trotzdem: Stellen Sie sich einen Autofahrer vor der überall wo er hinfährt Nur die Nebenstraßen aussucht: Denn dabei *muß* er ja an den Kreuzungen all Die-Anderen vorfahren lassen Dort *darf* er sich ja zurücknehmen & Nichts beanspruchen außer seiner Unterlegenheit !Da fällts ja nicht auf daß der Betreffende keinen Mumm hat keine Kraft Sondern sich zurückziehen will unterordnen am liebsten klein machen kleiner als der kleinste Käfer vor lauter Schuldbewußtsein & Gewissensangst – u außerdem nicht wahr: ?!Wozu denn Hier in solch einer fremden Gegend in diesem fremden Land sich auf irgendwas einlassen Wenn es ?Vielleicht schon gleich morgen früh wieder in !*Die Heimat* geht..... :?!Können Sie sich das vorstellen Diese Beiden sie gehörten zu den Menschen denen man nichts Schlimmeres antun kann als ihnen übernacht Ein Vermögen zu vererben –:Das wäre ihr sicheres Ende Und zwar nicht weil ihnen der Reichtum zu Kopf stiege & sie der

Prasserei verfielen od anfingen mit dem Geld zu spekulieren od gar die ganze Erbschaft im Spielkasino auf den Kopp zu hauen !Nein: !Nicht sowas wäre ihr Ruin Sondern vielmehr allein die Tatsache *reich zu sein* Das will nämlich auch gelernt sein Daß sie über Das worüber sie Zeit ihres Lebens & gewiß zeitlebens aller ihrer Vorfahren genau wie beim Brot auch über jedem 1zelnen Pfennig voller Ehrfurcht Das Kreuz schlugen nämlich: über !GELD nun in solch rauhen unseligen Mengen verfügen mußten Und daß sie für dieses GELD (wie sie wahrscheinlich ihr ganzes Lebenlang von sich sagten) *nichtswürdig* waren Nichtswürdig Aber anständig-&-ehrlich (das 1zige wie sie gewiß meinten Was sie wirklich besaßen & wirklich besitzen wollten) Und daß sie von solchem Teufels=Geld od von irgend anderem Besitz ihren arm=seligen inneren Frieden (wenn es sowas gibt) sich nicht nehmen ließen : Das schwebte wie 1 Fanal über ihrem Ganzenleben Zumindest konnten sie mit solch ewigem Rückzug vor allen Annehmlichkeiten Bequemlichkeiten & Forderungen aus ihrer Umgebung ihre Tage – überleben möchten wir nicht sagen: überstehen Das ist das Wort Überstehen Denn Besitz & Reichtum: ?Was heißt denn das für Menschen die noch 1 Funken Anstand im Leibe haben (:!und Den müssen Sie uns erstmal finden): Verantwortung Das heißt Besitz & Reichtum Das ist unsere Meinung Und Sichkümmernmüssen um Alles was Geld automatisch miteinhandelt :Das konnten diese beiden Alten nicht Denn das hätte ihren Waffenstillstand mit sich=selbst auf ihre alten Tage zerbrochen Und sie hätten in ihrer verschrobenen Art das ganze Geld auch ohne Spielkasinos & Spekulation verloren Denn die Beiden sie gehörten zu jener Art Menschen die sobald ihnen 1 Zufall ein bißchen Geld in die Hände spielte auch gleich 1 anderer Zufall ihnen eine Situation bescherte in der sie nicht allein ihren gesamten Gewinn dransetzen mußten Sondern darüberhinaus noch etliches vom sauer= Ersparten draufzahlen würden Sie gehörten halt zu denen die immer bezahlen & mehr als sie schuldig sind Und !Das müssen Sie wissen: Die Beiden die zahlten sogar beinahe gerne drauf Sahen das wohl als 1 Art Ablaß dafür Wie solln wir sagen daß sie beide auf der Welt waren & all ihre *Nichtswürdigkeit* (so hätten sies bestimmt genannt) dieser Welt durch ihre Gegenwart antaten !Stellen Sie sich das mal vor – Aber 1es wußten die beiden Flüchtlinge ganz genau: Reichtum & Macht & Wohlleben : *Das gehörte nicht zu ihnen* – ?Verstehen Sie nun warum die Beiden so leben mußten wie sie gelebt hatten – Und woher Wie solln wir sagen diese Aura der Demütigkeit kam die in den kleinen Mansardenzimmern in der Güterabfertigung die Atemluft durchzog so daß man dies spüren konnte So wie auf alten Friedhöfen mit seit Jahrzehnten eingesunkenen Gräbern & gleichfalls ruinierten Marmorgrüften auch Heute von diesen in Staub Sand & Erde verschwundenen Toten man noch immer Etwas zu riechen meint..... Und loswerden: Loswerden konnte niemand diese Aura den sie 1 Mal umfangen hatte – Und zu ebendiesen gehörten die beiden Alten Soviel steht fest Der große gedrungene Mann Die kleine hagere Frau – Don Kwichote & Sanscho Pannsa verkehrt herum Od: vielleicht eher der Don & seine Rosi Nante :Denn als wir noch zu ihnen gingen sie besuchten Bei den Geburtstagsfeiern der Beiden in der obersten Etage der Güterabfertigung hinter den winzigen Fenstern u die obersten Spitzen der Ranken des wilden Weins umrahmten sie wie alte Gemälde (sie hatten sich immer enorm ins Zeug gelegt hatten an Essen & Getränken soviel aufgetragen daß es Wie solln wir sagen vor lauter Großzügigkeit schon wieder peinlich war (denn ?Wie sollten wir uns vor ihnen die niemals aus dem Haus gingen u zu keiner unserer Feiern kamen und ?wie sollten wir uns auch voreinander für solch Aufmarsch revanchieren.....) –) Da fielen dann auch Sätze wie *Die Frau muß dem Manne dienen* Und das gesprochen mit 1 Klang in ihrer Stimme der keine Widerrede duldete Jedes Wort aus Stein gehauen Unverbrüchlich Gar nicht ihr dieser hageren Frau zugehörig Sondern vielmehr übernommen von ihr wie ein Priester das

Sakrament direkt von seinem Gott bekommt Da hätte man ebensogut die Kugelgestalt der Erde bezweifeln können – ......!Und dann hatten Die sich mit 1 Mal die beiden Waisen ins Haus geholt !Da schlugs 13 !Das war der Gipfel Soviel Grundanständigkeit & Stolz vor sich herzutragen ist ebenso einträglich als würden Sie sich 1 Schießscheibe mitten aufs Gesicht malen Dann dürfen Sie sich nicht wundern wenn die-Leute reinballern was das Zeug hält Denn nun konnten die beiden Alten Wie solln wir sagen ihren Tod weitergeben..... An die beiden Kinder weitervererben Wie die Erbsünde..... Denn diese beiden kamen selber nicht zurecht Hier ?Hatten sie sich vielleicht eingelebt Hier-bei-uns ?Hatten sie irgendwas *begriffen* von diesem Leben Hier das ja nun auch ihres hätte werden solln werden *mußte* Wir hattens geglaubt !Aber jetzt mußten wir sehn: !Nicht die Spur hatten die Beiden begriffen !Gar nichts Sie waren nur in all der Zeit ganz bei=sich 2 1siedler neben-1-ander Noch immer & für immer in der irren=Hoffnung gefangen *Bald schon gehts wieder Richtung Heimat* :von ihrer *Heimat* uns zu erzählen wurden die Beiden früher nicht müde Wir kannten schon jeden Gebirgspfad jeden Talblick die Straßen in diesem Kaff ?Wiehießesgleich Uns blieb das egal Aber sie konnten nicht aufhören zu schwärmen davon !Solche Tagträumer ?!Merkten die nicht wie sehr sie uns demütigten mit ihren Erzählungen ?!Möchten Sie sich vielleicht fortwährend vorhalten lassen: Wo Sie leben Herrschaften ist nicht grad Das Paradies Eher das Gegenteil – aber: !*Die Heimat* Ja *Die Heimat* ist Das Paradies Dort ist alles in Butter Die Seligkeit wie bei uns nur Hundescheiße am Wegrand & Engel die die Stunden schneiden..... – Aber ihr: Ihr Reichsdeutschen ihr mußtet ja mit Heim-ins-Reich den Tschechen & dem-Russen vormachen wo wir hingehörten: !Raus aus *Unserer Heimat* Hierher..... Naja Bei den Geburtstagsfeiern legte vor allem sie (wenn sie 1 Kleinen in der Krone hatte) so richtig los mit Erzählen Waren recht komische Geschichten dabei wie sie halt vorkommen in Großfamilien in einem Kaff wo Einer

den Andern so genau kennt daß man schon Wie solln wir
sagen den geheimsten Stolperdraht in Ihnen vorausahnen
kann – ulkige Geschichten Ja Aber sie hat wohl niemals
bemerkt daß es immer dieselben Geschichten waren die sie
uns aufgetischt hat Alle-Jahre-wieder dieselben ollen Ka-
mellen aus der *Heimat* Alte Menschen (haben wir uns gesagt) holen Alles aus der Erinnerung Das kennen Sie Und
die Gegenwart zählt nur solange & soviel als man ihr die
eigene Vergangenheit aufhalsen kann So ist das Und dann
irgendwann an 1 jener Abende sind die beiden Jeder auf
seinem Platz die Hände vor sich auf dem Tischtuch gefaltet
den Blick starr darauf Schweigsam geworden Still & stumm
Und waren durch nichts aus ihrer 1silbigkeit herauszulok-
ken Kamen von-Jahr-zu-Jahr früher in diesen Zustand in
den sie weggetaucht sind Denn jedes Jahr das sie weiter
entfernte von der Zeit an die sie sich gern erinnerten (falls es
1-solche Zeit bei jedem geben kann) Jedes dieser Jahre der
Entfernung wiegt ja wie eine Steinplatte Das steht fest Und
dann begreift man irgendwann : !Das ist Alles gewesen für
dich & mehr davon wird niemals wiederkommen Da konnten sie katholisch sein wie der Liebegott=selber Wie solln
wir sagen Wenn man in 1 Augenblick 1-für-allemal mit-
kriegt daß man sich schon Langelangejahre ganz unmerklich
für sich selber ans Sterben machte : Das macht jeden kirre
Das können Sie uns glauben Naja Und so haben wir die
beiden Alten mit-den-Jahren allein gelassen in ihren Erzählungen & spinnverwebten Träumereien von der *Heimat* In
ihrem Schweigen In ihrer Stille hinter den höher und höher
hinaufwachsenden Weinranken ?Vielleicht haben sie auch
genau Das gewollt & von uns erwartet ?Wer weiß Denn aus
sich heraus-Auf andere Menschen zuzugehen :Da lag ihnen
ihr Stolz im Weg u ihr Schuldbewußtsein u ihre verfluchte
Angst wie sie nur Die Flüchtlinge kennen Und Wie solln
wir sagen das 1. Opfer des Stolzes u der Angst ist der Stol-
ze=selbst & genauso ist es mit der Angst – : – Und da haben
die Beiden – ?Was auch hätten sie anderes tun solln je länger

ihre Hoffnung *Bald schon gehts wieder Richtung Heimat* gegen den Baum lief (:Das mußte selbst ihnen irgendwann aufgefallen sein Aber da wars schon zu spät um das Ruder fürs ganze Schiff noch herumzukriegen) – da haben sie eben versucht *Ihre Heimat* auf den paar Quadratmetern Wohnung unterm Dach der Güterabfertigung Hier-bei-uns in solch ferner flacher langweiliger Landschaft für=sich einzurichten fortzuführen so wie sie es Dort in diesem Kaff ?Wiehießesgleich vielleicht auch getan hätten Denn jede Wüste braucht nicht grad die Ausmaße der Sahara & jeder Garten Eden nicht die der Ewichkeit nicht wahr : Da waren sie dann: 2 Kinder: 2 Jungen Der eine noch nicht mal 5 Der andere grad mal 1 Jahr alt fast 1 Säuglich noch Als hätte der 5jährige alleine nicht gereicht..... Wir haben gehört der Säugling war in dem Heim in das Man ihn gesteckt hatte kurz vorm Krepieren Und war nicht der Einzige dort Viele hatten Fieber Lungenentzündung Diphterie Keuchhusten..... :Die Pflegerinnen im Heim hatten sichs wohl 1 bißchen leicht gemacht: tagsüber die Schreihälse in ihren Pappkinderwagen auf die zugige Veranda & sich im übrigen einen Dreck um sie geschert Die Gören lagen in ihren nassen Windeln in den feuchten Pappwagen in der Zugluft Es war schon Winter –:So hatte auch dieser 1jährige der jüngere der beiden Brüder seine Lungenentzündung abgekriegt & wäre auch sicheren Weges draufgegangen: Wäre nicht sie Die hagere Frau mit ihren balancierenden Schritten mit 1 Mal dort aufgetreten & wie 1 Rachegöttin diese faule Aasbande von Pflegerinnen angebrüllt *!Das Kind her oder ich zeige Sie an* (:Sie müssen wissen was *Anzeigen* damals in den Fünfzigern hieß.....) – Und so sind die beiden Flüchtlinge zu 2 Kindern gekommen die sie offenbar vorher schon angepeilt hatten zur Adoption. Und hatten den knapp 1jährigen damit um seinen Schönen Tod gebracht..... (Es heißt den anderen den damals knapp 5jährigen hätten die Beiden wie in einer Art Koppelgeschäft dazunehmen müssen Denn die-Beamten hatten die Verwandtschaft der beiden Kinder herausbekommen & einfacher so als später die Scherereien (Denn viele hatten ja damals noch geglaubt: Jeden Tag kanns wieder Anders kommen.....)) Aber den beiden Alten schien auch das willkommen: die haben sie=Beide übernommen Adoptiert (Denn der Mutter im fernen Berlin hieß es hatten die-Behörden das Sorgerecht über ihre beiden Kinder entzogen *wegen Asozialität und nichtsozialistischer Lebensführung*) – :Die beiden Alten die ja noch nicht wirklich alt waren damals Sie hatten sich in den beiden Jungs ihre *Heimat* wiedergeholt Und haben die Beiden aufgezogen in dieser Atmosfäre Wie solln wir sagen einer niederdrückenden Angst Bescheidenheit & eines Schuldbewußtseins das nur Verzichten auf Alles was nicht lebensnotwendig war zuließ Aber solch Verzichten war kein fortwährendes Verbieten !Du sollst nicht !Du darfst nicht –:!Nein !Gottbehüte Denn es war viel mehr War wie ein Alles umschließender Atem In seiner verschrobenen Selbstentwertung etwas ganz Natürliches etwas das immer da-war Stellen Sie sich das einmal vor : ?Wie sollte ein Kind dabei auf die Idee kommen daß Alles auch !ganz anders ginge Daß es nicht fortwährend sich entschuldigen müsse bloß weil es auf der Welt war..... Aber man konnte gar nicht anders als ebenso werden wie die beiden Flüchtlinge in ihrer Mansarde oben in der Güterabfertigung In diesem letzten künstlich aufgebauten Stück *Heimat* zweier Fremder – ..... Wir erinnern uns noch genau an die beiden Kinder: still verschlossen immer ängstlich & jedes für-sich 1 1zelgänger schon in frühen Jahren Und bevor sie in die Schule kamen sprachen sie genau denselben komischen Dialekt wie die beiden Alten ?Wen wunderts: War doch auch Das *Die Heimat Heimat über alles*..... – :?Was mag aus diesen beiden Jungs wohl geworden sein..... Schwer zu erraten ists nicht denn Wie solln wir sagen wer 1 Mal unterm Atem der Einsamkeit gelebt hat der wird selber 1sam Und wer sich einläßt mit denen: !der ist erledigt Soviel steht fest So wie es Menschen gibt denen man nur begegnet wenns mit Einem bergab geht..... – Und dann einestages (als die leibliche

Mutter der beiden Jungs aus der Anstalt entlassen & Wie es hieß *rehabilitiert* war: Da hat man den beiden alten Leuten die Kinder wieder weggenommen Der Mohr hatte seine Schuldigkeit getan Und hat ihnen ihre *Heimat* od: besser ihren komischen Seifenblasentraum von *Heimat im 2. Stock der Güterabfertigung* kaputtgemacht !Fffft & !Aus Und hat die beiden Alten wenn Sie so wolln noch 1 Mal aus ihrer *Heimat* rausgeschmissen Einmal Flüchtling immer Flüchtling Soviel steht fest – – Aber natürlich: Sie werden schon ungeduldig Verzeihen Sie ?!Wie könnten Sie auch Interesse haben an 2 wildfremden alten Menschen die im übrigen schon längst tot sind & die nur Flüchtlinge waren zeitlebens Nicht einmal Von-Hier sind Die gewesen.....

Richtig: Sie wollten hören Was mit Dieser Frau geschehen ist Hier-bei-uns Sie war augenscheinlich 1 1samer Mensch der 1 1samen Menschen begegnet war: Sie war als sie ankam Hier-bei-uns schon längst am Ende schon längst erledigt Soviel steht fest – :?Aber wozu müssen Sie das Alles wissen Wir sprechen eigentlich nicht gerne drüber Aber das macht nichts Sie sind ja ein Fremder hier & verstehen die Zusammenhänge nicht Die versteht nur Wer immer Hier-bei-uns gelebt hat..... Schon vom 1. Augenblick als wir die Fremde die Bahnhofstraße herunterkommen sahen haben wir gewußt: !Diese Fremde ist Das Unglück !Für unsere ganze Stadt Daß sie aus einer Großstadt kam konnte ein Blinder mit Krückstock sehen O verzehn Sie Wir wollten Sie nicht Ist uns so rausgerutscht Aber aus den Großstädten kommt niemals Gutes Erst kommt aus den Städten der Krieg Und dann kommen die Menschen hinterher..... Das war immer so..... Und diese Frau: Die hat das Unglück regelrecht provoziert Auch vom 1. Augenblick Jeanshose Jeansjacke Stiefel wie ein Kerl Und nen Rucksack auf der Schulter in der Hand 1 winzige Handtasche aus Schlangenleder Und hat nie was anderes getragen Landstreicherin & Nutte in 1 Person :?!Geht man so vielleicht zu fremden Leuten mit denen man leben wollte – Und raten Sie mal wen sie gesucht hat Hier-bei-uns : !Die beiden alten Leute !Diese Flüchtlinge mit ihrem Heimat-Spleen Die hat sie gesucht & gefunden Und hat gewohnt bei denen Jedenfalls in der ersten Zeit Wir haben gleich gesagt: Dort hält es So-Eine nicht lange aus Bei solchen Leuten mit ihren Vorstellungen von Sitte Stolz & Anstand aus dem vorigen Jahrhundert Die alte Frau die immer wenn sie einen Laib Brot anschnitt mit der Messerschneide über den gesamten Brotlaib das Kreuzzeichen schlug :Und lange ist ihre Logis nicht gutgegangen Einestages stand sie wieder hier auf der Straße Jeanshose Jeansjacke Rucksack & Lederhandtasche wie am 1. Tag als ein Unglückswind sie hergeweht hatte zu uns Wollte jetzt 1 Zimmer haben Irgendwo Damit sie Arbeit kriegen konnte auf der Uni in der Kreisstadt Wir wußten gleich daß Die keine Normale-Frau war – !1 Studierte 1 Neunmalkluge die Alles anders weiß & anders kann !Sowas hatte uns grade noch gefehlt Und wollte 1 Zimmer haben bei Einem-von-uns zur Untermiete :!Na darin sind wir eigen : !Fremde kommen uns nicht ins Haus Da kann kommen wer will Abends die Tür zuschließen & wissen: !Da ist noch Einer im Haus !N Fremder :!!Nee Keiner von uns hat dafür was übrig Soweit kommts noch Nich mehr Herr-sein in den eigenen 4-Wänden Und dann noch eine Dahergelaufene !Nein !Niemals..... Sie hätten Die mal sehen solln: Mit Schritten wie 1 Kerl in den Schultern sich wiegend & frech das Gesicht gegen Jedermann erhoben Und hat niemanden gegrüßt Einfach weitergegangen als gehörte Alles ihr & wir hätten gefälligst zu kuschen Wir fragen Sie: ?!Ist das vielleicht eine Art in der Fremde wo man Gast ist sich zu benehmen – Aber sie hat eben nicht 1 von uns sein wollen Im Grund hat sie uns von Anfang an zum Kotzen gefunden Soviel steht fest Da braucht uns keiner was zu sagen Obwohl sie immer große Reden gehalten hat in der »Eiche« wo sie schließlich untergekommen ist In der Mansarde im Zimmer vom ehemaligen Dienstmädchen Und hat dann angefangen mit Saufen jeden Abend bis Schankschluß !Eine

Schande für eine Frau So benimmt sich keine anständige Frau Stadt u: Land sollen sich halt nicht vermischen Sonst gibt es Unglück So wie mit ihr Einen Mann hatte sie irgendwo (hieß es) Auch 2 kleine Kinder (haben wir viel später erst erfahren Als Alles für sie schon zuende war) 2 kleine Kinder also Und war einfach Auf-&-davon !Stellen Sie sich das mal vor Und hatte sich an Männern schadlos gehalten Hier-bei-uns Wenn Sie verstehn was wir meinen..... Nun über Tote soll man nicht schlecht reden Wir haben sie gefunden Am Morgen nach der Nacht als sie in der »Eiche« uns Ihre-ganze-Geschichte erzählte & wie an jedem Abend das Große Wort geführt hatte: *Dasleben* So hatte sie immer wenn sie voll war begonnen: *Dasleben hat sich in eine zeitlose Folge von Schocks verwandelt, und dazwischen Löcher, paralysierte Zwischenräume* –:Na von Zwischenräumen wußte sie ne Menge: Zwischendurch sind die Kerle mit ihr raus & hinter die Scheune Sie hat jeden drübergelassen fürn paar Schnäpse Und wenns ein Fremder war der vielleicht noch aussah wie Einer-aus-dem-Westen Denen ging sie nicht von der Pelle Hat sie schamlos angehauen ob Er sie mitnähme Raus hier In den-Westen Nach Schweden *Zu den Lichtern !Ich will nur zu den Lichtern* (:davon hatte ihr ihr Vater erzählt als sie noch 1 kleines Mädchen war: die Polarlichter: Die wollte sie sehen Jedenfalls wenn sie voll war & Einen-aus-dem-Westen zwischen den Beinen hatte.....) *Jeder Schock* Hat sie drinnen ihre Großen Reden fortgesetzt während ihr der Schmant vom Letzten noch die Beine runterlief (denn mehr als Das hatte sie niemals auch von Denen-aus-dem-Westen nich bekommen Die haben sich königlich amüsiert mit dieser verrückten Nudel) *Jeder Schock der Zurückkehrenden ist ein Ferment kommender Destruktion Was heute geschieht müßte »Nach Weltuntergang« heißen* –:Wir wollten solchen Bockmist nicht mehr hören geschweige denn verstehn Aber wir haben das was sie dahergrölte manchmal auf Bierdeckeln mitgeschrieben um es ihr zu zeigen am nächsten Abend Um sie anzufeuern Wir haben eine gehörige Sammlung dieser

Bierdeckel ?Wenn es Sie interessiert – nun wenn Ihre Verbände ab sind & Sie wieder sehen können werden Sie diese Bierdeckel sicher sehr komisch finden..... Später dann wenn ihr die Kerle ausgingen & der Schnaps Hat sie nackt auf dem Tisch getanzt Und hat sich 1 Mal 1 Flasche gegriffen & sie zwischen ihre Beine gesteckt. *!Das is weengstens was Handfestes* hat sie gegrölt und..... Na Sie wissen was wir meinen : So Eine ist das gewesen !Und wollte 1 Studierte sein..... Und dann war sie tot War noch nicht mal dreißig Tot draußen vor der Stadt Als wollte sie dem Abflußgraben zwischen schlierigen Algen u Modder bis auf den Grund gehen wie den Flaschen in der »Eiche« Um dort ?Was zu entdekken für ihre nächste Ansprache ?Od für ihre Flucht ?Hat vielleicht im Suff ausgerechnet in diesem winzigen Wassergraben Den Weg zu den Lichtern geglaubt – So lag sie den Kopf im träge dahinfließenden Wassergraben zwischen Binsen Schilf u Gräsern Tot eines Morgens So haben wir sie gefunden Ihr langes Haar hatten die Algenschnüre schon insich verwoben : 1 Säuferin ersoffen im Wasser: Manchmal hat auch der Tod Humor..... Wir wollen nicht scherzen Der Sohn vom Kälberwirt hat sie früh am Morgen gefunden Als er die Rinder auf die Weide trieb Wir haben ihn mit der Leiche im Arm gefunden Am Graben hockend den Kopf der toten Frau in seinem Schoß Wie einem heulenden Kind zum Trost mit klammen Fingern die Entengrütze aus den Haaren kämmend Er lallte greinte dazu irgendeinen Singsang Denn Sie müssen wissen: der arme Kerl ist schwachsinnig u beinahe stumm von Geburt an Aber harmlos Er kann es nicht gewesen sein Hatte weder Messer noch sonstwas zum Kehleaufschlitzen dabei Niemand von uns kann es gewesen sein Aber daß der Mord nicht aufgeklärt wurde: Sowas gibt nur böses Blut Nun die Fremde hat nicht grad ein moralisches anständiges Leben geführt Hier-bei-uns Sie hat eine Menge Kerle vernascht & wir wissen daß Die-Frauen-von-hier vorgehen wollten dagegen ?!Was dachten Sie denn ?!Sollten sie vielleicht einfach zuschauen & sichs gefallen lassen wenn ihre Ehen ruiniert werden ?!Sollten sie diesem Früchtchen-aus-der-Stadt vielleicht noch das Bett aufschütteln :?Aber umbringen ??Deshalb jemanden ermorden !Keiner von uns würde seine Hände mit Blut beschmutzen Mit Blut von Fremden schon gar nicht Wir sind hier nicht die Mafia Wir wollen keinen Streit Wir sind einfache anständige Leute & wollen nur unsere Ruhe haben Aber sie die Fremde : Sie war ja etwas anderes als diese Ausländer hier..... Sie war ja Wie-auch-immer noch !Eine Deutsche..... ?!Hätten wir da vielleicht 1 Grund..... Ebensogut könnten wir sagen: Sie hätten auch Grund gehabt die Fremde umzubringen.....

III

12 Ich habe schon oft an 1=gewissen Abschnitt in meinem Leben u: im Leben meines jüngeren Bruders –:an die Jahre bei den beiden alten Leuten, unseren Adoptiveltern – denken müssen. Die 1. Erinnerung ist verloren. Wie die Erinnerung an die Momente, wo die Wörter-für-den-Alltag zum 1. Mal gehört, aufgenommen, begriffen und als eigener Vorrat übernommen wurden. *Dämmerung – Schatten – Feuer – Fabrik – Kopfsteinpflaster – Kälte – Stadtrand – Wassergraben – Messer – Fleisch – Abschied –* :?Wann; ?diese dürren Wörter senkten sich zum 1. Mal als Pfähle in das schwankende Meer der Bilder, mehr als hunderte Fotografien, die ich aus dem Koffer genommen & auf der Ablage vor dem Fenster im Zugabteil zum wirren Stapel übereinander geschüttet hatte, einige waren zu Boden gefallen od auf die Polster der Sitzbank, kaum 2, die zueinander paßten. Etliche dieser Fotografien waren von darüberliegenden verschüttet, begraben od auf dem Kopf stehend um 180 Grad gedreht od nur teilweise sichtbar, dem Zufall des Wurfes folgend aufgedeckt, wie abgerissen, durchgeschnitten, so daß die sichtbaren Bildreste sich verselbständigten, vom ursprünglichen Bildinhalt abgetrennt, 1 eigenen Inhalt & 1 eigene Geschichte, mithin 1 eigenes *Bild* besaßen, das in der Maßlosigkeit u Monstrosität seines Torsodaseins den Betrachter in dessen eigene Fantasien, Grausamkeiten, Verstümmelungsgelüste laufen ließ. Über all die Bilder verfügte ich, mit allen Unschärfen Verdrängungen Fehlleistungen – : Und waren Teil meines Wissens u somit wie jedes Wissen Prägestempel für mein Dasein.

Nur 1 Bild (wußte ich) fehlte in der Sammlung. Ich bin in die kleine Stadt im Norden des Landes aufgebrochen, auch um das zu finden, das 1, das fehlende Bild: Das Bild vom *Anfang*; das Bild von der *1. Stunde unserer Ankuft* bei diesen beiden Leuten, unseren Adoptiveltern, zu denen wir, aus dem Waisenhaus ich u: mein Bruder, nicht aus der Krippe-zu-Bethlehem, sondern aus der Kinder-Krippe einer auch dem Tod gegenüber gleichgültigen Zeit kommend, gebracht worden waren. Ich, zumindest, müßte die Erinnerung besessen haben; ich war damals beinahe fünf Jahre alt. Ich besaß sie nicht. Dafür stellte sich hartnäckig jenes andere Bild in den Weg: jener Morgen in der Küche in Berlin – der zum Schrei weit aufgerissene Mund der Mutter (ein solch tiefes, unergründliches Schwarz lag in ihrer Mundhöhle, das (so konnte ich das später, als den Empfindungen Begriffe wuchsen, bezeichnen) eine solch elementare Tiefe, solche Ursächlichkeit für Leiden & Schmerz in seiner Finsternis offenbarte, die allen Lebewesen nur 1 Mal gegenwärtig sein kann: im Augenblick des wirklichen Todes, wenn das Leben schon strauchelt, den 1 Fuß noch auf festem Grund, den anderen schon in der Leere, in eben dieser Schwärze & Tiefe versinkend, wie auf Michelangelos Gemälde jener Verdammte, von Dämonen in den Abgrund gezogen, mit dem 1, noch das Helle sehenden, weitaufgerissenen Auge Abschied nehmend von der Welt des Lichts, während er, mit der Hand das andre Auge bedeckend, sich vorbereitet auf die Finsternis, die ihm bevorsteht. Das 1 offene Auge aber starrt den Betrachter an – !dich – u zwingt zu sehen, was zu sehen ist.) – Vor Jahren hatte ich solches Fehlen, solch Lücke im Gedächtnis & die Unfähigkeit, ein banales Ereignis rekonstruieren zu können, als Amputation empfunden. Derlei Anwandlungen waren irgendwann vorbei. Ich schämte mich nicht deswegen. So wie man, aus dem Abstand etlicher Jahre, seiner Pubertätspickel in diesen Zeiten spontaner Erektionen & allgemeiner Überschätzung alles Schleimhäutigen, nicht mehr wirklich sich schämen konnte.

Ich wußte, die Mutter war tot. Das wollte nichts besagen. Sie war längst schon vor dem im Grabstein eingemeißelten Datum gestorben. Ihr Tod war an jenem frühen Morgen, im wässerigen Küchenlicht, unterm Zwangsgriff 1 Vollstreckung durch die Büttel in ihren Mänteln voll erkalteter Hitze & Schweiß..... Das war die Mutter. (Ich nahm an, irgendwer würde ihr 1 Grabstein gesetzt haben, die Welt war nicht immer ohne pietätvolle Menschen.) Ich war es

nicht. ?Vielleicht aber lebte sie noch, irgendwo; wahrscheinlich allein, inmitten von Haustieren & Grünpflanzen, denen sie Namen gegeben hatte, um wenigstens in den paar Kubikmetern abgemieteter Zelle das zu sein, wovon Frauen angeblich nicht genug kriegen : der Demiurg trug 1 Schürze......
Mir war das gleich, ich hatte kein Verlangen, sie jemals wiederzusehen. Mein jüngerer Bruder war darin von anderer Natur, er fühlte immer familiär & blieb, was er war: im Osten ein Arbeiter, bei Seinesgleichen: seelenvollen Zerstörern inmitten all=ihrer beinahe selbstgemachten seelenvollen Lügen......

Ich hatte begonnen, mich für Monstren zu interessieren. Sowohl für Die in den Schaugefäßen pathologischer Institute als auch für Die, die das eigene Selbst einschloß. Und betrachtete ich unter diesem Aspekt die Fotografien meiner Erinnerung, jenen scheinbar konfusen Haufen belichteten Papiers, so galt meine Aufmerksamkeit weniger den obenliegenden, weniger den, wie das hieß, *richtig* sichtbaren Bildrechtecken: Alle Romantik, mit der ich einstmals aus Allem, was man vermeintlich *gut erkennen* konnte, auch eine fertige Geschichte zu lesen hoffte, war verflogen heut. Ich suchte nicht mehr die glatte Rede; ich suchte das Stottern, das Stocken in der Rede, den 1zelnen Laut; die 1zelheit aus Bildern. Ähnlich wie beim Gehen durch fremde Straßen in fremden Städten (nur wenig Zeit blieb zur Abendstunde, die Zugabfahrt mahnte eine nahe, krumme Stundenzahl), da hastete ich durch Windstrom & Staub in mir unbekannten Straßen entlang & starrte in die Parterrefenster: 4eckige bunte Bildchen, grad wie Fotografien –:?!Und das Große Geheimnis, das ich zu finden hoffte damals: ?Wo blieb das Fruchtbare & das Furchtbare – : !Voll mit Versprechungen glommen die Fensterbilder, sensationsheischend von Ferne die irren Bewegungen der Schatten im Gelblicht ihrer mörderischen=Stuben –:!Dort mußte Es sein, denn Es !mußte es ja geben: Dies Geheimnis, !Ah, das Menschliche, !die Summation allen Un-Glücks in die 1 1zige Wohnzimmerstube projiziert – 1=Blick in Ihren Kühlschrank & in Ihren Mülleimer müßte genügen – & ausgerechnet für !mich, mit fliegender Jacke in Staubböen dahineilend, den Koffergriff schneidend in der schwitzenden Hand, feilgeboten in 1 eiligen Stunde –!– :Und ich sah Sie auf Stühlen & vor Tischen wie festgenagelt, erstarrt in der lehmigen Pose des Angekommenseins, geronnen in Ihrer Zeit & geronnen auch die Zeit in Ihnen, in dem aufgedröselten schillernden Faden 1 Gießbaches, der an toten Steinen & toten Gesichtern sich stoßend seinen Weg entlanghastet, gejagt von der laut plappernden Angst, im Sand zu versiegen, aufgesogen zu werden, zu verdämmern, zu vertrocknen, irgendwo an einem x=beliebigen Niemandsort einfach aufhören zu müssen, :dagegen das pausenlose Quatschen, die millionenfachen Liegestütze der Lippen, das Lärmen aus 100-W-Hifi Gefühls-Cornedbeef – –:?Hatte ich das wirklich gesehen – :!Keine Spur, !Nicht die Bohne : Das wäre zu viel an Auserwähltheit. Niemals habe ich Die Summe gefunden; stets Terme nur, Mikroben, die als Verputz abblätterten & die im Sekundenlicht kurz aufleuchteten, niederfallend sogleich, auf dem harten Steingrund, darüber alle Unruhe fegte, zerscherbten, und wie die Vokale der Alten Sprachen ins Vergessen sanken danach. Was blieb, war Arbeit am Detail, gegen die Trauer u gegen das Wissen vom Tod: Schauen, Erkennen : Die Summe, nach deren Anblick ich einst suchte, sie würde ich finden allein im eigenen Kopf. So mußte ich Draußen nach ihren Entsprechungen, nach den Einzel-Bildern weitersuchen, in der Gewißheit: Diese Arbeit, sie würde niemals enden. Und ein fades Aufschimmern sah ich; ein Aufstoßen des Schicksals, bleich wie Kotzefladen im Morgen=Grauen vor Laternenpfählen; 1 Term in dem so langen Satz, den es zu beweisen galt & an dessen Ende als Ergebnis immer o = o herausgekommen ist : ein Mann, (Schürze vorm Bauch) trocknete Bestecke ins Geschirrhandtuch / ein kleines Mädchen rekelte sich die Langeweile vorm Bildschirm in den bunten Schlafanzug / jemand

aß sein Abendbrot, schweigend & allein an 1 kargen Tisch /
Fische schwebten im sicheren Glaskäfig des beleuchteten
Aquariums / Radiomusik & T.V.-Lichtfäuste boxten Gemütlichkeit ins Blumenmuster der Tapete //

Ich hatte mir die anderen Fotos angesehn, so wie sie in
den wirren Stapel sich gefügt hatten. Die von darüberliegenden Fotos verdeckten, die ihrerseits in unterschiedlicher
Weise verdeckt abgetrennt verstümmelt waren; die wie abgerissen, amputiert wirkten; die an den Rändern solch irrsinniger Halde – *dementia in nuce* – hervorschauten im
Schwarzweißgeflacker od Farbgeklexe ihrer 1-maligkeit –
eben: Monstren, Geschichten-Partikel zwischen den Geschichten. ?Vielleicht war das Aufspüren solcher Monstren
ähnlich der Arbeit eines Paläontologen, der aus 1 Handvoll
wirr in Dreck & Gestein verstreuter Knochenreste 1 längst,
vor Millionen von Jahren, ausgestorbenes Tier, vielmehr
die Idee, das Skelett dieses Wesens, wieder auferstehen lassen will – und, natürlich, wird er nicht im Ernst sämtliche
Knochen, Knöchelchen, Wirbel dieses Unbekannten Urviehs an seiner Fundstelle zu entdecken hoffen, um nach
monatelanger Buddelei endlich das Vollkommene Skelett
irgendeines, !seines, Sowieso-Saurus auf marmornem Sokkel aufrecht stehend (von Drahtklammern wie ein greiser
Präsident gestützt) wie 1 Kriegerdenkmal vor aller Öffentlichkeit unterm tosenden Applaus & dem Blitzlichtgewitter
der Pressefotografen enthüllen zu können – !Nicht so, das
weiß er, leidgeschlagen von Berufs wegen, von vornherein
(:denn ?Wer weiß, welche Knochensplitter zu ?Wem gehörten : Schließlich haben auch einige jener Viecher sich gegenseitig aufgefressen, u was an Knochenresten von irgend-1
anderen Beutetier einst im Magen des anderen als sozusagen
Fremdanteil nun im selben Dreck aus ihrer Letzten Ruhe
durch den Spaten dieses Eiferers zutage gefördert wurde).
Aber in allem, was fehlte – !und hier begannen die Inneren Monster ihr Leben – konnte die-Fantasie das *missing link*
(im Fall des Paläontologen mit dem Rückenwind aus seiner

Wissenschaft) erstellen. Ich betrachtete die Fotos, die am wenigstens *verstehbare* Bilder ergaben, dafür viele Grautöne, schwimmende Grenzflächen, farbliche Mischzonen bildeten : ich ließ sie=alle genauso liegen wie sie auf die Ablage, den Boden od auf die Sitzbank gefallen waren, bewegte sie nicht 1 Millimeter – (:?Wem wäre damit gedient, hätte jenes schöne Hinüberfließen von hellen Bezirken in ein von Grau- und Schwarztönen zersprengtes Gebiet: als der Unterarm irgendeines Onkel Otto sich erwiesen –). Ich starrte auf all die monströsen=Embryonen von Bildern : Sie kamen aus der eigenen Übertreibung. Und der Anprall jener Schimären im Gehirn, die Kollision dieser emfatischen, Funken schlagenden Bilder, sie fuhren ins dürre, hundstageverdorrte Gehölz der Wörter, und ließen aus banalem, stets überhörtem Wörterlaub in hellen Flammen plötzlich Etwas auffahren, das offenbar im Inneren solch trostloser Zeichengewebe immer schon vorhanden war, auf der Lauer gelegen hatte: Die Kraft aus der Anmaßung der Wörter, die wie der Metallfluß einer Rolltreppe in-1-andergreifende Figuren fügte : Das war das Nichtvorhandene, das was zwischen Innen u: Außen bestand, die Inter-Zone der Wörter die von ?Werweißwoher kamen, dies u die Verzerrungen u die Träume : Die Monstren für 1 Tag. !Diese Bilder würden mir ein anderes Wissen geben als jenes, das hinter den Wiederholungen alles schon tausendfach Gesehenen, tausendfach Gehörten längst nicht mehr wahrgenommen werden kann.

Er könnte es gewesen sein. Mein jüngerer Bruder, auf dem halbverdeckten Bild von dem 1 Abend, auf seinem Weg zu ihr, zu der Frau mit dem Gesicht einer Füchsin, die Augen staunend wie Augen eines Kindes nach einem Mord. (Langezeit habe ich dieses Bild nicht mehr gesehen. Weiter.) An jenem Abend – es war ihr 1. Wiedersehen nach meiner Ausreise in den-Westen – sollte für ihn, meinen Bruder, *das Verschwinden* beginnen. Das heißt, nicht seine leibliche

Gestalt, nicht sein physisches Da-sein sollte verschwinden; solch ein *Verschwinden* beträfe eigentlich nicht ihn, sondern vielmehr sollte er seine Umgebung u deren Zentrum – die Frau, die er glaubte, nun *erreichen* zu können – in einem langsamen, schmerzvollen Fading schwinden sehen, so wie Odysseus einst im Schattenland die Schimären seiner Freunde & seiner Mutter in die Ungreifbarkeit, in eine, trügerisch Nähe vorgaukelnde, nebelhafte Ferne des ewigen Todes entschwinden sehen mußte; und am Ende dieses langsamen Verrückens, Zerreißens würde er-selbst=allein zurückbleiben, im Zentrum der Müdigkeit, auf der Zunge den schalen Geschmack einer Bahnhofshalle, nachdem die letzten Abschiede längst zuende gewunken, die letzten blassen Gesichter aus den Zugfenstern fortgewischt waren.....

Ja, er könnte es gewesen sein. Hier, auf diesem Bild: Das ist die Straße, ein grelles Schimmern in Grau, das sind die rauchbitteren Fassaden; fast am imaginären Ende der Straße das eine Haus, darin ihre Wohnung im 2. Stock. Ich sehe ihn, gefroren schon in der Gebärde des Scheiterns. Und ich lasse ihn nichts davon vergessen.

Der Abend brannte erste Lichter, Gasentladungen, braun wie schottischer Whisky, über Asfalt & Fassaden gegossen, im Bernsteinglanz der Großstadt keimend ein Tertiär. Zwischen Abendgestalten auf dem Fußweg er; zwischen Sommerahnung erschien die Fremde, Gefangene im Seidenstrumpf (ihre Waden leuchteten weiß), die Seide des Kleides umfloß ihren Körper. *Queen Elisabeth* – –

– – :Draußen, vor der Abteiltür, ging 1 Frau vorüber, ihr helles Kleid warf 1 leuchtenden Schimmer ins Abteil. Als er aufsah, traf ihn aus den Augenwinkeln 1 Blick, streifte ihn, die Fotos, den hellen Wildledermantel, der wie ein Schlafender gekrümmt in dem Bilderkonvolut auf der Sitzbank lag. Die Unbekannte ging vorüber, er wandte sich wieder seinen Fotos zu – –

Die Unbekannte ging vorüber, jeder Schritt rieb Seide gegen Seide, die Schenkel zwei weiße Katzen. Elektrostatik u Holunderduft. *?Weshalb nicht jene Unbekannte*. Dachte er den entblößten Schulterblättern nach. *Niemand paßt zu einem Anderen außer in den Geschlechtsteilen : Diese Brüste nehmen sich welche Hände, diese Schenkel welchen Leib heut abend. ?Warum nicht meine Hände, ?meinen Leib*. Als er seine Stimme für die Unbekannte, die bereits jenes 1 entscheidende Stückchen Weg von ihm entfernt war, gebrauchen wollte, gelang ihm kein Wort. Zuletzt habe ich seiner Stimme Lachen gegeben. *Zuletzt*, erinnerte er, *habe ich meine Stimme zum Lachen benutzt: Der Chorgesang in einer gewiß leeren Wohnung, hinter den staubalten Rouleaus aus zerfaltetem Holz hat mich lauthals lachen lassen*. Seine Stimme jetzt in der Straße, im Rücken der langsam verschwindenden Frau, eine Stimme nur aus Staub.

Die Unbekannte (er war ihr gefolgt) bog soeben in eine Nebenstraße und hielt wenig später vor 1 Hausportal. Ihr Schlüsselbund fürs Besitztum. Er schaute die Hauswand hinauf, erwartete aufflammendes Lichtgeviert in einem der Fenster. *Wär ich an deinem Fleisch, aus 5 Lauten fände ich meine Sprache wieder*. Besitzer von Schlüsseln, Besitzer von Türen, die sie gelangen ließen in ein Da-Heim; Besitzer von Frauen Männern Kindern in trautrüchigen Stuben, dem Urtrieb ihrer Art folgend zu familiären Klumpen rasch sich ballend, lauthals ihre Stimmen in die Luft werfend, *so verbringt sich ihre Zeit*. Er, Leib ohne Haut, ausgeliefert; Adern Blut Fleisch & Skelett preisgegeben dem Glotzen der Vorübereilenden (gewiß hatte er das 1 entscheidende Zeitintervall zu lange vor dem Haus gestanden & an der unbekannten Fassade hinaufgestarrt nach einer unbekannten Frau : Solch Verhalten mußte Aufmerksamkeit, dh.: Feindschaft erregen). *Einbrecher: das ist meine Karriere. Einbrecher in fremde Städte, in fremde Beziehungen. !Wie sie aus ihren rosa Fleischergesichtern meine Tasche begutachten*, die an seinem Arm hing, *Zeichen für Ausländer Flüchtlinge Heimatlose od Werkzeugkasten für Diebe. – Als hätten solche verhundsten Schupovisagen darüber zu befinden, wer genehm ist & wer nicht auf dieser*

Seite der Finsternis. : Und sie haben tatsächlich darüber zu befinden im Zeitalter-des-Pöbels, und deren Daumen sind stets nach unten gekehrt. Das Treppenlicht im Haus gegenüber verlöschte ein 3-Min.-Leben. Und ich lasse ihn hineinstarren in die Perspektive des sinkenden Abends: Hinter den letzten Häusern der Straße wie 4eckige Nachtwolken in den Himmel gerammt aufgetürmter Beton: Der Neubaubezirk (:Hans-Loch-Viertel ehemals, jetzt im neuen Namen der alte Schrecken). Ich hatte ihm einst erzählt von meinem Besuch im Labor des Krankenhauses (dort, im selben Gebäudeteil in entferntem Flügel, befand sich auch mein Büro). In jenem Labor bediente 1 junge Frau einen Computer; sie las mittels Lochband ein Programm in den Rechner, ein großes Display (rechteckförmiges Tafelfeld, senkrecht auf 1 der Schmalseiten stehend) mit wirre flackernden Lämpchen – die Leuchtfunken sprangen hin&her auf der Tafel, Licht eilte im fiebrigen Flackern über die kleinen Lämpchen hin – bestätigte die Aufnahme des Programms (von dem ich niemals erfahren habe, was es beinhaltete, wozu es gedient hatte); und nun, an dem aufglimmenden Abend, sah er die Fassaden der Neubautürme als die Display-Leuchtfelder im gigantischen Laboratorium einer Stadt: *Der Geheimcode der Etagen. Jeder Betonturm ein Bündel verschlüsselter Nachrichten, einige Fetzen unaufhörlich fließender, gestörter Texte, ursprungslos, ziellos wie der Singsang von Menschen die im dunkeln Keller ihre Furcht besingen, jeder Zeit verfügbar & selber ohne Zeit : Bitmuster der Heloten,* die Luft erfüllt vom Atem, von Vibrationen aus dem Beton.....– Nachtblau flutete mit chemischem Leuchten Rosa Gelb u Grün über die Masken der Stadt, ihre Formen verlöschend, ihre Lichter erströmend – –. *Treiben wie gemähtes Gras durch einen Nebenfluß, Brückenpfeiler & Angelplätze bestauend, Kraft-durch-Gemeinschaft – der 1 Halm treibt weiter, und weiter halt-los, u Rauschen aus einem großen fernen Schwarzen Fluß – – – !Ich muß ins Dunkel.* Er atmete hastig. *!So kann ich nicht zu ihr.*

Ein Scheitern nahm seinen Anfang. Ein *Verschwinden* hatte begonnen. Er könnte es gewesen sein.

–Und ich !scheiß auf dich, du !Attrappe. (Hatte sie wieder gebrüllt).
–Das hast du mir schon 1 Mal gesagt.
–Ja ?!Und: Weshalb bist du dann wiedergekommen.
–Versteh doch ich –
–Findest wohl keine Andere zum Ficken, !wie.
–Nein. Das ist es nicht. Du –
–!So. !Ist es nicht. (Sie spürte das Glied eindringen in-sich).
–!Und wie nennst du Das was wir grad machen. Ich nenn das: Ficken.– Ich sag dir, was los ist mir dir: Du bist zu faul & du hast Angst vor Frauen.
–Die haben Allemänner –
–Na dann bist du n Super-Mann. (Sie begann zu lachen, ein bösartiges, von seinen wütend=verzweifelten Stößen in kleine Intervalle zerbrochnes stotterndes Lachen:) –du-hu meinst du ha-ha-hast Ein Re-hecht auf mich weil weil dein Bru-hu-huder & ich – –:Hör auf mit deiner !scheiß Rammelei.
(Er hielt das Glied still im Körper der Frau, auf die Arme zu beiden Seiten ihres Körpers gestützt, starrte er in ihr Gesicht)
–Ich sag dir was. (Begann sie & starrte ihrerseits in das Gesicht über ihr) Ich werde heiraten. Er ist 1 Großes Tier.
(Er fühlte sein Glied schrumpfen im Körper der Frau. Scheinbar aus dem Nichts geworfen, ließ 1 Fliege auf dem Bett sich nieder)
–So ist das. Ich glaube ich begreife –
–Das wär das 1. Mal daß du was beg –
–begreife langsam, was hier gespielt wird. (Er sammelte sich mühsam) Dann sag ich dir auch mal was: Du willst diesen Bonzen –
–!Nenn ihn nicht Bonzen. Dazu hast du kein –

—Bonzen heiraten, damit du in den Westen fahren kannst. Und dann willst du dich abseilen & drübenbleiben.

—??!Bistu wahnsinnich. Sei !still. Halt den –

—Damit du meinen Bruder wiedersehen kannst und –

—!Haltenmund. Du: !Untersteh dich & sag 1 Wort davon.

—Ich sag nichts. Ich will dir doch die Tour nicht vermasseln –

—O wie: !vornehm. Noch im letzten Schlappschwanz steckt 1 Kaval –

—Ich doch nicht. Aber ich will dich nur wiedersehen dürfen. Nur wiedersehen. Solange wie du noch Hier sein wirst. Denn ich – ich –

—Du willst sagen daß du mich liebst, !wie. Das wolltest du doch eben sagen. Aber s klingt zu blöde aus deinem Mund. Das hast selbst du grade noch bemerkt. Also wirst du dir was anderes einfallen lassen. Also wirst du mich halt erpressen. !Stimmts.

—?Wieso mußt du mich dauernd verletzen. ?Ist das vielleicht die Rate, die eigentlich meinem Bruder zusteht & die ich nun an seiner Stelle –

—!Hör zu: Alles worum ich dich bitte ist: !Vergiß, was du von mir weißt. Vergiß es einfach. !Hörst du. Und vor Allem: Vergiß !mich. Mich hat es nie für dich gegeben. !Nie. Und hör endlich !endlich auf, mir hinterherzurennen. So. Und jetzt ist !Schluß.

Sie wollte den Mann, seinen sehnigen, schwitzenden Körper, der auf ihr herumzappelte, loswerden: Sie packte ihn bei den Schultern & warf ihn auf die Seite (die Fliege, die sich vordem niedergelassen hatte, stob auf vom Bett & verschwand) – :er aber hielt fest an ihr; sie fielen beide in dieselbe Richtung, sein Glied wurde sie nicht los. Ihre Gesichter waren jetzt dicht voreinander; die sanften Formen um Wangenbein u Kinn in dem Frauengesicht schnitten sich scharf zur Maske, die Lippen wie Schorf, in den Augen Wut. Um ihren Mund 2 Falten, dünner Bannkreis für den Haß u ins Gesicht gekerbt aus dem heimlichen Gelächter der

Starken, seine Nacktheit der Witz. Und sie beherrschte sich nicht mehr, unter ihrer Haut aufsteigend aus ihrem Geschlecht der Paroxysmus, den Körper schüttelnd wie ein Fieber. Ihr Mund klaffte schwarz u weit, und sie lachte die Tonleiter des Lachens einer Frau.

In ihrem Geschlecht noch immer sein Fleisch; ihr Körper gekrümmt wie Finger zur Faust : sie stieß Das aus sich heraus noch vor dem Samen – und saß schon auf dem gestreckten Körper des Mannes, wollte aufspringen, weg von ihm, raus aus dem Bett –: Da griffen seine Hände zu. Packten ihren Hals. Unter seinen Daumen ihr Kehlkopf. Sie wand sich, suchte Entkommen; die Hände des Mannes griffen fester ein. Über die Lippen der Frau troffen Speichel u zerbrechende Laute, vielleicht hatte sie geschrieen, er hatte es nicht gehört. Er sah ihren Speichel, ein blasser Kokon, darin Haß Wut Schmerz Verzweiflung eines sterbenden Wesens – er hörte sie nicht, er sah sie nicht mehr : Nur Rauschen in seinem Kopf, ein Sterben hatte begonnen ein Verschwinden..... – tiefes schwarzes Rauschen –, und fühlte in diesem Rauschen die Gier nach Noch-mehr-Rauschen, nach Noch-mehr-Verschwinden – :!fester zudrücken, !noch fester – :!Ja – ganz deutlich ertastete sein Daumen die Knorpel ihres Kehlkopfes: !Wie er gegen seine pressenden Finger sprang – !Drück fester, !noch fester – !Wie dieser Knorpel sich wehrte, !wie er sogar angriff, als könne er, dieser kleine zuckende Knorpel, die Finger des Mannes zerbrechen –!so schön, sich gehenzulassen – so Groß zu *handeln* in 1=solchen Moment – Mann wird so schwer in seiner Kraft, ein verzücktes Einschlafen im Gelüste des Tötens, obszön ihr stürmisches Erbrechen; die Stille des Hassens wie ein heimatloser Flüchtling, ein Auge (von Fliegen..... gequält) riesig, still, vom grellen Licht des Sterbens erhellt – (u er spürte sein Stürzen so, als schlüge im Vollrausch das Gesicht, der Mund auf Beton) – !Das Stürzen (und es gibt einen dreckigsauren Erdegeschmack, der nach Blut schmeckt & nach Zement – –) :Er ließ seine Hände von ihr, 1 paar Schritte vor

ihrem Tod. Der weit aufgerissene Mund der Frau erbrach zähen, blutigen Schleim auf seine nackte Brust, grausame Kotzlaute wie eine noch immer gewürgte Sprache. Und, als sei das 1 Fanal des Aberglaubens, wonach ein ermordeter Leichnam noch einmal zu bluten beginnt, sobald sein Mörder vor dem Toten erscheint, zeichneten langsam seine Fingerspuren ihrer Haut am Halse sich ein; hellrosa Male, Daktyloskopie einer versuchten Liebe.
–du Schwein du Schwein du Schwein du –
Und sie spie noch 1 Klumpen Schleim in sein Gesicht.
Er wischte das von sich, sagte ruhig:
–Ich werde wiederkommen. Und ich werde nichts vergessen. Vor Allem *Dich* werde ich nicht vergessen. Und ich werde dich wieder ficken. Immer wieder werde ich es tun. Jetzt wirst du es tun !müssen. Jetzt kann ich mit dir machen, was ich will.....

Dann brach sie über ihm zusammen. Und blieb auf ihm liegen, starr, in Schweiß Speichel Blut, im eigenen Kot. Sie konnten beide nicht sterben.

Dann, am selben Abend nach diesem Mordversuch an ihr, der Frau mit dem spitzen Gesicht, sollte er wieder angekommen sein in seiner Gegend, die-Mauer nur 1 Schuß weit entfernt. In der leicht ansteigenden, mit Kopfstein gepflasterten Straße, deren Beleuchtung oftmals ausfiel, u in Dunkelheiten glänzten die buckligen, abgeschliffnen Straßensteine dann im kalkweißen Licht des Mondes, ein fades Schimmern –, Licht das aus der Häuser&mauer-Groteske die scharfen, kantigen Schatten schnitt : aus steinernen Kolossen, Fels-Bau-Spalten KaWehVau, wo die Schreie 1=bestimmte organische Formel trugen, die zu wissen niemandem der Vertreter pflanzlicher Welten absonderlich erschien, noch unbedingt deren Ekstase zu provozieren imstande war. Müde neue Welt. : Aus dem Schatten aus Hoftoren & Hauseingängen die Killer, auf Gehwegen langsam auf ihn zukommend in breiter Front : *!Durchgang verboten*

!Mann, das Schutzschild Dunkelheit Mondfunzel, der Mut aus dem Suff :Haut ihm doch die !Fresse ein – !Macht ihn kalt den Scheißhaufm & 1 Frauenstimme (jung, kreischend & voll Haß mit dem langen Atem aus ihren gekürzten Jahren:) *Paßma auf du kleiner Scheißhaufm=du Das beste wär gewesn deine Mutta diese krätzige Hure hätt dich inz Klo geschissen wies eim Scheißdreck sonem !Unwertn Leben wie dir zusteht :!Jetzt leeng wir dich um wennde nich deine Knete rausrüxt :!?Klaa, Alter.* (Ich rannte, bis ich Blut schmeckte; bösartig=altgoldene Kreise brennend in den Augen – das Geld hatte ich den Schatten, den Messern, Fahrradketten Baseballschlägern hingeworfen –; mußte ich mich im blauschwarzen Schatten 1 Hauswand übergeben – –) *So weit ist Das also gekommen. ?!Wozu dann noch Der Unterschied: Die Mauer – zur übrigen Welt.* Und er, mein jüngerer Bruder, in seiner 1-Raum-Wohnung im Ostteil Berlins angekommen – Dreck & Blut hatte er sich aus Gesicht & mit kaltem Wasser aus der Kleidung gewaschen, setzte sich in den letzten Minuten dieses Tages an den Tisch, und er zog 1 Blatt Papier unter anderen Papieren hervor, das seit langem dort gelegen hatte (das Papier, von darüberliegendem zum Teil verdeckt, hatte bereits das Tageslicht zu bleichen & zu vergilben begonnen) und um dessen Unterschrift ihn schon Jahre zuvor in seinem Betrieb 2×wöchentlich nach Feierabend im Büro des Betriebsdirektors jene 2 Herren in billigen, schlecht sitzenden & überdies nach Schweiß u, unerklärlicherweise, beständig nach Erbsensuppe riechenden Anzügen vergeblich gebeten genötigt gepreßt hatten : 1mal wegen mir, meines Ausreiseantrages wegen, zum anderen – u dies als sozusagen Aufhänger – 1 Witzes wegen, den er, mein jüngerer Bruder, vor Jahren, zu Zeiten des XX. Jahrestages der DeDeR, über deren damals amtierenden Staatsratsvorsitzenden Ulbricht, in einer diesen Staatsratsvorsitzenden angeblich karikierenden u diffamierenden Sprechweise, innerhalb der Belegschaft des Betriebes verbreitet habe. (Und ich erinnere meines jüngeren Bruders Beschreibung über die sozusagen

amtliche Wiederholung seiner beanstandeten Vortragsweise durch jene 2 Herren in ihren billigen, schlechtsitzenden Anzügen voll Hitze & Schweiß, zu der sie wegen seines (meines jüngeren Bruders) Sichblödestellens genötigt waren, um 1 Grund zur Anklage zu besitzen (wobei jene 2 Herren, die sich niemals in irgendeiner Weise vorgestellt hatten, also wie anonyme, zufällig & aus einer Verlegenheit des Veranstalters aus der Masse herumlungernder Tagelöhner heraus engagierter Clowns (damit wenigstens diese 1 Show heut Abend weiterginge) auftraten, wobei wegen der Form ihres Vortrages, dieses jeglichen Humores baren, jedes vom Publikum als befreiend empfundenen Schenkelklatschens & lauthalsen Gelächters unterbindenden Vorsprechens, der Verdacht aufkommen mußte, daß hier 2 von der Konkurrenz Eingeschleuste mit dem Auftrag, die 1 Show=hier zu vernichten am Werk waren, indem sie, diese 2 billigen, Erbsensuppe schwitzenden Herren also das Delikt meines jüngeren Bruders im Wortlaut (den sie gewiß vom Denunzianten seinerzeit schriftlich hinterbracht bekommen hatten, so daß ihnen, jenen 2 Herren, die Mühe des Auswendiglernens erspart geblieben war), mit militärischer Diktion vortragen mußten:) *Macht Walltärr mit Lottä Runntfluk über DäDäR. Sackt Walltärr: Siesde Loddä: Dos Olläs geheerd nu uns. – Lottä sackt nix. Sackt Walltärr: Sieh nur de gondsn Schdedde – de Därfer midde Fäldo ummedrumm – de Wäldo –, unn do: Do is Buno-ä, Leuno-ä (!sogor off meem Nohm, Loddä) – unn do ohm is Rosdogg dr Iebersehhoofm: Unn olles geheerd unz. – Lottä schweikt noch immär. Sackt Walltär: Loddä: du soggsdjo gor nischd. Gfällsdr nedd? – Sackt Lottä: S olles gudd, mei Wolldo. Bloß wos mochng mir, wenn de ROTEN kumm?*

Danach, im Dienstraum des Betriebsdirektors, jenes Schweigen, wie das in Kirchen Schulklassen auf öffentlichen Veranstaltungen herrscht, sobald dem jeweiligen Vortragenden 1 Mißgeschick passiert – der Hosenstall des Pfarrers Lehrers Direktors (von diesen unbemerkt) steht offen, jedem Anwesenden zur Schau gestellt – & nun, wie unter 1 dünnen, zum Platzen gespannten Membran des Verbotes, breitet im Auditorium jenes Raunen sich aus, das dem Kataklysmus des anarchischen Lachausbruches vorangeht, der wiederum seine Stärke u Intensität den Jahrzehnten des Sichduckenmüssens unter die aufgepflanzte Autorität verdankt – der nun in aller Öffentlichkeit der Hosenstall schamlos weit offensteht. Und nichts, nicht 1mal das Klingeln des Telefons im Büro des Direktors, was solche Minuten, die in die Zähigkeit von Stunden sich zu strecken schienen, hätten abbrechen, bereinigen, erlösen können..... (Er, mein jüngerer Bruder, hatte sich übrigens bis zum Vortrag dieses Witzes durch jene 2 Herren an dessen Wortlaut wirklich nicht mehr erinnert, so daß sein Sichblödestellen nur zum Teil Heuchelei u Lüge gewesen war. Doch blieb er natürlich bei seiner Leugnung, diesen Witz gekannt, geschweige denn ihn kolportiert zu haben.) So daß jene 2 Herren ihn, meinen jüngeren Bruder, 2×wöchentlich nach dem Feierabend ins Büro des Betriebsdirektors befehlen mußten, wo sie ihm, von Mal zu Mal, dieselbe stereotype Frage stellten: *?Von wem haben Sie diesen Witz* & er, mein jüngerer Bruder, von Mal-zu-Mal dieselbe Antwort gab: *Wahrscheinlich in der S-Bahn aufgeschnappt. Ich erinnere mich nicht,* woraufhin man, von seiten jener 2 Herren, nicht etwa eindringlicher ihn verhörte, sondern 1fach die anbefohlenen 2 Stunden im Büro des Betriebsdirektors mitsamt dem Verhörten (meinem jüngeren Bruder) absaß, schweigend – (seltsam lasse ich ihn die Stille empfinden, die innerhalb eines Betriebes nach dem Feierabend herrscht; die Stille eines Friedhofes, wobei die Grabstätten, jene Behausungen von einst Lebendigem, ihr Totsein, ihr Schweigen u ihre Abwesenheit niemals vollständig glaubhaft vermitteln können, so daß immer eine Art geräuschloser Geschäftigkeit wie in einem Stummfilm herrscht, wobei die wenigen anwesenden alten Fraun, die zwischen den Gräbern harken od Unkraut jäten, viel eher der Stille, dem Schweigen & dem Verschwundensein anzugehören scheinen als jene von Stein u Efeu gerahmten Grabstätten mir ihren, 2 oder mehr Metern unter der Erdoberfläche zerfallenden & verfaulten Särgen.....) –, bis man ihn, meinen jüngeren Bruder, nach der 6. oder 7. derartigen Sitzung mit dem beinahe kollegialen Gruß *Bis zum nächsten Mal* entlassen hatte, mit dem Zusatz, den man ihm, schon in der Tür, nachgerufen hatte: *Und überlegen Sie sich, ob Sie nicht doch etwas für uns & damit für sich=selber tun möchten. Wir denken dabei auch an Ihre Beziehung zu dieser Frau – Sie wissen, wen wir meinen. Sie könnten auch für sie etwas tun. Sie ist in keiner leichten Situation. Sie wissen das & wir auch. Wir möchten ihr helfen. Das möchten Sie gewiß auch. So haben Sie & wir gemeinsame Interessen. Wir & das Papier, das Sie unterschreiben können, haben jedoch Zeit & können warten, bis Sie es sich überlegt haben. ?Doch ob auch diese Frau, die Sie & wir kennen, genau so viel Zeit haben wird. Überlegen Sie nicht zu lange, wenn Sie ihr helfen wollen. Wir werden für Sie & für Ihre Entscheidung da sein: !Immer – –*

Die beiden Herren in ihren billigen, schlechtsitzenden & beständig nach Schweiß & Erbsensuppe riechenden Anzügen hatten recht behalten: Das Papier, an 1 Rand im rechten Winkel schon vom Tageslicht zu gilben Balken verfärbt, hatte in diesem Land ohne Zeit warten können – auf ihn, auf seine Schwäche & sein Scheitern in dieser 1 Nacht der Stromsperre, voll mit Gewalt & Blut. Ich weiß: Er unterschrieb das Papier.

Er schrie. Zuerst stand er am Ende des langen Korridors, seinen mageren Körper, den Körper 1 6jährigen, an den Pfosten zur Wohnungstür gepreßt, u schrie. Dann schlug er mit der Stirn einigemale gegen den Pfosten, während die kleinen Finger ans Holz sich krallten. Und schrie. Und trat mit den Füßen gegen die Tür, so daß das Treppenhaus widerhallte von seinen Schlägen. Niemand beachtete ihn (1 Mal gewiß hatte die alte Frau aus der Küche 1 Blick zu ihm getan, und hatte, auf die Frage ihres Mannes, ?Was denn wieder los sei, ?Was der Junge denn wieder habe, hinüber ins Wohnzimmer betont ruhig, abwiegelnd gesagt: –Er extempriert wieder. (Ich blieb starr stehn hinter dem dunklen Flurschrank (in meinem Versteck) u sah gespannt auf meinen jüngeren Bruder)).

Der kleine Junge war allein mit seinem Schrei. Mit seinen Schlägen & Tritten gegen die Tür.

Das alles gehörte ihm: das Schreien – die Schläge gegen die Tür – der Widerhall im Haus –:niemand, der ihn dieses Mal dabei unterbrochen hätte; der ihn mit begütigenden od herrischen Worten zu einer *Vernunft* hätte zwingen wolln..... Ungeheuer=schnell fuhren die Schreie aus ihm heraus – (später erinnerte er eine Fahrt mit seinem kleinen Rad, 1 steil abfallenden Waldweg über armdicke Wurzeln hinweg, und immer steiler sank der Weg – die Griffe an der Lenkstange vibrierten in seinen schweißnassen Händen, die Kontrolle über sein Rad hatte er längst verloren –, im Anfang, als er das bemerkte, schrie er in seiner Angst um Hilfe, wenig später – vor seinen Augen rasten u schwankten die Baumstämme der Weg die Steine & Wurzeln, ein grünbrauner Sturzbach, ein bebender Schluckauf der Erde, der ihn den Weg bergab warf – und, als die Angst aufgehört hatte, schrie er noch immer), doch war das ein anderer Schrei. Er hatte sich gefügt.

So sein Gefühl sicher auch jetzt, als die Schreie aus ihm in Wellen herausbrachen – lauter und lauter – (und sollte genau das gleiche etliche Jahre später noch 1 Mal spüren: während seines Sturzes die Steilküste hinab, Gesicht & Körper an Steinen sich zerschlagend – aber er suchte keinen Halt mehr, hatte sich auch darin gefügt. Während er fiel und fiel, den Steilhang hinab, ins verschäumende Meer. Da sollte er die Worte haben, die ihn dieses Gefühl auffinden ließen: Sucht nach dem Moment von *1-klang,* der in seiner irrealen Wirklichkeit brennendkalt wie Trockeneis das Gehirn verbrennt, die Angst erflammt. Und erst viel später dann trat immer der Verbündete der Wirklichkeit, der Schmerz, hinzu.....)

Er stürzte, er !wollte stürzen, sich niederwerfen auf die

dunklen Steinfliesen des Flures, noch immer schreiend mit durchgebogenem Rückgrat, die Adern an Hals & Stirn blaurot geschwolln, Arme & Beine starr ausgestreckt, die Finger von den Händen strahlenförmig abgespreizt als seien sie dürre Hölzer, die er wie Pfeile von sich schleudern wollte, und wollte mit dem Schreien den kleinen Körper ganz aus seiner Hautumhüllung ausbrechen lassen –.

Er hielt die Augen weitaufgerissen – rote & weiße Funken sprühten vom Boden, aus den Wänden & aus der Scheuerleiste des Flures heraus –, aber seine Blicke reichten nicht weiter als bis zu seinen Fingerspitzen, die er zittern sah, wie sein gesamter Körper zitternd auf&nieder schaukelte in einem ekstatischen Krampf – er schrie und schrie (Speichel troff aus seinem Mund), er schrie mit der ganzen Seligkeit des Sichgehenlassens, des Stürzens tiefer und tiefer – –

Und so bemerkte er nicht die Beine der alten Frau, die auf ihn zukamen –: Er sah, zu spät, einen Eimer in weitausholender Bewegung, blickte plötzlich mitten in den rohen Blechkübel hinein :& ein Schwall kalten Wassers traf sein Gesicht.

Der Kopf lag in einer Pfütze auf den Steinfliesen des gebohnerten Flures; der Junge war jetzt still, der verkrampfte Körper lag, zusammengefallen, reglos auf dem Stein, 1 dünner Blutfaden rann aus dem Mundwinkel über das Kinn den Hals hinab: 1 Rinnsal von karminroter Färbung.– Als die alte Frau das bemerkte, hob sie den stillgewordenen Jungen auf, brachte ihn in die Küche zum Waschbecken & ließ ihn den Mund mit Wasser sich spülen.

Ich sah aus dem Fenster an dem winzigen Ausläufer 1 Rebenspitze des wilden Weines vorbei auf die Gleise vor der Güterabfertigung hinaus. Ein Sommerabend zog draußen auf den leuchtenden Schienen in sein dunkelgelbes Licht. Das Schottergerölle zwischen den Gleisen mit seinem stumpföligen Grafitglanz wirkte wie erstarrte Gebirgsbäche, schwarze holperige Gewässer, zu Stein geworden u von der Metrik dunkelbrauner rissiger Schwellen wie von schmalen

Weihern durchbrochen, während 1zelnes Unkraut Grün herausstach, dazwischen, daneben; überall – das bog sich bisweilen, wohl unter Böen, aber hören konnte ich keinen Wind, keinen Laut, nur das Geräusch des ins Waschbecken fallenden Wasserstrahles –.

Nachdem er den Mundvoll rosafarbenen Wassers & süßen Blutgeschmacks ins Waschbecken gespien hatte, fragte er die alte Frau (u seine Stimme klang leise, ängstlich u schütterte wie kleine Kiesel), ob Das Blut nun wiederkäme.....

Sie antwortete etwas Beruhigendes, 3 4 Worte mit derselben gedämpften Stimme, in aller Hast als müsse sie, was gewesen war, eilig tilgen, & wusch dem Jungen mit dem Schwamm vom Kinn die letzte Spur des Blutes fort, die letzte Spur von seinem Schrei. Sie tat dies mit der gleichen Energie & Hast, mit der sie dem fessellos schreienden Jungen das Wasser ins Gesicht geschüttet hatte, so als wüßte sie, daß hier, in diesem Kind, bereits Etwas war, das sich sowohl ihrem wie auch aller anderen Menschen Einfluß entzogen hatte; ein Etwas, dem niemand mehr beikommen, das man nur in Hast & Eile hinter sich bringen konnte (vielleicht würde man Es dann nicht sehen müssen –) ohne die geringste Hoffnung indes, dieses Etwas je tilgen zu können; Leitbahnen setzten damals in ihm an.

Nun war es still wie immer in der Wohnung, man konnte das Picken der Küchenuhr hören. Dann rief die Frau ins Wohnzimmer nach ihrem Mann.

Abendbrot stand auf dem Tisch.

– – Herein in das Abteil drängte das Geschrei spielender, tobender Kinder. Das Kreischen kam näher; vor seinem Abteil, !ausgerechnet, hielten die Kinder, schlugen aufeinander ein, die Fresse eines feisten Jungen prallte gegen die Glasscheibe zum Abteil (voll Ekel starrte mein Bruder demonstrativ auf die Fotos nieder); die Kinder tobten davon, ein Speichelfleck von dem Jungen blieb am Fensterglas zurück – –

Das war vor allem die Aussichtslosigkeit. Und der Zwang, etwas hinzunehmen, was viel schäbiger als nur *Gewohnheit* war.

Folgendes war geschehn an dem Frühjahrsabend in einem U-Bahnschacht.

Über Wochen hinweg waren die Tage heiß, die heißesten in einem Frühjahr seit Jahren, Abende und Nächte brachten kaum Linderung, ein Wetterumschwung in kühlere Temperaturen war nicht in Aussicht. In den Stadt=Kanälen in Klammheit u Starre lastend eine Luft wie fieberfeuchte Laken, Krankendumpfness infarkter Leiber; an Häuserwänden die Borke übereinander geklebter Plakate, grelle buntgesträhnte eingerissene Fetzen, vom Mörtel abgestoßen wie sich lösender Schorf – die zerstörten Papierzungen, sie schienen wie Löschpapier den Schweiß der Stadt aufzusaugen, gefangenzuhalten & zu bewahren wie das traurige, trüb-unselige Kleidergelump eines Stadtstreichers, dessen Miasmen aus öden Jahren sich festkrallen im zerfledderten Gewirke. Und was zum Atmen blieb, legte sich wie eine schwere Hand vor Mund & Nase. Manchmal, aus schmutziggilben Wolken, 1zelne Regentropfen; sie waren verdunstet noch vorm Berühren von Pflaster & Asfalt, staubigen, fettigen Tentakeln in den Schattierungen von Grau, Stein, der Hier verwelken konnte; legten sich als heiße Atemstöße um die Körper, u Luft, geronnen zu Gelatine – darin stakend Motorengelärme, Gebrülle & Schrein von Menschenmäulern aus Fensterlöchern, dumpfe Hammerwerke Popmusik –, Luft geklebt an porige Häuserschluchten, darauf ein Himmel sich legte, ringend nach Atemluft selber. Er, mein jüngerer Bruder, hatte sich an 1 jener Abende mit ihr verabredet, mit dieser weißen Füchsin (meine Ausreise in den-Westen, mein Verschwinden hinter Die Grenze mit der Gewißheit für alle Voneinander-Getrennten, wir würden toter sein als die Toten –:Das lag von jenem Abend noch keine Woche entfernt). Nun waren sie beide allein, zwischen ihm u: ihr die Gebärden, Gesten, Wörter aus der dämonischen Kraft sich zu verletzen, sich wehzutun im heißen Luftstrom aller Einflüsterungen, aller Geschwätzigkeit, die zu nichts anderem führte als zu Aggression. Und die Wörter, die 1zelnen Laute – sie waren das Salz, die eigenen Teufel, die uns vertrieben aus unserem verstümmelten Paradies.....

Die Verabredung galt jener Gegend, in der zuvor desöfteren ich mit ihr gewesen war; die Gegend war durch mich besetzt. Er hatte getrunken vor diesem Treffen, nicht viel, aber die aufglühende Euforie, die begeisterten Gebärden, sie verrieten ihn. In der 1 Kneipe wollte er auftrumpfen; er überreizte seine Bekanntschaft mit den Gästen dort, mit dem Wirt mimte er Vertraulichkeiten in der überhitzten Pose eines Menschen, der gegen das Vergessen kämpfte. Seine Waffen waren Geschwätz, sie kehrten sich gegen den Schwätzer. Die Frau blieb still, sie sah ihn nicht an. Als seine Hand ihre Schulter berührte, stieß ihr Schulterknochen die Finger kalt beiseite. Er hatte keine Chance. Ich, das Gespenst das über der Szene lag wie die üble Atemluft in der Stadt, ich hatte ebensowenig noch 1 Chance. Sie war schon allein. Und hatte schon das Spiel gewonnen, noch bevor er, mein jüngerer Bruder, das-Spiel überhaupt bemerken konnte. Das Spiel war der Übergang von Begierde in das abgestandene Desinteresse, in die Kälte, die nur Vergessenwollen war. Der Ernst-einer-Frau: Nach dem Spiel jedem Mann seinen Platz zuweisen, seine Rolle, in ihrem Interesse : Sie brauchte mich für die Heirat, die 1 Scheidung war im Grunde: der Weg aus dem Osten. Das war ihr Plan & meine Aufgabe. (Daher gab sie das Briefeschreiben an mich niemals auf, obwohl ich selten, fast nie 1 Antwort schrieb. Ihre Briefe waren von natürlicher Intimität, sie benutzte ihre u: meine Vergangenheit nicht als Waffe, ich kannte den festen Gang ihrer Schriftzüge, meinte aus den Zeilen den Klang ihrer Stimme zu hören; sie war 1 gute Lügnerin.)

Und meines Bruders Rolle wie in jener berühmten Geschichte die des Hungerkünstlers, der im Käfig seiner immergleichen Illumination, im fauligen Stroh der eigenen Gebärde wie des eigenen Ehrgeizes – vergessen wurde, verschwand. Doch waren beide Rollen in diesem Spiel zu besetzen; in letzterer zählte allein die Erinnerung ans Nichtmehrerinnern.– Es geschah auf dem Heimweg, in einem U-Bahnschacht auf emporlaufender Rolltreppe. Sie stand 1 Stufe höher als er, ihre Hand lag auf dem schmalen schwarzen Gummiband, das als Geländerschiene endlos mit den Stufen lief. Er legte seine Hand auf ihre, sie legte ihre 2. Hand darauf, ein gleiches er, sie zog ihre unterste Hand heraus, legte sie obenauf –:ihre Hände spielten in immer schnellerer Folge das endlose Stapelspiel der Kinder. Spuren suchen ihre Ereignisse stets selber auf; die Hand, die 1 Glas zum Klingen bringt: der dramatische Anstoß – wie in Alp- u in obszönen Träumen – reißt mit 1 Mal den Hüllvorhang vor der schon vollendet drapierten Szene der Katastrofe auf: ?Haben sie beide – ?od nur 1 – in ihrer dumpf pulsierenden Sucht nach einer Katastrofe das Wort *Eskalator* entdeckt, ?und haben sie daraufhin, beim Anblick dieser hell fließenden Metallstufen ganz einfach *gewußt*: !Jetzt ist Es soweit. !Jetzt muß Es sein – (Währenddessen sie beide auf der Rolltreppe rasch aufwärts fuhren, ihr Spiel mit den Händen unablässig & bei steigender Höhe der Treppenfahrt mit sich steigerndem Tempo spielten, zog er, sobald seine Hand zuunterst lag, diese Hand langsam, langsam immer näher zu-sich heran:) Sie mußte, um ihre Hand rasch auf seine zu legen, sich weiter, weiter zu ihm herabbeugen, immer weiter solange, bis sie das Gleichgewicht verlor –.

(!Da war sie wieder: die Sehnsucht nach dem Stürzen, vor den Augen der Anderen, unterm grellsten Licht des Bewußtseins: Stürzen zu Aller Füßen, tiefer und tiefer, in den Dreck, und durch den Dreck hindurch, tiefer und tiefer, bis auf den Grund des Schmerzes, der Schrecken u der Wut. !Da war er wieder: dieser Moment des Fühlens von *1-klang*; und man weiß, die tätigen Vulkane sind meistens dort, wo nur wenige *Menschen* sind. Und, weiß man, nur einige müssen sterben, wenn solch Vulkane ausbrechen. Und über Alldem der reine Himmel Bewußtsein –)

Nachdem sie beide niedergestürzt waren, 4 5 Stufen die laufende Rolltreppe hinab; nachdem er im Taumel der zerreißenden Vernunft immer wieder laut *!Hör doch auf!Mensch !Hör doch auf* rufend nur 1 spürte: die Irr-Realität dieser Wirklichkeit – da sprang sie als 1. auf, 1 Platzwunde im Augenwinkel, das Jochbein blutig & geschwollen, die Haut an Knieen & an Ellbogen zerschunden, blutend, ölverdreckt das Kleid die Bluse, u zerrissen auch von den Zinken der Treppenstufen, stand sie breitbeinig vor ihm, oben am Ende der Treppe dort, wo die Stufen immerfort in den Kammzinken aus Metall verschwanden, auf festem Grund, sah nicht auf ihn herunter, sondern starrte die lange metallische Stufenfolge der stupid laufenden Rolltreppe wie in die Tiefe eines Schachtes hinab, aus dem die von Tausenden Schuhsohlen blankgewetzten Stufen heraufströmten & wie Finger aus Metall zu maschinenhaftem, stotterndem Gebet in-1-ander sich hakten, scharfkantige helle Finger aus Metall – u sie schrie in ihren blut- & dreckbefleckten Kleidern, über ihn, der immer noch am Boden vor ihr lag, hinweg, in die Tiefe des Schachtes hinab: –*!Hab ich euch was getan !?Ja – Hab ich euch !endlich was getan –*

Steine. Sterne. Wind.

Am Nachmittag zum Weihnachtsabend hatten mein Bruder & ich Das Zimmer, worin die Geschenke zu erwarten waren, heimlich um einige Stunden zu früh betreten. Der Raum lag, in einem kalkigen Lichtschimmer, wie eine Bühne weit vorm Beginn des Spiels: Geruch nach kaltem Staub; die Möbel, aus ihrer gewohnten Ordnung herausgerückt, wiesen grobschlächtige Konturen, und der Baum lehnte, noch ungeschmückt, als fahldunkler Eindringling fremdartig im Zimmereck. Mich hatte Frösteln befallen (meinen Bruder wohl auch), und leise, mit einem üblen Gefühl – in die Enttäuschung u Ernüchterung mischte na-

namenlose Furcht sich ein – schlichen wir beide wieder hinaus.– Die Geschäftigkeit der folgenden Stunden, die Wohnung, die, je weiter der Tag in den Abend ging, angefüllt wurde mit Lichtern, Wärme, Betriebsamkeit & würzigen Essensgerüchen, all das ließ meinen Bruder & mich den Eindruck von diesem Zimmer vor Stunden wie 1 böses Traumbild vergessen.

Steine. Sterne. Wind. Das gelbe Licht.

Irgendwann müssen wir beide, mein jüngerer Bruder & ich, trotz der Aufgeregtheit aus dem späteren Weihnachtsabend, dennoch eingeschlafen sein. Langezeit, ins Dunkel des Kinderzimmers hatte dieser Abend nachgeklungen, konnten wir uns eingehüllt fühlen vom warmen Geruch der Kerzen, dem würzigen des weit in die Stube sich reckenden Kiefernbaumes, der Lebkuchen & Zimtsterne; konnten wir durch das karminrote, im Schwanken der Kerzenflammen taumelnde Leuchten der Glaskugeln an den Kiefernzweigen – die Kugeln an ihren dünnen Drähten hängend begannen sich zu drehen und schienen wie in späteren Fieberträumen zu hauchdünnen Ballons sich aufzublasen, um schließlich als winzige Sterne zu explodieren –, konnten wir also die kleine Mansardenstube in ein irritierendes Kabinett aus Lichtspielen u Gerüchen sich verwandeln sehen –: u darin sprühten hell u scharf mit den Wunderkerzen auch die Momente erster, kurzer Freude ein.

Wir wurden, wie alle Jahre an solch einem Abend, von unseren Adoptiveltern, den beiden alten Leuten, beizeiten zu Bett geschickt. Denn wir sollten 1 wenig schlafen, bevor man uns am selben Abend, noch vor Mitternacht, wieder aufwecken würde, um mit ihr, der alten Frau, zur Mitternachtsmesse in die Kirche zu gehn..... Niemals haben wir den alten Mann dort gesehen, obwohl auch er, wie seine Frau, an ihren Gott glaubte. Er tat dies (erinnere ich) auf sehr unkonventionelle Weise – –Gott ist überall. Und Er sieht auch Alles (sagte er stets, wenn die alte Frau, mürrisch aber vergeblich, ihren Mann an seine Christen=Pflicht gemahnte & ihn zum Kirchgang bewegen wollte), –und wenn Er Alles sieht, dann sieht Er mich auch hier, in meinem Stuhl daheim & an Ihn glauben. – Das Komische daran war, daß der Alte diese Antwort, zu der er mit den Jahren immer seltener genötigt war, überhaupt nicht komisch meinte.

Das gelbe Licht.

Die Frau, im Türrahmen unbeweglich als dunkle Silhouette vor dem grell erleuchteten Flur, sie rief leise aber bestimmt unsere Namen und fügte stets noch an *Es wird Zeit* –:– Es war derselbe mahnende Klang in ihrer Stimme, mit dem sie uns, meinen Bruder & mich, aus dem Schlaf in ein frösteliges Wachsein holte, sobald wir (meist war das zwischen drei und vier Uhr morgens) aufbrachen & in den Urlaub fuhren. Denn als ehemalige Angestellte der Reichsbahn hatten die beiden Alten ihren Anspruch auf einige Freifahrtscheine, & von der Gewerkschaft erhielten Sie 1 Mal pro Jahr einen Ferienplatz zugesprochen (gewiß wegen uns, die wir noch kleine Kinder waren, zum Neid der übrigen, ehemaligen Kollegen). Meist fuhren wir ins Gebirge, vielleicht weil die Landschaften des Harzes, des Thüringer Waldes, aber insbesondere des Erzgebirges die beiden alten Leute an *Die Heimat* erinnern mochten. Im Flur standen dann schon die großen, gepackten Koffer & Taschen, aus der Küche wehten Schwaden von Wurststullen & Malzkaffee, die Kinnbacken der Frau mahlten die Bissen, die Küchenuhr zermahlte die Brocken Nachtzeit. Dann eilte die Frau nervös mit derben Schritten (sie war seit geraumer Zeit reisefertig gekleidet) in der Küche hin&her, die Dielen graunten; ihre Unruhe übertrug sich auf uns, und oft zu solch frühen Stunden mußte ich mich übergeben. Kälte fuhr danach tiefer unter meine Haut –.– Die Quartiere in den Ferienheimen der Gewerkschaft schrieben sich als immergleiche Spuren in die Erinnerung ein: schwere klamme Federbetten & Matratzen, in denen man tief einsank – rauchfarbene, mit Blumenmustern bemalte Porzellanschirme über Nachttischlämpchen gestülpt – aus den Schränken feuchte naftaline Dumpfgerüche – im Speisesaal dickwandige, grüngerandete Prozellantassen (an den Rändern oft gelbliche Abbrüche od Risse & Sprünge im Porzellan), Kräutertee mild & warm, & Buttersterne am angeschlagenen Tellerrand, Marmeladenklumpen grellrot an Plastelöffeln – – Und in Ähnliches waren wir immer aufgebrochen an jenen Morgen, in den kalten zugigen Dampf&staub des Kleinstadtbahnhofes stolpernd, mit der für alle Flüchtlinge typischen Gewohnheit viel zu früh (denn der Zug könnte anders fahren als im Fahrplan vermerkt, der Plan selber vielleicht wieder einmal nur Makulatur; es könnten keine Plätze mehr frei bleiben für uns auf diesem *Transport,* für unsere Flucht in ein Überleben, & jeder Zug könnte *Der letzte Zug* sein......), vorüberhetzend an der fettig schnorchelnden Lokomotive, ein Geräusch als versuchte jemand mit verschleimter Nase zu sprechen & werde dabei in regelmäßigen Abständen von metallischen Knöchelklopfen unterbrochen, worauf entrüstet Dampfwölkchen aus dem fieberheißen Eisengebilde schnaubten, die Waggontür öffnend, die Sitzplätze finden im fast leeren Abteil, um danach, atemlos aber unendlich erleichtert (:!Dieser Zug würde uns mitnehmen, !Wir würden davonkommen.....) von den Geräuschen des Bahnhofes in einen übernächtigen Kokon gehüllt, 1 stumpfen halbwachen Weiterschlaf sich zu überlassen.

Sterne. Steine. Wind. Das gelbe Licht.

In dieser 1 Nacht nach dem Weihnachtsabend brachte der Klang ihrer Stimme uns, zum raschen Aufstehn mahnend, wieder Frieren & Übelkeit ins lichtlose Kinderzimmer herein. Und, vom Schlaf noch festgehalten, verwirrt, und statt hin zur offenen Tür (das Licht dort draußen, im Flur, schien in seiner bissiggelben Grelligkeit ein Block aus geschmolzenem Metall, der, von der Oberflächenspannung gehalten, noch in seiner Schmelzform lag: Sekunden noch, dann würde siedendheiß geschmolzenes Lichtmetall ins Zimmer strömen –: uns blieb das Licht als 1 Drohung in der Tür, wie durch Türen stets nur Drohungen in die Zimmer brechen...... – *Details eines wasserhellen Morgens...... das Brennen 1 Ohrfeige von diesem Fremden in meinem Gesicht...... Geschmack von Marmelade & Blut, Erbrochenes auf den Küchendielen...... der Schmerz im Gesicht der Mutter...... Mäntel der Fremden wie aus Metallwolle, voll erkalteter Hitze & Schweiß...... die Mutter im Klammergriff der Büttel, zur Tür hinaus, von der Straße herauf der dumpfe Schlag 1 Wagentür......*, so tappte ich zum dunklen Fenster, preßte die Stirn gegen das kalte Glas. Draußen stand die Nacht, ich sah:

Sterne. Steine. Wind – ihn hörte u sah ich Schneedünen hauchdünn übers Straßenpflaster ziehen, dunkel u frostig schnitt er Kälte aus dem Sternenschein. Das erfrorene Weinlaub am Haus zischelte scharfzüngig im Frostwind. Das gelbe Licht: Vom kleinen Fenster in der Mansarde ging der Blick über die Stadt als läge sie in einem Tal. Die Häuser reihten sich als dunkle Quader Nacht. Und leuchtend Punkte darin, Glimmer: die gelben Fenster, wirr verstreut u blitzend wie Nagelköpfe in die Finsternis getrieben. *Und für jeden ist in jener großen, alles umfassenden Nacht noch seine eigene Nacht,* dachte ich viele Jahre später, in dieser einen Nacht der Panik, als ich aus Berlin zu den beiden Alten geflohen war, *Ich hab mich entschieden Ich geh in den-Westen. Hab den Antrag schon gestellt* –, und vielleicht über Stunden hinter diesem Fenster stand, das immer noch dasselbe Fenster war, dasselbe Glas, derselbe Rahmen, wie in jener fernen Weihnacht u noch immer denselben Ausblick bot auf die Dächer in der Nacht, die wie steinerne Särge an1ander gerückt standen als seien sie aufgestellt zur pompösen Trauerfeier für einen morgigen Tag nach einer Katastrofe; *jedem seine eigene Nacht; ganz allein für jeden aus seiner speziellen Finsternis 1 schwarzer Splitter Tod.* Und die alte Frau war, ohne daß ich sie gehört hatte, damals zu mir ans Fenster getreten, genau wie einst in dieser kindheitsfernen Nacht, und sie nannte, mahnend u eindringlich, meinen Namen, und, wieder hinausgehend, setzte sie noch 1 Mal hinzu *!Komm jetzt !Es wird Zeit.* Sie hielt Kleider & die neuen

Schuhe, die wir, mein Bruder & ich, vor wenigen Stunden am Weihnachtsabend als Geschenk erhalten hatten, schon bereit. *Und !beeilt euch.* Hörten wir sie aus dem Flur.
Sterne. Steine. Wind. Das gelbe Licht.
Aus geduckter Häusernacht hinaufgestellt in Stockwerke einer Dunkelheit: der Kirchenbau. Ein Zwitter, ein petrifizierter Kentaur einer Religion: der Kernbau romanisch, Aufbauten gotisch, das große steilflächige Spitzdach (im Tageslicht eine Klinge aus fleischfarbenem Ziegel), 1 winziges Turmbröckchen obenauf. :So fehlten über den Fenster- & den Torbögen die Dämonenfratzen aus Stein; es führten die Heiligen=Figuren im Kircheninnern alleine das Regime, u ließen keine Ängste draußen.....
Weit in die schneebestäubte Nacht griff die Lichtbahn durchs offene Kirchenportal auf den Vorplatz heraus. Sobald hinzukommende Gestalten aus dem Dunkel (Atem wolkten kurzlebige Schimären) in den ersten Schimmer einer als Dreieck sich streckenden Lichtbahn gerieten, ihre Gesichter aufglommen im wachsgelben Widerschein, schienen sie unaufhaltsam angezogen, angesogen, eingeatmet schließlich von dem hohen gotischen Portal. Und ich sah im Innern des Kirchenschiffes zu beiden Seiten das Säulengerippe, die von dunklen schmalen Zeilen aus Holz beinahe verschluckte Menschenmenge, flankiert beiderseits von uralten, in allen Schattierungen von Grau, in Staubschwere hängend die Fahnentücher, die vordem, zu anderen Zeiten, in Prozessionszügen durch die Straßen wehten. Am Ende des Mittelganges, auf der Empore Altar & Kreuz, umgeben von Kandelabern Bechern Kerzenständern, das Ewige Licht 1 greller Blutstropfen, gefangen in eiserner Laterne, unbewegliches, starres Leuchten (:*1 Glühlampe, gespeist vom Stromnetz der Stadt & vierteljährlich Bestandteil 1 Summe auf der Energieabrechnung vom kirchlichen Stromverbrauch*) – sämtliches wie trunken u ergeben sich tauchend in die Lichterumhüllung aus Kerzenflammen u Rauch –:– Und, seitlich zum Hochaltar, das Krippenbild: die Figuren – Jesusmutter Je-

susvater (*gehörnt mit dem heiligen Schein*) die Hirten die 3 Könige die Tiere – wie mit goldfarbenem Staub überzogen, sämtlich zu Posen einer hölzernen Demut gekrümmt (:? *Vielleicht ist es wahr & das Modell des Bildhauers, des Schnitzers ist nicht in seinem Kopf, sondern allein im Material verborgen*), & inmitten, auf Stroh gebettet, das Kind: ein seifenhelles Stück Holz, auf den Boden gespien, & schon in der Nacht seiner Geburt über sich als Fanal seiner Zukunft, hoch aufgerichtet das Folterwerkzeug, das Kreuz – diese Figur im Dreck 1 Pferches so klein wie damals ich. Das Kerzenschimmern vom Altar prägte im goldfarbenen Staub auf den Figuren haarfeine Risse in den Farbschichten aus, in den Schädeln Augen Nasen Lippen, in den hölzernen Fingern die Kerben & Wurmlöcher im Holz, so daß die Figuren im nächsten Augenblick zu splittern, zu bersten & zu platzen drohten –. Und ich bemerkte um die Altargruppe, zuerst ver1zelt, dann mehr und mehr, schließlich in hellen Scharen die Fliegen..... aufsteigen (:? *Hatten sie hier, in der Schattenwelt hölzerner Demuts- & Leidensbilder, ihr Über-Leben gefunden..... ? Lagen hinter & um das Krippenbild u den Altar herum Fleischbrocken u Aas verstreut, ?totes Fleisch, das diese Fliegenschwärme anzog? Od waren dieser goldfarbene Staub, dieses leblose abgestorbene zersplitterte & von Würmern halb aufgefressene Holz genau die rechte Sorte Nahrung für die seltsamen Fliegen.....*) Und nun, aus Nischen & Winkeln neben u hinter dem Altar, kamen sie, die den Sommer und den Herbst unbegreiflicherweise überlebt hatten, hervor – schwirrten im wärmenden Dunst der Menschen & der Kerzenflammen tanzend & taumelnd als dunkle, pelzige Funken im Gewölbe goldfarbener Lichter & Rauch, und näherten sich schließlich den Sitzreihen, den Menschen, uns..... – Und ich sah zum Altar, zu der gekreuzigten Holzfigur hinauf – sah die über-1ander genagelten Füße – den groben Nagelkopf – die Spur roter, verblichener Farbe wie Schorf auf einer uralten, trotzdem niemals heilenden Wunde –; da spürte ich das Brennen an meinen Füßen, u ich glaubte, es müßten Wunden an

meinen Füßen sein, das frische Blut vielleicht, das aus wundgeriebener Ferse u Spann hervorsickerte & das ihnen, diesen Fliegen……, neue Hoffnung auf noch längeres, noch besseres Über-Leben eingab : die Fliegen, sie kämen nur wegen mir……
Und, noch immer im Eingangsportal vor dem Weihwasserbecken stehend, dies Panorama vor Augen, Rauch & Menschengerüche atmend, empfand ich den Anblick als den eines gigantischen Organismus, dessen Einzelteile & deren Funktion ich nicht begriff und der genau wie der menschliche, in grellen Farbfeldern aufgeblätterte Körper in dem Anatomischen Atlas, daheim im Bücherschrank erschien (den wir, mein Bruder & ich, oftmals heimlich herausgenommen & mit Entsetzen=Abscheu=Entzücken u dem fieberhaften Wunsch nach Mehr darin geblättert hatten).
Das gelbe Licht.
Und über den Anblick der Kirchenarchitektur legte sich ein anderer, zu grandiosen Dimensionen gewachsener Anblick. Vielmehr konvertierte das gesamte ursprüngliche Bild, wobei all die Elemente, die zu jenem ersten Bild gehörten, ebenfalls eine Wandlung erfuhren. Und so gerieten die gotischen Bögen mitsamt ihrem Zierat aus Stein – zu komplizierten Knochenreihen, Verschränkungen vielfacher Rückgrat- u Rippenkonstruktionen; die 3 Altarflügel mit ihren verzierten Kanten, so daß sie wie Sägeblätter wirkten, das Kruzifix, das Krippenensemble – ergaben den Anblick eines gleichzeitig plumpen wie filigranen Knochenschädels, darin unzählige Öffnungen & Hohlräume für mögliche Augen (:*die durch diese Möglichkeit eine unermeßliche, drohende Wüste der Distance beschwörten, eine Rede ohne Subjekt, ein Pronomen ohne Person, ein totes Gesicht, das in seiner Augenlosigkeit jedes Gesicht sein kann & jedes Gesicht widerspiegelt in der Lebendigkeit des Doppelgängers, der, mit 1 Wissen um subtile Grausamkeiten, immer auch Der Tote in Jedem ist, den jeder trägt wie seinen eigenen Schatten & der ihn somit beständig an die eigene, die vollkommen überflüssige Gegenwart erinnert*). –

Wenn Fliegen einen Schädel aus Knochen besäßen (überlegte ich damals): Dieser Hier könnte der Totenkopf des Fliegen=Gottes sein.....

Nun sollten wir, mein jüngerer Bruder & ich, in diesen aufgeschnittenen, von uns in den heimlichen Spielen mit dem Anatomischen Atlas entblößten, nackter als nackt sezierten Leib eintreten – sollten uns ausliefern an Ihn, ohne zu wissen od nur zu ahnen ?was von diesem Fremden bevorstand; von solchem Gebilde mich & uns umfangen lassen, von dem Alles, was wir in unserem heimlichen Schau-Spiel nur in der dunklen Begierde nach Mehr ersehnten, zu erwarten stand. Denn ohne Zweifel geschähe in diesem gigantischen Hohlraum eines Leibes dasselbe & böte sich dasselbe wie im Anatomischen Atlas den Blicken auch in jenem Moment, nachdem das letzte Türchen am abgebildeten, aufgeblätterten Körper geöffnet worden war : Das in hellrotes Fleisch & in eine Ornamentik aus Eingeweide bettete Ungeborene, der bleiche Fötus mit den groben u den feinen Zügen des unfertigen Menschen – und so würde nun, in diesem 1 Augenblick, Dieses Wesen, dessen letztes Türchen zu seinem Innersten geöffnet wurde & wir, mein jüngerer Bruder & ich, eintraten in Ihn, gebären: die ungeheure Menge, die dunklen Schwärme von Fliegen..... – – sie stoben hinter dem Altar empor; sie füllten den hoch sich wölbenden Raum; sie nahmen die Luft zum Atmen..... – – Und ich vergaß in jenen Momenten einer aus gelbem Licht sich schälenden Angst: die an meinen Füßen schmerzenden, neuen Schuhe –.

Das gelbe Licht.

Doch während der langatmigen Prozedur einer Messe (*von deren Feierlichkeit ich nichts verstand, so daß allein die tönende Hohlform von »Feierlichkeit« als ein fremdartiges, blechernes Schauspiel & der Singsang lateinischer Sätze, von dampfenden Mündern zu Wolken fremder Wörter gezogen und zerbrochen, herausgeschleudert, herausgebellt, schließlich ausgehaucht & in zugleich jammervollen wie herrischen Kadenzen verendend, im*

Widerhall des Gewölbes wie grotesk aufgeschwemmte Kadaver schwebten, als seien das sämtlich in jenem Alles-u-jeden in-sich saugenden, gelben Lichtstrom Ertrunkene –) kehrte auch der Schmerz in meine Füße zurück. Vergebens suchte die alte Frau zu trösten mit dem Versprechen, Predigt & Messe seien bald schon vorüber – der Schmerz hielt mich fest in der Steinkälte & in den schwarzen Zeilen der Holzbänke, zwischen den murmelnden flüsternden ihre grausen Atemwolken aus Reue Sentiment Furchtsamkeiten & den wimmernden Bitten um ein Erbarmen von sich stoßenden Gestalten, die in ihren dicken, in Grautönen verfilzten Mänteln – *Details eines wasserhellen Februarmorgens im Jahr 1957..... das Brennen 1 Ohrfeige von diesem Fremden in meinem Gesicht..... u ein Fremder groß wie ein Riese, sein Gesicht mit dem abwesenden Blick, die Bartstoppeln, die sogar den Hals des Mannes bedeckten, eine Maske aus Eisenspänen..... Geschmack von Marmelade & Blut, Erbrochenes auf den Küchendielen..... Schmerz im Gesicht der Mutter..... Geruch einer ungewaschenen Meute, die Mäntel der Fremden wie aus Metallwolle, voll erkalteter Hitze & Schweiß..... die Mutter im Klammergriff der Büttel, zur Tür hinaus, von der Straße herauf der dumpfe Schlag 1 Wagentür..... – als plumpe, hockende Affen=Menschen erschienen, die Köpfe geneigt, umschwirrt vom dunklen Getanze der Fliegen..... Figuren* (sagte er Jahre später), *die immer einen Grund suchen zum Hoffen Beten & zum Heulen, Sekretionsgirlanden um Mordgelüste & grausam verkniffne Triebe, & alle wollen sie ran : ans Geld, ans Fressen, an die-Liebe, & zum Schluß dann noch die Erlösung : über fünf Milliarden mal der gleiche Wille* (sagte er) *:!Das kann nur schiefgehn. – In 1 Nobelrestaurant in Hong Kong* (erzählte er damals, als wir noch mit=einander sprachen) *werden den Touristen, für viele Dollars, an Kreuzgestelle aus Holz gefesselte, lebende Rhesus-Äffchen offeriert. Diese* (erzählte er weiter) *sperrt man zu Tisch in 1 Versenkung, nur der Kopf schaut oben heraus. Mit einem Holzhammer dürfen die HErren Gäste den Äffchen die Schädeldecke einschlagen, um aus den noch lebendigen Tieren das Gehirn herauszufressen. Ich war* damals so naiv & fragte, weshalb wohl ausgerechnet das dem Menschen vertrauteste Tier, die *schmerzvolle Scham*, der Affe, für diese Folter ausgewählt würde. Er starrte mich daraufhin an, als wüßte er nicht, ob er mich ohrfeigen od auslachen od aber beides tun solle. Dann überlegte er sichs anders. *Stell dir vor, man würde dem Reise=Pöbel SEinesgleichen Hirn vorsetzen* (sagte er ruhig) *die Kneipe wäre schnell ruiniert : die Gäste blieben aus, denn die Portionen wären zu klein.* (Er schwieg 1 Weile, dann:) *Doch über sich, was selten hoch ist, haben Die immer 1 Götzen, 1 tönernes Faß ohne Boden fürs Theater der eigenen Angst. Und haben immer den Stein in der Faust für den 1. Wurf* – während diese 1 Stimme, hoch aus der steinernen Kanzel, von einer Art Baldachin wie von einem Barock-Himmel=Bett überwölbt, herabfallend, selber mit Steinen zu werfen schien; kantiger Schotter, der, gegen die Wände & gegen die hockenden Gestalten im hölzernen Pferch ihrer Bänke geworfen, mit schütterem Hallen dies Gewölbe erfüllte. So daß die-Zeit=selber darin steckengeblieben, erstarrt, verschüttet & am Weitergehn für alle-Zeit verhindert erschien.

Steine, Steine, das gelbe Licht.

Und auch das Ende dieser Messe geschah so unmerklich, ohne, für mich, wirklichen Übergang wie ihr Anfang vor ?wievielen Zeiten – vielmehr, wann auch immer in das Steinbauwerk man eintreten mochte, schien bereits diese od irgendeine andere Messe, ein Opfern & Geopfertwerden, im Gang, wie auch das tatsächliche Ende, das Aufhören nicht glaubhaft war & mit jener die gesamte Zeremonie beherrschenden, ritualisierten Zähigkeit auch weiter, in einem nicht mehr glaubhaften Draußen, in jener sogenannten Anderen od Wirklichen Welt, ohne Unterbrechung ihren Fortbestand zu führen schien.– 1zig wirklich in diesem gelben, nebeligen Licht der helle Schmerz an meinen Füßen.– Die aus den Bankreihen und der Kirche hinausdrängenden Gestalten drückten uns – meinen Bruder, die alte Frau, mich – in einen der beiden Kreuzgänge an den Längsseiten des Kirchenschiffes hinein – und, als wären wir die Gäste einer überfüllten Ausstellungseröffnung, hoben die durch vorüberdrängende Körper zerschnittenen, gelben Lichtstrahlen Teile von Gemälden aus dem Schatten für wenige Augenblicke hervor, um sie danach sofort wieder ins Dunkel zurückzuwerfen, u wiederum andere Bildausschnitte erhellend.

Die Bilderrahmen im häßlich=braunen Farbton, zierdelos & roh, als seien sie aus demselben Holz geschnitten wie das Kreuz, das Folterwerkzeug überm Altar. Nur langsam, Schritt für Schritt, kam der Zug aus Kirchgängern dem Ausgang und der Nacht entgegen; so bot sich genügend Zeit, dies bizarre Wechselspiel von Licht- & Schattenwürfen auf den Tafelbildern, die nicht größer als 1 Zeichenblock für Kinder waren, zu betrachten. Unser Weg die Kirche hinaus verlief in Umkehrung des Passionsweges Christi, u so war der 1. Bildausschnitt, der aus dem Schatten sprang, die Kreuzigung: der Nagel, der die Handfläche Jesu durchdringt (:? *Weshalb eigentlich über die Jahrhunderte hinweg hat solch eine Verfälschung des Kreuzigens sich erhalten : Allbekannt, daß unterhalb des Handknochens der Nagel das Fleisch durchbohrte – andernfalls hätte durch das Eigengewicht des Gekreuzigten der Nagel unweigerlich die Handfläche zu den Fingern hinauf durchschnitten; der Gekreuzigte wäre vom Kreuz gestürzt*), SEine Finger im Schmerz zur Kralle verkrümmt, SEin Mund ein gezackter schwarzer Abgrund, – – *1 Küche in einem wässerigen Morgenlicht, Februar 1957 – der Fremde, der Riese mit seiner Maske aus Eisenspänen, aus diesem Körper Schwaden eines talgigen Geruchs – – die Mutter ans Waschbecken wie an 1 letzte Zuflucht, an 1 Falltür zum Entkommen sich klammernd, umsonst – 1 der Büttel hatte die Frau (:?!war das noch unsere Mutter) mitsamt dem Waschbecken an=sich gerissen – ihr Mund: ihr? Schrei von? SEinem Schrei u grobe Mäntel voll erkalteter Hitze & Schweiß*..... – –, der Schrei der gemalten Jesusfigur aus dem Schmerz u dem Wissen: !Es gibt kein Entkommen. Man nagelte SEine beiden Füße übereinander ans

Kreuz (:*Vielleicht um 1 Nagel zu sparn, auch Foltern kennt seine Ökonomie.....*) Zurückblickend sah ich 1 Lichtschein auf dem vorigen Bild: das aufgerichtete Kreuz, darunter ein Haufe Söldner, die um die Kleider des gekreuzigten Christus würfelten (:?!*Was an den Plünnen eines Landstreichers (der überdies, sobald er Besitztum hatte, angeblich Alles sogleich verschenkte) konnte des Begehrens wert sein, so daß ein Würfelspiel darum sich lohnte – od: waren im Gürtel die Goldstücke eingenäht, die Er auf den Jahrmärkten kassiert hatte für SEine faulen Zaubertricks.....*) – – – Dann, schon nahe dem Vorraum, von gleicher Größe & Machart wie die übrigen, noch andere Bilder, an die uns die langsame Prozession dumpfer, frierender Gestalten vorüberdrängte: Die Geschichte Abrahams & seines Sohnes Isaak : Der Vater setzt das Messer an die Kehle des Sohnes – die Scharen Kirchgänger drängelten & schoben uns fort aus den Bildernischen, dem Ausgang zu – das Bild, als Gott=aus=den=Wolken fuhr & das Opfer verbot (ein Bild, das zweifellos als nächstes im Dunkel der Halle folgte & gewiß bis Heute im Zwielicht in Staub Steineskälte & Feuchtigkeit dort hängt) dieses Bild sah ich nicht mehr. Für mich war über viele Jahre der Sohn vom Vater geschlachtet worden (*u das ist gewiß auch Die Wahrheit, denn ?!weshalb hätte Er, der HErr, in letzter Sekunde auf solch schönes Opfer verzichten solln, wo es Ihn doch desöfteren reute, daß Er die=Menschen gemacht.....*) :Und so ist mir für etliche Jahre das Bild von der Korrektur dieser Geschichte durch die Priester=Funktionäre entgangen –

–?Wird Kaffee gewünscht, ?Tee.

Die Tür zum Abteil wurde aufgerissen, ein weißes Jackett erschien vor seinem Gesicht – 1 Tablett, ihm entgegengehalten, darauf Kannen & Tassen leise klirrten, Wolken würzigen Aromas flossen ein –. Gewiß hatte der Mitropa=Kellner die Tür vorsichtig geöffnet, er hatte immerhin das fast volle Tablett mit der anderen Hand in Balance zu halten – doch wirkte das plötzliche Geräusch auf ihn, meinen Bru-

der, wie jener Riß durch den Tempelvorhang. Kurz verspürte er den Impuls, aufzuspringen & nach seinem Ausweis od der Fahrkarte greifen zu müssen (:die Reflexbewegung derjenigen, die vom staatlichen Terror trainiert, dessen Allgegenwärtigkeit & allzeit mögliches Einfordern von Gehorsam & Sichbeugen unter diese Autorität, u sei sie vertreten durch nen dummen Bengel in Uniform, noch durch den letzten Lemur, als wirksame Sonde im Innersten Ich für die Zeit des Lebenmüssens implantiert, erhalten bleiben muß, zumal in einer Gegend, wo dergleichen auch der Alltag war; Jahre der Entfernung & der, in Aspekten, anderen Erfahrung ändern daran nichts).
–Ja-a. O. !Ja. Sicher. Ja: Kännchen: 1 Kännchen !Kaffee. Bitte.
Die Entdeckung des Irrtums bewirkte bei meinem Bruder Erleichterung, heimliches Aufatmen für 1 Moment.
–?Darf ich, mein Herr. – Der Kellner wies auf die von Fotografien überschüttete Ablage vor dem Fenster; er gedachte Kännchen & Tasse dort abzustelln, machte sich höflich erbötig, den erforderlichen Platz dafür zu schaffen. Und noch bevor mein Bruder eingreifen konnte, hielt die Hand des Kellners bereits einige der Fotografien in Fingern & versuchte, sie auf den größten Stapel obenauf zu legen. Die Fotografien glitten herunter und zogen noch andere mit sich fort; von der obersten Schicht des Stapels fielen sämtliche Bilder zu Boden.
Der Mann errötete, entschuldigte sich nervös; er wirkte ehrlich betroffen. Mein Bruder winkte ab, –Nich so schlimm. Macht überhaupt nichts. Halb so wild –, od ähnlich beschwichtigende Beiläufigkeiten, die indes halfen, seine eigene Verstörtheit zu überwinden und ihm die sichere Stimme wiedergaben; fast war er dem Kellner für seinen ungeschickten Übereifer dankbar. Er bezahlte den Kellner; der, mit rotem Gesicht & verlegenem Gruß, verließ rasch das Abteil. Die Anordnung der Fotografien hatte sich jetzt entscheidend verändert. Das zuletzt betrachtete Bild vom

Kircheninnern war verschwunden (gewiß lag es unter der Sitzbank); doch hielt er sich zurück, nach dem Bild zu suchen od gar die alte Ordnung wieder herzustellen. Er glaubte auch durch diesen Eingriff des Zufalls an Eröffnungen, die ihn der Quelle des Rätsels näherbrachten; Einblicke, wie sie dem bewußten Handeln & Vorgehen stets verschlossen blieben. So mußte er den Rest jenes Geschehens, das von so vielen Jahren verschüttet lag, nun aus der 2fachen Abwesenheit erinnern. Doch (wußte er) bleiben die Bilder der Frühe wie die Bilder des Terrors in ihrer Gestalt & in ihrem Wesen erhalten; über alle Zeiten hinweg stellen sie sich neben das Geschehen einer Gegenwart & legen ihre Schatten aus – – –

Und als wir endlich aus der Kirche rauskamen, im verblassenden gelben Licht unter Steinen Sternen Wind, spürte ich bei jedem der raschen Schritte, mit denen mein jüngerer Bruder & ich neben der alten Frau, unserer Adoptivmutter, durch diese Nacht eilten (*sie hat Alles, was sie tat, in Eile getan, als müsse sie mit solchen Nebensächlichkeiten einer Gegenwart rasch fertigwerden, um endlich Zeit zu finden – :? Wofür: ? Wohin wollte sie eilen, ? Wo ankommen. Ich habe es niemals herausbekommen –*), den stechenden Schmerz in meinen Füßen. Und als wir in die kalte Lichtinsel 1 Straßenlaterne traten, sah ich im Stoff des Strumpfes dort, wo die Schuhkante an der Ferse aufhörte, langsam größer werdend, den großen dunkelroten Blutfleck – *–Wir sind gleich zuhaus.* Sagte die Frau, ihre Stimme hastig, hilflos, denn sie konnte diesen Schmerz, den ihre Anordnung, die neuen Schuhe zu tragen in dieser Nacht, verursacht hatte, jetzt weder lindern noch beseitigen.

–Komm (sagte sie noch), *–je schneller wir gehen, desto rascher sind wir zuhaus.*

Bei dem letzten Wort *zuhaus* blitzte damals in dieser frosthellen Nacht das Bild des Weihwasserbehälters auf, das unter dem Foto ihrer toten Mutter im Schlafzimmer unserer

Adoptiveltern hing. Der Behälter war eine billige Plastik-Imitation des steinernen Weihwasserbehälters in der Kirche, nur kleiner das Double, u niemals war in diesem Schälchen auch nur 1 Tropfen Wasser, stets nur wie hellgrauer Samt 1 feine Schicht Staub, der solch Grau wie die Fahnentücher in der Kirche trug, so daß in diesem winzigen Näpfchen der ganze Schmutz einer Kirche..... zu liegen schien. Ich wußte, wenn wir *zuhaus* ankämen, würde die Wohnung vollkommen dunkel sein, so als hätte niemals in ihr ein Licht gebrannt; dunkler als diese Nacht=hier draußen im frostigen Glimmer einiger Sterne. Und in der dunklen Wohnung lägen erkaltet die Gerüche des vergangenen Weihnachtsabends; u er, der alte Mann, unser Adoptivvater, würde in dieser Finsternis keinen Schlaf gefunden haben; er würde wach sein u ohne Regung sitzend in dem Sessel im dunklen, langsam auskühlenden Zimmer auf unsere Rückkehr warten od: auf irgend Anderes, wobei der Grund für dieses Warten ihm schon seit Jahren entfallen u allein die Verpflichtung zum Warten ihm geblieben war. Ich erinnerte unseren, des Bruders & meinen, heimlichen & voreiligen Besuch des Weihnachtszimmers am vergangenen Tag – und wieder spürte ich jenen herkunftslosen Frost unter meiner Haut – – – Es war die Zeit, als der alte Mann begonnen hatte, das Haus nicht mehr zu verlassen..... (Und ich wußte mit dem Wissen 1 Kindes, in den Kirchenfahnen, Gewändern, staubschweren Vorhängen, auf den Kanzeln, in den Nischen mit ihrer Steineskälte & Finsternis, wußte in der Eile der alten Frau u in dem winzigen Weihwasserbehälter unter dem Bild einer Verstorbenen wie im Schweigen des Mannes ohne Schlaf inmitten einer dunklen, kalten Wohnung : dort ist Der Tod *zuhaus*.....) So eilte die Frau dahin. Vielleicht wollte sie schneller sein als dieser Tod, den sie wenigstens für die 1 Stunde der Weihnachtsmesse in ihrer Kirche hatte vergessen können, der, u das wußte sie, trotzdem, u durch ihr Vergessen noch fester, noch dauerhafter stets in ihrer u in der Nähe dieses alten Mannes blieb; Tod, der sie beide, diese Flüchtlinge aus dem letzten Krieg mit ihrem durch all die Jahre hindurch langsam verblassenden Traum *Bald gehts wieder zurück in Die Heimat,* niemals verlassen hatte. Und ich sah noch 1 Mal, als würde auch in meinem Gehirn seit dieser Nacht ein gelbes, schwankendes Licht brennen & die anderen Teile jener Kirchenbilder für Sekunden aus dem Dunkel holen, das Blut an den Füßen des Gekreuzigten, & sah die Schwärme zu langezeit schon lebender Fliegen..... aufstieben im Staublicht eines Altares; die Fliegen....., gekommen aus der Gier nach Blut, und die ich nicht loswerden konnte seitdem.

In dieser Nacht erschien mir unsere Rückkehr nicht mehr als Heimkehr. Sie glich (hörte ich ihn viele Jahre später sagen) *vielmehr nur der Begegnung mit einem einstigen Zuhaus* – – und mußte bei meiner 1. Rückkehr nach Jahren, als Die Grenze verschwunden war, wobei genau wie im Krippenbild schon über dem Neugeborenen das Kreuz als 1 Fanal seines Endes, so die Stickluft eines kleberigen Stubengeruchs von jeher über diesem Land gestanden hatte – in den Jahren meiner Abwesenheit war aus diesem Ort eine Stätte des Verfalls geworden, darin die einst vertrauten Menschen wie das Vertraute an den Menschen seit Jahren gestorben, die Lichter erloschen u Dach & Wände eingestürzt waren – die Zimmer verwaist sehen u leer; dem Wetter & der Finsternis überlassen, lag dieser Ort ohne Schutz, ein Ort, von dem ich glaubte, nur 1 od 2 Stunden einer Nacht fortgewesen zu sein – über Mörtelscherben, über herabgestürzte Ziegel, durch Disteln & anderes Unkraut hinein in den nachmenschlichen Geruch einer Ruine, und weiter, durch diese einstige Wohnung hindurch, führte seither dieser Weg unter Steinen Sternen Wind.

Seitdem die ungeschickte Bewegung des Kellners den ohnehin wirren, schon einmal durch einen Sturz zustande gekommenen Stapel Fotografien seinerseits durcheinander gebracht, & die auf dem Kopf stehende, um 180 Grad gedrehte

Fotografie von jener Kirche zu Boden gefegt hatte und dadurch andere, vordem verschüttete Bilder zum Vorschein gekommen waren, lasse ich ihn auch dieses 1 Bild wiedersehen: Die Frau, die durch ihre einsamen Jahre in 1samkeit als Flüchtling aus dem letzten Krieg hindurchgehastet war; das Gesicht der alten Frau, hier nun in 1 Bild der Ruhe gefaßt, das als 1 Memento aus dem Kaleidoskop herausleuchtete. –:1 Aufnahme, gemacht vor etlichen Jahren (wir, mein Bruder & ich, waren Kinder noch) anläßlich einer Familienfeier – u die plötzliche Wiederbegegnung in diesem Zugabteil eines seit ?wielange stillstehenden Fernzuges mit dem Gesicht dieser nun verstorbenen Frau, deren Grab seine Reise an diesem Tag gegolten hat; die Wiederbegegnung erhellte all die Vorstellungen, die unmerklichen Bearbeitungen, die leisen Veränderungen der eigenen Erinnerung & warf die erstarrte Zeit in eine Lebendigkeit des Wahrnehmens, die in ihrem magnetischen Strom die Tiefe eines Abgrundes bewirkte, darin hell aufleuchtend die Schimären aus eigener, durchlebter Zeit.

Und die Fotografie bot, jenem Zufall folgend, ebenfalls eine Ansicht desselben Zimmers in der Wohnung unterm Dach der Güterabfertigung – dieselben schrägen Wände, dieselben alten Möbel wie auf dem Bild vom Weihnachtsabend : nur in anderem Licht & zu einer anderen Zeit, durch ?wieviele Kalenderabschnitte getrennt. So daß ich ihm den Eindruck einer Irritation gebe; jene gespenstische Situation, die sich einstellt beim Schauen auf die gegenüberliegende Straßenseite, dort 1 Frau, 1 Unbekannte – ein Fahrzeug, vielleicht ein Lastwagen od ein Straßenbahnzug zerschneidet den Anblick, verdeckt nur für 1 2 Sekunden die andere Seite – : Doch, nachdem das Fahrzeug in rascher Fahrt vorüber, ist auch die Fremde, die unbekannte Frau auf der anderen Straßenseite verschwunden..... In der Mansardenstube, im gelbtrunkenen Licht, wo Gelächter Rauch & Stimmen über dem langen Tisch mit den Gerüchen von Essensresten auf den Tellern & mit dem Schweißgeruch der

Männer & Frauen zu schweren fettigen Wolken sich zusammenschoben; wo die alte Frau wieder einmal Geschichten aus *Der Heimat,* von ihrer Familie, ihrer Kindheit, erzählte – dort hielt es der 6jährige nicht länger aus. Auch trieb ihn Langeweile aus dem Raum, fort von diesen lauten, schwitzenden Erwachsnen, die Gabeln mit aufgespießtem Fleisch, Löffel voller Kartoffelsalat in=sich hineinstopften (in den Mundwinkeln klebten obszön Mayonnaisespuren) & mit ihren fettigen Lippen die Ränder der Schnaps- & Weingläser beschmierten (in den beim Lachen & Grölen weitaufgerissenen Mündern sah er die hellen Essensbrocken wie Abfall in einem Kübel schwimmen) – :eine fade Übelkeit stieg in ihm auf, er stahl sich aus dem Wohnzimmer, er, den man mit dem Spruch *Weil heute die Mutter* (:so nannten Alle (& ihm wollte scheinen, an diesem Abend besonders betont, doch niemals *deine,* sondern nur *die* Mutter) die alte Frau, die ihn, meinen jüngeren Bruder & mich, adoptiert hatte) *Geburtstag hat, darfst du länger aufbleiben freust du dich,* mit diesem Satz also ihn in den Abend entlassen & irgendwann, mit steigender Trunkenheit der meisten Gäste, ihn & mich auch vergessen hatten.

Der 6jährige tappte den langen, unbeleuchteten Korridor entlang (aus der offenen Wohnzimmertür warfen sich wolkige Schatten Licht ins Dunkel heraus, doch versiegten sie bəld. Und er war endlich allein. (Er vermißte schon seit geraumer Weile diese 1 junge Frau: ?War sie unbemerkt von ihm nach Haus gegangen. Dann müßte er warten bis zum nächsten Geburtstag, bis zum Geburtstag *des Vaters,* und der wäre spät erst im Herbst.) Dann erst könnte er Die Frau, die zu jeder Feier *der Eltern* eingeladen wurde, wiedersehn.) Denn er sah sie gerne an, jene um so viele Jahre von ihm entfernte Frau; ihr Gesicht (würde er heute sagen) war eines, das in viele Gesichter wechseln konnte, und je nach Stimmung konnten auch dünne Schatten darüberziehen; das Gesicht konnte spitz & kantig od oval mit vollen Wangen erscheinen. Und wenn sie trank, ließ der Appetit ihre Nase hervortreten, konnte sie regelrecht kreisen lassen in dem geröteten, mit 1 Mal in sehr kindlichem Rot schimmernden Gesicht. Außerdem trug Die Frau zu solchen Feiern meist 1 ärmelloses Kleid, u er betrachtete voll heimlicher Faszination die schwarzen Haarbüschel, die aus der Achselbeuge hervortraten & dunkelfeucht schimmerten auf ihrer hellen Haut. 1 Mal hatte sie die Blicke des 6jährigen bemerkt. Sie hatte ihn nicht angezeigt: Hatte diese Gelegenheit nicht zu 1 lauthalsen Jux an der langen Tafel ausgenutzt; sie, die ihm schräg gegenüber saß, hatte sich herübergeneigt zu ihm und hatte in den gelbtrunkenen Stimmenschleier ihren Satz hineingewoben *Du bist ja 1 richtiger kleiner Kasanowa Nur ein paar Jahre älter & dich würde ich mir angeln* – : er war mit glühendem Gesicht hinausgerannt & hatte sich langezeit im Flurdunkel verborgen. Aber offenbar niemand hatte ihren Satz mitangehört; keine Wogen Gelächter schlugen ihm ins Dunkel hinterher. (?Und heute war Sie vielleicht schon fort.)–

An 1 Ende des finstren Korridors das Badezimmer. Die Tür war nicht geschlossen, stand einige Handbreit offen. Näher sich tastend hörte er von dort-drinnen Geräusche – Knistern & Rascheln als streiften Kleiderstoffe übereinander. Und hörte kehliges, schürfendes Atmen, in kurzen Wellen, zu heftigem schnaubendem Zischen sich steigernd (doch verhalten, so als hielten Hände & Finger die Münder zu), –, – : Geräusche, wie er sie noch niemals zuvor von Menschenstimmen gehört hatte. Neugierig u ängstlich trat er vor den Türspalt, schaute hinein ins flaue Dämmerlicht, das der Abend von Draußen durchs Fenster goß –: Wie 2 graublaue Schimären, an 1 ander gedrängt: Diese Frau –, 1 Fremder klammerte seine Arme um sie (:einer der vielen Gäste &, wie sich später herausstellte, seit langem der heimliche Liebhaber der verheirateten Frau; die Affäre flog auf wenig später (?Hat er, der 6jährige, Irgendwem etwas erzählt von seiner Entdeckung); die-Leute hatten ?Was zum reden.....). Die Frau hielt 1 Bein um die Hüfte des Mannes

geschlungen, die Haut über Wade & Schenkel glänzte blaugrau im Dämmerschein – der Unterleib des Mannes, des Fremden, zuckte heftig gegen den Unterleib der Frau, u immer noch aus beiden Mündern die erstickten Geräusche, die er noch niemals zuvor von Menschenstimmen gehört hatte, von denen er nicht wußte, ?Was sie bedeuten mochten (ihn beschlich ein fremdartiges Gefühl, ein Gemisch aus Ekel u Grauen auch war darunter, wie er das einmal empfunden hatte, als er 1 Greisin mit roter Schleife in den gelbgrauen Haarsträhnen die Lippen spitzen & pfeifen hörte.....)
– Der Abend wollte sein Licht nicht ganz löschen, er hielt seine blaugraue Dämmerung, er hielt die Leiber an 1 ander, hielt die Tür um 1 Spaltbreit offen, so daß er, der Kleine, der 6jährige, hineinschaun konnte & hören & sehen so langezeit er hineinschaun & hören mußte: das Knistern von Händen die durch Haarbüschel fuhren, aus schon im Dunkeln liegenden Gesichtern das kratzende Schnauben, und der Abend wollte noch immer nicht gehen, u so ließ er ihn, den 6jährigen Jungen, allein zurück im kühlen, blaugrauen Luftstrom, der aus dem Raum ihm entgegenzog – – ganz still stand er u ließ sich einfach dem Schauen, war selbst mit seinen Augen schon ein blaugraues Schimmern, ein blaugraues Schwimmen, das seine Wangen schließlich hinunterrann, ganz ungestört, ganz ohne 1 Geräusch, denn er stand still u rührte sich nicht. Sah eigentlich auch die beiden Dämmergestalten nicht mehr u hörte längst nicht mehr ihrem fremden Atmen zu (ganz zu schweigen von dem taumelig trunkenen Gelärme, das aus dem hellen, weit entfernten Zimmer herüberdrang) : nur seine kleinen Finger krümmten sich & griffen als Krallen die aufkommende Dunkelheit, rissen sich langsam winzige Stückchen Finsternis aus Diesem Leib, kleine blutige Stückchen Finsternis; das würde Dieser Nacht wehtun, sicher sehr wehtun würde das Dieser Nacht –; u er spürte nicht, daß seine Lippen sich bewegten, hörte nicht sein Flüstern, das noch leiser war als der Winddraußen mit dem Laub des wilden Weines an der Hauswand

flüsterte, er hörte selber nicht sein heimliches dunkles Bitten: *Liebergott laß Sie sterben Liebergott laß Sie langsam langsam unter Qualen sterben* – – –

*

Das waren Kapitel aus der Kindheit, geschrieben von fremder Hand; und wieder zurückgekehrt ins Bewußtsein, auf die Straße, er, mein jüngerer Bruder, im Rauschen einer Stadt; vor ihm die Adresse, das Haus, worin die Frau (mit dem Gesicht einer weißen Füchsin) lebte in einer 5stöckigen Schäbigkeit; das Haus 1 scharfgeschnittener Grauschatten, Zyklopenschädel aus Mörtel & Stein – ich lasse ihm den Gedanken, daß in 1 der schwarzen Spiegel – ? *Wieso brennt in dem Haus kein 1ziges Licht* – aufgelöst als bleicher Schatten *ihr* Gesicht, in scheinbar kühler Distanciertheit, mit der sie stets ihn gemessen hatte, erschienen ist. :! *Sie ist da*. Mußte er glauben. Und fühlen, daß diese Frau hinter dem dunklen Fenster jede 1zelne seiner Bewegungen verfolgen würde, daraus Schlüsse ziehend auf seine Gedanken, das Absterben in ihm erkennend ähnlich wie ein Forscher im Laboratorium den Überlebenskampf seines Versuchstieres beobachten mag, dessen Organismus befallen & kolonisiert ist von 1 Virus mit letaler Effizienz.....

Er stand vor dem schäbigen, unauffälligen Haus (Windstöße griffen nach ihm, wollten ihn an seiner Kleidung vorwärtszerren); er blieb, in Starre gebannt, ohne den Willen sich zu bewegen. Od: er hatte vergessen, wozu er hergekommen war; hatte vergessen, die letzten paar Schritte quer über die Straße aufs Hausportal zu und die 2 Treppen zu ihr, zu dieser Frau (mit dem Gesicht einer weißen Füchsin, die Augen staunend), hinaufzugehen: Ihn fröstelte; es war nicht der zugige, schmutzige Windstrom, der ebenso zu dieser Fassade & zu der Gegend zu gehören schien wie die verschlissenen Staubschleppen & die Abfallhaufen im Rinnstein, der zerfledderte Sperrmüllkrempel am Straßenrand.

Hätte er überhaupt irgendwas in solchen Momenten empfinden können (außer dem Gefühl einer erstarrenden, lähmenden, alles in ihren Bann ziehenden Müdigkeit, die nicht aus Abgespanntheit und versäumtem Schlaf, sondern vielmehr aus dem Empfinden einer niederdrückenden Last, der Last seines eigenen Körpers & Allem, was ihn diesen Körper ausfüllen & empfinden ließ), so hätte er die Last von sich =selber auf=sich gespürt & die Ratlosigkeit, die Verzweiflung, trotz seiner über dreißig Jahre inzwischen aus der Unfähigkeit, mit dieser Last des eigenen Körpers umzugehen & sie weiterzutragen od gar eine Lust daraus gewinnen zu können (*Etwas, das jeder Rotzbengel mit vierzehn spielend begreifen lernt.....*), um zu ihr, zu dieser Frau (mit dem Gesicht einer weißen Füchsin, die Augen staunend wie Augen eines Kindes nach einem Mord), die er zum 1. Mal nach meiner Ausreise in den-Westen besuchen wollte an jenem Abend, um – er mußte lachen, 1 kratzendes Geräusch, bei dieser Formulierung: um *mit ihr zu schlafen,* was ihm wie ein niedliches, beruhigendes Wort einer Gouvernante erschien (u war ja in der Tat nichts so Allgewaltiges, so kosmisch Erschütterndes, daß jener in seiner merkwürdigen Mischung aus Aufgeregtheit Sport & Klempnerei bestehende Vorgang *den jeder Rotzbengel mit vierzehn spielend begreifen lernt* eines solchen Aufhebens bedurfte – :nichts hatte er dringender gewünscht als dies : nichts war ihm unmöglicher geworden jetzt, in diesen wenigen Minuten, als ihm bewußt geworden war, daß er aus dem Schatten heraustreten und etwas tun mußte, was er all die Jahre seines Daseinmüssens noch niemals zu tun gezwungen war: Für sich=selber da sein. Ohne einen ihn verbergenden Schatten. Ohne die Gespenster, die ihn im Zaum hielten solange, die ihn von jeher niederdrückten & in all seinen Plänen, Wünschen od nur eilig zusammengescharrten, halbfertigen Plänen & Wünschen (weil das Zuendeplanen & -wünschen niemals auch nur die geringste Chance auf ein Erleben gehabt hätte) behinderten – und an die er sich gewöhnt hatte, mehr noch: in deren Schutz er bislang hatte leben können, am Rand *des Lebens,* im schattenreichen Abseits, in der schützenden Vergeblichkeit dort, wo 1 Schritt heraus schon Absturz bedeuten kann, wie der 1 Schritt ihn von der Steilküste hatte abstürzen lassen, vermeintlich ohne sicht- u erklärbaren Grund..... Ich meinte, ihn so zu sehen, an diesem 1 Abend vor ihrem Haus. Und es trieb 1 Gestalt vorüber an ihrer Adresse. *Er* könnte es gewesen sein. Ein *Verschwinden* hatte begonnen.

13 Diese !Unmengen von Hochzeitsfotografien. Stapelweise aus allen nur erdenklichen Perspektiven aufgenommene & belichtete Langeweile, vor immer gleichartigem Hintergrund – auf Freitreppen, vor Heckenbürsten & vor Portalen restaurierter Feudalschlösser – drapierte eng anıander gedrückte Gestalten, aufgestellt wie zum Chorsingen, und dann wieder Fotos mit nur diesen Beiden, dem Brautpaar: die Frau (nicht in Weiß, sondern sie trug ein hellblaues Sommerkleid; weiß jedoch schimmerte allein ihr Gesicht (das Gesicht einer weißen Füchsin, die Augen staunend wie Augen eines Kindes nach einem Mord), u: an ihrem Arm der um so viele Jahre ältere, reiche Mann (der Bräutigam, Chef-Arzt einer Klinik in Berlin, in einem dunkel-, fast schwarzblauen Anzug von konservativem Schnitt, Krawatte, 1 weißes Spitzentuch lugte aus der Brusttasche –:ich meinte, den für solche Herren typischen Parfümgeruch, jenen Hauch des Alters & des Vorahnens der Verwesung, aus dieser Fotografie zu atmen), u hinter dem Mann, vom Fotografen etwas höher postiert, sämtlich von schwarzen Stoffen umhüllt, die Gesichter speichelblass, zogen – von Fotografie zu Fotografie – wie dunkle Wolken die Scharen Verwandtschaft des reichen Mannes, des Bräutigams, herauf..... :Eine geschlossne Kulisse, die, gäbe es noch weitere Fotos, hätte der Fotograf länger durchgehalten, so wäre zu vermuten, hätte diese heraufziehende schwarze Front das gesamte Bild mit ihrer alles bedeckenden, allesschluckenden Schwärze ausgefüllt.....

Ich kannte die Fotos u hatte daran gedacht, sie wie Einzelbilder zu einem Film hintereinanderzukleben, das Fänomenale ihrer Details in die Illusion, in den Schwindel eines Fließens zu verwandeln, die ich als *ihre Geschichte* würde bezeichnen können, also 1 dieser Vereinfachungen, 1 dieser Hastigkeiten & grell aufgestellten Ramschprodukte, wie sie die Warenhäuser mit der Unflat ihrer Pollutionen von sich geben, & ein so entstandenes Band in einem Kinematographen, wie er bisweilen auf Rummelplätzen heute noch vorgeführt wird, ablaufen zu lassen (wahrscheinlich nur, um endlich auch mit diesem Kapitel, das so langezeit brach & unvollendet gelegen, u das ihren Namen getragen hatte wie zum Hohn, fertigwerden zu können) – :Und sie, jene zusammengeballten Figuren aus schwarzen Hüllen, mit bleichen Gesichtern & 1 ebenso bleichen Lächeln, so daß die Münder in ihren papiernen Gesichtern wie Summationsstriche unter Bilanzen & Rechnungen erschienen – :Sie, diese Gestalten, zu schwarzen Rorschachflecken verwandelt, würden beim Abrollen der Bilder, je nach deren Anordnungsfolge & Geschwindigkeit, explosionsartig fort- & gleich darauf ebenso heftig wieder zurückgeschleudert werden, als seien es dunkle, aasfressende Vögel, die auf den Signalruf ihres Leittieres auf die Kadaver im Vordergrund sich stürzten & beim leisesten Anzeichen von eingebildeter od tatsächlicher Gefahr für den Schwarm auf- & davonstoben so lange, bis die Gefahr wieder vorüber, das Signal zum erneuten Überfall & zum Weiterfressen gegeben wird. Doch auch die beiden Figuren, die im Zentrum all jener Bilder standen, würden nicht bewegungslos bleiben können, sondern, durch die Änderungen der Perspektive & der Größenverhältnisse von Bild-zu-Bild, würden diese beiden Gestalten – die Frau : der Mann – in ein zitterndes, wackelndes Beben, in ein Zucken Schütteln Flimmern wie bei lebensbedrohlichen Fieberschauern geraten, wobei 1zig starr & in allen Größenverhältnissen ihre hellen, weißen Gesichter beständig blieben, mal größer mal kleiner die beiden in den Mundwinkeln nach oben gekrümmten Lippenstriche, 2 archaische Theatermasken, u so blieben sie während der gesamten Zeit meines Filmes, in ihrem traurikomischen, 1samen, gefährlichen Lächeln: stumm..... – Und dann erschienen plötzlich Fotografien, worauf sie=allein war. Keine Hintergrundsdraperien, keine markanten Kulissen – sie, allein; auf ihrem Gesicht jener Schatten, wie er nur auf manchen Frauengesichtern erscheinen kann: das feine, die Züge beherrschende Gewebe aus Gespanntheit Verzweiflung Ratlosigkeit, aber Erleichterung auch & Ungeduld – u selbst das Lächeln, dieser automatische Reflex der Menschen, sobald 1 Kamera sich zeigt: selbst dies Lächeln erschien auf ihrem Gesicht wie ein Überläufer, eine Gefolgschaft des Ernstes aus durchlittenen inneren Jahren, die, unabhängig vom kalendarischen Zeitmaß, die 1zigen sind, die wirklich zählen, die wirklich Spuren hinterlassen. Auch sonst schien sie physisch deutlich Änderungen unterworfen: das einst schmale, zum Kinn spitz zulaufende Gesicht wirkte aufgeschwemmt wie ihr gesamter Körper – : Spuren gewisser Pharmaka, die in Psychotherapien Verwendung finden..... –: ?Was also war mit ihr geschehn während jener langen Zeit, als die Briefeflut von ihr für beinahe ein halbes Jahr versiegte.

Und tatsächlich hatte sich durch ihre Heirat die Geschwindigkeit ihres Lebens zunächst in verwirrender Weise erhöht. Hatte sie hineingezogen od vielmehr hineindelegiert in eine sich überstürzende Folge von Geschehnissen, die keiner Disharmonie folgten, sondern einer anderen Harmonie, einer Reihe anderer strenger Regeln & Verhaltensweisen, wie sie das bislang in ihrem Leben am Rande – dort, wo Existenzen niemals, auch nicht als Geisterbilder, nicht einmal als Schimären zustande kommen können, sondern immer steckenbleiben in dem 1zigen Zustand, der in diesen Randbezirken (:?!Aber was heißt *Rand*, wenn diese »Ränder« vielleicht vier Fünftel der Gesellschaft bedecken, wie vier Fünftel der Erdoberfläche von Wasser bedeckt sind) als konstant erscheint: *die beständige Wiederholung einer Mechanik des Lebens, genormtes Werkeln in den Fundamenten, in den Kellern, in Maschinenräumen des Da-seins – solch Da-sein, das sind, fortschreitend, Reduktionen: vom Glück die Zufriedenheit – von der Zufriedenheit die Sattheit – das Verdauen schließlich :und dies, als unterste Stufe, kennt nurmehr Wiederholungen von sich-selbst, und Nichts, das diese warme Vergängnis, diese faule Gärung, dies gärende Faulen erschüttern könnte – :ein Moloch, ein Müllplatz für Alles, was hätte Mensch sein können – – ohne Ende – – ein stures Weitermachen, ein zähes Sichweiterhangeln an den zum Seil zusammengewürgten Stunden Tagen und Jahren, die nicht einmal wirklich ihre Stunden Tage & Jahre, sondern ebenso gemietet & vorläufig zur Verfügung gestellt sind wie die Wohnschubladen, in denen sie ihre geborgte Zeit verbringen, zu Preisen nach ebensolchen Tarifsystemen, um während der ganzen Zeit all die vorgezeichneten Dinge & Geschehen – Schule, Ausbildung, Mühsale um 1, später um irgendeinen, Arbeitsplatz, dazwischen Krankheiten, Verlobung, Heirat, die Anschafferei jener Gegenstände zu einer schwer erträglichen Gemütlichkeit, die Kinder, die Scheidung, und wieder Anfangen, Noch-1-Mal-Beginnen, und das in werweiß wie häufiger Wiederholung, od aber nur 1 1ziges Mal, und dann, zu 1 vollkommen unbedeutenden Stunde, das Aufhören, das Verschwinden..... – getreulich & ohne zu fragen auszufüllen, darin sich einzubetten & darauf sich einzulassen wie ein Gas die Angebote von beliebigen Räumen wahrnimmt* – diese andere Geschwindigkeit also, die sie in ihrer Vergangenheit für=sich niemals hätte auch nur in Betracht ziehen können, geschweige denn Das jemals an u mit=sich zu erfahren.– Ich erinnere ihre ersten Briefe, die sie, zusammen mit jenen Fotografien, an mich geschickt hatte (ich war seit 1 Jahr in Westdeutschland, es ging mir nicht gut, hatte keine Aussichten, irgendwann in meinem Beruf als Rechtsanwalt wieder arbeiten zu können), und die wenigen Briefe, die ich als Antwort zurückschrieb, mußte ich an 1 andere Adresse, an den Namen einer ihrer Freundinnen, schicken *Nicht, daß ich glaube, mein Mann sei über die Maßen streng und eifersüchtig*, schrieb sie als Begründung dazu, *aber Du weißt ja, daß man davon ausgehen muß, daß gewisse Behörden (Du weißt natürlich, welche ich meine) jeden Brief öffnen, lesen und ihn in deren Sinn, und das ist immer zu unserem Schaden, verwenden können. Und was diesen Filzläusen, den Nachfahren einer bestimmten Sorte von Engeln, entgeht, das entgeht nicht der Verwandtschaft. Und mein Mann ist in einer Position, wo er sich solcherart Probleme überhaupt nicht* –,– (:er blätterte im Briefebündel zurück) *Und gewiß, obwohl sie dergleichen niemals* geschrieben hatte, geriet sie im Netzwerk jener anderen Konventionen in all die vorgefertigten gesellschaftlichen Situationen, Konfrontationen & Szenen, die nur 1 Außenstehenden, von Draußen Kommenden als solche auffallen konnten & mußten, u denen zu begegnen & gar in ihnen zu bestehn einen Aufwand an Kraft erforderte, den niemand dieser Zugehörigen auch nur ahnen konnte, geschweige denn ihn selbst zu investieren sich genötigt sehen müßte. Sie hatte mir damals, am Anfang dieser Zeit, beinahe täglich geschrieben. Offenbar waren meine ausbleibenden Antworten für sie kein Hindernis zum Weiterschreiben, eher das Gegenteil; fühlte sie doch sicher selbst das Unfertige, das Partielle jedes ihrer Briefe, und erst nach Durchlaufen einer ganzen Reihe könnte, vielleicht, 1 fertiges Bild ihrer Befindlichkeiten sichtbar sein.– Er nahm ihre Fotografien zur Hand.– Blätterte umher im Stapel ihrer Briefe, wahllos, & betrachtete flüchtig ihre Schriftzüge, hier & da 1 beliebige Stelle mit den Blicken herausgreifend, manchmal sich festlesend –,– und blätterte weiter –,– die Trostlosigkeit des Wartens eines an den Gleisen scheinbar festgeschweißten Fernzuges ließ ihn unwillig u barsch die Papierbögen durchhasten, wodurch das Blättern in jenem Briefebündel das Geräusch der Windböen annahm, die ein liegengelassenes Buch mit katarrhösem Geraschel wie (empfand er) angewiderte Zensoren durchstöbern, so daß die Papierseiten prasselnd beinahe zerrissen – und diese Windböen wie diese Zensoren wären ohnehin die besten, weil die verständigsten Leser eines=jeden Schrifttums, der Bücher wie auch ihrer Briefe hier in seiner Hand, die ich ihn (als zählte er Bündel längst ungültig gewordener Banknoten aus der Inflationszeit der 20er Jahre, die absurd hohen Summen – Millionen Milliarden Billionen Billiarden –, die wie Kinderträume od Fantasieen der Ausschweifung Sadescher Libertins von Reichtum & Lust, in Wahrheit natürlich nur 1 grausamer Witz über die Armut einer längst vergangenen Zeit waren) betrachten lasse, um feststellen zu müssen (was er schon lange vor seinem Tun, dem Blättern & dem Zerstreuen von Vergangenheit, um die Langeweile u Trostlosigkeit eines auf sogenannt freier Strecke steckengebliebenen Zuges zu vergessen, gewußt & längst für=sich entschieden hatte), nämlich daß ihn diese einstmals ruinöse Armut ebenso wie die von ihr geschriebenen Briefe, darin, in ihrer Handschrift, die Wechselfälle ihrer Befindlichkeiten gefangen lagen, im Grunde nichts, !gar nichts, angingen, ihn kalt ließen & nicht einmal taugten, diese eine, jetzt & hier ausgebrochene Ödnis vergessen zu machen. Denn sie hatte ja nicht wie die einst von der Inflation in jenen 20er Jahren, arbeits- & wohnungslos Gewordenen, zu schwitzenden hustenden in Wärmehallen Asylen Suppenküchen vor den Stempelstellen zu Warteschlangen od einfach in Toreinfahrten stillgelegter Fabriken & in U-Bahnschächten zusammengepreßten & herumlungernden Massen – einem Symbol für Armut Wut Verzweiflung in unserer schwarzweiß gefärbten, von drop-outs zuckenden Erinnerung – vegetieren müssen : Sie, die Frau, hatte, wenn auch nicht für langezeit, wirklich *gelebt* in einem Wohlstandstümpel sozialistischen Lemurentums, auf dieser Insel der kleinlichen & daher umso verbissener gehegten Sonderrechte in einem Land, wo jeder Jedem 1 Maßregel erteilen darf : Und Gleichheit ist steigerbar, indem jeder jeden umbringen kann – tausende Kubikmeter Jauche um Vineta, fern den dunkeln Strömungen; 1 Flecken mild besonnt, die Herbste lau & Gifte leicht, Wachstum bleibt überschaubar, 1 Blutgerinnsel, 1 Maulwurfhügels Größe – *ist man zuhause.* (Las er im Streifblick aus ihren Briefen) *Wir räumen um.* (Er hatte im Briefebündel wahllos zurückgeblättert & einen der ersten Briefe entdeckt, die sie damals an ihn geschrieben hatte – einen der vielen Briefe, die von ihm niemals beantwortet worden waren – & während des Lesens dieser Abschnitte Vergangenheit gebe ich ihm den Geschmack kalten Staubes, jenes Empfinden, das die Wiederkehr von Erinnerung & von Zeit wie alte, dem Einsturz & Verfall preisgegebene Häuser mit sich führen;

und der brennende Wunsch stellt bei solcherart Vomationen von ehemaligen Geschehnissen sich ein: dies Alles möge !endlich sterben, !endlich für immer verschwinden, zu jenem Staub zerfallen können, den man schon auf der Zunge spüren kann) *Jetzt ist es endgültig: ich werde ihn heiraten! Ich habe Dir schon so oft von ihm geschrieben, aber Du hast mir darauf niemals geantwortet. Also, mein anfänglicher Verdacht, er sei ein Schwindler mit der ältesten Masche der Welt, hat sich zerstreut: Er ist wirklich Doktor, Professor sogar und Leiter einer großen Klinik hier in Berlin! Es stimmt alles, was er mir am ersten Abend in einer Bar –,– stell Dir vor, ich werde ein anderes Leben führen. Das klingt albern in Deinen Ohren, nicht wahr? Dann erinnere Dich daran, wie ich so lange Jahre hier leben mußte: An einer Durchgangsstraße, direkt über der Ampelkreuzung, die Autos lärmen über die Asphaltrillen wie über ein Waschbrett, nur von 2 bis 4 Uhr nachts ein bißchen Ruhe, dann wieder –,– für mich in diesem 1-Zimmer-Loch in einem verkommenen Altbauschuppen. Du erinnerst Dich an das Klo eine halbe Treppe tiefer? Ein winziges Kabuff für vier Familien (die Tür nicht abschließbar, muß von drinnen zugehalten werden, damit man von zufällig das Treppenhaus Heraufkommenden nicht gesehen wird beim –,– Erinnerst Du Dich an die Eispacken an den Fensterscheiben im Winter? Oder an die Töpfe und Schüsseln unter der Fensterbank, wenn es regnete, und das Wasser floß durch die undichten Fenster in die Stube? Oder an die ewige Zugluft? Und so ein Dreckloch ist ja noch eine Vergünstigung in diesem Land, wo es für jemanden wie mich eigentlich überhaupt keine Wohnungen –,– So lebe ich – habe ich gelebt, wie du weißt. Bis jetzt, bis ich ihn, meinen Mann –,– Und muß ich Dir noch einmal all das in Erinnerung rufen, was meine Studienabsichten betraf?! Ich denke, du wirst Dich nur zu gut daran erinnern, was es heißt, in einem Land wie diesem Geschichte studieren zu wollen... Und auch die Ochsentour der Jagd nach einem Studienplatz ist jetzt zuende. Endlich, endlich!!* Und die Züge ihrer Schrift (erinnere ich mich an meine heimliche Leserschaft) wurden glatter, die Bögen runder: die Buchstaben richteten sich auf wie Gräser & Pflanzen; die Montagswälder, darin verhallend Geschrei & Lärmen, nachdem die achtlos=brutalen Tritte der Conquista von Touristen verschwunden waren – wieder eigene Stille eintrat, und warme Regengüsse unvermittelt Wachstum gaben. *Das kann ich jetzt sagen! Er, mein Mann, hat nicht nur ein schönes Haus im Umland von Berlin (dort ist es wundervoll!), er hat in seiner Position natürlich auch reichlich Vitamin B – wie Beziehungen. Hättest Du nach allem, wie mein Leben sich in einer schmierigen Gewöhnlichkeit, in einer lichtgefilterten Ebene ohne Ausweg einzurichten begann, jemals geglaubt, daß ausgerechnet mir einmal soviel –,–* und weil Sie als Die-Sieger-der-Geschichte gern sich nennen lassen, (notierte er einst in seinem Tagebuch) gibts überall Heroen, über sechzehn Millionen Speerspitzen-der-Menschheit, nirgends Abschaum : Auf ihren Paraden & Aufmärschen, in Büchern, geschrieben von federleichten Akademikern – !Immerbereit; wenns um eine neue Rechtfertigungsakrobatik geht –, auf ihren Bühnen & Leinwänden die Verklärung der Radieschen-Fausts der Schlager & Schlägerproleten Top-Hit-Pachullkes Kipper & Wipper, De-Mark beflügelte Auguranten in Bademantel & Netzunterhemd, aus den Mäulern die Brocken Karbongequatsche, Haus- & Blockwartidylle, Goldmocca & Stacheldraht; aus den Schatten der Wachtürme, aus dem warmen Duft der Napfkuchen u dem heißen Plastik&schweißgestank der Etagenpuffs in Satellitenstädten : Der betonierte Schrei nach !*Ordnung*: Kretinismus das Vierte Reich der Letzten Wahren Empfindung –,– *und ich sage Dir:* »Macht zerfällt!« (las er jetzt ihre Zeile) *Ich sitze im 1. Semester und danke Gott für dieses Lernenkönnen, ohne Geld verdienen zu müssen. Mein Mann ist sehr großzügig –,– lebe nur für ihn und für mein Studium. Ich höre wie gebannt und lerne stündlich dazu. Auch dieses Studium ist eine Insel, nicht allein im Universitätsbetrieb, sondern auch innerhalb des ganzen –,– zudem immer wie unter einer Tarnkappe: die Professorengattin!, die Unberührbare! Die wissen, daß sie mir kein Haar krümmen dürfen, solange mein Mann auf seinem Posten ist. Ich denke mir, Du weißt, wer* »Die« *sind und was ich mit*

Haarkrüm- (er vermied es, die Seite umzublättern, hielt das Blatt in Händen, starrte darauf –)

Er, mein älterer Bruder, hat mir das nicht erzählt, hat über dergleichen niemals mit mir gesprochen – ich bin ihm, heimlich, manches Mal sehr weit gefolgt auf seinen Wegen durch Gedanken- & Erlebnisstätten, die auch ich kannte, nur zumeist von einer andern, dunkleren, weniger realiteren Seite (stets mußte ich, zur Ahnung dessen, was bei 1 Begegnung mit anderen Menschen fühlbar, an Affektion & Begeisterung möglich sein könnte, noch die eigenen Erfindungen bemühn, die eigenen Vorstellungen wieder-&-wieder hervorholen; Realitäten auf Pump, sozusagen Erleben in der 1. Ableitung, so wie ich stets, nach dem Beischlaf mit einer Frau allein geblieben, noch 1 Mal onanieren mußte); sie, seine Wege, die ich kannte, wie ich ihre Briefe kannte, die Briefe der Frau *mit dem Gesicht einer weißen Füchsin,* die sie geschrieben hatte an ihn, später, als er schon im-Westen war, mit all der manischen Wörterflut der Einsamen –, seine Wege also lagen vorgezeichnet; hell beleuchtet vom Widerschein unserer, meiner u: seiner, Vergangenheiten auch die Fundstücke, die nun, während des Stillstands eines Fernzuges, ihre eigene Geschwindigkeit bekamen, sich lösend aus dem vermeintlich festen Bund der Erinnerung & der wiederkehrenden Träume, der Biografieen also, einem Auf- & Abblenden innerer Filme –: nun, mit ihrer eigenen Geschwindigkeit, mit eigener Schwere & Schlagkraft die Fahrt weiterführend, vorüberzufliegen schienen wie lose Gepäckstücke im Laderaum des Gepäckwagens, wobei in voller Fahrt, mitsamt dem ganzen Zug, der Wagen plötzlich stoppt, notgebremst, unter Kreischen & heißem Plastikgestank das Fahren – Herfahren – Hinfahren – das immer weiter und weiter Fahren :mit 1 Mal zum Stillstand kommt : – und kantiges Gepäck, bindungslos geworden, auch gegen u über die einstigen Besitzer prallend & über sie herfallend, sie überrennend überwältigend, gefährlich zerstörerisch Trennwände Absperrungen Geländer Sicherheitszonen & Mauern durchschlagend, mit=sich fortreißend Alles – auch einander & sich=selbst – was den-Weg, die Flugbahn hin auf ihren Abgrund, voll Absicht od zufällig, versperren könnte. Mein älterer Bruder, als er noch im-Osten lebte u ich mit ihm in der kleinen Wohnung mit ihren 2 Zimmern, 1 Art Obdach & Erbe unserer Mutter, hatte er aufgehört, mit mir zu sprechen. Das schrieb ich schon. Er ließ sein Tagebuch neben anderen, wahllos & scheinbar zufällig auf seinen Schreibtisch geratenen Heften Büchern Schriftstücken Briefen, stets aufgeschlagen liegen, als würde ihn an 1 bestimmten Punkt seiner Aufzeichnungen plötzlicher Ekel überfallen, eine Abscheu, die so groß war, daß er selbst zum Schließen des Diariums sich nicht hatte durchringen können & statt dessen eilig davonstürzen, weg&raus mußte, um in diesem Zimmer über diesen Wörtern nicht zu ersticken.– Ich las, heimlich. In der letzten Zeit seines Daseins im-Osten nahmen seine Aufzeichnungen zu, eine Inflation von Bekenntnissen, in der Menge & mit der Wut, die zunehmende Leere ringsumher (entstanden durch die Ausreisen in den-Westen, die eskalierenden Fluchten von Bekannten, Freunden, Gesprächspartnern) zu füllen; Leere, Zurückgelassenheit, Granatlöcher des Verschwindens, die langsam sich anfüllten mit schäumigem Grundwasser aus Feindschaft Haß u Ekel gegen u vor denen, die, wie er=selber, Zurückgebliebene, Hiergebliebene, ohne Heroismus Ausharrende waren, die allein mit der Trägheit von Rentnern & Sterbenden an dem Ort blieben, wo sie einst, in der Geburtsstunde, hingeworfen worden waren; und die Schaumränder grauen Ahnens, bis zur letzten Gewißheit mit dem Grad des Absaufens sich steigernd: !Es gibt kein Entkommen in einer verwaisten Landschaft eines Krieges ohne Front, die Einsamkeit als Beruf & Kälte als die letzte aufrechte Form von Überstehen. Seine Schriftzüge veränderten sich in jener Zeit zusehends: Sturmangriffe auf das feindliche Lager weißen Papiers; die Heftigkeit der Sensibilität, die seine Schrift in Stacheldraht, das Blatt Papier in vermintes Gelände verwandelte, wobei das, was seinem Sturmlauf begegnete, während er Türen & Zäune niedertrat, unterschiedslos, mit der Grellheit alles zufällig Gesehenen sich einbrannte: *Im Mittelpunkt Der-Mensch u im Weg* (:schrieb er;) zu später & zu früher Nacht Prügel in Bussen Straßenbahnen Fernzügen, auf Straßen & in Hauseingängen die Vollstreckung kollektiven Interesses am Nachbarn: der Unterschied zwischen Streicheln und Schlagen a=dv/dt ist ein Problem der Physik, u Totschlag die letzte Formel – :Steppenhunde Mutanten Degenerierte Säufer, in vormosaischer Rechtlosigkeit verkommen, in den Visagen biertumbes Mördertum – die kleinen schlachteten die kleinen, das hatten sie bei Den Großen so gesehn..... – –!*Alle od keiner* (schrieb er) :das Ideal der Fatzkes, Ganoven & diensthabenden Killer–, u Erden=Jammer im amputierten Geist der Akademien: Kurellitis od Lukács, die Ungarische Grippe – Entzündungen der Gehirnstümpfe & Fantomschmerz um die Verlorenen Eier, bei Blattpflanzen & Parteitagsreden Penatencreme auf synthesewunde Unschuldsbregen; Petrusse von Amts wegen, in Herz & Hoden Caligula, der Rest Filzlatschen-Vernünfteleien, Bordellfantasien, Humanismus in Uniform – – :Er, mein älterer Bruder, wußte, gegen wen er anschrieb, denn er mußte damit rechnen, daß ich auch sein Tagebuch las. Vermutlich sogar erwartete er das von mir, betrachtete diese Indiskretion als die ihm letztmögliche Form, mit mir zu sprechen. Od etwas ganz anderes, etwas, das allein mit ihm, mit der Versicherung seiner Existenz zu tun haben mochte. Denn wo Begegnungen nicht mehr möglich sind, rührt das Sein her aus dem Verfolgen, aus dem Schatten, der einem folgt & der sagt: Ich werde verfolgt, also bin ich.– So las ich eine seiner Eintragungen zu 1 Zeit, nachdem ich jenes Papier unterschrieben hatte, das mir Papier eröffnen sollte; Nachrichten, die er mir wie ein Erbe hinterlassen hatte, mir, einem Spitzel, einem Schatten, einem Entwerfer von Spuren, um Spuren verwischen zu können..... (Und seine Schriftzüge verloren hier die Hast, die eilige Wut u sie verfestigten sich wie Gemarksteine inmitten einer Wildnis der Unentrinnbarkeit:) *Spionieren, das Lauern und Wühlen in fremden Bildern, im fremden Dreck, ist die Angst vor der Katastrofe des Schweigens in Gesellschaften, wo 1 Autorität noch Dammwerk & Synkope ist im transmedialen Fließen und Strömen der Nachrichten über die glatten Oberflächen der Displays. Das Schweigen ist immer die Unmittelbarkeit, die Gewißheit eines Todes. Gleichgültigkeit- & Toderzeugen ist das Ziel nicht nur dieser 1 Autorität, sondern das einer=jeden Autorität, das hat nur überall ein anderes Gesicht. Und die Bereitschaft zur Gewalt ist von derselben Art wie die potentielle Gewalt der Leere – die Gleichgültigkeit – das An- und Zurückhalten von Leben, das Schweigen von Geschichte, und die Akzeptanz solcher Gewalt ist die Gewalt, die in einer Gesellschaft verbunkert liegt, denn* – :Es waren beinahe seine letzten Aufzeichnungen vor seiner Ausreise, und auch sie brachen ab, so als hätte er gespürt, daß seine Zeit abgelaufen war, daß die Langeweile des Todes in diesem Land auch ihn ergriffe, schriebe er auch nur 1 Satz noch zuende, od: als hätte er längst schon genug an Schimären geschrieben, zuvielen Schatten Existenz gegeben, was sein Interesse am Schreiben wie am Existieren wie auch sein Interesse an dem, was er auf seinem Weg aus Kellern & Stuben dieses Landes hervorgezerrt hatte, betraf, und alles Weitere verfiele der unendlichen, der tödlichen Wiederholbarkeit, der Deckungsgleichheit alles Aussprechbaren, dem absoluten Konsens also mit allem bereits Gedachten, Geschriebenen, Ausgesprochenen, Entstandenen: *und in 1 Land wie diesem,* (schrieb er noch) *wo das 1zige Gebot & die einzig wirkliche Gefahr die fortwährende Aufforderung zum Einschlafen darstellt, kann der Zweite Hunger des Menschen – nach seinem Ersten Hunger, dem Hunger nach Brot, gilt der Zweite dem Hunger nach Wissen – nur Sättigung finden im Kannibalismus. Fehlendes eigenes Leben muß ersetzt werden durch fremdes Leben, das Fleisch & die Gelüste des Nächsten im Gehege des Absterbens – und hierin nimmt das Spizeltum –* Er schrieb nicht von Verständnis (es gibt auch Nichts zu verstehen in den Werkstätten der Verfolger außer der Perfektionierung des Verfolgens, des Auslöschens); weder Erklärung noch Goldene Brücke zu meiner Rechtfertigung waren seine Notizen. Vielmehr Beschreibung, Klassifizierung im Blick von Ärzten (die vielleicht nicht immer nur dunkel wissen, wie nahe ihr Tun der Folter verwandt ist & deren größte Anstrengung daher dem Auffinden 1 Sprache dient, die, anstelle des Körpers des Patienten (1 Jemand, der seinen Tod suchte mittels Strick Tabletten Gas Fenstersturz od 1 anderen Ausweg), jegliche Emotionen in den Fugen & an den Rändern der Wörter vernichtet; 1 Manier, die noch auf deren subalternste Gehilfin, *Schwester* genannt, Gehilfin des vollstreckenden Arztes, ihren Taten die professionelle Roheit 1 Maschine, ihrem Gespreche das einlullende Begütigen einer Gouvernante einprägt (so daß die Gesamtheit des Betriebes & des überwachenden, kategorisierenden & strafenden Systems von Ärzten – deren letzte Sicherheit die Unsicherheit & die Wandelbarkeit des Wissens ausmacht, was *Tod* ist –, selbst den Schrei des Patienten (der im Augenblick seines Erwachens aus dem zu kurz gegriffenen Tod noch 1 Mal feststellen muß: !Es gibt kein Entkommen –) seiner Freiheit beraubt & ihn in Schubladen reiht), deren Begriffevorrat wie unterkühlte, antiseptische Hände die Körper abtasten, um das Gefundene schließlich einzuordnen in eine gar nicht einmal neue, vielmehr uralt=vertraute Kategorie von Monstrositäten. *Und schließlich: !Die Mütter Die !Mütter* (:schrieb er:) dederonbekittelt, dauerwellzerkräuselt, im polymorph-perversen Rückphallzwang – *Degeneration beginnt, wo der Wille zum Geist aufhört*. Und, verbunkert in ihr »Zweites Dasein«, niemand, der aufgestanden wäre, den Dreck einen Dreck genannt, die Sektkühler & Festrednerpulte niedergetreten, niemand auch der flinken Konjunktursurfer der die Milliarden-De-Mark-Kredite gesperrt hätte, weil verrecken soll was verrecken kann, und dem verschlafenen Blinzeln dieser Letzten Menschen gezeigt hätte, was zu zeigen war : Dies Land ein Abdera ohne Unschuld, bewacht von dummen Bengeln, Schießbefehl &

Gehorsamsnot die Tarnuniform fürs Troglodytengelüst.....
– während einige Stockwerke & einige Parzellen entfernt
vom Blut auf erschachertem, beschlagnahmtem, enteignetem Gelände & Mobiliar, auf den Wüstenthronen dieser
Zeit, eine Handvoll Satrapen zu Festtagen & Audienzen
lud.– Er sah das Foto: Es war ihr Geburtstag, der Geburtstag der Gattin des Klinikchefs. Ein blütenvoller Spätsommertag, die Hecken rauschten, Rasenflächen breiteten in
Bienenpelzwärme weite Landschaften unter Bogenwürfen
Himmel aus, Schattenhände belaubter Bäume glitten windwärts drüber hin. Auf der Terrasse ihres Einfamilienhauses
(die ehemaligen Eigentümer waren ausgereist in den- Westen, hatten Vieles zurückgelassen; der Chefarzt hatte
Grundstück & Haus *vom Staat* sehr sehr preisgünstig: !erworben.....), im elliptischen Schatten der Sonnenschirme
die lange Festtafel. An der Kopfseite er, der Chefarzt der
Klinik, in der 1 Hand das Glas Pilsener, in der anderen *ihre*
Hand, u im feisten Protektorgesicht, der Kamera zugekehrt,
zogen weibisch-rote Lippen merklich sich breiter, sobald
Kellerkumpane seiner Macht, Sekretäre & Stellvertreter :
Magenkranke, Postenbettler, Suicidanwärter, einen Abend=
lang, ungelenk Zoten wälzend, singend & tanzend im
Schweißglanz der Blitzlichtfotografie zu todhafter Fahlheit
gekehrt vorgeblich die Gattin des Chefs bei Laune zu halten
sich mühten – in Wahrheit gab Angst vor den andern versammelten Bestien den Bestien die Zoten & die Lieder ein
(Wer lacht & singt, der kann nicht töten), und wieder
1 Stunde Weiterregieren erschachert. Doch alsbald, schon
im Stundenlauf des frühen Abends, auch hier Die 2-Teilung
der Klassen-Losen: Die Terrassen- u: die Keller-Clique. Dort
die Herrscher : hier die Stellvertreter & die schon Abgeschriebenen. Im Keller (schrieb sie), authentisch: –*Wir hier=untn:
Wir sinn die Heizer hier. ?! Was wärn Die=ohm ohne unz. Und
ohne Heizer läuft die Yorikke nich!* Den schnapsschwiemeligen
Gesichtern rinnt ein Grinsen runter wie Regentropfen über
ungeputzte Scheiben. Bei 2 Promille schon sieht Das=Alles

gar nich mehr so übel aus –, Fettfinger begrabschen Wodkagläser, u im Suff, dem flüssigen Kommunismus, fühlten sich als *Prolet-Arier,* als die Alle=Gleichen die, denen versprochen war von A-Be-Ef's Beinen an das Doswidanja der *privaten Rechte,* im Sturmlauf um die Ganzewelt das !Empor der Samen-Reiche triumf-verzerrter roter Sternen=Banner, doch hinter jedem Rücken auch Der Feind – und jeder Rücken *ist* !Der Feind : Nischel & Hirnschale als stygische Aschenkähne, aus inneren Trümmern das bolschewike Feindesdämmern, Heldenflor & Direktiven, die marmorne Gewißheit – :Im Ende Sklaven mit Pensionsanspruch, wissend jetzt: !Vollbracht. Der letzte Nibelungenvers. Welten. Walten. Blut & Rache, die Letzten Dinge in der Etzel-Lage: *Und schleppt die Welt auf Eurem Rücken weiter* die Nicht-Ichs samt ihrer Ideen: ein Lärm auf Hinterhöfen, Straßen wars, die letzte zangenhafte Staubgeburt – kein Amen, kein Rotfront..... : Und sie, die Schwerthalter der Letzten Tage, sie traten ab zu maßvoll später Stunde, auf dunklen Heimwegen, in den Gesichtern Sodbrand u saurer Gram wie bei alten Choristen, von HAMLET träumend, doch stets u Einlebenlang zu »Boten, Diener und anderes Gefolge« verwiesen – :Sie ahnten ihr Daneben u ihr Falsch, doch wußten sie auch, das Aufhören u der Ausstieg ließe die angestaute Wut der Nächstniederen entfesseln – so zogen sie ein Dasein ohne Dank u Schonung dem Sturz in die *Führende Klasse,* in die Gefilde der Massen Messer & Fabriken, vor..... (Ich lasse ihn aus dem Abteilfenster hinaussehen : die stillstehenden Felder – die Mondspur im hellen Lichtblau der Stunde verwischt – die zerklüfteten Wäldersäume lagen schwarz –) Dieses Land ein Leichnam, gefressen nun von einem andern Land, einem todkranken: das Leichengift wird ihm keine Genesung bringen.– Er legte ihre Fotografien aus der Hand.

Aus dem Schlagschatten angeheirateten Wohlstands kamen später dann ihre anderen Briefe: Häufungen wie unter Atemnot dahingeschriebener, von Eile verzerrter Sätze, die mitunter abbrachen, keine Fortsetzung fanden, so als habe man die Frau in 1 Gefängniszelle beim verbotenen Schreiben ertappt & anschließend 1 speziellen, subtilen Gehirnwäsche unterzogen, so daß sie nicht nur vergaß, worüber sie hatte schreiben wollen, sondern auch, von Mal zu Mal stärker, Wörter verlor od bestimmte Wörter »freiwillig« aufgab wie jene Eingeborenen in Papua, die bei jedem Begräbnis eines ihrer Stammesangehörigen einige Wörter ihrer Sprache dem Toten ins Grab mitgeben & so die Lebenden immer ärmer an Sprache zurücklassen. Ihre Briefe wurden 1silbiger, der Satzbau karg u aggressiv. Gewiß war ich damals der 1zige, dem sie die sich beschleunigenden Geschehnisse & Betroffenheiten in solch purer Form mitteilen mochte (ich war 1 Vertrauter von einst u ein Fremder schon heute) – sie eine Ertrinkende, die blindlings um sich schlug; ihre Schläge trafen auch den, von dem sie Rettung wollte –,– *aber die Wahrheit erkennen, das ist Enttäuschung* (begann sie) – *fröhlich und traurig zugleich und mit meiner Ehe am Ende –,– mein Studium ist kurz vor dem Examen, aber nirgends ein Freund* – (:Die Themen, über die sie schrieb, vermengten sich, liefen ineinander, die Betroffenheiten erhielten sämtlich den gleichen Stellenwert, dasselbe Zentrum : eine Welt aus Feindschaft, in die sie blickte..... (Sätze & Partikel von Sätzen, die aus der Flut beschriebener, wie von Netzen aus Wörtern überzogener Papierbögen mit viel weißer Fläche dazwischen, so daß die Wörter u Sätze zerrissen, allein übrigblieben: Schreine, Schachteln, geheime Schubladen, darin die Fundstücke dieser Zeit sich bewahren sollten für noch unbekanntes Vergessen, noch unvorstellbare, viel beklemmendere Katastrofen, deren Schattenreusen indes schon früher ausgelegt waren. Schriftzüge, darin in ihrer Handschrift gefangen Entwürdigungen & Gewalt, die sie nun, mit der Wut des Schreibens, um daran nicht zu ersticken, weitergeben mußte an ihn, und die sich heraushoben & auf ihn richteten wie Messer:)) Und, verführt von der Heftigkeit, von dem atemlosen Sturmlauf ihrer Schrift über die Bögen Papier, fiel er beim Lesen nun gleichfalls in Eile, das Abgebrochene,

Unzusammenhängende noch 1 weiteres Mal zerbrechend, zu punktuellen Ereignissen fokussierend, als wäre er in diesen Schreinen, geheimen Schubfächern ihrer Briefe auf die merkwürdigen Fundstücke gestoßen, wie sie Gestorbene in den Schubladen ihrer Tische Kommoden & Schränke hinterlassen: von verblüffender, enigmatischer Banalität – so verblüffend, geheimnisvoll=dunkel u banal wie eben das Leben von Namenlosen, das durch den Tod angehalten, verlaufen ist –, und die, jene Fundstücke, sofern sie jemals einem Kontinuum angehörten (sofern es Kontinua in einem Leben geben kann, denn: ?wer weiß, durch wieviele kleine, winzige Tode ein Leben alltäglich allstündlich unterbrochen, zu 1samen Inseln zerrissen wird, und wir erkennen es kaum.....), nun von diesem Kontinuum nichts sagen können, vielmehr das Andere, das Unterbrochene, Abgeschnittene, Liegengelassene als das 1zig bezeichnungsfähige Unvollendete benennen, eine Art *Weißer Sprache,* weiß u leer wie die Zwischenräume auf ihren Briefbögen, die nicht nur zufällig keine Wörter bekommen hatten, sondern die (so lasse ich ihn vermuten) niemals etwas an Sprechen hätten finden können : die Leere, die rauhe Aschenweiße des Papiers allein war ihre 1zig mögliche Geschichte –,– *ich brauchte jetzt einen Freund –,– habe erfahren, daß ich meine Dissertation in Geschichte nicht werde schreiben können –,– werde mich trennen von meinem Mann –,– er hatte mir vor Jahren einen dieser begehrten Studienplätze verschafft (Du erinnerst Dich, als ich in blöder kindischer Freude geschrieben habe, daß auch ich ein Mal eine Bevorzugte sei –?) –,– hatte es getan, um mich in der Hand zu haben. Das sehe ich heute ganz deutlich und –,– er kann mir den Studienplatz jederzeit wieder nehmen wie einem trotzigen Kind das Spielzeug –,– Damit ich meine Dissertation schreiben kann, müßte ich ins westliche Ausland reisen –,– Und das wird mir verwehrt –,– wissen wahrscheinlich von unserem Briefkontakt –,– wollten mich zur Unterschrift zwingen: Ich sollte erklären, daß ich den Kontakt zu Dir abbrechen muß, wenn ich überhaupt noch irgendetwas für mich –,– ich hab schließlich unterschrieben und ich habe gelogen. Das haben Die wohl herausgefunden und haben meinem Mann alles be- –,– richtet, was der ohnehin schon längst –,– Ich weiß, er, mein Mann, hat dafür gesorgt. Seine Beziehungen reichen sehr weit. Und ich ahne, er steckt mit Deinem Bruder unter einer Decke. Der hat es noch immer nicht aufgegeben, mir nachzulaufen. Wenigstens in diesem einen Punkt haben die beiden das gleiche Interesse* (er hatte stets die Feigheit seines jüngeren Bruders, meine, geahnt:) !Wie leicht, und leichter als aus Wasser Wein, in diesem Land aus Feigheit Staat zu machen (hatte er notiert). Und nicht nur sanken die Züge ihrer Schrift, sondern die Rundungen wurden kantig, verzerrt, als seien die Buchstaben während einer schlingernden Zugfahrt geschrieben; als seien die Gräser ihrer Wörter büschelweis ausgerissen, Rodungen & Bränden zum Opfer gefallen, ließen in der Fahlheit ausgeglühter Asche körniges Papier zurück (:er sollte jetzt bemerken (denn ich stelle ihm jetzt auch diese Falle), weshalb er für die Augen der Frau einst jene, einigen Affekten, die Heute nicht mehr geglaubt werden, entlehnte alte Metafer finden & ihre Blicke mit den Augen eines Kindes nach einem Mord bezeichnen mußte –:?Woher das Gefühl, Die Toten könnten weiter sein als wir –) *Wenn ich nicht reisen kann, kann ich die Arbeit nicht schreiben; mein Thema ist ein zeitgenössisches, die Bibliotheken reichen nicht aus –,– So werde ich die Prüfung nicht bestehen – Alle Jahre der Mühen waren umsonst –,– und bleibe, was ich schon immer war: eine x-beliebige Statistin des Alltags, gerade gut für lyrische Kongestionen zweier Männer. Vergewaltigung hat viele Gesichter* (fügte sie an u die Züge ihrer Schrift verzerrten sich weiter) *–,– Vergewaltigung des Körpers ist nur ein Gesicht, das populärste; bei den Reichen gehts auch gediegener zu. Er, mein Mann, konnte geben und konnte nehmen wie ein Herr –,– Niemand, als allerletzte ich, werde erfahren, daß er dahintersteckt – Aber zu spüren bekommen werd ich alles – Alle Folgen – Exmatrikulation – Vorladungen wegen Irreführung der Behörden und eidlicher Falschangaben – die höhnisch bemitleidenden Exerzitien vor der Verwandtschaft* (Ihre Wörter verloren den Halt, die Satzzei-

chen verschwanden, alles floß in1ander. Dorthin, wo die
ganze Gewöhnlichkeit Zähigkeit die glanzlose Einöde aller
voraufgegangenen frühen Jahre, die, & weil es noch nicht
viele gewesen waren umso heftiger erinnerbar, umso fri-
scher & wiedererkennbar, wie ein durch Beständigkeit &
Allgegenwart nicht mehr hörbarer Ton, einem Geräusch,
einem Summen, Rauschen vergleichbar, abstumpfend, jene
Müdigkeit erzeugend, die selbst Kinder schon in ihrem Innern ergriff & nicht mehr verließ, zeitlebens nicht, nun in
der Schalheit des schon Gewohnten mit 1 Mal wieder sich
einstellten, so als seien die wenigen Monate ihrer *anderen*
Existenz nur 1 cineastisches Interregnum, 1 koloriertes Zel-
luloid, das nach seinen handelsüblichen 90 Minuten eben
vorbei, abgelaufen war, & die Kinotüren öffneten sich zur
schon dunklen Stunde, von Draußen kaum Erfrischung, nur
1 wenig anderes Ersticken, wieder Lärmen & Lichter (dieses
Schweigen der-Anderen, der über solange Draußengeblie-
benen :wie rasch Die !vergessen werden können), der Andere Film, der liegengelassene –; und ihre Gesichtszüge fielen zurück in die Maske jener inneren Abwesenheit, lebendigen Ohnmachten vergleichbar, die Lippen aufgeworfen,
die Augen geweitet & starr blickend in ein Nirgendwo, das
nicht einmal Enttäuschung, nicht einmal Ernüchterung,
vielmehr 1 Art Sichselbervergessens war, 1zig wissend, auf
diese Ödnis, die zu ihr zu gehören schien, sich nicht einlassen zu dürfen : lieber zu Nichts gehören, zu Nichts werden,
entrücken, von sich selber abwesend sein: Alles, !bloß nicht
jenem klebrig=zähen Absterben-bei-lebendigem-Leib sich
gleichmachen & 1reihen lassen – :und so ein Leben der ste-
ten Abwehr, des sysifoshaften Ringens gegen solch titani-
sches Hinabziehen, wo sich Kräfte Lüste Begierden ver-
brauchen, besser: wo gar nichts an Lustvollem, Begehrens-
& Wünschenswertem mehr sich auffinden lassen will :Dage-
gen all Das erscheint & sich an sie heftet, das man (die Frau)
gewiß am Allerwenigsten wünschen mochte (:ihre beiden
Kinder von dem reichen, um so viele Jahre älteren

Mann.....); Kinder, die sie innerhalb von drei Jahren bekommen hatte (& über die sie niemals geschrieben, keine Fotos ihren Briefen beigelegt hatte, so als hätte sie niemals Kinder bekommen : 1 Verweigerung, 1 Art des Sicheingrabens in die Platonsche Höhle ohne Sprache, Schatten, Greifbares in Form von Windeln Scheiße & warmem Brei –, und die, als er, mein älterer Bruder, in 1 seiner wenigen Briefe an sie, diese Frau, nach ihren beiden Kindern sich erkundigte mit dem schwachen Versuch 1 Glückwunsches u der gespielten Befremdung, weshalb sie ihm denn von ihren Kindern niemals etwas erzählt hätte, lakonisch antwortete: *Du kannst zwar alles essen, mußt aber nicht alles wissen*) :Sie hatte also diese Kinder ebenso in das Vergessen eingereiht wie sich=selber, in 1 Ort des Dahinlebens, wo dann die 1 Frage Alles weitere erledigt, ins Undiskutable & ins nichtende Aus verweisend, immerfort sich aufdrängte: *?Wozu denn das=Alles, ?Wofür denn bloß* –:So hatte es begonnen, so hat es ein Ende in dem Rauschen einer nicht mehr wahrnehmbaren Müdigkeit, die keinen Schlaf kennt, keine Dunkelheit u keinen Traum, sondern nur ein unmäßiges, beständig graues Dämmern.

So geht das hier zu falls Du es als ehemaliger Justitiar nicht längst schon vergessen hast – (:?!Wie konnte geschehen, daß Briefe solchen Inhalts mich im Westen erreichten; ?Wie od: muß ich fragen: ?Warum sind sie den Zensoren *entgangen*) – Es sind ja nicht vertierte Führer & degenerierte Funktionäre allein (:schrieb er in sein Tagebuch:) sind nicht Felonisten an einer Licht-Idee; es ist *Das Deutsche*: das Faust- & das Schächer-Syndrom, in allen Deutschen –:Der Stürmer, solange Sie obenauf sind : der um Vergebung winselnde Ganove am Kreuz, wenn Die-Sache schiefgegangen ist:– dieses Deutsche in den Deutschen, das dieser Zeit diese Gestalten gibt. Zu schnell & zu falsch hat der Slogan *Der Mensch das Tier* diese Gemütler durchdrungen : Das läßt sie des Nicht-Tierischen rasch & bequem sich entheben: der Errichtung eines inneren Maßstabs; die Selbsterziehung zum Geist. Denn

1 Charakter kommt weder übernacht noch von der-Gesellschaft. Wo dieser Wille fehlt (notierte er), kann auch Gentechnologie Nichts bewirken, 1 Ideal der Klempner & der Priester von Gottes Schraubenzieher. Hierbei sind Triebtäter noch vorzuziehn (setzte er einst, kaum leserlich hinzu) denn jeder Blutdurst läßt sich stillen, der Plan jedoch kennt keine Grenzen – so wird aus Massen-Macht der Massen-Mord & läßt die Kopfjäger hoch: die Mengeles & die Mauerschützen, zu jeder Zeit *Eine schmerzvolle Scham*..... –
Ich muß fort!
Das stand plötzlich wie die Bilanz ihrer Selbstbetrachtung, dieses Hologramms ihrer letzten Jahre, als der entschlossen gezogene Summationsstrich unter diesem Kurzen Lehrgang der Unmenschen. (Und weiter:) – *Ich* (:nur dieses *Ich,* als wolle sie damit ihre schon verschwindende Identität noch 1 Mal beschwören, und ihre Schrift verstolperte sich überstürzt, sie hatte den Satz nicht vollendet, das Blatt Papier blieb leer, als wären alle folgenden Wörter in einen weißen Abgrund gestürzt) – bis schließlich, weit von dem unvollendeten Satz mit dem *Ich* entfernt, auf der unteren Ecke eines Blattes, *Hilf mir* in fahrigen Buchstaben erschien, und schließlich hinführte zu 1 1zigen Satz, der eigentlich kein Satz, sondern wie 1 heftiges Ausatmen zerrissen u über das restliche Papier verteilt war so, wie ihr diese Restbestände möglichen Bittens in den Sinn gekommen waren:
Ich habe hier keinen Menschen
Meine Verwandten sind voll auf Seiten meines Mannes
Hörst Du: Hilf mir
Du hattest es mir versprochen
:Ich wußte, was dieses »es« bedeuten sollte. Ich war nach dem 1 Jahr in Westdeutschland noch immer ohne Beschäftigung, damals lebte ich vom Krankengeld, später von der Arbeitslosenunterstützung; ich hatte kein Geld, eine käufliche Fluchthilfe für sie zu arrangieren. So gab ich ihr damals die Adresse der beiden alten Leute in der Kleinstadt, im Norden ihres Landes.

Daraufhin erhielt er von der Frau noch 1 Mal 1 Brief, dessen Inhalt er nicht begreifen konnte. Er war sehr kurz, wie mit 1 kalten Feder in Metall gekratzt u klang wie 1 Vorwurf, schlimmer: Die Entdeckung von Verrat bei 1 Menschen, dem als 1zigem bislang das Vertrauen galt: *Du also auch* (schrieb sie) *Auch du also im Bund mit meinem Mann, Deinem Bruder & dieser Kamarilla – wie konnte ich auch glauben, daß es weit & breit in dieser verlogenen Gegend noch einen anständigen Menschen –*

Ich wußte, er, mein älterer Bruder, konnte jenen Brief, ihre Anschuldigung, nicht begreifen. Er wußte nur dies 1:

–*Mehr an Flucht hatte ich nicht für sie tun können.*

Diesen letzten Satz lasse ich ihn laut in das leere Zugabteil sprechen, die Ateminseln seiner Worte vergingen auf dem Fensterglas. Das 1zige, das ihm auffiel, war die Kälte, mit der er diese Tatsache für sich registrieren konnte. – :Er, mein älterer Bruder, ahnte: Das war ein Anfang: Das Messer, das niemand in seinem Besitz vermutete, hatte 1 Schnitt getan.

14 *Wenigstens werde ich sterben können, wie ich gelebt habe: Allein.*

Der Conquistador, nackt an 1 Pfahl im Urwald gebunden, das Glied abgeschnitten, in den wenigen Momenten ohne Schmerz, sah zu den Gestalten hinüber, die im trägen sumpfigen Rhythmus ihres Tanzes abwechselnd aus der Nacht ins Feuerlicht sprangen – u der Schmuck auf ihren Körpern, die Federbüsche Jaguarfelle Waffen & auf ihrer bemalten Haut die monoton klirrenden Ringe & Ketten aus Gold, all das ließ die Gestalten selber wie Flammen hochfahren u gegen Gesicht u Körper des gefangenen Söldners auffahren – :Fratzen aus dem Alptraum *Angst – Angst – – Diese Angst – – – den das eigene Auge ins Gehirn schreibt dorthin, wo keine Nacht u keine Flucht in den Schlaf die Bilder auslöscht & Rettung bringt, wo das letzte innere Auge noch im Schrecken geweitet unablässig hineinstarren muß in wirre, von grell strahlenden Rändern umrissene Bildfolgen,* während die straff gezogenen Fesseln tiefer ins Fleisch einschneiden, ihm die Illusion rauben, dies=Alles sei nur einer von vielen Fieberträumen. Und, nur sichtbar in der fleckigen Finsternis, sobald sie den Flammen zu nahe kamen und als Funkenschwärme aufglühten: die Schwärme der Fliegen..... Und immer zurückkehrend, in allen Serien der farbig aufleuchtenden Bilder dies 1 Bild: das Bild jener Frau mit dem spitzen Gesicht, *dem Gesicht einer weißen Füchsin* – Der um so viele Jahre ältere Mann, Chefarzt einer Klinik in Berlin, er zog nach und nach ihre Sinne, ihre Gesten und Gebärden in sein Zentrum hinein, löschte alles Vorige, alles ihr Eigene aus. Ließ, gewiß ohne dies jemals auszusprechen, nichts gelten außer sich u seiner Präsenz. Während jener Zeit, als sie dennoch mit anderen Männern sich traf, geriet sie häufig in Zorn, verschwand beleidigt beim allergeringsten Anlaß. Bald konnte sie die Stimme des Anderen, auch die meines jüngeren Bruders, nicht mehr ertragen, bald seine Art zu sprechen nicht, u nicht seine Themen, seine Erscheinung, die Art zu laufen zu sitzen zu essen, die Kaugeräusche, die Krümel die beim

Brotessen auf den Tisch fielen, brachten sie zu Wutausbrüchen, sein Schweigen selbst & seinen Geruch fand sie mit 1 Mal unerträglich – allein schon der Gedanke an einen weiteren Abend mit ihm, mit meinem jüngeren Bruder, den sie (vielleicht aus allen Gründen der Unerträglichkeit & der plötzlichen Wutanfälle) dennoch nicht ausschlagen mochte, !noch nicht, denn sie brauchte in solcherlei Lage nach Augenblicken, nach Situationen, die ihn blamieren mußten, nicht lange & niemals vergebens zu suchen. Sie war okkupiert. Der um so viele Jahre ältere Mann hatte sie kolonisiert; hatte Etwas, das vielleicht seit Kindheitstagen in ihr lag, wie einen über Jahrejahrzehnte ungewußten Virus plötzlich aktiviert: Der ältere Mann & sein Reichtum, er hatte von Heirat gesprochen (das hieß Aussicht auf das Wiederholen von Dasein in der bürgerlichen Geborgenheit ihrer frühen Jahre). – Trotzdem war sie mit meinem jüngeren Bruder zu jener Zeit in den Urlaub gefahren – zuletzt in einem Sommer an die Ostsee. Kreidefelsen auf Rügen, kühler Tag voll mit grauen Regenmänteln, Sturmböen verschäumten Wellen in den Geröllfeldern aus Kies – sie malte unterhalb eines Steilhanges mit 1 feuchten Kreidebrocken etwas auf einen Felsstein: Es waren Seine Initialen, die des älteren Mannes, die sie dem Stein in grauweißen Lettern mit betont langsamen Bewegungen ihrer Hand aufschrieb. Er sah die bröckelige, fettignasse Kreidespur betulich zum Monogramm sich fügen – u fühlte Unbehagen, spürte die Regenkälte den Sturm der durch seine Kleidung zog : spürte, daß es ihr, unausweichlich, um Das Bekenntnis ging. So nahm auch er 1 dieser wie weißliche Brühwürfel geformten Kreidestücke zur Hand, und schrieb – die Anfangsbuchstaben ihres Namens, die Initialen dieser Frau mit dem spitzen Gesicht, das an das Gesicht einer Füchsin erinnerte, auf den Stein. Wobei er in voller Absicht Größe & Eigenart ihrer Schrift kopierte – sie tat währenddessen, als bemerke sie nichts. Doch als er diese bröckeligen Buchstaben zuende geschrieben hatte, warf sie ihm 1 wütenden Blick zu, schniefte entrüstet, stampfte mit dem Fuß auf klirrenden Kiesel, und in weiten, heftigen Schritten eilte sie über schepperndes Gestein & Muschelscherben davon. Sie ließ ihn als dummen Bengel stehen, dort vor dem Basaltbrocken, darauf die Initialen einer Frau, als sei das die Inschrift 1 Grabsteines schon. Regen setzte wieder ein, von Böen gegen die Steilküste geworfen, der kalte Fischgeruch des Meeres : die eigene wie auch die Verstimmung der Frau (daran er sich schuldig fühlen mußte) erzeugten in ihm ein Gefühl als sei er kurz vorm Erbrechen.....

Es war natürlich nicht der wirklich letzte Abend, an dem sie u: mein jüngerer Bruder zusammen warn – wie die meisten Menschen Fühlen u: Denken miteinander vermischen, so ist die Erinnerung an 1 Letztes die Erinnerung daran, was für das Empfinden 1 Letztes, 1 Entscheidendes gewesen ist.

–Al so !gut. (Ich lasse sie, wie stets an den letzten Urlaubsabenden, gehörig Vodka trinken. Sie wußte, daß gerade diese Sorte Alkohol ihr eigentlich nicht bekam; 1 Sorte, in deren Folge sie verbissen & streitsüchtig werden würde – u weil er, mein jüngerer Bruder, dies auch von ihr wußte, sie aber dennoch trinken ließ, hatte sie 1 Grund mehr, ihm daraus Vorwürfe zu machen, letzthin die Schuld an Streit und an ihrer Übelkeit am andern Morgen ihm=allein zu geben –:Hätte er sie den Vodka nicht trinken lassen, wußte er, wäre nichts anders gewesen, im Gegenteil: Sie hätte sich seine Einmischung verboten & ihm seine männlichen Herrschaftsgelüste vorgehalten –)– Abend lag in dem kleinen, niedrigen Quartier. Gleich unter der Zimmerdecke wie ein Auge die Lampenschale, darin schwimmend ein bösartig gelbes Brennen; die Flasche war bis auf 1 Drittel geleert.

–Also!gut. – Wiederholte sie mit übertriebener Entschiedenheit & Lautstärke, als hätte sie soeben eine vielstellige Schuldenbilanz aus Jahren abgeschlossen & plane aus dem Ergebnis sofort geeignete Taten.

–?!Was glaubsu wohl weshalb ich mit dir inn Urlaub gefahren bin ?hm.

–Mir egal. Aber du wirstes mir sicher gleich –
–Das !werdich dir auch gleich sagen. Und glaub nich dasses alldie Jahre zuvor jemals was anderes gewesen is. Dassich jemals andere Gründe gehabt hätte auch bevor ich Ihn kennengelernt –
–Müssn wir uns an unserem letzten Abend wirklich ?streiten. ?!Ist das nö –
–!Wer streitetenn. Niemand streitet.
–Ach !komm. Ich seh doch wos wieder langgeht. Als ob ich nicht wüßte – (Er kannte diese besondere Art von ihr, die, sobald eine gewisse intime Stimmung zwischen ihnen hätte aufkommen können, fast jedesmal wie auf 1 Zeichen, als betätigte in ihrem Innern sich 1 automatische Sicherung, sie 1 Störung, Unterbrechung, 1 abruptes Aus für diese Stimmung inszenieren ließ: eine Abwehr alles Körperlichen, eine schwache Perversion –. Nicht selten auch provozierte sie daraus kleine od: größere Mißhelligkeiten – 1 Glas, das sie herunterwarf, weil er dieses Gefäß (einen Weinpokal, 1 Erbstück ihrer Eltern) unbedingt hatte sehen wollen & sie es aus dem Schrank hatte nehmen müssen; der Schlüssel zu ihrer Wohnung, der verlorenging auf einer Party, zu der er sie geladen hatte; selbst 1 Autounfall mit erheblichem Sachschaden ließ sie einem Tag folgen, der die Nähe u jene unvergleichliche Gemeinsamkeit, wie sie nur zwischen Mann u Frau aufkommen kann, im Abend nach diesem Unfall zerstören mußte. Er wußte, wovon er sprach:)
–Als ob ich nicht wüßte, was du gleich wieder tun mußt. Als ob ich das zum 1. Mal –
–Ich wollte einfach nich ohne Mann wegfahren. Das ist der 1zige Grund. Ich wollte meine !Ruhe haben. Wollte nich dauernd – am Strand inner Kneipe od anderswo – von diesen fallokratischen Affn angequatscht wern Die glaum mich knackn zu müssen um ihrem scheiß=Urlaub noch n Aben Teuerfähnchen anzuhäng od wie diese Blöd=Männer Das nenn würdn. Damitsse daheim vor ihren Saufkumpanen angehm könn wie mit ihren Schweinelfotos inner Brieftasche

209

gleich neben den Fotos von ihren Eheweibern & ihren Rotzgören: ›!Das war dir malne tolle Braut war das. !Mann-o-Mann Hab !Ich die flachgelegt‹ –

–Glaubstu denn dasses jemals so toll gewesen is mit dir im B –

–Jetz weißtu weshalbich mittir – und !nur mit dir – inn Urlaub gefahren bin. Ob wir beide s mitnander treiben od nich: Das war & is mir !piepegal. ?!Verstehste: !schnuppe.

–Dann hab ich dich ja niemals enttäuscht ?oder.

Sie saß in ihrem weißen Pullover, der ihrem Gesicht 1 fahlen Schimmer gab, auf der Bettkante, das leere Glas neben ihren Füßen am Boden. Die Arme hingen runter, das dunkle Haar schraffierte in Strähnen ihre feuchte Wangen & die Stirn. Er goß sich aus der Flasche nach (das helle Glukkern wirkte provozierend), und er trank.

Mit 1 Ruck hob sie das Gesicht und starrte ihn an.

–?Willst dus. (Sie schielte vor Aufregung sogar, das Haar klebte fester an Stirn & Wangen) –Du willst es. !Klaa. (Sie stieß kurz auf) –Wenn dus !wirklich willzt – dann tus !jetzt.

Aber nachdem sie aufs Bett sich rücklings hatte fallenlassen, sprang sie sofort wieder hoch, hielt die Hand vor den Mund (kurze, dumpfe Würgelaute), und rannte hinaus, aufs Klo – er hörte sie kotzen, langezeit. Als sie zurückkam – unter der Urlaubsbräune waren ihre Wangen bleich, die feuchten Haarsträhnen umrahmten das schmale, nun noch spitzer wirkende Gesicht –, zog sie sich langsam, abwesend u unbeteiligt, aus, legte sich ohne 1 weiteres Wort zu Bett.
– Scheiße. – Sagte sie dann, leise, als sei dieser Fluch allein für sie bestimmt; er löschte das Licht.

Und blieb allein im Dunkel am Tisch. Von draußen, von der nahen Allee, wie Lichtfinger 1 Leuchtturms, griffen die Fernlichter vorüberfahrender Autos ins Zimmerdunkel herein, verzerrten Mal für Mal die Konturen der Möbel zu stürzenden Schatten. Er leerte die Flasche, schweigend, hörte die Autos von der Straße, & Nachtwind ging vom Meer herüber mit schweren Schritten um das Haus. *Jetzt, wenige Schritte vor meinem Tod, sehe ich diese Natur als die genaueste Form für die-Frau. Und weiß jetzt, weshalb die-Frau einem Mann nichts sagen kann. In diesem Berg, dem Urwald, dem Nebel, Regen u in dem Schnee hoch oben im Himmel hinter den Wolken erkenne ich !ihre Vollkommenheit, u ihr Sichverbergen – darin !sie sich entzieht, hin zu=sich, auf ihren Mittelpunkt.* Er spürte Kälte aufsteigen wie stets kurz vor der Wiederkehr des Schmerzes. *Dies also hatte Der Tod – der 1zige Gott, an den er noch glaubte – für mich ausersehen. !Deshalb hatte Er mich solange, bei so vielen Schlachtungen, vor so vielen Hinterhalten & Mordversuchen bewahrt : um mir ein Ende auf der zweifachen Folter zu geben : Tod in meinem Fleisch u Tod in den brennenden Farben meiner wiedergefundenen Vergangenheit.* Vor Jahren (erinnerte der Conquistador) geriet sein Trupp in ein im Urwald abgelegenes Indiodorf. Es war verlassen, doch offensichtlich waren zuvor bereits andere Spanier dort gewesen *?Vielleicht von der Krone Abtrünnige; ?unter einem Anführer von Sovielen, der das ausbleibende Gold mit Intrigen, Verrat & Blut ersetzen mußte; der Treubruch & Mord begehen mußte, um nicht selber das Opfer seiner untergebenen Bastarde zu werden,* denen das Fleisch auf den Knochen verfaulte, Hunger & Schwarzfieber ihre Lebensstunden in immer kleinere Münzen verwandelten, *und aus den Fiebern stiegen immer billigere Fantasieen vom plötzlichen, unermeßlichen Reichtum, von Der Wende all ihrer Armseligkeiten herauf.....* So wie es Lügen gibt, die, sobald sie nur lange genug vor dem Szenario des größtmöglichen Leidens aufgeführt, mit 1 Mal jenseits von Wahr und Falsch sich finden – die in den Bildern fiebriger Trunkenheit mit all ihrer Verführungskraft auf den Lügner=selbst zurückfallen, ihn einreihen in diese längst zum Ernst gewordene blutige Theaterposse, auch ihn, den Erfinder jener Lügen, blind werden & dem Singsang des eigenen Sprechens verfallen lassen, *so daß auch dieser Eine, Unbekannte, Dahergelaufene sich=selber zum König von jenem Dorado schon im Voraus ernennen mußte; König von einem Land, das in den Erzählungen & Versprechungen, der unsrigen wie der der Einge-*

borenen (die sich irgendwann einfach unserer Erzählungen & Versprechungen bedienten, um uns in unsern Erwartungen zufrieden zu stellen wie Eingeborene Touristen zufriedenstelln, was heißt, um uns mit unserem eigenen, gerüsteten Elend & in unserer Gier, in unser eigenes, gieriges Elend immer weiter hineinzulocken, immer weiter hineinrennen zu lassen in dieses Nirgendwo, das so !verflucht ähnlich dem katholischen Paradies erscheint, und je länger die Entdeckung dieser Schimäre der Pfaffen ausblieb, desto deutlicher die 1zig mögliche Wahrheit: Auch Das nur ein !grandioser Schwindel, ein !großartig leuchtendes Irrlicht für Irrsinnige & ihre irrsinnige Versuchung aus dem Sumpfland der Gehirne, dessen 1ziger Nutzen darin besteht, in ausgeklügelten Intrigen unliebsame Nebenbuhler, längst dem Henker fällige Abtrünnige, Halsabschneider mieses Krämer&händlerpack Spekulanten Winkeladvokaten korrupte=Mönche Halunken Immobilienmakler & anderes Gesindel auf diese Weise in den Dschungel zu schicken, aus dem es kein Wiederkommen gab – und Niemand hätte schuld daran, außer diesen Idioten=selber, deren Verstand vom Gehirn in die Hoden gerutscht war – –: Vielen war Das längst schon aufgefallen, aber es war viel länger schon *!Zu spät zum Umkehren* – u jeder, der gewagt hätte, Das auszusprechen was viele wußten, den hätte das Schicksal des Hiobsboten getroffen....., *weiter sind wir bis Heute nicht.....*, und so tönte es länger & lauter *!El Dorado !Gelobtes Land !Neue Welt* – Über dem stummen Indiodorf lagen schon die Gespinste von Pflanzen gebreitet, Lianen & anderes Schlinggewächs zog seine Tentakeln über eingestürzte Behausungen, griff nach verstreut umherliegendem Hausgerät, umstrickte es mit Dornengeranke als rüste der Dschungel seinerseits zu *seinem* Krieg. Auch waren Spuren einstigen Kampfes noch auszumachen: Brandflecke, dazwischen u daneben ausgehöhlte leere Rüstungen & Sturmhelme, Harnische & Beinschienen, von Moosen & von Brutnestern winzigen Getiers bedeckt wie mit Fetzen von verschlissenem Samt, bitumiger Verwesungsflaum wie auf exhumierten Mumien. Unterm eiligen Rosten leere, doch scheinbar sich verkrampfende Metallhandschuhe, als spielten sie allein & noch immer den zähen Todeskampf längst verwester Soldaten, – *und dann haben wir sie gesehen: Die Pfähle, daran – von Tiersehnen noch immer gehalten – die kopflosen Gerippe hingen : die Schädel herabgestürzt od auf dünne Speere gespießt, die Kinnladen weit heruntergeklappt im Gähnen od: im endlosen Gelächter der Toten –*; manch 1 der Spieße war durch eine Augenhöhle gedrungen, so daß der Schädel zu Füßen des Pfahles hinabgerutscht war, das Folterwerkzeug als ewiger Dorn im Auge, *im Gitterwerk der Brustkörbe die Nester buntschillernder, winziger Vögel, während die Pfähle, an die man unsere Vorgänger gefesselt hatte, längst schon wieder Äste trugen & Laub od von Schlingpflanzen wie Thyrsusstäbe umwunden, Dionysos' letztes Gefolge,* und jene Reste von Toten auf ihrem schamlos offenliegenden, gleichsam umgestülpten, nach oben gekehrten Friedhof schienen wie all die übrigen Pflanzen Wurzeln zu treiben in die Erde, hineinzuwachsen geradenwegs hin zum Mittelpunkt der Erde. Wo nicht allein Heimat war für diese Toten, sondern Heimat & Zukunft für alle übrigen Menschen, zu allen Zeiten, und würden von dorther, von jenem Mittelpunkt, weiter und weiter voranwachsen, um nach Tausenden von Jahren auf der anderen Seite der Erde, !plötzlich, die Humus-, Lehm-, Geröll- od Asfaltdecke durchbrechend, auf Straßen Wegen in Hotelhallen Banken Bordells & Kirchen od einfach mitten in den Wohnstuben der Menschen wie aus einer Theaterversenkung auferstehend wiedererscheinen, wieder da-sein, u wiederum auf einem schamlos offenliegenden, umgestülpten u nach oben gekehrten Friedhof –. Aber diese Plötzlichkeit würde nur in der Wahrnehmung jener Menschen=dort bestehen : In Wahrheit waren sie, diese Toten, schon immer in ihrem stummen, Jahrtausende währenden Wachstum unter den Füßen der Ahnungslosen, der Wegschauenden & der grad Weghörenden – auch !Hier & Jetzt – :Doch, nun, würden sie, diese Toten, untrüglich dem Augenschein, *präsent sein*: als die Ströme von Flüchtlingen Heimatlosen Kriegsvertriebenen Verfolgern & Verfolgten, lebendig Tote tot Lebendige, durch die Mittelpunkte ihrer Kriege & ihrer Tode hindurchgeschleift, auch an diesem Ort ihr stummes Wachstum auch in diese Erde hinein fortzusetzen. *Eines ebenfalls toten, zerstückelten Dionysos' letztes Gefolge, mit dem ich, an 1 Pfahl gefesselt, am Ende der letzten Folter, zusammengeworfen werde.* Wir haben uns verlaufen, vom 1. Tag unseres Hierseins, & unsere Leiber wie unser gesamter maschineller Troß, Wirtschaft & Krieg, er diente dieser Natur=hier nur als weitere Nahrung, als winziges Zubrot für die unersättliche Gefräßigkeit ihres Weiterlebens, unseres Weitersterbens..... *Und als hätte über dem stummen Ort damals noch immer Gestank aus den Feuern der Kannibalen gelegen, spürten wir, durch jene Überfülle an wachsendem Leben hindurch, die fassungslose 1samkeit all unserer Irrungen – – –*

Der Stamm der Tainos (erinnerte der Conquistador die Erzählung eines Missionars), die Tainos waren die ersten, die kollektiven Selbstmord begingen, als sie sahen, daß sie Uns nicht besiegen konnten. Also nahmen die Besiegten den Siegern die Beute: sich selbst. Die Stammeskrieger stürzen sich in spitze Bambusspeere wie in die Schwerter wir – Frauen & Kinder werden zuvor erschlagen wie Vieh, ihre Eingeweide aus den noch warmen Leibern herausgezerrt & den Göttern zum Opfer gebracht. *Ich sah lebendige, noch schlagende Herzen in den Händen dieser grausamen=Priester und die Fliegen..... stürzten sich in einer Unmasse aus dem Urwald heraus, schwarze Wolken, die das Sonnenlicht über der Stätte verdunkelten.....* – die Krieger des Stammes schließlich trinken aus bemalten Gefäßen ein rasch wirkendes Gift, sinken kurz darauf zu Boden, sterben indes nicht sofort: *Speichel sah ich aus weitoffenen, gräulich verzerrten Mündern, dünne Fäden u Gespinste als wäre es feiner Rauch, als würden sie innerlich verbrennen – die sterbenden Leiber verrenkten die Gliedmaßen zu klobig abgewinkelten Figuren – sie ähneln darin ihren Schriftzeichen – als müßten diese heftigen Zuckungen die Räume ihres Sterbens ausmessen, um schließlich mit ihren entseelten Leibern von der ununterbrochen fressenden, ununterbrochen verdauenden Urwald-Maschine eingesogen zu werden,* von der diese Wilden sich alle Geborgenheit, allen Schutz, Rückkehr & Wiedervereinigung mit den Geistern ihrer Ahnen versprechen. Er sah aus den gegenüberliegenden Fenstern des stillstehenden Zuges noch einmal in die Vorgärten hinein. Der Rauch der Frühe war verflogen, langsam stieg ein helles Tageslicht in Felder u in die Gärten ein. Die Unkraut jätenden Fraun – dieser seit ?wie langer Zeit stillstehende Zug – die in der Entfernung reglos wie Attrappen wirkenden Pferde vor der Kulisse eines schwarzen, zerfaserten Wäldersaumes – vor dem Himmelsopal die langsam an der Asfaltschnur entlang sich ziehende Lastwagenkolonne – auf schmutzigem Fensterglas die Fliegen..... –: Vielleicht 1 Szene auf dem Theater (empfand er), ein vor Jahren=Jahrzehnten gewiß sehr erfolgreiches Stück, das einst enormen Applaus bekam; so laute Akklamationen, daß die Zeit mit ihren weiten Schritten, die über das Stück & Das Theater hinwegging, nicht bemerkt worden ist – doch Schauspieler, am Applaus klebend wie gefangene Fliegen am Leim, wiederholten Abend-für-Abend, vor nur wenig veränderten Kulissen, in kaum wahrnehmbaren anderen Kostümen, stets die gleichen Parts Mal-um-Mal, den Applaus von einst nun mit Gewalt erpressen wollend von einem Publikum, das sowohl vom Erfolg-von-einst nichts wissen kann & nichts wissen will, als auch in dieser veränderten Zeit längst andere, für es (das Publikum) größere Vergnüglichkeiten kennt, als es (Das Theater) sie noch zu vergeben hat. Und so erscheinen die Schauspieler in dieser Zeit wie ein verlassener Geliebter vor der Frau, der mit verzweifelter Bemühtheit all die Worte & Taten wiederholt, mit dem mehr als sportlichen Einsatz seines Körpers auch, seiner Stimme, womit er einst meinen konnte, er habe die Aufmerksamkeit dieser Frau=erregen können, (u das traf gewiß auch zu, damals, nur eben anders, mit sozusagen völlig anderen Konturen & Farben, als der Mann dies aus seiner Vorstellung von sich-selber verstehen

konnte) –:dieselbe Frau, plötzlich kalt, abweisend, karg & in
1 bedrohlichen, gemeinen Art schweigsam & stumm –,–
und er (dieser Mann) mußte aus seiner ratlosen Bemühtheit
heraus gerade all dies tun, was noch gestern Erfolg, heute
indes nur schale, durchschaubare Albernheit war –:Was die
Abweisung, die Langeweile u den Zorn der Frau soweit
steigerte, daß sie seine (des Mannes) Jacke vom Haken
nahm, wie einen Müllbeutel ins Zimmer vor sich hertrug,
vor ihn hinhielt & ihn so 1fach ohne 1 Wort aus ihrer
Wohnung hinauswarf. Od, sollte diese Szene in einem
Restaurant od Café stattgefunden haben, sie (die Frau) mit
1 entschiedenen Griff ihre Handtasche packte, vom Sitz auf=
sprang – die Gläser & Löffel klirrten gegen Porzellan, Kaffee
schwappte auf Untertasse u Tisch : 1 wütendes Scheppern,
das allgemein aufhorchen ließ im von Kaffeearomen & Spei=
sengerüchen warmen, breiigen Stimmen&geräuschenetz
des Lokals –, und sie, diese Frau, mit der freien Hand schräg
vom Bauch zum Oberschenkel hinab mit schroffer Geste ihr
Kleid glattstrich, als müsse sie sich endgültig von Etwas
säubern, um mit weiten, derben Schritten geradenwegs an
den Tischinseln (ohne Blick für die Umgebung, ganz bei=
sich, doch ohne 1 1ziges Mal während ihres raschen Ab=
gangs einen der Tische, Stühle od Gäste, die ihren Weg quer
durch das Lokal säumten, auch nur zu streifen) vorüber zum
Ausgang zu streben (wobei der Faltenwurf ihres Kleides
nicht allein ihrer Gestalt & ihren Bewegungen folgte, son=
dern vielmehr Strenge u Apodiktik mit aller Überzeugungs=
kraft selbst zu erzeugen schien). Und er (dieser Mann)
merkte erst, wie spät es war, als sie, diese Frau, plötzlich im
Schwung all ihrer Empörung durch die Tür des Restaurants
od Cafés hinaus auf die Straße lief, in diesem letzten Augen=
blick ihrer Noch-Gegenwart in 1 heftigen Bewegung –
ebenso plötzlich – zur Skulptur erstarrt, zur Ikone verstei=
nert erschien, den Applaus für die Darstellung 1=jener
Zustände von Frauen gegenüber Männern-im-allgemeinen,
nämlich diese spezielle Art des Beleidigt- & Gekränktseins

aus sozusagen fundamentalen Gründen, nun, an dieser Stelle der Inszenierung wie seit Jahren vom Publikum entgegenzunehmen gewohnt war –:– Doch blieb im Parkett alles still, rührte sich keine Hand – ?war 1 Panne geschehen, ?1 technischer Defekt –:es sah so aus: ein Schauspieler, der seinen Auftritt verpaßt, ein Kulissenumbau, der nicht stattgefunden hatte; und nun, nachdem der Vorhang zu diesem Akt aufgezogen worden war, bot den Blicken eine falsche Szenerie sich dar –:Niemand offenbar, der mit solcher Panne umzugehen wußte, Alles in schlecht verhohlener Anspannung wartend, ins Spiel, das gestockt ist, dennoch mehr schlecht als recht sich duckend, in dieses angstvolle gespannte u verschämte Schweigen, Ausharren, mit einem »Das gehört doch dazu« noch schamvoll diese Blöße verdecken wollend – – Stille, ein summendes gefährliches Schweigen, worin ver1zelt heißes Scheinwerferblech knisterte, umherschwirrende Insekten – Fliegen.....– vom Lichtstrahl getroffen, golden purpur blau bernstein aufleuchtend durch die erhitzte Luft gaukelten, u selbst der Staub, dieser in den Theatern allgegenwärtige Dreck, schien die übervolle, von Angst aufgeladene Leere mit dürrem, katarrhösem Knistern zu erfüllen –:?Wielange noch, und das Publikum würde merken, daß Hier etwas nicht stimme; etwas ?werweiß wie lange schon aus der Ordnung sei –, die 1. Laute der Unruhe, der Ungeduld: Räuspern – Füßescharren – hier u dort 1 provokantes Applaudieren, hell u scharf wie 1 Ohrfeige – und dann der !1. Pfiff : weitere würden folgen, und die gesamte Aufführung drohte aus den Angeln zu kippen – schon die 1. Zwischenrufe, teils belustigt teils voll Ärger zu den ratlos wie festgeklebte Plastikfigürchen in einer Modelleisenbahnlandschaft auf der Szene angstvoll schwitzenden Schauspielern hinauf; und der Vorhang, eine aus schwerem, verstaubtem Samt geschneiderte Barmherzigkeit, er würde nicht sinken, das Scheitern nicht verbergen; die Souffleuse das verlorene Stichwort nicht geben, denn Souffleuse & Vorhangzieherwären längst schon fort, getürmt, ausgewandert, auf jeden Fall unbekannten Aufenthalts −: Alles bliebe stecken in seiner hellen Erstarrung, in 1 wort- u bewegungslosen Ausharren −:der Tumult schwappte als kalte Springflut von den Rängen ins Parkett herab −:?Wielange noch und der Aufstand der Zuschauer bräche los, auf die Bühne hinauf, mit der Wut der um ihr Spiel der Körper Geprellten, würden die Körper sich besinnen & die Kulissen & Das Theater zu demolieren, die ratlose Komparserie zu lynchen beginnen − − −

Nichts geschieht. Sie bringen sich lieber selber um, als zu werden wie Wir. Der Conquistador versuchte ein letztes Mal, zwischen den Schwaden Wasserdampf aus dem Urwalddikkicht hindurch auf dem Platz die übrigen, an Pfähle gefesselten Gefangenen, Opfer wie er im Todesritual 1 Indiostammes, zu erkennen. Es gelang ihm auch diesmal nicht. *Wenigstens werde ich sterben können, wie ich gelebt habe: Allein, ohne den Schmutz eines Gebetes im Mund. Allein wie ein Tier* − wie vor Tagen bei einem vorbereitenden Opferritual dieser Wilden das Pferd. Die Indios hatten das Tier zu Fall gebracht, gefesselt & wie einen Menschen lebendig an den Pfahl gebunden. Er beobachtete den Kopf des Pferdes. Das Tier hatte keinen Laut von sich gegeben, nur die Nüstern weit gebläht u die Augen aufgerissen wie in einem langanhaltenden Erstaunen. So hing das Pferd in den Fesseln am Pfahl als ein groteskes Zerrbild seiner Natur; unförmig, plump, als sei der Leib schon vor der Verwesung gebläht, wölbte der Bauch des Pferdes sich weit hervor. Dann waren Tiere aus dem Urwald gekommen, 1=jedes, selbst der kleinste Käfer, wurde zum Angreifer & zum Sieger jetzt, u 1=jedes eine besondere Folter für das ausgelieferte Tier. Sie drangen in die Körperöffnungen in den Leib des Pferdes ein, begannen, den lebendigen Körper von innen heraus zu fressen, während von außen her millionenfache winzige Insektenkiefer, die Augen des Pferdes zerbeißend, in den Kopf eindrangen, zernagten vermutlich die Nervenstränge, denn aus dem Pferdemaul fuhren pfeifende Laute, die, weil sie menschlich waren, im Leid dieses Tieres den jahrtausendealten Weg des Leidens von Menschen vorausgezeichnet hatten : In solchen Momenten des Sterbens einer Kreatur trat diese tiefste Erinnerung hervor. – Und nach den Insekten kamen die großen Raubtiere aus dem Dschungel heraus: der Puma, der Jaguar, der Leopard. Langezeit, scheinbar unwillig u gelangweilt, hatten sie den Pfahl mit dem gefesselten Pferd umstrichen, hatten den Schweiß der Beute in=sich gesogen –:dann, !plötzlich, packten sie zu. Eine der Raubkatzen hatte beim After begonnen, die zweite schlitzte mit 1 Prankenhieb den Bauch des Pferdes auf & fuhr mit dem Kopf in die Wunde. Die Haut um den aufgebrochenen Tierleib zuckte – denn noch !lebte das Pferd – drunter bohrten die Köpfe der Raubtiere sich tiefer in das Tier hinein. Der Puma kroch für 1 Moment rückwärts aus dem Pferdeleib hervor, das Fell naß glänzend, als würde ein sterbender Kentaur 1 Bestie gebären, im Maul das Geschlinge des Darmes herauszerrend – es zerriß u schnellte zurück in den Leib, der Puma sprang hinterher. So lange blieb das Pferd noch am Leben, in Augen u Nüstern glühend der Schmerz. Dann, mit einem entsetzlichen Seufzer, starb es rasch. Vermutlich hatte 1 Biß die Lunge zerrissen od das Herz. Was blieb, waren die Freßgeräusche der Raubtiere u ihre Bewegungen im toten Leib, die sich übertrugen auf die starren Beine des toten Pferdes, die dadurch etwas Unwirkliches, Marionettenhaftes bekamen, als wären dies Fluchtreflexe eines toten Wesens, das einem Tod, der vielleicht diesem 1, sichtbaren Tod noch folgen mochte, zu entrinnen suchte. In die Lastwagenkolonne auf der Landstraße mischten sich in schneller Fahrt dunkle Limousinen, sie sprangen flink in die Lücken zwischen den Transportern, hasteten in Sprüngen & Schüben das gerade Band der Landstraße voran. Die Geschäftigkeit hatte auch diese Gegend eingeholt, die Zugfensterscheibe war besetzt von den Fliegen..... Sie kamen langsam, beinahe widerstrebend, auch aus dem Gepäcknetz, von dem betauten Zellofan, das den Blumenstrauß umhüllte, auf dem sie langezeit gelagert hatten, denn dieser Strauß war nur Tarnung, er barg das Geheimnis eines Verbrechens –:Fliegen riechen stets die Chance zum Fressen.....; *sie sind immer an dem Ort, wo sie hingehören*. Der von dem verstümmtelten Genital plötzlich wieder in seinem gesamten Leib hell auflodernde Schmerz, der wie 1 Geysir aus diesem Zentrum des Leides erneut über ihn herfiel –: Die Indios aus diesem Stamm, am Ende ihres suizidalen Rituals, lagen nun tot über den Platz verstreut –: vor dem Conquistador eine weite, glühende Landschaft ohne Linderung, die schattenlose Wüste unter der kalten Sonne des Schmerzes, sein langsames langsames Sterben; u in den körperlichen Schmerz mischte ein anderes, unendlich qualvolleres Leiden sich ein : das Bewußtsein von Zeit, schutzloser Zeit; Preisgabe ohne Zuflucht, nichts als nackte, schroffe, aus glühenden Zangen bestehende Zeit mit ihrem Geschmack von Eisen, u Zeit war jetzt nicht mehr Aufschub, nicht mehr Betäubung : denn zwischen Hier und Dort lag nur noch sein endgültiger, sein wirklicher Tod – – – Und auf diesem Weg ohne Schutz traf er in der übergrellen Schärfe auf Erinnerungen wie aus Fieber, im flackernden Ver-Leben letzte Bilder aus dem 1, dem niemals beendenten Krieg : *Der Geruch wird die Bestien anlocken, sie werden Das Ende machen. Vielleicht. Könnte ich Arme & Hände aus den Fesseln lösen: Immer aufs neu risse ich diese Wunde auf, immer aufs neu zöge ich Tod allem weiteren Leben unter Menschen vor. Denn sobald Menschen hoffen fühlen wünschen* (erinnerte er die Sentenz u sah durch die dreckigen Glasscheiben des Zugabteils zu der Gruppe ruhig weidender Pferde hinüber, während auf weit entfernter Allee, unhörbar für ihn, vorm Horizont eines kahlen Landes, wie buntbemalte Kriegselefanten die Kolonnen der Ferntransporter weiter von Westen nach Ost vorüberzogen, dazwischen Baumaschinen, Bagger, Kräne mit ihren Gestängen Auslegern Schaufelformen wie atavistisches Mauerbrech- & Belagerungsgerät – jeweils getragen ihrerseits von Schwertransportern, auf deren Achsen zur ganzen Breite wuchtige Reifen gefädelt sich drehten –, wobei über die Fensterscheibe des Abteils langsam & träge die Fliegen..... krochen – wie bei 1 Doppelbelichtung aus ihren 2 Wirklichkeiten ins Ungeheure gewachsene Fliegen= Monster, die mit dürren, wie zerknickt wirkenden Beinen, mit bedächtig stakenden Bewegungen, als müßten diese Fliegen bei jedem Millimeter Vorankriechens die Möglichkeiten ihres Tuns neu abwägen, um danach aus allem Erdenklichen das erdenklich Boshafteste herauszusuchen, um schließlich nach & nach dieser Ferntransporter sich zu bemächtigen –), *dann werden diese umherwatschelnden, geifernden, pausenlos quatschenden Wichtigtuer: zu den absurdesten Bestien, die sie=selber sich vorzustellen nicht gelingt.* Denn Sie müßten sich selber darin sehen als Monster mit schlampigem Ego, so schlampig wie Sie=selber: *halb Menschen noch halb Tiere schon wieder, die Schädel voll dunkler Gier nach Rache u Blut – die die Geduld die Arbeit den Mut, sich selber aus dem Elend zu ziehen, verlernt haben od: niemals besitzen konnten – die, was vom Mensch an ihnen ist, verwandelt haben in Klagen Jammergesänge & Todestrieb, während Alles was ihnen fremd ist, ihrer Mordlust zum Opfer fällt :!Nein: auch diese=hier !Nichts wert, seit sie Uns begegnet sind: nichts anderes als die Vielzuvielen wie Wir..... :miserabel vernähte Hautsäcke, vom Arschloch bis ins Gehirn voll mit Verwesung* (er zerquetschte langsam mit dem Daumennagel 1 der übers Glas kriechenden Fliegen.....) *Könnte mein Haß zu Wolken werden, vierzig !Jahre würde Regen fallen auf diesen biologischen Schund, und !Schluß & !Aus mit dieser ganzen Brut* (er wischte den Fliegenkadaver am Sitzpolster ab) –: *Und hätte Ihnen damit noch 1 Dienst erwiesen. Denn es gibt zuviele Menschen, u all diese Zuvielen können sich immer zu sicher fühln. So breiten Sie sich aus & feiern Ihr schmuddeliges Ego. Aus dieser Brut werden Menschen nur, solange das Schwert über Ihnen kreist. Allein die Angst um die eigene Haut bringt Sie zu innerer Form.* Im Nuklearschutzkeller erwarte ich ½wert-Menschen. *Und !Nichts danach :!Weder Arche noch Taube & !Keinen Regenbogen. Schluß mit der schönen Geschichte. Mensch-*

Sein – 1 geglückte Minute in einem Jahrtausend, der Rest taugt nur zur Opferzahl bei 1 Luftangriff. *Denn Opfer sind allzeit zur Stelle, wo Opfer gebraucht werden.* Und der Schmerz riß den Körper des Conquistadors in den Schrei, sein verwundetes Fleisch sein blut &dreckverschmierter Leib brach auf in dieses letzte Privileg alles Lebendigen: ins lange Schreien des Tieres hinein in seinen Tod – – –

Er schaute noch 1 letztes Mal aus dem Zugfenster: – ein Land und seine Erde, eingesunken wie alte Gräber – *Ich bin nicht entkommen. !Es gibt kein Entkommen. Bin niemals wirklich fortgewesen. Ich werde* ALLES *noch 1 Mal wiederholen müssen.* Od: nicht einmal Wiederholung (lasse ich ihn sogleich bemerken), denn solch Wiederholung ist unmöglich, weil alles Gewesene, alles Zurückliegende noch diesseits des Vergessens ist, längst noch nicht verschwunden & gebannt, wie das nach dem letzten Krieg durch die Ruinen geschehen konnte, sondern vielmehr dieser lebendigen Vergangenheit als zusätzliches, vergangen Lebendiges sich aufsummiert. *Und dadurch würde es noch schlimmer sein : Denn selbst die neuen Ruinen wie die neu Ruinierten sind nicht zerstört, sondern so verstört aus ihrer Totenruhe davor, daß allein Müdigkeit & Überdruß bleiben* – ein zäher, lähmender, scheinbar alles & jeden einhüllender Unwille, Überdruß, Abscheu & Ekel an & vor sich=selber, vorm eigenen inneren Krieg & vor dem ameisenhaften Wiederholungszwang, das Verstörte, Traumatische ab- & *das-Lebendige* wiederaufzubauen, od: gar nichts Kreatürliches, vielmehr einem pflanzenhaften Wiederholungszwang, nach dem allherbstlichen Sterben und den angerichteten Zerstörungen des Winters immer u alljährlich aufs Neu den Wachstumsbefehlen aus Erde Wasser & Sonne & all jenen damit verbundenen chemisch physikalisch begriffenen Prozessen vollkommen willenlos, vielmehr dumpf knospend sprießend sich entfaltend, also vollkommen jenseits der Frage nach einem Willen zu folgen; diesem blind=vitalen Impuls nun nicht mehr zu gehorchen, dazu bereits unfähig u selbst für Zynismus schon zu müde, viel-

mehr diesen eingeforderten Vitalismus 1fach zu durch schauen als lediglich neues Zwischenspiel, als 1 weitere Chiffre desselben alten Krieges, *so daß als 1ziges Tun in diesem zähen titanikhaften Sog nach Unten, darin die Lust im Vergessen auf Lust besteht, allein das Sicheinschließen, Sichabschließen, das Sichisolieren zu bleiben scheint*, so wie Völker auf engen, zu dicht besiedelten Inseln der übermächtigen Angriffe des Aufzehrens durch den Nächsten sich erwehren u sich=selbst als Wesen bewahren, od: was vom Wesenhaften ihnen vielleicht noch geblieben ist, indem sie weit, sehr weit Abstand nehmen, u in=sich bleiben auf ihrer labyrinthischen Fahrt.....
Mein älterer Bruder legte das Buch mit der Geschichte vom Tod eines Conquistadors, die er u: ich in der Jugendzeit oft gelesen hatten, aufgeblättert u voll Überdruß neben sich auf die Sitzbank nieder, mit dem festen Vorsatz, dieses Buch niemals wieder in die Hand zu nehmen.

Wenigstens !diesen 1 Tod aus frühen Jahren werde ich überwunden haben. Dachte er.

Bericht vom Sprechen. Ich liege im Verschwinden. Ich werde zu sprechen beginnen. Jetzt damit beginnen. Sagen, daß ich spreche. Sagen, daß ich sehe. Sagen, daß ich verschwinde. Um wieder sprechen zu können. Das Krankenhaus ein Block aus stagnierenden Gerüchen. Desinfektionsmittel. Essenschwaden. Ungewaschene modrige Leiber. Bademäntel schimmernd wie verblühte Astern. Nur 2 Bilder. Unseliges Warten. Stimmen fegen Korridore, die in Korridore münden, um ihrerseits in Korridore zu münden. Magische Quadrate. Würfel des Elends. Karreeförmige Tunnel, Milchglas in den Türen, schwarze Aufschrift. Namen + Zahlen. 1 Fenster schlägt krachend zu. Ersticktes Husten. Ein tonloses Wimmern über Stunden hinweg, irgendjemandes Schlaf od Sterben. Leere Rollbetten die Korridore entlang. Tische mit Metallräderchen wie Servierwagen. Klirrend auf den Korridorfliesen eines warmen Lazaretts. Das wird ihn anziehen. Heranlocken. Meinen älteren Bruder. Hierher in diese Stadt. In dieses Haus. Angekommen. Hier & heute Nacht. Aus dem Zentrum seiner Angst. Dem verfallenen Stadtviertel hier. Aus den Salpeter&krätze-Häusern an der brackigen Abzucht dort. Wo die obskuren Hinterhöfe mit Brücken zusammenklammern. Wo verschlissne Wäschestücke wie Mumienhaut an Leinen hängen. Wo schon Kinder morden + gemordet werden. Wörter wie Flüche. Flüche wie Wörter. Dort. Wo Existenzen fallen. Wo die Väter sind. Zentrum der Angst. Aus niemals gewußter Zeit. Der Gemüseladen, einst Fäulnishöhle, die Zeit darin ein starres Verwesen. Angekommen wieder. Er, nach sovielen Wegen. Kein anderer Ort. Kein anderer Mensch. Die Angst keine andere. Im Blumenstrauß Die Waffe für den Mord. Verborgen. Ich weiß. !Kein Entkommen. Ich werde sprechen.

Schritte stechend Flure entlang, Takte von stotternden Uhren. Ein fortgesetztes Aufhören. Das nicht aufhören kann aufzuhören. Dazu bedarf es eines Dinges. Eines Anderen. Dem ich Sprache anheften kann wie 1 Schneiderpuppe buntköpfige Nadeln. 1 Waffe. Ohne Es, ohne dieses Andere halten zu können. Mein Sprechen, mein Raunen, Flüstern, mein Murmeln, es gleitet ab von Es. Läßt Es wieder völlig frei + unbehelligt von mir. Von meinem Sprechen. Weiterziehen.

Er, mein Bruder, wird mich aufhören. Ich werde mindestens 1 tödliche Stichwunde aufweisen. Das ist das allermindeste. Daneben Verstümmlungen. Herausgerissene Gliedmaßen. Ausgerenkte Kieferknochen. Schädeldecke zerbrochen. Nichts ausgelassen. Gut fürs forensische Protokoll. Ich werde danach ohne Sprache sein. Ich werde danach ohne Bilder sein. Ich werde danach verschwunden sein. !Vorsicht, das ist 1 Falle. Verschwunden hinter den Grenzen von Ich. Verschwunden bis auf die Grenzen des Verschwindens. Hier, an diesen Grenzen, Nahtstellen der Leere, werde ich ihn treffen. Meinen Bruder. Das sagt man so. Meinen Mörder. Das sagt man so. Hier werde ich, durch unser Zusammentreffen, beginnen. Durch ihn, meinen Bruder, beginnen. Ausgezeichnet. Wieder Wörter haben. Wieder das Schweigen verlassen. Mit der Beute aus fremden Gehirnen. Wieder die Gießbäche des Sprechens hören. Ohne selber Wurzeln schlagen zu müssen. Ich, zerlegt von meinem Mörder, das sagt man so, von meinem Bruder, das sagt man so, werde seine Existenz sein. Werde seine Sprache sein. !Vorsicht Falle. Wenn ich spreche werde ich ihn sprechen. Darauf achten. So sind die Regeln für dieses Spiel.

Er wird mit meinem Sprechen, das er mir gibt, *sie* erreichen wollen. Diese Frau, die ich einmal. Ich flüstere. Hier od Anderswo, in der Verbannung des Wartens. Das kein Ende kennt. Kein Aufhören. Erstarrt in einem Warten jenseits des Todes. Vorsicht. Ich warte mit diesen Wörtern auf die Wörter für diese *Frau*. Damit sie unter der Hülle meines Sprechens noch einmal erscheinen kann. Das ist 1 Falle.

Das ist ein Versprechen. Sollte er, mein Bruder, der mit seinen Worten gesprochen hatte. Der seinem Sprechen aus meinem Sprechen zugehört hatte. Sollte er der Faszination dieser Wörter, die versprechen von der *Frau* zu sprechen, verfallen sein. Dem unermüdlichen Versprechen des Sprechens zu sprechen. Verfallen sein. In der Falle sein. In diesem Krankenhaus. In dieser Nacht. Auf dem Weg sein, durch die leeren Korridore. Her zu mir. Hatte er die Wörter nicht als die seinen wiedererkannt. Hatte er sie, die Wörter, vielmehr als von einer anderen Stimme kommend gehört. Die Etwas über *sie*, die im Tod verschwundene Frau, sagen kann. *Eine* Stimme aus dem Dunkel des Todes, sprechend, das Dunkel in die Helligkeit des Sprechens verwandelnd. Das ist 1 Falle. Hatte er *das* Echo seiner eigenen Stimme für *die* Stimme gehalten. Weil die Stimme seinem Erwarten so nahe kam. Von der Verführung verführt. Gelockt vom Versprechen des Sprechens. Sein Schatten auf den Korridoren 1 bleicher unter der Notbleuchtung des Krankenhauses sich reckender und sich verkürzender Zeiger. Das Fliesenmosaik des Bodens das Zifferblatt, zählend den Countdown bis zum Mord. Hatte er für diesen Moment seines Verfallenseins vergessen, *er* zu sagen. War er 1 Mal unaufmerksam. Od öfter. Angsteckt hingerissen ertaubt vom Versprechen auf das Erscheinenlassen *ihres* Leibes. Unvorsichtig genug, *ich* zu sagen. Hatte er deshalb das Sprühen, das Glänzen der Echowellen, in Unhörbarkeit + Leere langsam verrollend, mit dieser *einen* Stimme verwechseln können. Brandung und Feuer. Verfallen in der Falle der Begierde. Taub dem endlosen Fading eines in einer glitzernden Schnur sich aufdröselnden Raunens folgend. Das ist die Falle. Hierher. In die Falle. In solch 1 schwach glimmendes Zentrum eines Sprechens, das aus meinem Sprechen ist, das er mir gegeben hat. Hierher. In die Nacht im Schimmern bläulicher Notlampen. Wo er noch ein anderes Sprechen od das Sprechen eines Anderen zu finden hofft. Mein Sprechen am Ende der Schnur. Mein Sprechen die Echos aus seinem Sprechen. Die Falle.

Dann wird er mich töten müssen. Mehr. Er muß meinen Körper, verletzt zerschunden, mein Gesicht, das Abbild seines eigenen Gesichts, eine Maske eine Tätowierung des Schmerzes. Noch weiter verletzen zerschinden. Muß mit dem Skalpell, das ich mit diesen Worten auf den Tisch neben mich lege, neue Muster in die Maske meines Schmerzes schneiden. Damit es seine Maske + sein Schmerz werden kann. Ich werde ihm jedes Werkzeug hinhalten für den Mord. Nichts auslassen. Er muß die Haut, Hülle von allem, lösen. Herunterreißen. Meinen Körper öffnen. Er muß mein Fleisch, die Sehnen Adern die Knochen + das Fettgewebe, all diese glitschigen wabbeligen + zähen Substanzen von meinem Gerippe schaben. Herausschneiden. Zerteilen, Faser für Faser. Ich lege ihm das Werkzeug hin. Um endlich freizusetzen, zu enthüllen + zum Sprechen zu bringen: *Das Geheimnis Die Begierde* der Wörter ins Sprechen zu kommen. Ins Sein zu kommen. *Das Wissen* aus den dunklen Gefilden der Wörter. Die Blut haben müssen für einen Atem, für ein Sprechen. Im Zentrum des Blutes + der Dunkelheit die *Frau*. Gefangen in seinen Bildern. !Vorsicht.

Jetzt beginne ich zu sprechen. Beginne meine Falle zu stellen für seinen Irrtum. Er hat mich aus seinen Wörtern entworfen. Mich in die Wörter geworfen. Hinabgestürzt diese 1 Klippe. Bis auf den Grund. Mich hineingestellt in die grenzenlosen Gefilde des Raunens + die Maßlosigkeit der Verlockungen seiner Wörter. Die er als die seinen nicht wiedererkennt. Zu einem Double von sich selbst. Blind. Stumm. Unfähig sich zu bewegen. Allein. Zum Hören verdammt. Er wollte durch mich die *Frau* erfahren. Meine Wörter, aus seinem Sprechen, sollten *Das Geheimnis* sprechen. Für ihn. Das sie, die Wörter erfahren mußten. Sie haben sich der *Frau* angenähert. Von Außen kommend. Angenähert. So nahe wie er niemals kommen konnte. Ich, aus seinen Wörtern kommend, sollte diese Nähe, die eine-Liebe umfassen mußte, erfahren. Meine Distance war seine Nähe. In ihm war immer auch das Gegenteil von einem Liebhaber.

Ich spreche. In dieser Nacht wird er einen grandiosen Diebstahl, eine unerhörte Grenzverletzung begehen. Und wird diesem großen emfatischen Irrtum verfallen sein. Der Falle verfallen sein. Sich – durch mein Töten, dh. durch meinen preisgegebenen Reichtum an Sprechen hindurchgehend – selber dort sich hinstellen. In den Gefilden der Stummheit. In der unendlichen Nähe zu den Konturen seiner Begierde. Hinstellen in die Falle. Seine Schritte vor meiner Tür. Ankommen. Halten. Das Uhrwerk ist abgelaufen. Ausgezeichnet. Gelungen. Es wird sein wie es gesagt wurde. Die Bandagen werden verschwinden. Er wird mein Gesicht sehen. Die Nacktheit der Verletzungen. Die Maske des Schmerzes aus seinem Schmerz. Das Zerteilen wird beginnen.

Erkennen, daß die Zeit 1 Nacht nicht Zeit genug ist für einen Mord. Für einen Mord aus hunderten winziger Morde. Erkennen, daß kein Weg zurückführt. Zuviele Verstümmlungen schon. Zuviel herausgezerrtes Fleisch. Abgezogene Haut, hellbleich über den Boden verbreitet. Interpunktionen des Blutes auf kühlen Fliesen. Klumpen Eingeweide aus Körperhöhlungen gerissen, händeweise warmes Geschlinge. Über den Boden gestreut. Zu spät für Zurück. Für Ende zu früh. Er, mein Bruder, könnte verzweifeln. Schreien, in der Angst der Not der Ratlosigkeit. Gefangensein eines Mörders in einem Mord. Sein Schrei wäre Signal. Das Personal die Flure entlang. Hastend mit schief geknöpften Kitteln. Türaufreißen. 1 Sekunde Entsetzen. Dann Überwältigung des Mörders. Niederlage. Polizei. Nichts wäre gewonnen. Der Tod unvollendet. *Das Geheimnis*. Er, ein unvollendeter Mörder. Ein unvollendet Toter ich. Verhindere seinen Schrei. Meine Hand preßt sich auf den Mund meines Mörders. Seinen Schrei hinter meinen Fingern in seinem Mund verschließend. Um seinen Mord an mir zu vollenden. Solange er tötet, ist er jetzt mein Instrument. Ausgezeichnet. Am Ende des Mordes wird er 1 abgetrenntes Teil meines Körpers bei=sich behalten. Mit auf seine Reise nehmen. Für den Rest seiner Reise. Der Blumenstrauß die Tarnung für meine Gegenwart in seiner Gegenwart.

1 neues Versprechen. Ausgezeichnet. Es geht weiter. Mein Sprechen 1 Teil meines Tötens. 1 Teil seines Wissens. Noch nicht genug Wissen. Noch nicht genügend Tod. Ungenügend für *ihr* Erscheinen. In der fortwährenden Wiederholung *ihres* Erscheinens.

Ich sage: Ich bin ein Toter, ich spreche. Gelungen. Das ist die Falle. Er ist hineingegangen. In seinem Irrtum aus Faszination. Aus der Leere des volltönenden Versprechens des Sprechens, Künder zu sein einer Erinnerung, einer Zukunft. In seinem falschen Glanz, in seiner Hohlheit ohne Tiefe. Nicht einmal so tief wie 1 Blutstropfen von mir auf den Fliesen dieses Saals. Offenbarung des Vergessens. Meine Wörter, die aus seinen Wörtern sind, sind nicht mein Fleisch. Kein *Geheimnis*. Kein *Wissen*. In der schattenlosen Nacht, was das Sprechen versprechen mußte zu finden: Das Wort, zu Fleisch geworden. Fleisch + Gestalt einer *Frau*. Derentwegen er gekommen ist. Das Wagnis 1 Mordes auszuführen. Die Falle. Das Wort bleibt allein zurück. Nichts erhebt sich aus dem Haufen blutigen Fleisches, Gekröses, aus dem Schindanger der Faszination. Wörter in der prachtvollen dummen Positur 1 blutigen Denkmals ohne Erinnerung. In seinem Schatten verschwinden. In der Tektonik der Nacht. In den feinen Rissen des anderen Morgens. Verschwinden. Zwischen Nacht und Nacht. Zwischen Tag und Tag. Nicht gesprochen werden. Ich spreche. Im Käfig der Befreiung, im Aufleuchten aller Dunkelheiten des Sprechens. In der beständigen Wiederholung des Todes. Werde ich anfangen. Wieder anfangen. Sprechen. Ausgezeichnet. Es geht weiter. Ich spreche. Ich spreche meinen Mörder. 1 neue Falle. Und noch einmal. Dinge u Schimären. Erscheinen.

IV

15 .....und hat an diesem letzten Abend an dem Wir sie gesehen haben ganz plötzlich angefangen von !ihren beiden Kindern zu erzählen Mit keiner Silbe hatte sie jemals zuvor Ihre Kinder erwähnt Wir glaubten zuerst Das ist wieder 1 ihrer Sufflaunen !2 Kinder !Einfach zurückgelassen bei dem Mann diesem Reichen-Arzt in Ostberlin..... ?!Wo gibts den Sowas Aber sie redete und redete Immer leiser wurde ihre Stimme Und dann fing sie an zu flennen Ganz still Mit weitaufgerissenen Augen u die Tränen übers ganze Gesicht runter Ohne sich zu rühren Starr saß sie da u solch ein lautloses Flennen Sowas sieht man sonst nur bei kleinen Kindern od bei uralten Menschen die wissen daß es längst zu spät ist für irgend-1 Laut der Klage und solch Tränen sind Wie solln wir sagen nur noch 1 Echo von dieser Klage So würden vielleicht auch Tiere flennen wenn sies könnten..... Sie dachte nicht daran aufzuhören Wollte keinen Tropfen mehr trinken Das 1. Mal auch daß sie ihre dämlichen Sprüche vergaß Ihr ganzes konfuses Zeugs das wir auf Bierdeckeln mitgeschrieben hatten !Nichts davon Nur dasitzen heulen u mit immer leiserer Stimme von ihren beiden Kindern erzählen Und da haben wir halt ihr ganzes Elend sozusagen in voller Breite serviert bekommen Um es vorwegzunehmen Wir glauben sie hat diese Intrige in die sie durch die Heirat mit dem älteren Mann diesem Reichen-Arzt in Ostberlin geraten war wohl !niemals durchschaut Da konnte sie die Weisheit mit Löffeln gefressen haben & schlau sein wie sie wollte Die Natur holt sich ihr Recht Und was auf der 1 Seite über die Stränge schlägt Das gleicht sie auf der andern Seite wieder aus Soviel steht fest Und so konnte sie auf der 1 Seite Doktor für Geschichte sein u auf der andern Seite war sie halt 1 kleines Kind geblieben So war das 1samkeit & Unglück sind wie siamesische Zwillinge Wie eine jener grausamen Beziehung zwischen Menschen die einfach nicht von 1ander loskommen Die sich alles Erdenkliche an Leiden Verfolgen & Qualen antun Aber es nützt nichts Im Gegenteil Je mehr Leiden desto größer die Anziehungskraft Soviel steht fest Sie sind Wie solln wir sagen in einen Mahlstrom geraten eingesogen eingeatmet hineingerissen worden Und müssen nun in ihrem Verhängnis kreisen und kreisen Stück-für-Stück vom Leib sich reißen lassen Sich zerreiben spüren Auflösen Und können dennoch niemals etwas dagegen tun & würden Jeden der ihnen zu Hilfe käme der sie retten wollte aus solchem furchtbaren Strom Auch zu=sich hin-1ziehen Wie das Leute tun die am Ersaufen sind Die einschlagen sogar noch auf ihren Retter als sei er Der-Tod selber Und !noch 1 mehr der verloren wäre So wundern wir uns nicht daß sie Diese Frau aus der Stadt in ihrer 1samkeit Hier-bei-uns Bei jenen beiden alten 1samen Leuten Zuflucht suchen mußte !Da haben Sie diese Anziehungskraft diesen Mahlstrom der zu immer kleineren Mahlströmen sich fortsetzt solange Bis überhaupt kein Platz mehr zum Atmen bleibt Denn auch jene beiden Alten sehen wir noch in ihren letzten Jahren schweigsam & verbiestert in den Straßen unserer kleinen Stadt wie 2 Schatten umgehen Niemand mehr mit dem sie geredet hätten Er der alte Mann mit dem grauen Bürstenhaar Massig geworden & schwer im Rollstuhl & Sie die kleine hagere Frau mit ihren dürren Armen den schweren Rollstuhl vor sich herschiebend keuchend aber !Niemals auch nur 1 Wort der Klage od des Unmutes !Gar nichts Nur solch ein fürchterliches Keuchen & das hochrote Gesicht im Schweiß An der Stirn klebten die Spitzen schlohweißer Locken ihre Augen groß u grau als blickten sie nieder auf ein fließendes Wasser Und er ihr Mann dirigierte sie in den Stadtpark die Serpentinen hinauf zur Spitze der Aussichtsplattform Von dort oben überschaut man die Gegend=hier – Solches Schauen von oben auf eine Landschaft Das erinnerte ihn gewiß an *Die Heimat* ?Wozu sonst seine alltägliche Beharrlichkeit zu solchem Ausflug Und es war ihm in jenen Jahren wohl vollkommen egal geworden Auf welche Landschaft er starrte seitdem selbst ihm klargeworden war daß Der-Traum *Bald schon gehts wieder in Die Heimat* eben immer nur ein Traum gewesen war..... Bei Wind & Wetter die

Serpentinen hinauf zum Berg Die alte Frau schob ihn über Schlammwege durch Schnee & Eis durch Sand & Steine Diesen Koloß von einem Mann Dabei hatte sie sich wohl ihr Rückgrat endgültig kaputt gemacht Und was wir damals als sie ankam Hier-bei-uns für einen Buckel hielten das wurde in jenen Jahren tatsächlich einer Und sie ist unmerklich im-Lauf-der-Jahre zusammengesunken in diese Haltung als schiebe sie fortwährend einen Rollstuhl vor sich her Auch als er dieser Mann das Haus & die Wohnung nicht mehr verlassen wollte Nur schweigend u drohend im Dunkel des Zimmers sitzenblieb in diesem hohen Sessel & auf seinen Tod wartete..... Und sie seine alte Frau hatte sich nur noch 1 Mal aus ihrer Zusammengesunkenheit aufgerichtet !Kerzengerade stand sie in der Tür u die Ranken des wilden Weines am Haus glühten schon in Herbstfarben auf Ein gradezu !unglaubliches Feuer das die alte Frau in der Tür umflammte Damals an jenem 1 Tag als er wirklich gestorben war Dieser Alte & Sie konnte sich an den Umzug in den Neubau machen damit sie in Ruhe sterben konnte Das haben wir Ihnen schon erzählt Aber ?verstehen Sie nun !Weshalb die Frau aus der Stadt zu ihnen zu diesen beiden Alten gehen mußte Sie war ja auch weggelaufen Von ihrem Mann diesem Reichen-Arzt & Von einem anderen Mann aus Ostberlin der 1-Tages hier aufgetaucht war u der sie offenbar verfolgte Weil er nicht loskam von ihr Wie sie nicht loskam von diesem Anderen Mann der vor einigen Jahren in den-Westen gegangen war Und bis zur Stunde-ihres-Todes hatte sich nichts an all Dem geändert Und wenn es ein Nach-dem-Tode geben sollte Dann würde sich auch Dort Nichts daran ändern solange Bis das letzte Staubkorn Erinnerung an sie & an alle in diesem Mahlstrom in diesem riesigen kreisenden Kessel des Unglücks & des Todes verloren wäre.....

Das erschien dann als 1 ganz plötzlicher Entschluß. So als hätte der Wunsch nach Ausführung solcher Möglichkeit ihn schon über sehr lange Zeit beschäftigt, wobei nun die augenblickhafte Ausführung, die Wunscherfüllung, die ich zustande kommen lasse als hätte lediglich 1 letzte innere Sperre, 1 über Jahre hinweg wirkende Hemmung, mit 1 Mal nachgegeben, aufgehört zu funktionieren, das heißt die Hemmungen, die Schwächen, das innere armselig Fragwürdige od besser das, was zu befragen längst nicht mehr lohnte, u all=diese Unbestimmtheiten, die sich von jeher Absichten u Wünschen entgegenstellten mit ihren Maßstäben der Zielstrebigkeit & des Verrichtenmüssens: mit 1 Mal !abgestellt, !niedergeworfen – od: weniger dramatisch – einfach abgeschliffen wie Kieselsteine auf dem Grund eines Flusses, ausgebrochen, durch jahrzehntelanges Dagegenanlaufen schließlich verbraucht – und Alles weitere wäre dann sozusagen zu 1 mechanischen Vorgang verwandelt worden, der, 1 Mal ausgelöst, somit im Folgezwang der dafür ausgelegten Maschinerie ihrer Konstruktion gemäß ablaufen mußte. Er, mein älterer Bruder, war aus dem haltenden Fernzug ausgestiegen.

War im Abteil von der Sitzbank aufgesprungen, hatte die Reisetasche & jenen Blumenstrauß aus dem Gepäcknetz gerissen, den hellen Wildledermantel vom Haken – durch die Schiebetür hinaus auf den Gang, hin zur Waggontür – sie öffnete sich leicht – und war die beiden Trittbrettstufen hinab auf den Schotter gestiegen. Der letzte Schritt hinab erschien ihm aus kurioser Höhe – (1 Witz fiel ihm ein: Die Stewardess im Flieger hatte den in Panik geratenen Fluggast, der !sofort auszusteigen forderte, höflich bis vor die Kabinentür begleitet mit den Worten *Bitte sehr: Steigen Sie aus. Doch achten Sie darauf: Der 1. Schritt, mein Herr, ist der !größte –*) – der Schotter rutschte unter seinen Füßen, ließ ihn taumeln, und als er sich umwandte, seinen hellen Mantel, der am Trittbrett sich verfangen hatte, zu lösen, erblickte er vor sich das große, stillstehende Wagenrad aus Stahl, sah am Rand des Bahndammes in einem frischen Windstrom stehend unvermittelt aus der Perspektive 1 Kindes unter dem Boden der Eisenbahnwaggons die dunklen, schweren Verstrebungen, von stumpfen öligschmierigen Dreckbatzen bepolstert, sich in1anderfügen – und dahinter, auf der anderen Bahndammseite, an den Rändern begrenzte & vom Eisenprofil der Waggons abgeschnittene Ausblicke auf die Kleingartenanlagen –: Ausblicke in Hellgrün u Spuren von wolkengefiedertem Blau, ein schweigendes Licht. Als er sich zum Fortgehen umwandte, lag vor ihm 1 jener Gräben, wie sie stets Bahndämme & Eisenbahnstrecken beidseitig begleiten; daraus, ver1zelt od in lockeren Bündeln, ockerfarbene, vom Winter zurückgelassene Schilfspeere ragten, dazwischen aus der brackigen Wasserspur in winzigen Zungen schon Neues, Grünes sprach. Er stand noch im mächtigen Vierkantschatten des Wagens, den er soeben verlassen hatte – die leichten italienischen Schuhe mit den glatten Sohlen ließen ihn auf den Gräsern des abschüssigen Dammes straucheln – beinah wäre er in den Graben gerutscht, der helle Wildledermantel in seiner Hand schleifte über den Boden, fing sich in einem flachen Brombeergesträuch: das hielt ihn auf, bewahrte vor dem fauligen Wasser – er rappelte sich auf, ahnte daß er schnell fort mußte von diesem auf offener Strecke haltenden Zug, denn er konnte schon die Blicke der übrigen, im Zug gebliebenen Reisenden spüren. Solch Aussteigen, wußte er, war natürlich !Verboten, & das Entdecktwerden bei der Übertretung 1=solchen Vorschrift riefe unweigerlich Aufmerksamkeit & Diensteifer der übrigen Reisenden auf den Plan; Passagiere, die seit Stunden wie vordem er vom Heulen des Fahrtwindes u vom Schaukeln Rütteln Stuckern der Wagen in dummfbrütende Hohlheit hinabgezogen (unheilige Kentauren, vom unablässigen schwachen Rauschen der Benommenheit sprachlos geworden –) : !Da : mit !1Mal: Durch seinen Anblick, draußen, jenseits der Schienen & ganz offensichtlich aus dem stillstehenden Zug gestiegen, wie 1 schrilles Signal erwachten : – !Das darf doch nich wahr –, und folgend sogleich die Palette ihrer trübsinnigen Empörung: – Seht mal !den-da – Wohl verrückt geworn !wie – 1 Verrückter – Eine !Gefahr für sich &

Andere – !Raudies Wo man hinguckt nichts als !Raudies – kann man saang was man will: Aber früher! Früher hetz sowas nich – Schaffner !Heda !!Schaffner...... Aber wie jede Empörung so käme auch diese nur zu spät: Er, mein älterer Bruder, war schon zu weit aus dem Schatten des Zuges entkommen. War mit 1 Sprung über den Graben gesetzt – :auf der anderen Seite ein unbestelltes Feld Grün – mitunter hüfthohe Gräser, Schafgarbe wilde Kamille ins Kraut geschossener Sauerampfer dazwischen wie Reste einstiger Zivilisation die Halme von Weizen & Gerste – dies Feld ein weißes rotes Leuchten & Flimmern, u viel gelbe Lichter, punktuell, getupft auf einem grünen Grund, von der Ferne in1ander gerückt zu farbigen Wolken sich bauschend – und die Schritte, als hätten sie tatsächlich das Flugzeug während seines hohen Fluges verlassen –:aber, wie um die schlagfertige Stewardess in dem Witz durch 1 weiteren Witz zu übertrumpfen, !kein Absturz, !kein Fallen zehntausend Meter tief: Die Schritte blieben fest u in der Höhe, und führten nun zum Gehen über die Wolken eines anderen, eines übersehenen Himmels hinweg.– Er trug den Mantel wie ein Bündel mit Diebeswerkzeug in der Hand (der Mantelsaum schleifte über Moos über Kräuter Maulwurfshügel hinweg), in der anderen Hand das Zellofan mit dem langsam welkenden Blumenstrauß, und die Reisetasche hängte er wie einen Rucksack über die Schulter. Vom Erobern befreit, das Denken nur noch beschwert von 1 vollbrachten Tat, daneben indes ein Wissen von sehr viel Zeit – so strich er durch dieses sich öffnende Feld voller Gräser dahin. Wege, auf denen Erstrebenswertes möglich ist : Mönch u Verbrecher sein. Und als ihn der Tag in seine weißen Stunden stellte, da spürte er einen unbändigen Drang zum Scheißen.

 ......Und wie in einem Mahlstrom ist es auch mit ihr Mit der Frau aus der Stadt immer schneller bergab gegangen Sie hat uns alles erzählt an jenem letzten Abend in der »Eiche« Und nach jedem Heulanfall hat sie schneller & schneller erzählt als müsse sie diesen tödlichen Sog in den sie damals geraten war Auch im Erzählen noch 1 Mal wiederholen Und wenn es überhaupt 1 Anfang bei dieser Geschichte gegeben hat dann war es dieser Anfang den wir neulich *Den Anfang ihres Leidensweges* genannt haben: !Der Tod ihres Vaters..... Und die Beerdigung damals..... Jener 1 Satz des Pastors mit dem für sie Alles zum Ausbruch kam *Er hat über viele Jahre seines Lebens 1 Kreuz getragen* Hatte der Pastor damals vor dem offenen Grab gesagt Denn wie Sie wissen war ihr Vater seit etlichen Jahren gelähmt Das war Das Kreuz *Und nun ist er durch das Kreuz hindurchgegangen*..... Sie war daraufhin fortgerannt Über den Friedhof fort von den Leuten vom Grab von der ganzen Beerdigung !Auf & davon Und da hat Es begonnen Vielleicht Als für sie die Stunden Tage & Jahre Wie solln wir sagen ins Kreiseln gerieten in diesen Sog aus dem es für sie kein Fortkommen mehr gab: Da lernte sie Ihn kennen diesen Reichen-Arzt einen um so viele Jahre älteren Mann – ihr Studium konnte beginnen – wenig später die Hochzeit (die Verwandtschaft des Mannes ist ja von-Anfang-an dagegen gewesen & hörten wir Die Partei..... auch Aber das hat ihn diesen Reichen-Arzt nicht geschert Zumindest im Anfang nicht Später dann..... Aber das erzählen wir noch – Sie konnte Das ja Alles gar nicht wissen und wollte es vielleicht gar nicht wissen in Was ihr Mann drinsteckte & Was noch Alles auf sie zukommen konnte Sie ist ja blindlings in Die-ganze-Sache hineingetreten wie in ein Hornissennest) – Und dann die Geburt der beiden Kinder : Da hat sie sicher geglaubt !Nun ist Alles gut !Nun wird Alles seinen Gang gehen Seinen sozialistischen Gang der Wie solln wir sagen in unser=aller Vorstellung so etwas wir ein Uhrwerk ein Perpetuum mobile gewesen ist Und wenn das 1 Mal aufgezogen war dann gab es kein Halten mehr keinen Stillstand auf dem Weg der vorgezeichnet lag den jeder entlanggehen konnte & niemand mußte sich groß darum bekümmern So hieß das zumindest immer & So haben das in gewisser Weise wir=alle auch tatsächlich geglaubt..... wir=alle hätten eben in der Schule besser aufpassen solln in Physik..... Und so ist das Ende ihrer Studienzeit herangekommen An der Ostberliner Universität..... Die Zeit ihrer Dissertation Falls Sie wissen was das bedeutet Sie hat es uns erklärt & auch daß Vieles eigentlich Alles von dieser 1 Arbeit abhängt & vom erfolgreichen Abschluß Geschichte hatte sie studiert !Geschichte studieren in der !DeDeR Aber (so hat sie gewiß noch immer gedacht in ihrer blinden Gläubigkeit an Ihn ihren Mann diesen Reichen-Arzt & Klinikchef) Er mit seinen Beziehungen wird es schon einrichten daß ich es schaffe Und das hieß für sie & ihre Arbeit: Ins westliche Ausland reisen dürfen Studium an-Ort-und-Stelle in Afrika Lateinamerika an den Großen Universitäten in Europa und in den USA..... *Er wird es schon einrichten* Und hatte noch immer nicht gemerkt daß es Aus war mit ihrer Ehe Aus-sein !mußte Von-oben befohlen sozusagen Denn Ihm ihrem Mann & Chefarzt hatte Man nämlich auch die Ausbildung von Staasi-Ärzten..... anvertraut Ärzte die nicht allein in den Staasi=Krankenhäusern blieben Sondern die wurden sozusagen in der weißen Tarnuniform ihres Berufes auch in alle Ecken & Winkel in alle Herren-Länder der Erde geschickt Besonders nach Afrika Lateinamerika an die Großen Universitäten in Europa und in den USA..... :?Merken Sie wie blind & gläubig diese Frau gewesen sein mußte & !Wie – ungelegen ist schon gar kein Ausdruck mehr: Gradezu wie 1 auf ihn den Mann diesen Reichen-Arzt & Staasiärzte-Ausbilder angesetzter !Spitzel mußte sie Die eigene Frau mit ihren Wünschen nach Westreisen diesem Mann Der Partei & Der Staasi vorgekommen sein – als sie in Aller Unschuld solch 1 Ansinnen vorbrachte Wir können uns das richtig ausmalen wie das gewesen sein mußte damals & wie Er dieser Chefausbilder Darauf reagiert haben mag – Und das war noch nicht alles : Das hätte Er dieser Chef-Arzt sicher sogar noch hingebogen bei !Seinem Vitamin B wie Beziehungen nach Ganzoben Aber so Einer wie Er konnte halt auch jederzeit vitaminkrank werden Wenn Sie verstehn was wir meinen Er der Herr Chef-

Arzt hatte Seine Finger wohl 1 bißchen zu tief in einigen heiklen Sächelchen von denen man Jetzt: Wo-Alles-vorbei-ist jedentag in den Zeitungen lesen kann: Spionaasche Waffenhandel De-Wiesenschieberei Hehlerei & allsowas Genaues wissen wir !natürlich nicht und wollens auch gar nicht wissen Man kann ja nicht jeden Dreck von Jedem solcher Drecksäcke behalten nicht wahr Aber Er halt auch So-Einer inmitten all-jener unüberschaubaren Bande von Schweinepriestern & Das mußte irgendwie noch zu DeDeR-Zeiten aufgeflogen sein – Jedenfalls: Er der Herr Chefausbilder für Staasiärzte mußte Abtreten Zurück & in die 2. Reihe Und war fürs Erste all seine Beziehungen & Ämter los Und daraus hat der Schweinekerl später Nach-der-Wende sogar noch Kapital geschlagen für=sich von wegen Widerstand gegen das EsEhDe-Reschiem Aber so sind halt diese-Zeiten=Heute wo jedes dieser Funktionärs=Arschlöcher & dieser ehemaligen Spionasche-Chefs für die jede Kugel zu schade wär u noch der Nagel am Kreuz wär glatte Vergeudung Vor den Fernsehkameras wie die Guhten Onkelz sich spreizen darf im gemütl. Eigenheim mit Freizeitanzug sitzen & daherreden in einem Ton als seien sie Fußballträner & ihr Endspiel sei halt !leiderleider gegen den Baum gegangen Und !natürlich hat es niemals an ihnen=persönlich gelegen Da waren ja noch immer Die-Anderen Und so schiebt der 1 Schweinekerl seine Verantwortung auf den nächsten : gefährliche=alte Ochsen Sie=alle mit ihren Mißgeburten an Wahnideen Und für solch ausgemachten Stuß & für solche grobschnäuzigen Frechheiten verdient sich diese Aasbande noch ne Goldenenase So ist das heute Aber damals hatte Man ihm jenem Staasiärzteausbilder mit seinem Rückzugsbefehl auch noch den anderen Befehl gegeben: diese Frau Seine Ehefrau !Muß weg – das sollte natürlich heißen: !Weg von Ihm & von Allem was möglicherweise herauskommen konnte von Seinen Geschäften..... !Weg also & !Scheidung !Trennung !Abschieben & Versenkung wie üblich in solchen Fällen !Routine..... :Aber meinen Sie die Frau hätte

irgendwas davon ?bemerkt ihr wäre irgendwas ?aufgefallen
Und in solch 1 seligen Blindheit hätte sie gewiß noch weiter
Jahre-um-Jahre mit den beiden Kindern & den ewigen Versprechungen ihres Mannes *ich werd es schon einrichten* in einem jener Häuschen am Stadtrand leben können wenn.....
ja wenn nicht dieser 1 Abend nach ihrer Dissertationsfeier
gewesen wäre (denn Wie sie uns erzählt hat, konnte sie trotz
des Reiseverbotes u der Unmöglichkeit an-Ort-u-Stelle ihre
Studien zu machen Dennoch ihre Dissertation in Geschichte
abschließen Das war Wie sie uns sagte 1 jener typischen
DeDeR-Dissertationen so wie es Romanisten gab *–Die haben in Frankreich od in Italien od in Spanien niemals ihren
Fuß gesetzt setzen !dürfen* Hatte sie gesagt *–Kannten alles nur
vom Bücherwälzen* Und sie hatte sich natürlich zurecht gesagt
*–?!Wozu habe ich 1 Mann wie Ihn mit all seinen Beziehungen
Wenn ich einen Abschluß machen muß wie jeder x=Beliebige in
diesem Land* Aber selbst das war für sie noch kein Hinweis
noch kein Alarmsignal daß vielleicht mit ihrem Mann diesem Reichen-Arzt etwas nicht im Lot sein mochte daß er aus
welchen Gründen auch immer gar nicht !wollte daß Seine
Frau reisen durfte : Sie glaubte halt an Ihn an !Ihren=Mann
Und so hat sie halt dran glauben müssen So war das).....
Also jener eine Abend nach ihrer Dissertationsfeier in Ostberlin auf dem S-Bahnhof Ostkreuz Wir erzählen es Ihnen
so Wie sie es uns erzählt hat an jenem Abend in der »Eiche«
dem letzten Abend an dem wir sie lebend gesehen haben Sie
können sich dabei Ihren eigenen Reim auf die Sache machen
Können es glauben od nicht Können wie die meisten Wir
übrigens auch nachher sagen !Dieses Weibsbild ist wirklich
verrückt Verrückt gewesen und Alles was ihr nach diesem 1
Abend noch geschehen sollte Davon ist Wie solln wir sagen
ihr manches auch zurecht geschehen Denn niemand kann
zeit seines Lebens all-1 gegen einen ganzen Misthaufen anstinken Aber Sie können das=Alles eben auch ganz anders
sehen Das liegt ganz bei Ihnen – Also: Nachdem sie von
ihren beiden Kindern erzählt hatte (immer wieder vom

Flennen unterbrochen) Hat sie von diesem 1 Abend nach der Dissertationsfeier erzählt Wie sie auf einem S-Bahnhof umsteigen mußte dort Wo sie schon unzählige Male zuvor aus- & umgestiegen war und niemals zuvor war etwas geschehn Aber an jenem Abend als sie den S-Bahnzug verließ Den Bahnsteig betrat & das weiße rechteckförmige wie 1 erstarrtes Transparent hingestellte Schild mit den großen schwarzen Buchstaben darauf der Stationsname geschrieben stand OSTKREUZ Und sie dieses Schild wie das eingeblendete Textbild in einem Stummfilm sah u nichts anderes mehr sah Als jene beiden schwarzen Wörter OST und KREUZ : Da blieb sie davor stehn !Wie gelähmt Das ist das richtige Wort !Wie gelähmt Konnte sich nicht von der Stelle rührn Keinen Schritt mehr tun Nur dastehn !Stocksteif Das Schild anstarren mit dem Wort KREUZ darauf..... Und (erzählte sie) da hatte sie mit Heulen angefangen grad so wie an diesem Abend als sie uns Alles erzählt hat Von ihren Kindern Von ihrem Vater Und auch von der 1 Sache die sich in ihrer Kindheit zugetragen hatte Damals als der Vater noch in einer Werft arbeitete Den Unfall noch nicht hatte & wie an jedem Wochenende nach Hause nach Berlin gekommen war zu seiner Familie..... Damals war ein strenger Winter Durch die undichten Fenster u Türen in ihrem Haus fegte der Nordwind die Öfen brannten schlecht & gaben kaum Wärme Es war ein Vormittag Der Vater war mit der Tochter allein im Haus Und hatte die Tochter (sie sagte sie war damals so um die 10 Jahre alt) zu sich ins Schlafzimmer ins Bett kommen lassen..... Und hatte sie dann ausgeschimpft Gebrüllt *–Du bist zu !gar nichts nütze Für 1 Korb Äpfel würd ich dich !weggeben* Und hatte die Tochter für Stunden ausgesperrt Ohne Handschuhe stand sie vor der Haustür u wußte nicht ?Warum..... Die bloßen Hände begannen zu erstarren im Frost als sie vor der verschlossnen Tür warten mußte ?Worauf Für ?welches Vergehen Das hatte sie nicht begreifen können damals So war das Und nun Jahre später Stand sie wie erstarrt wie festgebannt auf diesem Bahnsteig

auf dem Fleck vor dem Stationsschild mit dem Wort
KREUZ darauf Wie damals vor dem offenen Grab des Vaters
als der Pastor jenen 1 Satz mit dem KREUZ sagte Sie war
davongerannt damals Doch heute konnte sie nicht davon-
rennen Sie blieb dort stehen Stunde-um-Stunde auf diesem
Bahnsteig vor einem Schild..... Die Züge fuhren immer
seltener in den Bahnhof ein Es wurde später Abend die
Bahnsteiglampen brannten Und sie stand noch immer starr
u die Tränen flossen still Manche der Vorübergehenden
glotzten sie an dachten sicher Wieder so Eine-vom-Strich
Und gingen weiter Es wurde später & später Die Lampen
verlöschten bis auf 1 Der Bahnsteig war noch einmal voller
Menschen die warteten im bleichen Licht auf den letzten
S-Bahnzug Die Leute rückten ab von ihr Von dieser heulenden Frau die jetzt Keine-vom-Strich mehr war auch keine
Besoffene sondern schlimmer: Eine !Verrückte !Wie die dasteht Ganz !starr & flennen tut sie wegen ?was eigentlich Sie
hat sich doch nichts getan Man sieht ja !gar nichts Die hat
doch nich alle !Tassen im Schrank !Hat nen Sprung inner
Schüssel die Ganz klar Eine Verrückte !Das kommt vom
Saufen vom Rumhuren & von den Drogen kommt das – Man
redete über sie in dem fahlbleichen Licht Sie konnte nicht
hören was die Leute sagten Aber daß es um sie ginge Das
war deutlich zu spüren am still=bösen Murmeln & Raunen
auf dem Bahnsteig Schwarz von Menschen..... Dann fuhr
der letzte Zug ein Türen sprangen auf die hellerleuchteten
Abteile warfen gelbe Lichtfladen aufs Bahnsteigpflaster
Aber sie rührte sich noch immer nicht Blieb stehn !Wie
gelähmt seit Stunden schon Als der Bahnbeamte sie an-
sprach Sagte dies sei der letzte Zug für heute !Ob sie nicht
endlich mal einsteigen wolle Denn falls sie auf jemanden
warten sollte Der käme jetzt !garantiert nicht mehr Außerdem müsse er die Zu- & Abgänge verschließen Sie müsse
jetzt unbedingt !ein – Da schrie sie zurück Sie !wolle ja
einsteigen Aber sie !könne es nicht !Könne nicht weg von
hier Sie wolle ja gehen aber Es !ginge nicht Und die Tränen

flossen wieder u ihre Stimme muß so jammervoll & so voller Verzweiflung gewesen sein Daß der Beamte es mit der Angst bekam ernst wurde mit vorsichtiger Stimme fragte ?Ob er helfen könne ?vielleicht jemanden benachrichtigen solle Und sie noch immer unfähig von der Stelle sich zu rühren Nannte die Telefonnummer von diesem Reichen-Arzt ihrem Mann..... Der kam dann irgendwann mit dem Auto war Wie sie sagte etwas angesoffen Der Anruf Meinte sie hatte ihn sicher von einem Gelage weggeholt Im Auto ihres Mannes diesem Reichen-Arzt (erzählte sie weiter & hörte jetzt auf zu flennen Ihre Stimme nüchtern & hart die Augen verengten sich) Im Auto auf dem Sitz neben Ihm ihrem Mann lümmelte 1 fremde Frau ½nackt & sturzbesoffen klammerte sich an Ihn (sagte sie) & fummelte an Seinem Hosenstall Lallte fortwährend und zeigte mit dem Finger auf Sie Wer das denn sei Dieses Herzchen Diese süße kleine Heulschlampe & ob nun 1 flotter 3er angesagt wäre Und machte sich weiter an Ihm ihrem Alten diesem Reichen-Arzt & Seiner Hose zu schaffen Als sie Seine Frau sagte Er solle das Auto anhalten weil sie raus wolle kotzen müsse Da hat Er ihr Mann auch angehalten die ½nackte Nutte rausgeworfen & dann so etwas wie Die-Stunde-der-Wahrheit mit ihr Seiner Frau veranstaltet..... Im Zugabteil hatte er, mein älterer Bruder, vieles zurückgelassen. Die Briefe & die Fotografien von der Fraun *mit dem Gesicht einer weißen Füchsin*......: sie lagen jetzt über die Sitzbank die fleckige Ablage & über den Boden verstreut, in ähnlich willkürlicher Über&nebeneinanderfolge wie beim 1. Mal, als er vor ?wieviel Zeit jene Stapel Papier aus der Reisetasche genommen & sie nach langem erneut & in einer geänderten, sozusagen verstümmelten & der mit dem Pathos alles Flüchtigen versehenen Offerte, dem Zufall ihres Fallens zufolge, betrachtet hatte. Stunden später, nach der Ankunft dieses Fernzuges am Zielort & nach der Fahrt ins Depot dann Besen & Schaufeln von Wagenreinigerinnen (meistens sind das Frauen, die mit Eimern Müllbeuteln Besen & Schrubbern zu allen Tages&nachtzeiten die Abteile der Wagen öffnen, die Reste als erste sehen & beseitigen müssen.....), die auch solchen Papiers sich bemächtigen würden – dh. die solchen Ramsch in Plastikbeuteln verstauen, inmitten eines verdorbenen Lichtscheins, dessen Trübness jeden Gedanken an wirkliche Reinigung verschluckte, im Schweißgeruch der Akkordarbeit. Indiskretion von Wild-Fremden also wäre nicht zu befürchten; solch eine Dreckarbeit im Schäumen der Desinfizierungsmittel wäre wie das Vergessen=selber: chemisch=gründlich ohne Rückstände voller Desinteresse als seien dies schorfiger Klinikabfall od andere *skatholische Exskreationen,* daher vielleicht allenfalls 1 leichter Zug der Verärgerung in den Gesichtern der Ausführenden beim Anblick von !soviel weggeworfenem Papier: *!Soviel Abfall !macht man nich.* :Das hält nur unnötig auf & dauert zu lange für 1 Abteil von vielen innerhalb eines Zuges bei einer Nachtschicht der Wagenreinigerfraun.....

Auch das Buch über den spanischen Conquistador, darin er, mein älterer Bruder & ich, während unsrer Jugendzeit viel gelesen hatten, war im Abteil geblieben, zurückgelassen auf der Sitzbank liegend, aufgeblättert auf 1 der letzten Doppelseiten, leuchtend weiß wie zwei große, überbelichtete Fotografieen von einem winterlichen Acker: auf die gepflügten Zeilen war erster Schnee gefallen, die dunkle aufgeworfene Erde schimmerte noch in etlichen Spitzenkämmen durch die helle Schneedecke hindurch; leuchtend also die beiden atlasgroßen Buchseiten, als verströmten sie in das mattstaubige Abteil vor ihrem Verschwinden in einem der Müllbeutel noch 1 Mal ihr eigenes Licht *als würden wir eintreten in ein Haus, darin die Bewohner seit langem verstorben sind, u Verwesungsgestank liegt über die Stätte gebreitet wie ein zweiter Urwald, der alle Geräusche des Lebens, auch das unablässige der Zikaden – das so allgegenwärtig ist, daß niemand es mehr wahrnehmen kann; auch dies nun scheint hier erstorben, eine große, bedrohliche Leere hinterlassend – u sogar das Licht in seinem Bann hält & langsam zu ersticken beginnt.*

Wir haben diesen Ort des Schweigens am frühen Morgen erreicht. Ich, Padre Ignacio Ximenez, setze meine Aufzeichnungen fort – das Fieber bringt seltsame Gelüste hervor – & benutze dafür die wenigen Minuten ohne Halluzinationen, obwohl gewiß niemand meine Notizen eines Tages wird lesen können. Denn ?wer auch sollte sich hierher verirren, außer den Myriaden von Insekten, die über alle fleischlichen Opfer wie ein schillernder, zuckender Pelz sich breiten & die wie eine explodierende Landschaft unter betäubendem, schrillem Sirren aufstieben, sobald einer dieser todkranken Ganoven, mit denen ich durch den Urwald ziehen muß, das Fleisch jener vom Dschungel halbverdauten Leichname nach Unverwestem, noch genießbaren Brocken durchstöbert. Und so, auf allen 4en, aus den Mäulern mit fauligem Speichel ihr Grunzen & Röcheln, kriechen menschliche Hyänen über einen Schindanger, über die Halde ineinander verhakter u von wilden Viechern zurückgelassner Reste menschlicher & tierischer Wesen. Und sie reißen mit bloßen Händen den Kadavern die Fleischbrocken herunter, scheren sich weder um das Gewürm noch um die Ameisen, die sich in dieses Leichenfleisch verbissen haben mit ihrem stillen, unaufhörlichen Weiterfressen, Tilgen, Verschwindenmachen – & das Gewimmel der Ungeziefer folgt den Fleischbrocken bis in die Mäuler & Eingeweide der Fresser. Und noch während ihres Fledderns senken andere Insekten als ein schwarzer Regen sich erneut herab, nun auch die Leichenschänder begrabend, und so werden sie auch uns übrige, von Malaria Hunger Skorbut Schwarzfieber u mit von Insektenstichen & giftigen Pflanzendornen zerstochener, eitrigbeuliger Haut heimgesucht, im Gestank aus unseren offenen Wunden u ohne Aussicht auf Errettung vor dem Tod, schließlich anfallen, sich in unsere Gesichter, die Münder, Augen, Ohren & all die übrigen Körperöffnungen hineinfressen & uns wie unter einer vergifteten Erdschicht lebendig begraben. Und das ewig anwesende, niemals ruhende, entnervende Lärmen & Tosen der Urwaldstimmen – ein Sägen Rätschen Glucksen & Zirpen als folgten Kaskaden irrsinniger Schluckaufs, nur unterbrochen von einem anderen Laut, einem in entsetzliche Länge gezogenen Seufzen – Geräusche, die gewiß bereits vor der Erschaffung der Welt dage-

wesen sind, die einfach immer dasind & sich aus dem Kosmos fallend auch dieser Erde bemächtigt haben: Vögel, klein & kaum sichtbar, verborgen irgendwo im Flechtenwerk der Pflanzen, hokkendes schrilltönendes Fleisch & Gefieder; in Unbeweglichkeit lauernde Indios, von Laub & Ästen in Baumkronen verborgen, wartend auf den 1 Moment, die giftigen Pfeile auf uns abzuschnellen, uns überallhin folgend wie die Schatten des Hades, u jene Stimmen aus unsichtbaren Höhen des Dschungels geben ergreifende Laute, die an menschliche Töne in einer Ansiedlung erinnern – 1 ums andere Mal zucken trügerische Hoffnungsblitze in uns empor, immer wieder – u immer wieder vergebens: Denn die Schreie aus den Kuppeln & den Tiefen des Urwaldes rücken Ausrufe der Verwzeiflung, des Glückes, Triumfes & des Sterbens in1ander, zum wahnsinnigen Tönekonvolut, um dann in gräßlichen Kaskaden Gelächters zu enden. So hat der Todesgesang für uns begonnen.

Das Kloster San Miguel, von dem wir vor Wochen unsre letzte Reise begonnen hatten, lag oberhalb der Steilküste, wo Rio Tocantins und Rio Araguaia zusammenfließen. Wir haben das Kloster & die Siedlung verlassen müssen, weil die Indiostämme, die bislang friedlich mit uns lebten, plötzlich sich gegen uns erhoben hatten. Sie töteten wild in Raserei – Frauen, Kinder, Greise, sogar die Haustiere, Pferde vor allem – schlachteten alles ab. Dabei hörten wir ihren Gesang, jene tönernen, finsteren Laute, die wie Schwerter & Messer das Zerstückeln, das Ausreißen der Hoden & Herzen vollführten & wie Fackeln den Brand in die Hütten warfen. Und dieser Gesang scheint auch hier, an einem Ort des Schweigens, mit den klammen Nebelwolken heraufzuziehn. ?Wer mochte die so lange friedlichen Indios aufgewiegelt haben & ?Warum. ?Welchem Ornament der Perfidie, des Verrats gegeneinander bis aufs Blut rivalisierender Adelsfamilien mit der Leidenschaft von Henkersknechten verfallen. Wir, die dem Gemetzel entkamen, werden es nicht mehr erfahren. Durch die Nebelwälder suchen wir die Hafenstadt Belem zu erreichen, von der es heißt, es lägen noch Schiffe dort vor Anker, die uns zurück nach Spanien brächten. Auch haben wir gehört, daß daheim, in Spanien wie in ganz Europa, all das Gold, das wir dem Hofe Philipps gesandt hatten, nun den Wert des Goldes sturzartig fallenließ: !Inflation & Rezession, die Folgen des Überflusses & der Gier. Seither ist die Conquista zuende & das hieß Ende auch für uns. Söldner & Padres, Krämer & Spekulanten – wir sind überflüssig hier wie dort in Spanien. Seither versucht jeder – die meisten ärmer als sie gekommen sind, auf immer krank od verkrüppelt – auf eigene Faust noch 1 Platz auf einem der Schiffe zu ergaunern, um hier, in dieser Wüste des Zerfleischens, nicht zu verrecken. !Mord & Totschlag in den Hafensiedlungen, hörten wir, um die viel zu wenigen Schiffsplätze für die Vielzuvielen hier: all die Geblendeten, von windigen Versprechungen Geprellten, all jene um ihre haltlosen Fantasieen von einem Besseren Leben Betrogenen, die sich in Wahn & Rausch der Freiheit selber Adelstitel & Ämter gaben, und deren ganze Enttäuschung jetzt in Wut, deren Gier nach Gold & Wohlleben im Augenblick der eigenen Überflüssigkeit & Verlorenheit zur Gier nach Töten & Abschlachten verbrennen muß.

.....Er der Herr=Chefarzt wird ihr in dieser Situation – nachts in seinem Auto am Fahrbahnrand Weggeholt von einem Gelage Mit irgendeiner stockbesoffnen Nutte am Hals & Alarmiert von einem Schwachkopf von Bahnhofsvorsteher der Ihm dem Herrn=Chefarzt Im Beamtenton den überaus vergnüglichen Auftrag erteilt hatte !Gefälligst seine ausgeflippte Frau von einem S-Bahnsteig abzuschleppen – nicht grad mit feinen Worten den Kopf gewaschen haben Er wird Tacheles mit ihr geredet haben Daß sie nämlich fürs Erste aus Seiner Nähe & von der Bildfläche zu verschwinden habe Und wenn sie nicht völlig verblödet sei u ihr außerdem noch irgendwas an ihrer Ehe & an den beiden Kindern läge So habe sie in Zukunft !Gefälligst zu tun was !Er sage Punktum Und damit auch Alles Seine Richtigkeit bekäme gäbe es Hier 1 Papier 1 Schriftstück das sie nur zu unterschreiben brauche Damit 1-für-Allemal diese: !Situation geklärt sei Sie brauche nur hier-unten zu unterschreiben & Alles würde – ?Und sie : sie wird Ihn angestarrt haben mit ihren großen hellen Kinderaugen Wird nicht geglaubt haben was sie gehört hatte Wird zu Allem Ja gesagt haben mit tonloser bleicher Stimme Ja Ja immer wieder Ja Od: gar nichts gesagt Völlig außer sich wie vor den Kopf geschlagen Wird sie sich apathisch gefügt Alles was Man von ihr verlangt hat – auch !Die Unterschrift – getan haben Und er Ihr Mann hatte nachdem er Ihre Unterschrift & das Schriftstück in der Tasche hatte die besoffene Nutte vom Straßenrand (wo sie gezetert & geflucht und mit den Fäusten aufs Autodach gedroschen hatte) wieder ins Auto reingezerrt die Türen zugeknallt & war abgefahren Sie seine Frau wird nicht mal gefragt haben ?Wohin fahren wir denn !Das ist doch nicht unsere Richtung nach Hause – Sie wird es vielleicht zwar bemerkt haben Aber ebenso beiläufig außer sich u willenlos vielleicht nur registriert haben Daß es ihr egal ist wohin sie fahren ?!Was könnte jetzt wohl noch Schlimmeres geschehn nachdem – Sie wissen ja wie Menschen reagieren denen Wie solln wir sagen innerhalb weniger Minuten EineGanze-Welt zusammenstürzte Und genau das war ihr an jenem Abend in jener 1 Nacht geschehen Soviel steht fest Und das war sogar noch das Beste für sie Denn ohne solch Roßkur würde sie Die frischgebackene Frau Doktor-fürVergangenheit u blindlings gläubig Ihrem=Mann dem Reichen-Arzt od: vielmehr ihrem Traumbild von diesem Mann wahrscheinlich bis Heute (wenn sie Heute noch leben würde) nicht das Allergeringste jemals mitbekommen haben......

Er ihr Mann ist in jener Nacht tatsächlich nicht zurück in sein Haus am südlichen Stadtrand von Ostberlin gefahren Sondern in die entgegengesetzte Richtung Nach Norden Nach Buch aufs Gelände des Klinikums...... Dort (erzählte sie) habe Er ihr Mann ein befreundetes Ehepaar Auch Ärzte: !Psychologen aufgesucht (Man habe sie Sagte sie uns aus dem Auto herausheben & in die Wohnung tragen müssen) In ein großes Zimmer in eine Privatwohnung auf das Klinikgelände gebracht & auf 1 Couch abgelegt Man habe ihr ein Beruhigungsmittel gegeben...... Daraufhin habe Man in vielköpfiger Runde im Lampenschein bei Tisch über sie Wie sie das nannte *Im Tribunal zu Gericht* gesessen Beratschlagt was mit ihr zu geschehen habe Ihrem Mann diesem Reichen-Arzt & Staasiärzteausbilder kam bei jenem Tribunal offensichtlich Der Vorsitz zu (Währenddessen lag sie im Dämmerschatten der 1zigen Lampe über dem Tisch die die Köpfe der Anwesenden in ein grellgelbes metallenes Licht tauchte So daß sie=Alle aussahen als trügen sie Helme auf den Köpfen Od: als seien diese Köpfe nicht mehr die Köpfe von Menschen sondern aus Metall die von utopischen Maschinen die Wie sie sagte einen strategischen Maschinen-Plan aushechten Wie dem letzten-Menschen (also ihr) am besten u am endgültigsten beizukommen sei.....) Und das 1. das solchen Psychologen eingefallen sei Sagte sie das wären diverse Sedativa die Man ihr zuerst in Tablettenform dann Als sie sich geweigert hatte Intravenös verabreichen wollte Sie wehrte sich gegen die Spritzen Wie sie sagte – Sie taten es trotzdem Das letzte (wie sie uns sagte) was sie an jenem Abend noch mitbekam bevor die Spritzen zu wirken begannen Das war 1 Telefonanruf ihres Mannes beim Rektor der hiesigen Universität Hier-bei-uns..... Was allerdings ihr Mann sagte versank Wie sie es nannte im Frieden aus Medikamenten..... Am anderen Morgen (erzählte sie) wachte sie auf Hellichter Tag die Fenster offen u Niemand zu hören od zu sehn Die Wohnung im 1. Stock war leer.....

.....Es dauerte einige Zeit (sagte sie) bis ihr klar wurde Wo sie sich befand Was geschehen war 1zelheiten des vergangenen Tages (meinte sie) die sich nicht aneinanderfügten zu 1 Ganzen sondern Die für=sich blieben u alles noch fremder noch unwirklicher erscheinen ließen ?War denn Alles wirklich passiert – So hatte sie das ausgedrückt Sie sagte die Medikamente die Man ihr gegeben hatte wirkten auch an jenem Morgen noch Eine dummfaule Schläfrigkeit die alles gleichgültig machte Eigentlich (sagte sie uns) wollte sie zur Tür & !nichts wie weg von dort Statt dessen aber tappte sie wie besoffen in der Wohnung umher Stieß gegen Stühle Tischkanten Verlor das Gleichgewicht Fiel wieder auf die Couch zurück – Dabei geriet wohl die Tür ins Blickfeld : sie !sprang hoch Dumpfheit Gleichgültigkeit warn mit !1 Schlag vorbei sie !Erstarrte die Hände verkrampften sich Die Finger gekrallt in den Unterleib !Wie gelähmt stand sie vor der Tür und (sagte sie) trotz des Wassers in den Augen Mußte sie immerfort hinaufstarren zu dem Stück Wand oberhalb der Wohnungstür: auf das !Kruzifix..... das dort oben hing Wieder konnte sie sich nicht von der Stelle rührn Konnte nicht rüber zur Tür sie aufmachen und hinausgehen Konnte nicht unter dem Kreuz hindurchgehen Sah daß sie 1 Gefangene war Eingesperrt in einer Wohnung mit offenen Fenstern & 1 gewiß nicht abgeschlossenen Tür – Da begann sie zu toben Randalierte Packte Stühle Hocker Vasen Geschirr Alles was ihr in die Hände kam Warf es gegen die Tür gegen die Wände zum Fenster raus Denn sie hatte wohl die Absicht dieser !Psychologen durchschaut Die nach allem was am Vortag auf dem Bahnhof mit dem KREUZ im Namen passiert & ihnen berichtet worden war Die Frau !ausgerechnet in dieses Zimmer mit dem KREUZ über der Tür verfrachtet hatten Womit die Frau in festerem Gewahrsam saß als im tiefsten Verlies Vielleicht (meinte sie) war dies auch 1 Art Test die 1. Stufe für ein Therapieprogramm..... Sie randalierte solange Bis durch den Lärm das Personal gelaufen kam Denn die Wohnung sie lag ja innerhalb des Klinikgeländes in Buch Und wenig später kamen auch diese !Psychologen Sie sagte Wieder gab es Medikamente wieder Spritzen und wieder dies dumpfe dies todähnliche Verdämmern..... – Das 1. Was sie nach dem Aufwachen sehen konnte (erzählte sie) Das war die Decke 1 hohen Zimmers ganz weiß die Wände Weiß auch od: wie geweißt Sagte sie auch das Licht in diesem Raum Sie lag ausgestreckt auf 1 Bett aus Metallrohren Im Raum der Geruch nach Waschlauge & Baldrian & ein ungewisser Brodem aus Speisen Gummi Talkum Tee & Schweiß von überallher & ohne sichtbaren Ursprung Es konnte ebensogut sein (meinte sie) daß solch Geruch vom eigenen Körper ausging Daneben Geräusche Rasseln metallisches Klappern & Stimmengreinen ein lauwarmer stickiger Dampf u sie konnte weder Arme Beine noch den Körper bewegen auch spüren konnte sie ihn nicht Es war Wie sie sagte als hätte sie überhaupt keinen Körper mehr & wie bei Amputierten sei alles Empfinden nur noch ein Fantom..... Später erst bemerkte sie Daß Arme & Beine an die Metallrohre des Bettes gefesselt waren Auch über die Brust lief ein breiter Ledergurt der sie niederhielt u jede Bewegung im Bett unterband Sie glaubte zu flüstern Fragte ?Wo sie sei Immerfort Aber (meinte sie) gewiß hatte sie geschrien denn auch das Gehör war noch betäubt von den Spritzen u so konnte sie die eigene Stimme kaum hören Gewiß auch hatte sie an den Fesseln gezerrt den Kopf im Kissen hin&hergeworfen solange bis Eine Frau in weißer Kleidung erschien 1 Injektionsspritze in der Hand : und wieder dies dumpfe dies todähnliche Verdämmern..... Immer wenn sie aufwachte sah sie das weiße Licht im Raum die weiße Zimmerdecke hoch über ihr hörte sie jene Geräusche im stickigen Brodem spürte sie die Ledergurte an Hand- & an Fußgelenken & über der Brust Und (sagte sie uns) hatte trotzdem das Gefühl nicht *ihren* Körper mehr zu spüren..... Sie fühlte daß sie etliche Male schon ins Bett gemacht haben mußte und niemals war Das beizeiten gesäubert worden ?Werweiß wie lange sie schon so liegen mußte Gefesselt Von Medikamenten dumpfgemacht Ohne Kontrolle über ihren Körper In einem Bett das zu einer Kloake geworden war..... Sie bekam ihre Regel und sie stank Und der Gestank dieses Körpers (sagte sie uns) war inzwischen das 1zige was sie noch wahrnehmen konnte & was ihr allmählich die Erinnerung an *ihren* Körper wiedergab der Wie sie sagte schon zu verschwinden begann in jenem hohen weißen Zimmer in solchem hellen geweißten Licht..... Sie sah all die weißgekleideten Fraun mit weißen Häubchen vorübergehen Diese Fraun Sagte sie waren äußerlich pieksauber gradezu die Ausgeburt an Hygiene & Sterilität *–Aber darunter* Meinte sie *–unter ihrer Hygiene war der gesamte Innere Saustall ihres ganzen=Lebens als Aufseherinnen & Büttel Diese* Wie sie die nannte *–diese Conquistadoren der staatlich= kristlichen Vernunft*..... : Und sie mußte liegen ans Bett gefesselt stinkend im eigenen Dreck Das (meinte sie) war gewiß der 1. Durchgang der 1. Grad Sowas wie Vorzeigender-Instrumente (meinte sie) Und der nächste Gang kündigte sich an: Sie jene antiseptischen Schwestern Sie kamen zumeist mit Medikamenten Sie fragte sie immer ?Wo sie hier sei und ?Was man denn von ihr wolle Und immer (sagte sie) bekam sie daraufhin Spritzen Und wieder Einschlafen Versinken Verdämmern – – : Es dauerte lange Bis 1 dieser weißen Fraun zu ihr sagte Daß sie in eine kirchliche Heilanstalt eingewiesen worden sei – Auf ihre Frage ?Ob denn hier die Kirche geheilt werde Bekam sie als Antwort wieder 1 Spritze.....

.....Die Lust auf solcherart Späße sollte ihr bald vergehen *–Die spritzen dich* Erzählte sie uns *–Und Die erfahren Alles über dich Aber das* Sagte sie *–Das stellt sich erst viel später heraus Was sie Alles von dir erfahren haben ohne daß du es verraten wolltest* Und was Die od irgendwer Anderes aus solchen Informationen über die immer Protokoll geführt wurde gemacht haben Das (meinte sie) ist niemals herausgekommen..... 1 Mal (erzählte sie) als 1 Schwester sie vom Bett losgebunden & zum Klo geführt hatte – es gab in dieser Anstalt (berichtete sie uns) für 50 Frauen & 30 Männer nur 2 Klos 2 Duschen & 1 1zige Badewanne: für !80 Leute Männer & Frauen mußten vorm Klo Schlangestehn auf dem Flur Natürlich (meinte sie) waren die Klos praktisch immer besetzt die Badewanne auch Und an der Tür hingen dann Schilder: »Männchen im Bad«/»Weibchen im Bad« – 1 Mal also war es ihr gelungen Davonzulaufen 1fach irgendwohin !Nur weg !Die Flure entlang durch irgendwelche Türen hindurch dorthin Wo es heller wurde Wie 1 Insekt Sagte sie Und während sie durch die Flure jagte Rief man ihr wohl

hinterher –*Wieder so 1 dumme Gans die geschlachtet werden muß*
– Von Draußen sagte sie hörte sie dazu einen Kinderchor
singen: *Ich bin nun dein/Und du bist mein/Dir hab ich mich
ergeben*..... Nun Man hatte sie bald wieder eingefangen Sie
wurde zurückgeschafft aufs Bett geschnallt & wieder gab es
Spritzen..... Bevor sie wegtrat will sie noch 1 Ärztin gehört
haben Die eine Schwester fragte –*? Wer hat die hierher gebracht*
Und anstelle der Schwester antwortete sie –*1 Freund* Die
Schwester lachte daraufhin –*Das war nicht Ihr Freund Das war
Ihr !Mann Sie haben doch unterschrieben* Dann Sagte sie gabs
wieder die Spritze & wieder dies dumpfe dies todähnliche
Verdämmern..... – Damit hätte man sie wohl innerhalb
kurzer Zeit kirre gemacht Doch nun (erzählte sie) begannen
die Arbeitstherapien Man hatte sie zwar vom Bett losgebunden Aber wie zur Drohung & zur persönlichen Warnung
blieben die Lederschlaufen für Arme & Beine an den Bett-
pfosten noch über Wochen dort hängen..... *Spaß & Spiel*
hießen diese Arbeitstherapien im Anstaltsjargon denn Sagte
sie zum Abbau der Aggressionen wurden von Frauen Stoff-
tiere genäht Hunde Katzen Mäuse Esel Die Männer (sagte
sie) machten Leder- & Laubsägearbeiten Und 1 Mal pro
Woche hatte jeder Patient *Einen bunten Abend* zu gestalten..... :Aber derlei Sagte sie stand nur den *Fortgeschrittenen*
zu also denen Die vor lauter Spritzen Wie sie meinte nicht
mal mehr wütend werden konnten beim hundertfachen Anblick einer Halde von dämlich grinsenden Stofftieren unter
denen die Patienten versanken Alle übrigen Und somit auch
sie bekamen andere Beschäftigungstherapien: Innerhalb von
2 Stunden 100 Knoten in irgendwelche Strippen knüpfen an
denen Wie sie sagte später Blumentöpfe aufgehängt werden
konnten Und jene Strippen (sagte sie) waren so dünn daß
niemand sich an ihnen aufhängen konnte & galten daher als
unbedenklich in der Anstaltsarbeit..... Auch waren Papp-
schachteln zu falten für Modelleisenbahnzubehör Od hunderte von Dia-Bildern zu rahmen :Müssen schöne Aufnah-
men darunter gewesen sein Gebirgszüge-im-Schnee !Die-

Alpen od !Die-Pyrenäen Od Sonnenaufgänge Sonnenuntergänge über einem Ozean –:!Wunderschöne Bilder Alles Gegenden von denen wir nur träumten Wo unsereins !niemals hinkommen konnte Aber sie träumte nicht davon Sie machten solche Fotos wütend die Wie sie sagte die Ersatzbefriedigung-fürs-Volk waren Um wie die Zeitungsleser von Derweiten-Welt zu quatschen & nicht mal zu merken daß Sie nur Papageien sind von vorgekauten eingeweichten Brokken (tobte sie) *!Unsinn & Größen=Wahn nur zu dem 1 Zweck: Die-Welt-im-Wohnzimmer damit Die Welt u Die Grenzen vergessen werden Die ohne & die mit Schießbefehl !Wie leicht bei soviel Gäfüülen & Heimat-Kitsch.....* Sagte sie & ähnliches Zeug das uns wieder sehr an ihre üblichen Vorträge-im-Suff abends in der »Eiche« erinnerte Wir haben nichts dazu gesagt haben geschwiegen dachten uns unser Teil Denn wenn ein Mensch nicht mehr weiß Wo er hingehört Wenn er keine Heimat mehr kennt & vergessen hat Wo er herkommt dann – – Nun: Sie wissen ja welches Ende solch Frau aus der Stadt genommen hat..... In den Städten wo es keine Heimat geben kann wo schon die-Kinder nichts mehr davon wissen !Sie kommen ja auch aus Der stadt wie wir gehört haben Da wissen Sie ja wie das ist wenn Menschen dort schlimmer als das Vieh zusammengepfercht vegetieren Da kommt der Haß her Da vergißt man Was 1 Mensch wert ist Und daher kommen die Wut & die Gewalt & das Töten Soviel steht fest Und Sie können erleben Wo es hinführt wenn man nicht mehr weiß Was mein ist & Was dein & Was sich gehört & was nicht Dann gibt das Mord&totschlag Das steht fest Und das hätten Sie erleben können vor ein paar Tagen Hierbei-uns : Nachdem dieser Reiche=aus=dem=Westen gleich nach Der Vereinigung hergekommen war Sein Grundstück & das Haus darauf wollte Der wiederhaben Die Familie-von-Hier hatte beinahe dreißig Jahre drin gewohnt Die hatten nicht einmal gewußt daß es 1 Eigentümer gab außer ihnen Hatten Haus & Grundstück damals von der Gemeinde gekauft Und nun stand dieser Reiche=aus=dem=Westen vorm Tor und wollte !Alles !Wiederhaben !Sofort Die Familie sollte !Raus ?wohin War dem egal – das Gerichtsverfahren zog sich in die Länge Und vor ein paar Tagen nun fuhr der Bulldozer vor das Haus Der Reiche saß persönlich drin walzte den Zaun nieder den Garten die Obstbäume das Gewächshaus Wollte alles plattmachen Als der Bulldozer schon an die Veranda ging kam der Großvater aus dem Haus gerannt wollte ?Was sagen ?Was tun – Der Herzschlag hat ihn getroffen als er sehen mußte !Was geschehen war – Und als dann sein Sohn gelaufen kam ?Was hat der wohl getan ?Hat der sich vielleicht 1 Axt gegriffen & dem Frechling auf dem Bulldozer !1 vor den Schädel gegeben – !Nicht die Spur !Nicht mal auf den Gedanken schien der gekommen Sondern !Zur Polizei ist der gelaufen Hat Anzeige machen wolln Aber die Polizisten haben ihm seine Geschichte !nicht geglaubt !Keinen Finger haben die krumm gemacht Haben den Mann glatt wieder zurückgeschickt auf sein ruiniertes Grundstück zu seinem toten Vater & der Bulldozer wütete noch immer..... Und !Verstehen Sie uns nicht falsch Aber dem Mann ist sogar ganz recht geschehen Denn wenn jemand nicht mehr weiß Was sein Eigentum ist Wenn er schon so runter ist daß er Wenn seine Frau vergewaltigt wird zum Kadi rennt & Anzeige machen will Anstatt dem Kerl kurzerhand den Schädel einzuschlagen : Dann gehts ihm halt dreckig in dieser-Welt & niemand der ihm noch helfen würde So ist das Aber ?Wie sind wir darauf gekommen Das wollten wir Ihnen gar nicht erzählen..... Bleiben wir also bei der Frau aus der Stadt in der Irrenanstalt Sankt Sowieso in Ostberlin..... Wie sie innerhalb von 2 Stunden hunderte Diabilder rahmen mußte Nach allem was wir Ihnen darüber erzählt haben werden Sie sich denken können: Es dauerte nicht lange bis sie wieder durchdrehte – ?!Ob es nichts Besseres zu tun gäbe als den-Blödianen=draußen mit solchem Scheißdreck ihre Blödheit noch zu befördern & !Ob hier drin denn auch schon Alle verrückt geworden seien Schrie sie die Schwester an Daraufhin bekam sie wieder

Spritzen...... Und *–Arbeiten müssen wir=alle* Hieß es schließlich & *–Wer sich zu fein ist für solch Arbeit der kriegt eben 1 andere*...... Und das hieß: !Ab zum Waschbecken- & Kloscheuern Stunden-über-Stunden den Pfützen Pisse & Schleim & der Scheiße der anderen Patienten hinterherkriechen mit glitschigen Lappen & mit Eimern & aufwischen Denn es gab ja nur diese beiden Klos für 30 Männer & 50 Frauen für Junge & Alte in dieser Heilanstalt Sankt Sowieso in Ostberlin...... Über all die Zeit Sagte sie blieb sie allein in der Anstalt Besuch durfte entweder nicht kommen od Niemand wollte sie sehen Von ihrem Mann Sagte sie habe sie über Wochen hinweg Nichts gehört Mit Eimer & Lappen wischte sie stur & ergeben die Waschbecken die Flure die Zimmer & die Klos die immer verstopft waren Wie sie sagte und dann mußte sie manchmal mit dem Arm bis zum Ellbogen in die Jauche greifen um die Verstopfung zu beseitigen Am Anfang Sagte sie mußte sie jedesmal dabei kotzen Später gab sich das Gewöhnung (meinte sie) & außerdem mußte sie dann ja auch noch die eigene Kotze mitaufwischen Sie redete damals kaum Es gab sicher auch kaum Jemanden mit dem sie hätte reden können – :!Halt 1 gab es Das hätten wir beinahe vergessen zu erzählen Als sie wieder einmal mit Eimer & Lappen durch die Anstalt kroch Lernte sie ihn kennen: 1 Mann aus Syrien 1 Palästinenser ?Wie kam so-1 in die Klapsmühle fragen Sie gewiß Jedenfalls (berichtete sie uns) war er 1 Deserteur Jemand der zuerst Hier-im-Osten studiert hatte !Medizin Dann von der Staasi angeworben & 1 Kampfausbildung für den Nahen Osten bekommen hatte Der Wie sie uns erzählte im Waffenhandel mit drinsteckte Und irgendwann einmal aus Gründen die nur er kennen mochte Die Kurve gekratzt & Alles stehn&liegen gelassen hatte – Nach Hause wieder nach Syrien konnte er natürlich dann nicht mehr zurück Die stellen mich als Deserteur an die Wand Hatte er angeblich gesagt Im Ostblock war er zwar fürs erste vorm Standgericht sicher (denn offiziell gab es ja solch Verstrickung mit den Palästinensern nicht.....) Aber frei bewegen durfte er sich auch nicht mehr Das (meinte sie) wäre rausgekommen & hätte diplomatischen Ärger gegeben Außerdem wußte Der wohl ein bißchen zuviel von dem ganzen Filz der Staasi mit seiner Organisation & soweiter Wir wissen nicht wie es Ihnen dabei geht Aber wir mußten an diesem Punkt der Geschichte sofort an Ihn denken an diesen Reichen-Arzt & Staasiärzteausbilder der seine Pfoten ja auch in solchen Sachen drin hatte..... ?Werweiß ob es da nicht Zusammenhänge geben sollte..... Das wird wohl niemals rauskommen denn ?Wer sollte sich um so Etwas scheren und ?Was hätte derjenige davon außer 1 Tages 1 Kugel im Kopf nicht wahr – jedenfalls war Diese Anstalt der 1zige Ort wo der Syrer noch bleiben konnte ohne gleich über den Haufen geknallt zu werden Aber über-die-Zeit gesehen hat ihm solch 1 Versteck wohl auch nichts gebracht Denn (hat sie uns erzählt) Man hatte ihm Die Elektroschocktherapie verpaßt..... Regelmäßig Meinte sie hat Man ihm sozusagen scheibchenweise seine Erinnerung ausgebrannt..... Als sie später rauskommen sollte aus der Anstalt (sagte sie) war sie diesem Mann noch 1 Mal kurz begegnet Er muß Als sie ihn kennenlernte 1 munterer junger Bursche gewesen sein der gerne & viel erzählte : Nach einem halben Jahr Sagte sie war er Still In=Sich verschlossen Saß od stand apathisch in der Gegend herum..... Vielleicht (meinte sie) war das inzwischen seine Art geworden sich zu verstecken Od: Die hatten ihn durch die fortwährenden Elektroschocks wirklich klein gekriegt & ihn fertiggemacht in dieser Heilanstalt Sankt Sowieso in Ostberlin..... Er hatte jetzt das wildbewachsene Feld, das an den Bahndamm stieß, durchquert, war an den Feldrain, in die Bepflanzungen durch Baumhecken, geraten. Dort trat er, unter Licht&schattensplittern, in die pflanzliche Frische wie in ein kühles Gewölbe ein. Es war ein früh reifendes Frühjahr, manch 1 Stunde schien bereits aus Sommer. So spannte Holunder schon seine vielhundertfachen hellen Schirmchen aus u entwarf über Wiesen & Feldern eine Kuppel berauschenden Dufts. Insekten trafen sich in den hellen Baumköpfen, zogen mit wirren Mustern auch um ihn (er scheuchte sie vom Gesicht). Dort auch, in jenem Bewuchs aus Sträuchern & Espen, traf er auf 1 Sandweg, aus dem Rainfarn Schierling & allerlei Wiesenpflanzen sprossen & die ausgefahrene, tief in Sand u Erde gekerbte Wagenspur langsam mit grünen Sprenkeln, zu Fraktalen sich formend, zu überwuchern begann. Langezeit schien kein Fahrzeug hierher gekommen. Er folgte der einen Richtung jenes zwischen Gräsern langsam versiegenden Weges (den graugelben Sand prägten allein die winzigen Narben zuletzt gefallenen Regens); er sah durch die lichten Sträucher zu den benachbarten Feldern hinüber. Auf der 1 Seite, in der Richtung, aus der er gekommen war, sah er, am gegenüberliegenden Ende des Feldes, den Fernzug wie eine Reihe verlorener Briketts im Wiesenbunt liegen. Rasch wendete er den Blick dorthin, wo Feld an Feld sich reihte, von Baumsäumen in geraden Nähten aneinandergefügt, darüber groß die blauen Himmelsfahnen sich bauschend, Wind schob Wolkenwappen hinein – u noch nirgends sichtbar die Drohung von bewohntem, roh ins Grün geworfenem Ort.

Über lange Jahre hinweg weiß ich einen Wunsch in ihm: Während einer Reise aus dem Zug, dessen Fahrt auf der Strecke ins Stocken geriet, einfach auszusteigen – an beliebigen Orten, irgendwo dort, wo das Halten grad geschah. Das 1, festgelegte & geplante Ziel wäre aufgegeben zugunsten der Möglichkeiten von vielerlei Wegen. Ich erinnere die Zeiten, in denen er, mein älterer Bruder u ich, mit unseren Adoptiveltern in die Urlaubsorte im Gebirge od ans Meer gefahren sind. *–? Warum steigen wir nicht aus. Hier. Und !gleich – –Was !redest du.* Hatte man dem Jungen geantwortet; *–Wir sind doch noch !lange nicht am !Ziel.* Darauf hatte er, mein älterer Bruder, geschwiegen und beharrlich aus dem Fenster hinausgesehen, stundenlang, während der gesamten übrigen Fahrt. Ich gebe diesem 1. Eingeständnis von seiner, meines Bruders, Seite solche Bedeutung, denn Damals hatte es begonnen, dies Einsinken in die Tiefen der 1samkeit, in die Bereiche, wo Dinge zu Schimären u Schimären zu Dingen werden. Hier sind die Wege das Ziel. Und dieser Wunsch, 1 Mal laut gesprochen (weiß ich) hatte ihn seither nicht verlassen.

Irgendwo unter dem lang sich streckenden Grün schwieg 1 Wasserlauf, hatte vielleicht auch nach dem letzten Regen den tieferliegenden Teil des ehemaligen Weidelandes unterspült – er sah den Schilfbewuchs, die breiteren, tiefgrünen u harten Blattscheiden & Rispen der Gräser, Schierling auch & störrische Binsenköpfe ragten aus der schimmernden Wiesenfläche heraus, setzten 1 gräsernen Bittergeschmack den Lüften hinzu. Mücken spannen aus den Pflanzenschatten die Gaze ihres dünnen Tanzens aus. Der Horizont stieß an Felder, die ihre einstigen Besitzer verloren. Die Erde – Pflugnarben, die einstmals Nutzbarkeiten in sie prägten, nun bereits zerfallend – üppig bewachsen von Gräsern Schlingpflanzen u jungen Sträuchern. *Ein Atemholen der Geschichte*, (dachte er) *wo Zeit in Landschaften sich kehrt.* Jetzt lasse ich ihn das Fehlen sämtlicher Maschinengeräusche in den Lüften bemerken (das, sobald dieses Ausbleiben bewußt wird, Befremdung & Irritation bewirkt, wie die Erscheinung 1 Omens, das seinerseits der Deutung bedarf –:) :jenes ständige, allgegenwärtige Mahlen Summen & rhythmisierte Dröhnen also, das vom Netzwerk der Straßen Fernbahnen & der Luftfahrtwege kündete & als ein Gewölbe längst nicht mehr allein über die Städte sich spannte, hohlwangige Hämmerödnis, Crescendo Decrescendo blechgesichtiger Maschinenchöre – so schmolz die Weite von Landschaften zu nervigen, hämmernden Zentren, zu Punkten tumultierender Industriestätten ein. – Nichts davon hier – Tierstimmen: hier & da spießten Vogellaute 1 Böe auf, über dem Gräserdschungel wogte der monotone Heuschreckengesang u darüber in Kaskaden das Rauschen des leeren Winds – – – :er mochte jetzt sehr weit entfernt von den Bahnen der Reisenden sein.

Und am Wegrand alsbald gebeulte & zerschlagene Autowracks, Überreste wie seltsame Skelette, langsam versinkend unter hohem Schilfrohr & Gebüsch; eine Natur, die die toten Maschinen sich wieder einverleibt : die blaue Kühlerhaube 1 ehemaligen Lieferwagens – nach oben gekehrt als ein vielrippiges binsendurchstochenes Blech; vier Karosserien einstiger Personenwagen – Wartburg, Trabant –:die Türen wie hilflose Hände ausgebreitet vor greulich zerschlagenen Fensterscheiben, das Glas bis zu den Rahmen kleinlich zerhackt, dort nun wie Reste abgebrochner Zahnreihen, die übrige Splitterhalde als Kristallnacht den Innenraum übersäend, & Sitzpolster, aufgeschlitzt, die Füllung mit Akribie & Verbissenheit herausgezerrt, ebenso das Geschlinge von Kabeln Schläuchen Gummischnüren – ein farbiges Eingeweidewirrwarr; Jemand mochte auf das Autodach gesprungen & mit heftigen Fußtritten das Blech eingebeult haben (in den rostbraunen Mulden stockend Regenwasser Lacksplitter & ersoffene Käfer); eines der Autos, aufs Dach gekippt, die 4 reifenlosen Felgen nach oben, war ausgebrannt, das knochenfahle, ausgeglühte Blech legte säuerlichen Metallgeschmack auf die Zunge; der Gestank verbrannten Gummis&öls beklebte noch die Gräser & aschig borsteten Brandinseln nach diesem Auto-Dafé; und ringsumher, als seien kriegerische Steppenhorden eingefallen, lag verstreut zerbrochen zertrampelt zerrissen ölverschmiert & schimmelnd was einmal all den Autos von ihren stets=stolzen Besitzern an Gemütl.keit beigegeben war: Decken Schonbezüge (selbstgestrickt) od Lammfellimitate Puppen & Plüschtiere Spraydosen Schuhkartons 1 Handtasche (hellbraun, aufgefetzt, das Futter herausgerissen)..... –:!Kein Zweifel, hier hatten !Exekutionen stattgefunden. Sogar, schien es, als hätte man eigens dafür fremde Gerätschaften hierher gebracht: 1 Gardinenstange pfählte die Kofferhaube eines Wartburg; ein Fernsehgerät Staßfurt & eine Nähmaschine trafen sich in der Windschutzscheibe eines Trabant; ein Kinderwagen für Zwillinge malträtierte seinerseits den

Motorraum eines maroden Trabant..... – vom weichen Erdegrund, verborgen im Grün, von den Staketen Schilfrohr Binsen Schierling langsam umhegt auch diese für schuldig befundenen Zeugen von Wunschobjekten einer merkwürdigen Vergangenheit. Alibis einstiger Zugehörigkeit, deren Zentren stets alles Tun fokussierten, deren soziales Gewicht Menschengruppen zusammenpreßte – Versorgungs-gemein-Schafften, Händler&schieberringe, Gefühls&wirtschaftsklicken, Frühkapitalismus bei delikater Q-Wärme, bei Partychips & Etagenfick Laubenpieperschwoof & steigendem Wechselkurs deMark-her – *Sie könn saang wasse wolln: awa !Det wahn !unsre Besten Jahre – –*

Was ich ihn ahnen ließ, sollte sich bestätigen: Am Fuß der hoch hinaufgezogenen, nachmittagsblauen Himmelskarte im Grün eines vom Wind umspülten Buchenhains lagen müde Ziegelfarben: Scheunenställehäuser – ein Klumpen Dorf.

.....Dann Erzählte sie kam eine Zeit als mit 1 Mal Besuch sich einfand von ihrem Mann diesem Reichen-Arzt Er hatte dafür gesorgt daß sie Seine Frau dort eingeliefert & abgestellt worden war in jener Schlangengrube Sankt Sowieso & Er hatte jetzt dafür gesorgt daß sie Besuch empfangen durfte Und wieder hatte Er 1 Papier dabei das sie unterschreiben sollte Sie sagte Er lud sie ein zu Spaziergängen durch Ostberlin Mit 1 Mal war auch das möglich während sie noch vor Stunden nicht mal allein in der Anstalt umhergehen durfte Zumindest unter gewissen Bedingungen durfte sie Ihn durch die Straßen Ostberlins begleiten & war also mit 1 Mal 1 sogenannter Leichter Fall & längst schon auf dem Weg zur Genesung..... Und solch Leichten Fälle (sagte sie) brauchten Um das Irrenhaus zu verlassen nur 1 Ausgehschein 1 gelbes Ticket das eine Aufpasserin Eine Nonne am Ausgang abstempelte & beim Wiedereintritt entwertete Das war auch die Stelle wo all die Post die sie inzwischen bekommen hatte Gesammelt & nun zum 1. Mal ihr ausgehändigt wurde !Natürlich (sagte sie) waren sämtliche Briefe geöffnet & gelesen worden Wie im Himmel also auch auf Erden (meinte sie) Und daß sie während der Ausgänge Nicht heimlich telefonieren od Briefe die durch die Zensur geschmuggelt worden waren hätte absenden können Da durften die Aufpasser sicher sein Da hatten Die in Ihm diesem Ehemann 1 guten Verbündeten –?!*Wen auch hätte ich anrufen sollen* Sagte sie –?!*Wohin Briefe schicken – ich hatte nirgends mehr 1 Freund* Und sie erzählte uns Was ihr Mann schon beim 1. Besuch von ihr wollte : Er hatte inzwischen dafür gesorgt daß sie Seine Frau aus der Anstalt entlassen werden könne Allerdings unter einigen !Bedingungen Und die 1 Bedingung war: sie muß !Fort aus Berlin (Das war übrigens auch ihr mittlerweile klar geworden u das hieß für sie hauptsächlich: !Weg von Ihm diesem Ehemann & Staasiärzteausbilder Und sie hatte in 1 der Briefe von diesem Mann der in den-Westen gegangen war 1 bestimmte Adresse erfahren Wo sie Wie der ihr wohl geschrieben hatte fürs Erste bleiben könne wenn sie einmal in Not wäre –) :Jene Mitteilung mußte den Aufpassern in der Anstalt glatt !entgangen sein Sowas konnte schon mal vorkommen bei soviel !Arbeit..... : Sie war also mit dieser Bedingung: !Fort aus Berlin – :sofort einverstanden & hatte wieder 1 Mal ohne weiterzulesen das Papier unterschrieben – :Aber jetzt kam der Knalleffekt: Als sie nämlich Ihn ihren Mann fragte ?Wo sie denn Seiner Meinung nach hingehen sollte Und daß Wenn es nach ihr ginge Sie genau wüßte Wo sie hin wolle (Und nannte die Adresse der beiden alten Leute Hier-bei-uns) – Da: !Nannte er genau dieselbe Stadt !Unsere kleine Stadt Hier im Norden..... !Das schlug ein wie eine Bombe Bei den !Beiden Denn wenns auch nicht dieselbe Adresse war (Sie wollte zu den beiden alten Leuten – Er wollte sie Wie sie uns erzählte zum Sektionsdirektor für Geschichte an die hiesige Universität abschieben Der war wohl 1 Bekannter von Ihm.....) :Solch 1 Gemeinsamkeit Das war wirklich 1 !Hammer Und er haute sie beide um : Ihn diesen Klinikchef & Staasiärzteausbilder dermaßen Daß er seinen Besuch

!sofort abbrach Wie sie uns erzählte Sie !sofort zurückbrachte in die Anstalt & mit seinem Wagen auf&davonfuhr die Reifen drehten durch der Schotter sprühte auf & er fuhr los als sei der Leibhaftige Klassenfeind hinter ihm her Wahrscheinlich Wie sie meinte fuhr er strax zu seinem Führungsoffizier..... Wo sie sich dann nächtelang die Köppe darüber zerbrachen & die Pfoten wundtelefonierten um rauszukriegen ?Was 1=solche verdächtige Über1stimmung wohl ?!bedeuten mochte Der Zufall schied !natürlich aus Bei sowas gibt es keine Zufälle Dachte man bestimmt Vermutlich sah dieser Staasiarzt seine Frau zum 1. Mal mit anderen Augen: Staasi & Gegen-Staasi BeeNDe & SieEiÄi & KaGeBe & WeißderFuchs welche Vereine noch Und in diesen Schädeln rollten garantiert tage&nächtelang einige Dutzend Agenten-Thriller ab..... Er meinte sicher Er habe Seine Frau=Das-Unbekannte-Wesen all die Zeit !unterschätzt Und nun fürchtete er könnte Das Pendel zurückschlagen & er säße in der Grube..... Und nicht nur er allein..... : Tja so ist das halt: Man hat noch keinen Furz gerochen Der nicht auch aus eignem Arsch gekrochen – – Und in all der ganzen Aufregung hatte Er der Herr Staasiärzteausbilder angefangen Fehler zu machen: So hatte er vergessen Ihre seiner Frau Entlassung aus der Irrenanstalt rückgängig zu machen (er hatte ihr sogar das unterschriebene Papier nicht wieder abgenommen !So verstört hatte ihn diese Entdeckung der Wie sie sagte 1. wirklichen Gemeinsamkeit zwischen ihr u: ihm) Und Meinte sie unter den neuen Umständen hätte Er sie in der Anstalt schmoren lassen bis zum Jüngsten Tag..... Nun aber war es zu spät Sie war sofort nach ihrer Rückkehr in die Anstalt zur Leiterin gegangen Hatte die nötigen Formalitäten (die ja von Ihm ihrem Herrn=Gemahl bereits eingeleitet waren) erledigt & war !augenblix aus der Anstalt raus u fort Und war !Draußen – – – Als sein Anruf in die Anstalt kam Seine Frau !sofort aufzuhalten war Sie schon im Zug Hierher-zu-uns Das heißt Zu den beiden alten Leuten *–Es war halt das 1zige was ich tun konnte* Sagte sie uns später an jenem

Abend *–Obwohl ich wußte daß auch hier Intrige & Verrat dahintersteckten* Denn solch Über1stimmung der Adressen – einerseits als Exil anderseits als Versteck geplant – ließ für sie nur den 1 Schluß zu: Also war auch er mein allerletzter Freund Der Mann im-Westen mit dieser Aasbande im Bündnis..... So jedenfalls glaubte sie das wohl bis zu ihrer letzten Stunde Denn Zufall schied !natürlich aus Bei sowas gibt es keine Zufälle Setzte sie noch hinzu So war das eben damals hierzulande..... *Der Anblick solcher in Verwesung begriffener Fleischbank, hier inmitten des Urwaldes, erschien uns als Blick in unsere eigene, nächste Zukunft. Wir fanden den von Raubtieren zerrissenen, von Verwesung entstellten Leichnam eines spanischen Söldners, daneben an ein Pfahlgestell gebunden, ebenfalls schon von scharfen Zähnen & Klauen zerfetzt, den Leib eines geopferten Pferdes – als hätten sie, jene Wilden, mit dem Schwert die blutige Trennung dessen vollzogen, was ihnen als 1 Leib ihres Gottes einst erschienen war: Reiter & Pferd. Und als hätten die Angehörigen dieses Stammes – Männer Frauen mit Kindern & Greisen – in Kentauren aus Pflanzen & Fleisch sich verwandelt, bedecken ihre Leichname den Boden des Crals. Auch sie haben sich offensichtlich selbst getötet: Besser tot als weiter im Leben so wie wir. ?Warum aber jetzt, wo die Conquista vorüber, das Erobern, Beutemachen, Foltern, Brandschatzen & Morden ein Ende hat. ?Hat es wirklich ein Ende. Für diese Indios hatte es niemals etwas anderes gegeben; auch bevor wir aus Europa kamen, wurden sie gequält & geknechtet, von ihren Oberen, nur die Gesetze waren andere, aus deren Gehirnen entstanden. Möglich, daß ihnen dies erst durch unser Erscheinen, durch unsere Art zu töten, bewußt geworden ist. Gestern, Heute, Morgen – die Zeit spielt keine Rolle für Den, der den Tod will & ihn längst schon in=sich trägt. Nicht wir haben die Indios gefunden; sie haben uns herüber gelockt an ihre furchtbaren Küsten geworfen & in ihre alles fressenden Urwälder, vor ihre Altäre im Fleisch- & Blutgestank der Menschenopfer, & uns schließlich zu den taumeln machenden Reichtümern ihrer Fürsten geführt – sie haben* ihren Tod gesucht solange, bis sie uns dazu gefunden haben. Und wir sind zu ihnen *gekommen, voll mit Gier & Haß – der Wille zum Tod war auch unser, unausgesprochenes, Ziel, das uns zu ihnen führen mußte – so haben wir uns durch sie ergänzt, haben schließlich zu ihnen gepaßt wie das Schwert zur Scheide. !Deshalb mußten wir sie, diese Wilden, finden, selbst am Ende eines Ozeans. Und das war möglich allein zu unsrer Zeit. Man suchte nur, was man auch finden kann. Und so haben sie uns wirklich besiegt mit dem Einsatz ihrer letzten Waffe : Mit den Körpern der Wilden=selbst haben sie uns ruiniert, so wie das Gold aus ihren Tempeln unseren Markt ins Verderben warf. Der Fluch Moctezumas hat sich erfüllt.* ......Wenngleich solch Unterschlupf bei den beiden alten Leuten tatsächlich kein wirkliches Versteck für sie sein konnte (es dauerte gewiß nur einige Telefonanrufe lang bis Die wußten wo sie steckte) Dennoch wars fürs Erste 1 Atemholen 1 Pause Wenn auch nicht für lange Denn schon nach wenigen Tagen tauchte plötzlich ein Fremder auf der sich Hier-bei-uns !Überraschend gut auszukennen schien & der sie auch schnell ausgemacht hatte in der »Eiche« (Sie hatte damals angefangen abends hin&wieder in diesen Gasthof zu gehen Das werden wir Ihnen noch erzählen) Der Fremde war ein untersetzter Mann dunkelblondes Haar auf den 1. Blick derb erscheinende Hände unter den Fingernägeln u in den Handlinien jenes Schwarz das selbst nach gründlichem Waschen nicht zu verschwinden scheint & schon in der Art wie er seine Hände ineinander & auf den Tisch legte Immer zu bleiben schien: kurzum die Hände eines Arbeiters eines Autoschlossers vielleicht od eines Mechanikers Er mochte so um die Dreißig sein sprach & bewegte sich leise zögernd u vorsichtig (so als müsse er sich & insbesondre seine Absichten verbergen) Aber er schien genau zu wissen !Was er wollte Und wir haben sofort herausgehört Daß er aus Berlin kommen mußte Er schien auch genau zu wissen !Wann sie diese-Frau abends in der »Eiche« erschien Und als sie dann in die Gaststätte hereinkam und !ihn Den Fremden sitzen sah : Da traf sie 1-solcher Anblick wie !1 Stromschlag –: Erst wollte sie sofort kehrtmachen u rauslaufen Dann überlegte sie sichs anders Sie ging mit derben Schritten quer durchs Lokal Hin zu ihm Baute sich auf vor ihm der als er Sie kommen sah rot im Gesicht anlief & aufstehen wollte von seinem Stuhl (in seinen Augen sahen wir flackernd wie Wolkenfetzen in Sturmböen Freude u Furcht – so als freue ihn sein gelungener Plan dieser-Frau Hier zu begegnen u als bereue er solch Begegnung sofort in jenem Augenblick der sie zustande brachte) Aber sie die Frau war schneller an seinem Tisch als er aufstehen konnte u so blieb er in seiner kläglichen Haltung wie ein krummgeschlagener Nagel ½stehend ½sitzend vor Ihr zurück – Sie ließ ihn gar nicht erst zu Wort kommen –*!Was willstu hier* Fauchte Sie ihn an –*?!Hab ich dir nich oft ge!nuk gesagt Daß ich dich !niemals wiedersehen will* Er wollte drauf etwas erwidern Aber sie –*!Setzdich !Steh nicht vor !Mir wie ein vollgekacktes Kind* er gehorchte Und nun sprachen sie sehr leise mit- od: besser gegen=1=ander Wir konnten nicht verstehen Was sie sich sagten Aber wir hörten den scharfen Atem ihrer Sätze die sie wie Vorwürfe & Flüche hin&herwarfen Dann raunte er längere Zeit auf die Frau ein Wir konnten ihr Gesicht im Profil beobachten das eine ganze Palette an Ausdrücken durchlief: Spuren eines ungläubigen Staunens angesichts einer=solchen Unverschämtheit bodenlosen Unverfrorenheit & solchen Ansinnens das dieser-Fremde Ihr in aller Offenheit anzutun wagte Dann die Spuren langsam sich steigernder Wut als sie offenbar erkennen mußte daß gegen Das was dieser-Fremde ihr vorzutragen wagte Sie im Grunde nichts dagegensetzen konnte So daß ihre Wut sich steigerte als hätte sie nicht übel=Lust dem Kerl das Bierglas in die Fresse zu haun Bis hin zu dem 1 Augenblick Als sie die Faust auf die Tischplatte schlug Mit 1 entschiedenen Griff ihre Handtasche packte Vom Stuhl aufsprang die Gläser klirrten als müßten sie zerspringen Bier schwappte über Und sie die Frau schrie diesen-Fremden (der verdattert sitzen blieb u hinaufstarrte zu ihr) an –*!Was bildestu dir ein du* – u stampfte mit dem Fuß auf –*Mir reicht mein Alter=das-!Schwein* Da

*brauch ich keinen !Ableger wie dich !Hastu ?!verstanden !1=für=
allemal ?ja* Und wartete seine Antwort gar nicht erst ab
Sondern fuhr mit 1 energischen Geste ihr Kleid hinab als
müsse sie von dort die lästigen Fliegen..... verscheuchen &
lief mit weiten derben Schritten geradenwegs an den übrigen Tischen vorüber quer durchs Lokal hin zur Tür – Schon
wollte sie hinaus Als sie etwas Anderes zu überlegen schien
– Und so blieb sie zur Statue-der-Empörung !Wie verstei-
nert in der Tür Wandte sich schließlich um und ging betont
langsam zu 1 anderen Tisch hinüber Dort saß Jemand der
aussah wie Einer der sie zu *den Lichtern* hätte mitnehmen
können..... Wir haben Ihnen ja schon erzählt Wie solche
Begegnungen dann weitergingen & wie sie endeten..... Der
Fremde jedenfalls den Sie hatte sitzenlassen blieb allein an
seinem Tisch Sagte nichts Trank nichts Legte die derb erscheinenden Hände wieder ineinander Und starrte in sein
fast leeres Bierglas hinein – Stundenlang blieb er so sitzen
Während die Frau mit jenem Anderen von dem sie meinte
Er würde sie zu *den Lichtern* mitnehmen verschwunden war
Nach Draußen Hinter den Gasthof in die Scheune..... Der
Fremde aus der Stadt kam an den folgenden Abenden wie-
der zurück in die »Eiche« Auch Sie erschien & tat so als sei
dieser-Mann gar nicht vorhanden Nur 1 Mal als sie gerade
wieder einmal von Draußen aus der Scheune zurückkam
Stolzierte sie provozierend an diesem Mann=allein vorüber
Spreizte als sie direkt vor ihm stand den kleinen Finger ihrer
Hand & tupfte aus dem Mundwinkel 1 hellen weißlichen
Tropfen..... Und ?was tat er : Blieb allein an seinem Tisch
Sprach sie nicht mehr an Schaute nur manchmal zu Ihr hin-
über (als wolle er sich jedes Mal ihre Erscheinung einprägen
um sie nicht vergessen zu müssen) Sie die an den anderen
Tischen sich betrank & ihre Show abzog Abend-für-Abend
Der Mann trank nichts Legte seine Hände ineinander &
starrte mit gesenktem Kopf darauf Bis in die Nacht Bis der
Wirt Schluß machen & zuschließen wollte Der sagte noch zu
dem Fremden daß er Wenn er nächstens wiederkommen

wolle !Gefälligst entweder etwas bestellen od gleich wegbleiben solle *–Wir sind hier 1 Gaststätte & kein Penner-Asyl*
Am nächsten Abend kam dieser-Fremde nicht wieder & an keinem anderen Abend danach Als wir sie fragten ?Wer das gewesen sei Antwortete sie beiläufig *–Eine von diesen sentimentalen Nullen die nicht abendfüllend sein können* – Wir haben ihn noch 1 Mal wiedergesehen od: besser wiedergefunden Das war zu Füßen der Steilküste oben am Meer..... :Der Fremde lag auf den Steinen ausgebreitet & war besoffen wie dreißig Ritter ?Werweiß wie !lange der schon dort gelegen hatte 1 !Wunder daß er noch lebte u nicht erfroren war Denn es war damals Erst Ende März Es regnete oft & die Frühjahrsstürme kamen vom Meer herüber..... Nachdem er ausgenüchtert war hatte Die Polizei ihn verhört Die glaubten er sei Einer-von-denen die übers Meer haben türmen wolln..... Er wär nicht der 1. gewesen ders probiert hätte..... Aber das wars wohl nicht gewesen Denn aus irgendwelchen Gründen die wir nie herausbekommen hatten Haben die Bullen ihn schnell wieder laufenlassen Seither haben wir diesen-Fremden niemals wiedergesehen..... Übrigens lag er damals nicht weit von der Stelle an der Sie von der Steilküste-oben abgestürzt sind & Wir Sie gefunden haben ?!Ist solch 1 Zufall nicht wirklich komisch.....

Das Ziegelrot der Häuserwände war erloschen, die Steine=selbst von unsichtbaren Wind&regenhänden geschliffen, poröse Auszehrungen; Ackerwinde & Brennesseln zogen durch ausgehängte od zerbrochne Türen ins Innere der Räume ein; die Dächer, eingestürzt, entblößten die Skelettbalken des Dachstuhls, verkrümmte Spanten unter dick mit Moos bepelzten Krempziegelresten. Auch das Mauerwerk (soweit er sehen konnte) unter dem dichten, wild sich rankenden Weinlaub war zu großen Teilen zerstört u oftmals hielten allein die starken, ihrer Holzmaserung folgend nun langsam zersplitternden Fachwerkbalken die maroden Reste in die Höh, während in den wie alte Gräber eingesunkenen, vom Brennesselwald okkupierten Vorgärten (Stämme von

Kirsch- & Apfelbäumen staken als dunkle, derb gezeichnete
Lettern aus dem Kraut) die Bretter- & Dielenstapel, Fenster-
& Türrahmen sowie Möbelreste vermoderten, von Sonnenstrahlen zerhebelt & zerspellt von Regenprojektilen aus dem
festen Holzverbund herausgesprengt in schimmelnden Spänehaufen vergingen. Offenbar war man anfangs, als die
Häuser & das Dorf einst geräumt werden mußten, noch um
Planmäßigkeit & Organisation bemüht gewesen (?vielleicht
hatte man auch jenen Bewohnern gesagt, Alles sei nur vorübergehend, eine Maßnahme von nur kurzer Dauer, eine
Art Manöver, & *Bald schon könnt ihr wieder hierher zurück in
euer Kaff, in eure Heimat......*) – später dann, der Eile & Trübseligkeit einer Evakuierung verfallend & angesichts der
Haltlosigkeit all solcher Rückkehrversprechungen, schien
man jegliche Ordnung aufgegeben & mit der Hast bei Vertreibungen die Bewohner aus den Wohnungen hinausgejagt
(?auf bereitstehende Lastwagen verfrachtet) zu haben, während in den Häusern durchstreunende Patrouillen in den
Zimmern Küchen Dachböden stöberten & an zurückgelassenen Resten nun besitzerlosen Eigentums sich zu bereichern suchten. Od jene sich überlassenen & mit den Jahren
verfallenden Behausungen=selbst hatten all den von ihren
ehemaligen Bewohnern im Innern zurückgelassnen Trödel
in schubartigen Vomationen von sich gestoßen, aus Türen &
Fenstern in die ihrerseits verwildernden Gärten ausgespiene
Gerümpelhalden erzeugt, aus Blechkannen Gardinenresten
Ofenrohren zerweichten Pappkoffern in endlos faulmundigem Gähnen aufgesperrt schimmelige Wäschestücke (Reste
eines blauen Kleides mit weißen Punkten, 1 korallenrote
Socke) ein zerplatztes Federbett in fahlem Rosa entblößend
neben ausgedientem Bettgestell (die rostigen Sprungfedern
wie Lockenkräuseln auf einem Greisenschädel aufgestellt)
eine Art Exhibition des Verfallens zustande gebracht, um
schließlich später einmal, und wiederum nach etlichen Jahrenjahrzehnten ohne sozusagen fremde Beimischungen in
den Naturzustand zurück- & wieder einzukehren: Balken zu

Bäumen, Ziegel zu Stein. Darüber unaufhaltsam Schatten ziehende Bäume sich breitend. Er, in einen der versunkenen Vorgärten eintretend, spürte den Moder, der wie ein beständiger Sterbegeruch auch heute noch über dieser Ortschaft lag. Dachziegelscherben & Mauersplitter schürften das Oberleder seiner Schuhe, während unter jedem Schritt vom Unkraut verborgenes zerberstendes Fensterglas kreischte. Das türlose Haus, auf das er zuging, bot einen dunklen, höhlenartigen Anblick, aus dem Innern wehte ein feuchtdumpfer Geruch, Erde & Salpeter mischten sich drein. Auch fehlten die Fensterrahmen – sie waren offenbar irgendwann aus ihren Befestigungen gefallen od, sofern sie einst gut erhalten waren, mochten sie von Häuselbauern aus einem der Nachbarorte heimlich abmontiert worden sein. Er, mein älterer Bruder, wußte, in welcher Ortschaft er sich befand, obwohl das Ortsschild von einst verschwunden war. Er sah, als er dem Haus sich genähert hatte, hinter dem Buchenhain den hellen, breit sich schlängelnden Sandstreifen (auf dem so schnell Nichts mehr würde wachsen können) wie den Leib eines vorsintflutlichen Reptils in die weite Landschaft sich strecken : ein *Todesstreifen,* von Herbiziden & ausgesprühten Säuren erzeugt & beständig für das verordnete *freie Schußfeld* aufs neue mit Giftstoffen durchtränkt, so daß selbst Moose & Flechten aus diesem giftigen Boden nicht wuchsen, dafür jedoch die jahrzehntelangen, tonnen- & hektoliterweis ausgeschütteten Gifte langsam ins Grundwasser zogen, dem Todesstreifen somit zu seiner unterirdischen, niemandem sichtbaren Ausbreitung & Weiterexistenz verhalfen – auch diese Wüste wächst..... – Er sah auch in nicht allzu weiter Entfernung den keulenartigen Bau 1 Wachtturms, die Eisentür aus den Angeln gehoben, die Fensterscheiben sämtlich eingeschlagen, ein Suchscheinwerfer, aus seiner Halterung gekippt, glotzte als ein totes Auge die mit schwarzen Graffitis bedeckte Betonwandung des Turmes hinab; ver1zelt hielt auch 1 Betonpfeiler (mit landeinwärts gekehrtem, abgerundeten oberen Ende) im pflanzlosen Ödland noch aus : ohne den Stacheldraht den Selbstschußzylinder zwar nur ein rheumatisch verkrümmter, verlorener Posten, ein Werwolf im unendlich langsamen, in Zeitlupe fotografierten Zerfallen Zerbröseln Verlöschen wie das bezwungene Monster am Ende eines Horrorfilmes aus den frühen Jahren von Hollywood, dessen Macht & Ausstrahlung jedoch, im Gegensatz zur Katharsis aus den Drehbüchern der Hollywoodstreifen, vielmehr wie ein alttestamentarischer Fluch auch weiterhin untilgbar über die Landschaft sich streckte, ohne die Hoffnung auf Erlösung, ohne die Chance zum Versöhnen – – er spürte die eigenartige Stille an diesem Ort; die Tierstimmen & auch die Geräusche des Windes schienen erstarrt od von der Hohlheit u der Unentrinnbarkeit aus den Gefilden des Tötens unablässig aufgesogen, verschluckt, zum Stillsein verdammt & aus jener Landschaft evakuiert wie seinerzeit die Bewohner des Ortes, und danach hatte, von Hier ausgehend, dies unermeßliche, dies nicht u von niemandem mehr aufzuhaltende Sterben begonnen.....

Er betrat den in Modergerüchen stockenden, niedrigen Raum, der seinerzeit gewiß eine Wohnküche gewesen war. Einige Augenblicke lang schloß er die Augen, um danach im Dämmerlicht diesen verlassnen Ort zu inspizieren. Die Fenster waren zu klein, der Tag stellte nur in spärlichen Bahnen sein Licht in die klamme Atmosfäre herein. Und nun sah er die fahlweiße Kochmaschine in 1 Stubenecke (die Kacheln teilweise zerschlagen, das Ofenrohr fehlte, in der Wand oberhalb des Herdes ein kreisrundes Loch, 1 Rußbahn fiel senkrecht ein Stückweit die Wand herab) – die meisten Dielen im Raum waren zerbrochen od herausgerissen – wie auf 1 Floß balancierte er die bloßliegenden Balken entlang, dazwischen all der Unrat & Trödel aus einem in Eile aufgegebenen Haushalt, auch schien man später hier noch Müll abgeladen, Teile eines Motors wie auch ein Pumpengehäuse fanden sich ein, und aus dem gesamten Gemäuer aus jenen verfallenen und verfallenden Mauern Balken Dächerresten strömte wie aus einem Kadaver ein Miasma aus verwesenden Eingeweiden untermischt mit jenem wie die Atmosfäre=selber ursprungslos erscheinenden Geruch von Urin & Scheiße – als würden die alten Ziegel dies selbst erzeugen & ausscheiden in einem niemals zuende kommenden Todeskampf, in einem endlosen Weiterverfallen Weitervergehen Weitersterben – – –

Der Verputz an der Decke war zu großen Inseln ausgebrochen & Strohhalme, von Mörtelbatzen verklebt, sträubten sich tief in den Raum herab. Gerade war er auf den umgestürzten Küchenschrank geklettert (die Rückwand aus Sperrholz warf sich wegen der Feuchtigkeit in Beulen & Wellen auf, hatte die winzigen Nägel aus der Befestigung gezerrt) – als ihm das schulheftgroße, in der Trübness dieses Raumes hell scheinende Blatt Papier an der Längsseite einer Wand in die Augen fiel. Er balancierte dorthin – die verrostete Reißzwecke, mit der das Papier, ein Kalenderblatt (einstmals schräg abgerissen, so daß in der Kopfzeile des Blattes von der Jahreszahl lediglich die letzte Zahl – 8 – übriggeblieben war, während in der Fußzeile des Blattes der Übergang eines Mai in einen Juni durch Schrägstrich bezeichnet) an der Wand festgehalten wurde, zerbröselte schon bei der 1. Berührung zu rostigem Staub – das Papier wollte wie ein bleicher Schatten die Wand hinabgleiten, er fing es auf, trug es ans Licht. Denn er hatte, neben dem Bild (dem Reprint eines Gemäldes im Stil des Biedermeier: die Komposition eines Waldes im Gebirge), auf der Datumsleiste am Fußende des Blattes, in schwarzen Antiquaziffern & von dünnen Linien in Kästchenform umhegt (darin die winzigen Symbole der Mondfasen), wobei das Kästchen des letzten Sonntags in diesem Mai, dem 29., auf den Montag, dem 30., gestapelt erschien, während diese Wochenzeile vom Beginn des Folgemonats Juni mit dessen ersten Tagen zerteilt wurde; dort also, einige der dünnen Kästchenlinien überlaufend, hatte er die blassen Reste von handschriftlichen Notizen entdeckt.

Die beständige Feuchtigkeit in diesem zerstörten Raum hatte auch das Kalenderblatt aufgeweicht, die lilafarbnen Kopierstiftzüge zu Klecksografien verträmt, als bauchige Wolkengebilde aus Tinte über die Datumszahlen herablaufen lassen. Doch als er an der Fensteröffnung das Papier ins Tageslicht hielt, erschien die ursprüngliche Schrift noch lesbar: .....Diesen 1 Kerl war die-Frau also los Aber zur Ruhe sollte sie auch Hier-bei-uns nicht kommen Denn das wirklich dicke Ende folgte auf dem Fuß : Wie beim 1. Mal so hatte sie auch letztens das Papier das ihr Mann dieser Chefarzt aus Ostberlin ihr vorgelegt & das sie unterschrieben hatte Gar nicht richtig gelesen Denn da standen für ihre Anstaltsentlassung noch all die übrigen Bedingungen drauf: Sie mußte sich zum 1 verpflichten Hier-bei-uns bei 1 bestimmten Ärztin sich einer weiteren Behandlung & Wie das hieß *einer fortgesetzten Therapie unterziehen* Vom Verlauf solch einer Therapie hing Alles weitere ab: das Sorgerecht für ihre beiden Kinder (die blieben fürs Erste bei diesem Mann diesem Reichen-Arzt in Ostberlin doch Sagte sie uns hatte er Andeutungen gemacht daß Er ihre beiden Kinder auf !keinen Fall bei sich behalten wolle Sondern Wenn sie weiterhin Sperenzchen machte Wie Er sich ausdrückte & womit Er zum 1 ihre Weigerung jene Therapie zu machen (was nichts anderes als Medikamente- & Spritzenbekommen hieß) & zum anderen die Fortsetzung ihres Kontaktes zu diesem-Mann-im-Westen meinte (der ihr die Adresse der beiden alten Leute Hier-bei-uns gegeben hatte) Dann würde Er dafür sorgen daß ihre beiden Kinder Zur Adoption freigegeben würden.....) Auf die Scheidung aber So machte Er ihr angeblich klar Brauche sie gar nicht zu hoffen !Niemals würde Er einer Scheidung beistimmen Die beiden Kinder aber wäre sie ohnehin los Und zwar !endgültig Sagte Er Und im übrigen Hatte Er noch hinzugesetzt waren jederzeit die Möglichkeiten gegeben sie Seine Frau wieder einzuweisen in die Anstalt Sankt Sowieso in Ostberlin..... Außerdem hatte Er ihr Mann dafür gesorgt daß sie an der hiesigen

Universität zwar eine Anstellung bekam Doch keine Dozentenstelle Wie das bei ihrer Qualifikation ihr zugestanden hätte Somit blieb ihr das Abhalten von Vorlesungen & Seminaren verboten Sie sagte sie hatten ihr 1 Job in der hauseigenen Bibliothek zugewiesen –*Schön weit vom Schuß & mitten im Staub: Frau=Dr=hist=Kellerassi* Wie sie das nannte Und ihre Wohnung bei jenen beiden alten Leuten die sollte sie ebenfalls !sofort aufgeben & !umgehend in eines der Häuser des Sektionsdirektors Jenes Bekannten ihres Mannes umziehen..... Sie tat alles was Man von ihr verlangte denn sie hatte Angst wieder in die Anstalt zu müssen u Angst die beiden Kinder für immer zu verlieren..... ?Werweiß ob das Alles: diese Drohungen solch Verbote Anweisungen & Verfügungen :Ob die=alle ?rechtens waren ?Ob da nicht viel pure Kraftmeierei & heiße Luft dabei waren – Darum aber scherte sich niemand & Darum gings auch gar nicht Und ?wie auch : Solche Gesetzesbücher wie in der DeDeR die bestanden aus Wenns & Abers & Vielleichts !lauter Gummi-Para-Grafen und Die-Bonzen hatten im-Lauf-der-Jahre natürlich dafür gesorgt Daß in 1. Linie Ihnen=selber niemand an den Karren pissen konnte – !klar hatte Sie anfangs den Aufstand probiert besonders gegen ihre Verbannung in den Keller der Bibliothek wo sie als !Promovierte eine Arbeit machte die jede Aushilfskraft ebensogut machen konnte :Dagegen wollte sie sogar beim Arbeitsgericht vorgehen & versuchte sich einen Rechtsanwalt..... zu nehmen: Na bei 2en wurde sie gar nicht erst vorgelassen als die hörten Wer sie war & Worum es ging Und (erzählte sie uns) ein 3. ein noch junger Schnösel entließ sie mit der Bemerkung –*Wissn Sie ich hab in letzter Zeit vier Arbeitsrechtsprozesse – !ganz ähnlich gelagerte wie Ihren – verlorn : !Gehn Sie ruhich vor Gericht Und wenn Sie gewinnen sollten: Lassen Sie es mich !bitte wissen : Sie würden mir wirklich helfen: Sie könnten mir den Glaum-ans-Recht wiedergehm.....* So war das Aber Sie sind ja auch von Hier & wissen das ja Alles selber – :?!Was also hätte sie anderes tun solln als !Gehorchen –*Ich bin ja umzin-*

gelt Hatte sie damals gesagt Und die Grenzen waren dicht..... Denn solch Mischung aus Alice-im-Wunderland & Michael-Kohlhaas Die führt niemals weit Damals nicht & heute auch nicht: Die führt bis an 1 gewissen Wassergraben am Stadtrand Und die Kehle ist durchgeschnitten..... Soviel steht fest Und so nahm das Unglück Hier-bei-uns seinen Lauf..... Und dieses Unglück das kam erst einmal in Person des Herrn=Genossen Sektionsdirektors=selber Dem mußte diese-Frau des Herrn=Genossen Klinikchefs aus Ostberlin gradezu als Gefundenes Fressen vorgekommen sein (wenn man all den Gerüchten um ihn & seine Götter=Gattin glauben wollte) Sie wissen ja in 1 Kleinstadt wie der unsern Da bleibt nichts lange geheim Zumal nicht wenns um Die geht die sozusagen Im Rampenlicht stehn 1 !schönes Früchtchen war das Der Herr=Genosse Direktor..... Ein alter geiler Bock & Ein Tausendprozentiger mit Seinen Privilegien & Seinen Westreisen nach Schweden..... & den Studentinnen die Er an Seiner Fackultät mit Verlaub zu sagen unter sich hatte..... Geben & Nehmen nach Gutsherrenart wenn Sie uns fragen Und Die Vorhaut-der-Partei immer siegreich vorneweg..... So war das hier *–Und ich Sagte sie uns an diesem letzten Abend –ich freilich sah & empfand das wieder mal Gans anders: Frei wie 1 Adler Sah ich den Herrn=Gen. Direktor ich !dusslige Kuh :!Schöner Adler der: !ein ganz schräger alter Vogel ders Vögeln mit den Studentinnen nicht lassen konnte Damit ihrs nur wißt* Hatte sie gesagt Und so (heißt es) kam auch bei Seinen Prüfungen manch ein Eck-Samen zustande..... Sie aber diese Verrückte aus der Stadt sie sah damals nur das 1 an Ihm: *–Fröhlich u traurig & mit Seiner Ehe am Ende wie ich* So hatte sie uns anfangs diese Situation beschrieben In die sie wieder 1 Mal blindlings wie ein liebestoller Backfisch hineintappte Wie schon seinerzeit ins verminte Gelände ihrer Ehe mit jenem um so viele Jahre älteren Mann diesem Reichen-Arzt aus Ostberlin..... *Das Fieber spüre ich jetzt, in den Abendstunden, zurückkehren. Nicht viele solcher Angriffe werde ich mehr bestehen können. Von den über* *zweihundert Männern & Frauen, die in San Miguel mit ihren restlichen Habseligkeiten aufbrachen, sind jetzt außer mir noch zehn Männer am Leben. Wir alle wissen insgeheim, daß wir uns verirrt haben im Urwald; daß wir, inzwischen fast ohne Nahrungsmittel, zu schwach sind, den richtigen Weg zu suchen & zu finden & daß wir Belem niemals erreichen werden. Und mit dem Fieber kehrt die Folter des Durstes wieder. In unseren Trinkwasserschläuchen wimmeln fingerdicke Würmer, die faulige Brühe ist ungenießbar. Einige trinken daraus, indem sie mit Tüchern siebend das Ungeziefer zurückhalten, viele sind dazu schon zu apathisch. Die Männer, die das Wasser schlürfen, das in Pflanzenkelchen Blättern & Baumstümpfen vom Regen sich sammelt, bekommen zum Fieber noch die Ruhr. Wir begraben die Toten längst nicht mehr. 1 Rest Wasser halte ich für mich versteckt. Das 1zige, worum ich noch bete, ist um Beherrschung, daß ich in der Fieberglut meinen heimlichen Vorrat nicht preisgebe. Die Schufte würden über mich herfallen, mich an einen Baumstamm nageln & ich müßte die Martern des Nazareners ertragen. So haben sie es vor Tagen mit dem Bakkalaureus getan, der heimlich 1 Stückchen Brot noch mit sich führte. Ich war schon zu schwach, um das Foltern zu verhindern. Geblieben sind die hartnäckigsten Schurken, und sie belauern sich auch jetzt auf unser aller Totenlager noch gegenseitig, um in 1 Moment der Unaufmerksamkeit od Schwäche des Anderen ihrem Nächsten die Kehle durchzuschneiden, sich an dessen letztverbliebner Habe zu bereichern. Denn es hält sich das Gerücht, daß irgendwer in unserem Zug eine Kassette mit dem Sold von San Miguel noch bei sich trägt. Solches Morden geschieht ohne Sinn, ist der pure Reflex des Bösen, denn jeder weiß, es gibt für uns kein Entkommen, kein Überleben. Jeder, der noch 1 Funken Anstand im Leib hatte, ist längst dahingestorben. Diese=hier sind schlimmer als Kannibalen : sie töten & sie fressen haßerfüllt wie Büttel des Jüngsten Gerichts, denn ihr Raffen gilt dem Verschwinden-, dem Vertilgenmachen all der Toten, hier & aus der Vergangenheit, u kein Mittel dazu ist tauglicher als das Selbstvergessen. Leben ist Enttäuschung. Und nur die Niedrigsten konnten bis hierher überleben. Und weil ich, der Padre Ignacio Ximenez aus San Miguel, den Gott verlassen hat, auch noch am Leben bin, zähle ich ebenfalls zu diesem Abschaum, der in unsern Tagen* ..... Der Herr=Gen. Sektionsdirektor (erzählte sie weiter) sägte sich nach allen Regeln der Kunst an sie heran Er hatte sicher leichtes Spiel denn Wie wir selber sehen konnten war sie Hier-bei-uns –*In meinem Sibirien* Wie sie das nannte ziemlich am Ende Sie hatte damals Wie gesagt angefangen abends – zuerst hin&wieder später dann fast regelmäßig – in »Die Eiche« zu gehen..... *Das-Spiel* Sagte sie begann Er eines Montags Morgen im Keller im Souterrain der Bibliothek dort wohin Man sie Wie sie sagte verbannt hatte Der Hausmeister war grad in dem Raum als der Herr=Gen. Direktor eintrat Der Hausmeister sprang verlegen auf hustete den Rauch seiner Zigarette aus & sagte –*Herr !Pfessor: Eine !völlig Neue Frau : Die bringt sogar die Mülleimer raus & macht sauber !So 1 haben wir hier noch nie gehabt* – Der Alte Bock lachte darauf –*Soso Frau Doktor machen sauber* od mit ähnlichem Quatsch muß Er wohl Seine Anmache begonnen haben Und sie darauf –*Ja Ich folge aufs Wort* So daß Er der Herr= Gen. Direktor wieder umschalten & sagen konnte –*Dann möchte ich daß Sie jeden Tag hier sind* Und setzte hinzu –*Aber ich arbeite auch in Zukunft !nicht mit Ihnen* – –*So* (erzählte sie uns) –*hatte Das also begonnen Was für mich eine gigantische leidenschaftliche Liebesgeschichte war*..... Und noch etwas anderes hatte für sie begonnen In all der Zeit im Keller der Bibliothek wo sie nichts weiter zu tun hatte als Hilfsarbeiten Bücher in Regale stellen & Saubermachen –*Möbelrücken & promoviertes Staubschlucken wie in der Irrenanstalt* Wie sie das nannte Dort hatte sie angefangen sich mit THEOLOGIE..... zu beschäftigen Und wieder begann Alles in ihrem Leben sich zu überstürzen um sie herum zu wanken & zu kreisen Zog sie tiefer hinein in diesen Mahlstrom dem sie längst schon nicht mehr entrinnen konnte Von ihrem 1. Tag an Nur daß sie jetzt noch ein Stück tiefer drinsteckte in diesem reißenden Strom Ein Stück weiter entfernt vom rettenden Rand (falls es den für sie die sich immer alle Stühle selber wegtrat jemals gegeben hatte) Aber das haben wir Ihnen ja schon 1zichmal erzählt Daß es für so=1 Rettung nicht geben konnte & daß Alles was sie auch anpacken mochte 1zig dazu angetan war Sie noch tiefer noch unentrinnbarer in Das hineinzuziehen was wir *Ihr ganz persönliches Unglück* nannten Aber nicht allein Unglück für sich=selber war sie Sondern jeder in ihrer Nähe konnte nur zusehen daß er möglichst schnell wegkam um nicht selber mit hineingezerrt zu werden in solchen Kreislauf des Untergangs..... So war das Und sie klammerte sich an Alles & an Jeden (früher schon & jetzt wieder aufs neu) u durch all die Enttäuschungen nur umso stärker: Da war ihre Beziehung zum Sektionsdirektor !Wie sie sich an ihn hängte !Ganz öffentlich & !Ganz ungeniert Bei dem 1. Universitäts-Ball kam es deswegen schon zum !Eklat : Sie hatte sich in Schale geschmissen & aufgetakelt !Hui Als wollte sie zur Miß-Vergnügen gekürt werden. Zum 1. Mal ohne Jeans :Man erkannte sie kaum wieder in solchem langen Taftkleid In all dem Makeup glitzerte sie wie 1 Zirkuspferd Wir sehen sie noch im Ballsaal umherschweben..... & !Was tat sie: Sie !segelte gleich zu Ihm hin zum Herrn=Genossen Sektionsdirektor Daß der seine Frau & die beiden ½erwachsenen Söhne dabeistehen hatte um in aller Öffentlichkeit Die-Heile-Welt zu demonstriern : Das scherte sie nen !Scheißdreck Sie griff sich 1fach den Herrn= Gen. !vor Aller=Augen als sei er irgendein Schickolo irgendein Diskobubi Um ihn nicht mehr loszulassen an jenem Abend Das gab wirklich !Einen faustdicken Skandal & sollte nicht der 1zige bleiben an diesem Abend Und das war wieder so 1 Situation in die sie Ohne nach links od rechts zu gucken !1fach hineintrampelte wie in ein Hornissennest wie schon 1 Mal zuvor in ihre Ehe mit jenem um so viele Jahre älteren Mann diesem Reichen-Arzt aus Ostberlin..... Aber damals wie heute hatte sie im Grunde nur 1 getan : Sie hatte die ollen Kracher die ihren ?werweiß wievielten Frühling bekamen Lediglich !beim Wort genommen – Denn er Der Herr=Gen. Sektionsdirektor hatte sich (heimlich versteht sich & wenn sie beide sich allein glauben konnten) !Ordentlich ins Zeug gelegt Hatte ihr Versprechungen gemacht Er wolle sie zu=sich in die Sektion holen Wolle ihr 1 Dozentenstelle geben Sie könne Seminare abhalten Vorlesungen und !Das war der dickste Hund: Er würde sie dann !mitnehmen als Seine=ganz=persönliche=Referentin od sowas auf einer Seiner Dienstreisen nach !Schweden..... *!Zu den Lichtern* Der Herr=Genosse hatte natürlich inzwischen längst herausgefunden Auf welcher Klaviatur er spielen mußte bei ihr Kannte inzwischen die Geschichte von ihrem Vater & dessen Erzählungen von Den-Lichtern – & daß immer Wenn sie durchdrehte Nicht ganz bei/sich war Sie anfing mit Toben & *!Zu den Lichtern* wollte & dazu schrie *Mein !Vater hat es mir !versprochen*..... :!Was sagt man dazu War die völlig ?übergeschnappt – :Das schon Aber anders als auf den 1. Blick zu sehn Denn natürlich war ringsum nach und nach herausgekommen daß hinter jenen ominösen *Lichtern* nichts anderes als die Nordlichter waren die man ja bekanntlich nur in Skandinavien sehen konnte So daß dieser ganze vermeintliche Irrsinn *Ich will !Zu den Lichtern & Mein !Vater hat es mir !versprochen* also ganz 1fach sich übersetzen ließ in: *ich will !Raus aus der DeDeR Nach Schweden & Er der Herr=Gen. Sektionsdirektor !Soll mir zur Ausreise verhelfen* So war das Und diese durchgedrehte Schnepfe wurde durch solch ganzen Unsinn den sie immer öfter vor Allen-Leuten verzapfte dem Herrn=Genossen Sektionsdirektor allmählich !sehr gefährlich..... Er versuchte sie zu bändigen Mit Versprechungen & Vertröstungen hinzuhalten Er (sagte sie uns) setzte sogar durch Daß sie an der hiesigen Universität *das Theologiestudium* offiziell beginnen konnte..... Das half fürs Erste Denn nun hatte sie nicht allein 1 neue Beschäftigung sondern Wie solln wir sagen solch ein *Theologiestudium* das lag für sie gewissermaßen *auf ihrer Strecke* Wenn Sie verstehn was wir meinen Denken Sie nur an die ganzen Geschichten mit ihrem Vater die-Sache damals im Winter mit dem Insbettholen und Danach das Aussperren in die eisige Kälte vor die Tür – an seinen Unfall – und die Zeit danach: Zeit-seines-Lebens die Querschnittslähmung und sein Tod – die Beerdigung – die Rede des Pfaffen am Grab mit dem *Kreuztragen & durchs Kreuz hindurchgehen* Dann ihre eigene Geschichte Wie sie daraufhin auf KREUZ reagieren mußte – da meinen wir gehört *Die Theologie* ganz direkt dazu Wie damals der Theologe (bei dem sie an der Uni Griechisch & Latein & Dogmatik mit einem Eifer & (wie er sagte) mit einer In=Brunst lernte: Sich gradezu hinein!stürzte) ihr Verhalten einmal beschrieben hatte –*Der Weg durch das Kreuz ist für sie der Weg zur Geschichte des Kreuzes geworden* –: Wieder so ein Pfaffenrätsel dieser Satz der nichts als Tiefsinn verbreiten soll & die Leute die sich auf Sowas einlassen rammdösig macht – Aber ?vielleicht stimmt das ja für sie für diese-Verrückte aus der Stadt & vielleicht auch können Sie verstehen ?Was der Pfaffe damit hatte sagen wolln...... *nach S.!* entzifferte er aus dem lilafarbenen Tintenklex, der die Umzäunung des Sonntags, jenen 29. Mai eines Jahres __8, übertreten hatte & in das darunter liegende Gehege des Montags eingedrungen war, wo seinerseits der Tintensee durch die Notiz *Trauerfeier in S.!* (der Schreibdruck war hierbei recht stark gewesen, die Bleistiftspitze hatte beim Setzen des Punkts beim Ausrufzeichen das Papier durchstoßen) neue Nahrung erhalten hatte, wodurch ein größerer Bereich des Blattes, das die letzten Tage eines Mai anzeigte, von Tintfarben aus 2erlei Zentren überschwemmt erschien, so daß die Notiz einer Trauerfeier nachgerade jenen leidvollen Tränenfluß in auffälliger Lilafärbung als passende Kolorierung jener Tage erhielt. Der vorletzte Tag in der Datumszeile, Sonnabend ein 4. Juni, enthielt die nur in Ansätzen um die Linienführung der Buchstaben aufgeweichte Notiz *Waschtag,* so daß solch Schrift wie von einem kräftigen, lilafarbenen & den Buchstaben eng sich anschmiegenden Schimmelpelz verkleidet erschien.

?Weshalb (überlegte er, den Torso eines Kalenderblattes noch immer mit ausgestreckten Armen ins Licht haltend)

?weshalb hatten die einstigen Bewohner grad !dieses !1 Blatt aus dem Kalender eines ganzen Jahres zurückbehalten & wie zur Zierde als Bild an die Wand geheftet, wobei es, jenes Blatt, am oberen Rand sogar beschädigt, abgerissen, so daß nicht einmal die Jahreszahl erhalten geblieben war. ?Geschah es wegen des Bildes, jenes Reprint von einem Biedermeier-Gemälde (er versuchte, den Namen des Bildes an dessen unterer Begrenzungslinie auf dem Blatt zu entziffern, doch hatten Feuchtigkeit & Moder das Papier vielfach geworfen & mit Flecken gelblichbraun eingefärbt sowie die Druckschrift verblichen, so daß lediglich vom Urhebername   UAR   HAR I, von den Lebensdaten dieses Malers noch   – 905) sowie vom Titel   *ldeins*   übriggeblieben waren, wie auch die Abbildung selbst nur als ein Schemen noch erschien. Das Druckbild hatte sich in seinen Farben stark verändert: aus den einstmals sicher vorwiegend in Grün gehaltenen Farbtönen, die der Maler der Ansicht einer rauhen Gebirgslandschaft gegeben hatte (die Felsentürme in Mittel- u Hintergrund erinnerten an die der Sächsischen Schweiz) – 1 Bach kerbte sich tief zwischen Felsbrocken & Waldhumus ein, schnürte, sich verbreiternd, in die Bildmitte im Vordergrund – zu beiden Ufern des Baches umgestürzte abgestorbene Bäume, den Bachlauf mitunter wie schräge Brückenstege überquerend, zwischen einst gewiß hellgrünen Inseln, bewachsen mit breitzungigen Blattpflanzen & Schleierkraut, das als ein zartes Gespinst über dem Tiefbraun der imaginierten Walderde schwebte – Bäume, Birkenstämmchen mischten sich ve1zelt unter hochragende Waldkiefer, besonders vom linken Ufer des Baches wie aufgestellte Lanzen zum dichten, die auf der Erde lagernden, grobschlächtigen Felssteinköpfe verdunkelnden Wall sich formierend – die schlanken Stämme überragten mitunter das golemartige Felsgetürme des Mittel- & Hintergrundes, wobei die Perspektive ihnen zuhilfe kam, während darüber ein pastellener Himmel die angehaltene, unvergängliche Stunde eines Sommers ausspannte – : Und auf diesem Druckbild waren die einst grünen Töne nun in ein Türkis gekehrt, so als wäre das Bild langezeit Regengüssen ausgesetzt od von Meereswasser gebeizt &, an den Strand gespült, von Sonnenstrahlung ausgeblichen. Wobei solch aquarienfarbene Schemen dem Bild nun einen frivolen Zug beimischten, so als sei es die gemalte Kulisse für das Geschehen & die dürftige Handlung eines Pornofilms, in dem der Anblick einer Landschaftstotale lediglich Alibi sei für das umso eiliger herbeigeführte Geschehen: dies Zappeln Stampfen Ineinanderklammern 2er (?od mehrerer) nackter Leiber, & sämig-schwelgende Popmusik, von marklos formelhaften Sprüchen der gegen1ander wiegenden Körper durchsetzt, würde die Minuten mehr schlechtalsrecht überbrücken bis zu jenem 1 Augenblick, dem letztlich alles kalkulierte Interesse des Produzenten & das gierige der Zuschauer gelten sollte: dem aus dem Körper einer Frau zwischen ihren weitgespreizten Schenkeln, mit feuchtschimmerndem Kräuselhaar umwachsenen Geschlecht, eilig wie 1 Fisch aus dem Wasser herausgeschnellten, schleimig glänzenden Penis, um für den zahlenden Betrachter dieses Streifens auf Bauch Brüste ins Gesicht dieser auf dem Rücken liegenden Frau in Großaufnahme in pochenden Konvulsionen zu ejakulieren. Danach würde die Kamera langsam zurückfahren, den Bildausschnitt weiter und weiter vergrößernd, das übereinander liegende Paar (der nackte Rücken des Mannes verdeckte beinahe zur Ganzheit den Körper der Frau, allein ihr vom Samen bespritztes Gesicht, die beiden Arme & Beine ragten unter dem Mann hervor, so daß der Eindruck eines monströsen Hybridwesens, eines im Genlabor technologisch ge&erzeugten Spinnenmenschen entstehen mochte) erschien jetzt bleicher & klein inmitten der Landschaft aus Pflanzen kotfarbenem feuchtschwerem Humus & Stein, wobei als letztes Motiv dieser Szene die Kamera jenes im rechten Bildmittelgrund rüde aufragende Felsgebilde, dessen eichelförmige Kuppe, die umgebenden zartbelaubten Bäume überragend, allein in den pastellfarbenen Himmel stieß, mit Zoom dem Betrachter als unmißverständliches Symbol für das Bedeutete des gesamten Films vor Augen führte. – :Er, mein älterer Bruder, ging zurück vor die Tür, in den verwilderten Garten hinaus, dort war das Tageslicht besser, denn er wollte versuchen, 1zelheiten dieses Bildes zu erkennen. ?Vielleicht (lasse ich ihn vermuten) könnte daraus ein Motiv für die Aufbewahrung gerade dieses 1 Blattes durch die heute verschwundenen Bewohner sich ergeben; ?möglicherweise bestand sogar 1 zufällige Koinzidenz zwischen Bildinhalt & der Notiz über eine Trauerfeier –). Vermutlich aber hatte jene 1 Notiz *Trauerfeier in S.!*, also die stete Mahnung an diesen Tag einer Beerdigung, für die einstigen Bewohner dieses Hauses allein 1 solch große Bedeutung besessen, daß man selbst ein beschädigtes Kalenderblatt als ein persönliches Memento aufzubewahren sich geboten hatte.

?Wie eigentlich (lasse ich ihn seine Überlegungen fortsetzen) konnten die Farben auf dem Kalenderblatt in solchem Maß verbleichen, hatte das Blatt doch an 1 Ort in der Küche gehangen, wo seinerzeit, auch als das Haus noch bewohnt & intakt gewesen war, sicherlich niemals das direkte Tageslicht jenes Papier dort in der Stubenecke neben dem Küchenschrank hatte erreichen können. (Daß dies Kalenderblatt später, als Haus & Dorf schon geräumt waren, hierher gebracht & in dieser Küche bereits im ausgeblichenen Zustand an die Wand geheftet worden war (:1 Idee, die kurz aufkam) schied ebenso rasch wieder aus : ?Wer sollte eine Ruine schmücken & ?wozu.) – Die außerordentliche Verblichenheit des Papiers ließ nur den 1 Schluß zu: Jenes 1 aus einem Kalender gerissene Blatt hatte, bevor es ins Zwielicht der Stube verbannt worden war, an anderem, an hellerem Ort – ?vielleicht direkt am Fenster – gehangen, und war anschließend – ?möglicherweise als das ominöse Jahr mit der letzten Ziffer 8 vorüber war – nicht mit dem dann leeren Pappdeckel des Abreißkalenders weggeworfen, sondern war eben als 1ziges Blatt im Raum belassen worden, wenngleich man dieses Blatt an 1 Ort der Stube aufbewahrte, als hätte man die Details des Bildes, deren fortwährende, mementohafte Präsenz, gleichsam dämpfen, verdunkeln, mit dem Zwielicht ebenfalls in langsames Vergessen wandeln wollen. ?Weshalb hatte man dies einst getan. ?Was galt es seinerzeit Hier zu verbergen; !Hier, in diesem Gebiet in unmittelbarer Nähe zur Grenze & zum allgegenwärtigen Töten; in einem Gebiet, in das niemand – außer den wenigen Anwohnern u den Grenzposten – ohne extra beantragten & behördlich genehmigten Passierschein den Zutritt hatte (es sei denn lebensmüde od verzweifelte Grenzgänger, Flüchtlinge, alles – ihr eigenes Leben – auf diese 1 Karte, den Grenzdurchbruch durch vermintes, mit Selbstschußanlagen bewehrtes Stacheldrahtgelände, setzend); so daß aus diesem Dorf u diesem Landstrich eine Enklave entstanden war; ein Vakuum sozusagen von unvermittelter, enormer Freiheit für Gelüste im Schatten u in der Verschwiegenheit einer Geografie, die auf keiner offiziell zugelassenen Landkarte jenes gewesenen Landes verzeichnet war. Bis auch dieses Dorf=hier 1 von vielen, von Evakuierung betroffenen Ortschaften wurde. Später dann, und in den letzten Jahren bis zum endgültigen Verlöschen, Implodieren, Sichauflösen eines Landes verstärkt (was, wie sich zeigen sollte, nur der Abschluß, der wirkliche Endpunkt eines seit Jahrenjahrzehnten schleichenden Verlöschens & Sichauflösens darstellte), nämlich als die Grenzbereiche & Sperrgebiete, von ihren ursprünglich angelegten Landstrichen im Westen ausgehend, immer weiter und weiter fressend ins Landesinnere sich ausdehnten; wo selbst in hundert Kilometern Entfernung von der tatsächlichen Grenzlinie bereits Patrouillen der Grenz- & Bahnpolizei Ausweiskontrollen auf den Fernstraßen & in Zügen durchführten, ihnen verdächtige od: aus welchen Gründen auch immer einfach unliebsame Personen aus den Zügen & den Autos schleppten, festhielten, stunden-, manchmal tage&nächtelang den unsinnigsten Verhören, den brutalen Übergriffen stumpfsinniger=prügelwütiger=Wachtmeister preisgaben, so daß diese aus Zügen Autos & Bussen geholten Personen wie in obskuren Tartareien, worin Steppenfürsten & sinistre Schamanen ihre Politik auf Verschleppungen & Geiselnahme gründen, für etliche Stunden u Tage verschwanden, für jedermann verloren, gleichsam inexistent geworden waren; so daß also ein Zustand absehbar gewesen war, der das gesamte Land restlos in ein einziges Grenzgebiet, in ein karzinös wucherndes Sperrgelände verwandelt hätte –, u während dieser Zeit des langsamen, unaufhörlichen Fressens einer Sicherungsmaschinerie, jener paranoiden Veräußerlichung von Zerstörungs- & Okkupationsgelüsten einer monströsen, von Tötungsängsten gejagten Regentenklicke), war auch dieses Dorf=hier von den Räumungen, Evakuierungen, von den satrapenhaften Befriedungs- & Einebnungsmaßnahmen betroffen; *1 Dorf von vielen* (wußte er), *vom über die Ufer getretenen Eliwagar überschwemmt*.....

Zweifellos (lasse ich ihn weiter überlegen) bezeichnete der Buchstabe S. in der handschriftlichen Notiz auf dem Kalenderblatt eine Ortschaft der Umgebung. Nun existierten Dörfer in der Umgebung, deren Namen gleichfalls mit S begannen, doch mochte nicht jedes 1zelne der manchmal sehr kleinen Ansiedlungen einen eigenen Friedhof besessen haben. Als er jedoch dieser 1 Vermutung, jenes S. bezeichne auch den Ort, aus dem er=selbst heut in aller Frühe, nach seiner Tat im Krankenhaus, abgereist war, weiter nachging, und wie aus einem dumpfen Schlaf erwachend dieser Spekulation weiter folgte, im eigenen Kalender, diesem Register persönlicher Betroffenheiten aus allen zurückliegenden Jahren, blätterte : Da !erstarrte er plötzlich; der Arm, der das Kalenderblatt hielt, sank langsam herab, die Finger öffneten sich, das stockfleckige Papier sank auf die Brennesseln herab. Er schaute ins Ruinenzwielicht des Hauses zurück, sah auf den Dielenresten in der Küche liegengelassen das Zellofan um einen längst verwelkten Blumenstrauß, Wind ließ die Buchenköpfe bedenklich sich wiegend aufhorchen,

ließ Sonnenpailletten aus fahrigen Laubhänden flittern – –
:Nicht von ungefähr hatte ihn vordem beim Halten auf
freier Strecke der Anblick dieser Landschaft zum Aussteigen
verleitet; er, mein älterer Bruder, hatte hierher kommen
müssen, in das nun verfallne, tote Dorf nahe der ehemaligen
Grenze : Er erinnerte sich an diesen Ort, an das Geschehen
hier, einst in unsrer Kindheit, und er konnte nicht glauben,
bislang so blind, so vernagelt gewesen zu sein. .....Sie aber
sagte uns Dies sei die 1zige Zeit gewesen Wo sie wieder
befreiter aufatmen konnte –*Ich lernte lernte lernte* Beschrieb
sie uns ihre Anfangszeit im Theologie-Studium –*und hatte
somit 1 Teil meines Lebens im Griff Ansonsten spielte ich Theater
& verdrängte was eh nicht zu ändern war* So taumelte ihr Leben
dahin : ihre heimliche Beziehung zum Herrn=Sektionsdi-
rektor (die so heimlich Hier-bei-uns im Ort gewesen war
daß es die Spatzen von den Dächern pfiffen) – die Verbannung als Promovierte in den Keller der Bibliothek – das
Getrenntsein von ihren Kindern – Theologiestudium u Therapie (die sie Wie man sehen konnte aus bestimmten Gründen recht oberflächlich betrieb) – über Allem die Ungewißheit ?Was soll aus mir werden – dafür aber die Gewißheit
der ständigen Kontrolle durch ihren Ehemann diesen Reichen-Arzt in Ostberlin Der wie 1 Damoklesschwert auch
Hier-bei-uns mit seiner Drohung über ihr schwebte *Jederzeit
kann ich dafür sorgen daß du wieder eingewiesen wirst in die
Heilanstalt.....* :So sah Das=Alles für sie aus Da hätte auch
Einer durchdrehn müssen der Wie solln wir sagen eine etwas derbere Seelenkledasche besaß Und niemand kann sein
Leben=lang allein gegen Einen Misthaufen anstinken Soviel
steht fest Und 1 Mal von solchem Strudel diesem Mahlstrom gefangen gabs für sie !kein Entrinnen mehr Doch
Wie solln wir sagen wir konnten niemals rechtes Mitleid
haben mit ihr Denn sie hatte es gradezu darauf angelegt Mit
allen Mitteln sozusagen Alles auf Die Spitze zu treiben Sie
brach Streit vom Zaun mit jedermann u warf sich Jedermann
an den Hals von dem sie meinte Der könne 1 !Freund sein

!1 Verbündeter für sie Wir nannten sie schon Die heilije Schann Dark..... Nunja Wir haben Ihnen ja erzählt Was sie in der »Eiche« nächtelang getrieben hat & mit Wem Aber Sie wissen ja selber: Es gibt Frauen die können zehntausend Männer gehabt haben u sind immer noch Jungfrau Wenn Sie verstehn was wir meinen Und genauso taumelnd rasant wie alles in dieser Zeit für sie ablief So war das auch mit den-Männern Nun Sie werden sichs schon gedacht haben: Die-Sache mit dem Herrn=Genossen Sektionsdirektor die konnte So nicht weitergehen Mußte über kurz-od-lang zerplatzen Und das geschah bei einem jener Subbotniks die sie=Alle in der Uni – Professoren wie Studenten – gemeinsam abhalten mußten um das Gebäude wenigstens hin& wieder zu reinigen Denn Putzfrauen gab es keine Da war Wie sie uns erzählte die ganze Universität manchmal voller Dreck&speck und es konnte vorkommen daß in den Gängen u auf den Treppen u auch bei ihr im Keller in der Bibliothek die Hühner spazierenliefen Und man mitten auf den Fluren vor den Hörsälen u in der Kantine in Hühnerkacke trat So war das Und bei einem jener Subbotniks zur Uni-Reinigung war Er der Herr=Gen. Sektionsdirektor auch mit Eimer & Schrubber zugange Als Er sie stellte & sie in 1 Besenkammer schleuste weil Wie er angeblich ihr zuraunte dies der 1zige Raum sei wo Abhöranlagen nicht zu befürchten wären Und dort in jener Kemenate – eine Mischung aus Rumpelkammer & Geräteschuppen Wie sie uns erzählte stellte 1 1zige Lampe die Kammer in trübdreckiges Licht & sie sah an der Wand in graubraunen Farbtönen eine vergrößerte Photographie *Zum Gedenken an das Semester* las sie in Sütterlinschriftzügen & dahinter eine verschollene Jahreszahl Während direkt darunter eine mottenzerfressene Rettungstrage stand – dort=drin also (erzählte sie uns) habe der Herr=Gen. Direktor ihr das eröffnet Was sie (u nicht nur sie=allein) längst geahnt hatte: Er der Herr=Professor arbeitete für Die-Staasi & Sagte er hastig als ringe er um Atem Er wolle ihr 1 letztes Mal zu helfen versuchen Wolle es irgendwie (?Wie: das wisse er selber noch nicht) deichseln Daß sie Ihn auf seiner nächsten Dienstreise nach Schweden begleitete – Nur (und hier Sagte sie stockte der Herr=Gen. Direktor entweder aus Luftmangel (es stank in dieser Kemenate nach Formalin & feuchten Hadern) od weil er der Abhörsicherheit des Raumes doch nicht vertraute – Jedenfalls kam endlich aus ihm heraus:) An ihre Reise mit Ihm seien Bedingungen geknüpft: Sie müsse sich 1. zur Zusammenarbeit mit dem EmEfEs verpflichten & 2. sie könne nicht länger seine Geliebte bleiben Weil Wie er meinte Diese Affäre langsam zu bekannt u damit zu gefährlich werde & außerdem müsse Er Seinen Status wahren denn sonst würde Man auch ihm die Reisemöglichkeiten nehmen..... Nur 1 letztes Mal noch solle sie mit Ihm schlafen Jetzt & Hier Sagte er angeblich Zur Erinnerung Und der Herr=Genosse in der Besenkammer packte die morsche Decke die auf der Rettungstrage lag schlug sie wie ein Deckbett zurück – und zum Vorschein kam auf dem Stoff der Trage: Das Rote KREUZ..... :Sie können sich denken Wie sie auf das KREUZ reagieren mußte & Was geschah Sie stand wieder stockstreif !Wie gelähmt u begann zu heulen & zu schreien – – der Herr=Genosse allerdings kannte ihre Geschichte & wußte Was zu tun war : Er schaffte es sie ½wegs unauffällig aus der Besenkammer herauszuschleusen Rief diese-Ärztin bei der sie die Therapie fortzusetzen hatte herbei : Es dauerte nicht lange bis sie abgeholt wurde..... Mit andern Worten: Die Katastrofe war jetzt unvermeidbar geworden..... Die Greisinnenstimme war zu hören, noch bevor ihre Gestalt um die Ecke des Gebäudes mit den Stallungen herumgegangen war & den eigentlichen Hof betreten hatte. Ein spröder Singsang, ein scheinbar endloses Dahinbalancieren auf dem Grat zwischen Lamentieren und Fluchen – offenbar niemals innehaltend, niemals 1 anderen Ton anschlagend; selbst zu Nachtzeiten od im Schlafen nicht (lasse ich ihn heute bei solch Erinnerung vermuten), es sei denn, der Schlaf nähme der Alten allein die Wörter zu ihrem Klagegesang & ließ ihr während dieser Stunden 1 kleinen Todes die karge Grundmelodie, jenes Krächzen Jammern & jenes bittre haßerfüllte Greinen, zurück. *–Das is: !Oma*..... Das Mädchen mit dem weißblonden Haar & der großen Zahnlücke zwischen den oberen Schneidezähnen wandte sich von uns, meinem älteren Bruder & mir, ab, ließ alles Spielzeug fallen u rannte auf die Tür des Wohnhauses zu. *–Oma hat mir !verboten, mit euch Bettelkindern zu spielen* (rief die Kleine im Laufen uns noch zu) *–Wenn sie mich bei euch sieht is der Deibel los.* (Die Neunjährige in ihrem hellblauen, verwaschenen Kleid verschwand im Haus, die Tür schlug zu. Die Farbe des Türholzes – ein schmutziges Grün – war an vielen Stellen abgeplatzt & Senfgelb schimmernd wirkten diese Risse wie Abschürfungen auf einer zerschundenen Haut.) Die brüchige Stimme kam näher.

Dann sahen wir die Frau. 1 ausgemagerte, winzige Figur; der Körper steckte in 1 engen schwarzen Kleid, das von der Halsöffnung ohne Kragen bis fast zu den Knöcheln hinab, von 1 Leiste dicht-bei-dicht sitzender, glänzender Knöpfe schwarz wie Nieten geschlossen, den Leib umfangen hielt, so daß die Alte wie 1 dürrer Ast mit seiner von den Jahren gedunkelten Rinde erschien. Auf dem Schädel, dessen Gesicht von Runzeln & Falten durchfächert war, kräuselten sich flusige Locken als hielte sich Rauhreif in abgestorbenem Gras. Um so kurioser der rohe, federnde Tragebalken, der auf ihrem knochigen Nacken lag, & an dessen beiden Enden je ein Eimer, beinahe randvoll mit Jauche schwappend, hing. (?Ob die Alte unter dem fast knöchellangen Schwarz ihres Sonntagskleides, wie ein Knecht bei der Stallarbeit, Stiefel trug.) Um die Eimer mit hellem, bösartigem Summen schwirrten die Fliegen....., so als dampften aus dem dickflüssigen Kot Gespinste aus Rauch, grünschwarz & schillernd heraus. Die Alte sah uns, erkannte meinen Bruder & mich, ihr weinerliches Greinen stockte für 1 Moment, wie das geschehen mag bei Leuten, die der 1 Ursache all ihrer Übel & Leiden !plötzlich, von 1 Augenblick zum andern, leibhaft ansichtig werden : *–!Aaa!!hrrr* – in die Stimme der Alten schlug die Wut wie Flammen in trockenem Reisig hoch, der Tragebalken fiel von ihrer Schulter herab, die beiden Eimer setzten hart auf den Boden auf, Jauche schwappte heraus – *–Aaaahrrr – !da seid ihr wieder – !Aasbande – !Schweinekerle – !Flüchtlingsbrut – !Bettelpack – ?! Habt ihr & eure saubern Zieheltern noch nicht ?! genug an Schaden angerichtet hier – wollt uns ganz ruinieren – fertigmachen – auffressen – aussaugen bis zum letzten Blutstropfen !wie – !Aaa!!hrrr –* :die Wut bannte sie offenbar an die Stelle, aber 1 ihrer dürren Arme & den rheumatischen Zeigefinger stieß sie nach uns, als wollte sie meinen Bruder & mich wie Fliegen im Spiel von sadistischen=Kindern auf Nadeln spießen – *–ver!flucht seid ihr & eure Baggasche, damit ihrs !wißt. Ver!flucht. Was der-Krieg nich geschafft hat, das habt ihr geschafft, ihr !dreimal-gottverfluchtes !!Flüchtlingspack : Erst Den Bauern dem-Russen ans Messer liefern wolln zum Dank, daß Er euch elendes Bettelpack aufgenommen hat bei sich auf Dem Hof, euch zu fressen gegeben hat & ein Dach über euern Läuseköppen – dann den Schwiegersohn vertreiben & von euerm sauberen Herrn Stiefvater meine Tochter abspenstig machen – Den Hof !ruinieren Das wollt ihr – ihr –* der Alten versagte vor Wut die Stimme, sie zitterte am dürren Leib wie unter Fieber; sie schien während ihrer Tiraden gewachsen: hoch aufgerichtet, die Arme ausgebreitet, schrie sie weiter auf uns ein: *–Und jetzt: Jetzt schleicht ihr euch hier ein, brav wie die Lämmer – aber euch schielt die Falschheit aus den Augen – !Katholikenpack – klein & dreckig schon in euerm Alter ihr !Schlangenbrut: mir das Enkelkind verderben, das 1zige was mir geblieben ist wegnehmen – ihr !Wegelagerer !Hundsfötte !Drecksgesindel ?! Wollt ihr uns Alles nehmen ?!! Alles kaputtmachen was unsereins im Schweiße des Angesichts – !O !! Ahhrr – ihr !Umsiedlergeschmeiß !Abschaum ihr –*

–!Mutter !Mutter Ogott !!Mutter : Hör !auf – Im Dachgeschoß des Wohnhauses wurde ein Fenster aufgerissen, das Gesicht einer jungen Frau fuhr entsetzt heraus; ein Gesicht, das an die gemalte Sonne in Märchenbüchern erinnerte, war

jetzt vom Schrecken verzerrt. Gleich verschwand es wieder
– das Fenster lag dunkel u leer – eilige Schritte im Haus, die
Tür flog auf & heraus stürzte 1 große Frau im geblümten
Hauskittel, auf der Schürze noch Stoffussel & Nähgarnreste –
–*Ogott !Mutter hör !auf Hör doch bloß !auf. Du machst ja Alles
noch !schlimmer. Du hast kein Recht so zu* – ihre dünnen, wa‐
denlosen Beine trugen sie rasch zu der tobenden Alten hin‐
über, die noch immer gebannt auf der Stelle im Hof ihre
Flüche gegen uns, meinen Bruder & mich, & nun auch ge‐
gen die eigene Tochter wie Kotbatzen schleuderte: –*!Ha !Ich
!Kein Recht Auf !meinem Hof !kein Recht Das sagt mir die
!eigene Tochter ins Gesicht* – die Alte holte aus mit ihrem
dürren Arm, 1 Ohrfeige krallten ihre greisen Finger der
jungen Frau ins Gesicht – die heulte auf, rannte weinend
zurück ins Haus – –*!Soweit mußte das ja kommen !!Gift* – die
Alte war ordentlich in Fahrt, nicht zu bremsen, kannte kein
Halten auf ihrem furiosen Racheritt; sie tobte weiter –
–*!!Gift Das !Gift von diesen Flüchtlingen !Das isses !Vergiften
wollt ihr mich Die Bäuerin !vergiften euch !Den Hof untern Na‐
gel reißen !wie !habt wohl gedacht Ich merke das nicht ?wie Die
Alte die is ja plemmplemm tüdelich Alt & blöde !wie ?was Aber
!nich mit mir !Ich merke sehr gut !Was hier gespielt wird !Sehr gut
!Ausgezeichnet Ihr dahergelaufnes Pack wollt !Mich abschieben
ins Altenheim stecken vielleicht sogar ins Irrenhaus !Warum nicht
gleich auf den Friedhof !Wie !Ab in die Kiste mit dem letzten
anständigen Menschen auf Gottes erden !Enterben wollt ihr mich
!So ist das !Ich hab euch Aasbande durchschaut !Klar & deutlich
sehe ich !Alles* – und die *!eigene Tochter mit im Spiel !Feines
Früchtchen* – (aus dem Haus die weinende, beinah flehende
Stimme der jungen Frau : Dagegen hart, unnachgiebig
1 andere Stimme, die unsrer Adoptivmutter; beide Stimmen
kamen von drinnen der geschlossnen Tür näher), während
hier draußen die Alte weitertobte: –*ihr !Dreckschweine !euch
werd ich die Suppe !versalzen Wartet nur !Gleich* – Die Rage, in
die die Alte sich schrie, hatte offenbar den Bann gebrochen:
So schnell die alten Beine & das enge, röhrenförmige Kleid

293

es zuließen, eilte sie zur Tür, um ins Haus zu stürmen, packte die Klinke, warf sich mit Zorn dagegen –:– als im selben Moment die Tür von drinnen geöffnet wurde – die Alte verlor beinahe das Gleichgewicht, stolperte, prallte gegen die junge Frau, die beschwörend ihre Arme ausgebreitet hielt, die andere Frau (unsre Adoptivmutter) am Hinaus- & Weggehen zu hindern – :die Alte packte im Straucheln instinktiv zu, bekam 1 Arm der anderen Frau zu fassen, hielt sich daran fest : Nun standen die drei Fraun in der Tür sich gegenüber, ganz nah, so nahe wie niemals zuvor (so daß sie die Wärme ihrer Körper spüren mußten) – der Schreck verschlug ihnen die Sprache (auch der jungen Frau, der Tochter, die unablässig gezetert hatte *–!Muttermutter Hör !auf Hör doch !auf Du machst ja Alles !noch schlimmer Du machst ja –* versagte für 1 Moment das Lamento, setzte das Flennen aus) – die beiden anderen Frauen standen in der schmalen Türöffnung Leib/an/Leib, starrten sich gegenseitig in ihre vor Haß, verletztem Stolz & uralten, niemals getilgten Ressentiments verhärteten Gesichter (heute, weiß ich, würde er, mein älterer Bruder, in diesen Gesichtern in solch-1 Moment sogar Schönheit, Leidenschaft herauslesen können) – :Unsere Adoptivmutter erlangte als 1. die Beherrschung zurück: Sie, im Triumf an der Alten vorbei, schob auch mit großartiger Theatergebärde deren Tochter beiseite & schritt durch die Tür auf den Hof hinaus und hinüber zu uns, die wir noch immer, ängstlich/erschrocken, an eine Ziegelwand gepreßt standen. *–!Kommt.* Sagte sie überlaut, als müsse sie tatsächlich ein weitläufiges, mit Publikum angefülltes Parkett beschallen, & nahm uns beide an der Hand. *–Hier, bei solch !gemeinem Gesindel, haben !Wir !nichts mehr verloren.* – Inzwischen war auch die Alte längst aus ihrer Erstarrung erwacht; auch sie hatte die jammernde Tochter mit dem verheulten Sonnengesicht beiseite geschoben *–!Wekkda :du-!H-,* war dann ins Wohnzimmer gerannt, hin zum Eßtisch, dort noch der angeschnittene Kuchen, Reste auf dem alten Porzellanservice, auch der Kaffeegeruch schwebte noch lauwarm, es sollte ein versöhnlicher Nachmittag werden.– Die Alte war in das Gebäck auf dem fliederfarbenen Tortenboden mit ihren gichtverkrümmten Fingern gefahren, hatte große Stücke gepackt, war eilig zurück auf den Hof & schrie uns hinterher: –*In der !Küche haben sies miteinander getrieben, damit ihrs wißt: in der !Küche – wie die Dienstboten – !schamloses Pack – !nichtsnutziges –!geiles Gesindel – in der !Küche rumhuren !Pfui-!!Deibel – Dachtet wohl ich merks nicht – die Alte ist ja blind & taub !wie – !Aaaah – !ich seh noch !Alles – !Mich kriegt ihr !nicht – !Merkt euch das – !Nie* (sie mußte verschnaufen, Luft holen für die nächste Attacke) –*Und jetzt Hier einschleichen & Alles soll nicht gewesen sein !Wie – !Heuchlerbande katholische schamlose –* (schrie sie) –*Und euern !Fraß Den könnt ihr für euch behalten – där bärüümte Baumkuuchän: Solch trockenen Dreck den fressen nicht mal die !Meisen – Vergiftet euch !selber dran –* Wir hörten etliche Schritte hinter uns etwas zu Boden fallen, und wenig später aus der gleichen Richtung Eimerklappern & ein fladiges Aufklatschen kurz darauf. Als wir noch 1 Mal zurücksahen, bemerkten wir die Alte in ihrem schwarzen, engen Röhrenkleid, von der Hüfte abwärts bis zum Kleidersaum eine breite, hellbraun an den Körper gepappte nasse Bahn – sie hielt den leeren Jaucheeimer noch am ausgestreckten Arm (1 sirupartiger brauner Faden mit Klümpchen am Ende troff langsam die Blechwandung hinab) –*Mir aus den !Augen !Runter von !Meinem Hof* (schrie sie noch einmal) –*Flüchtlingspack – dahergelaufnes Gesindel: Ich mach die !Hunde los –* die wenigen kurzen Haarlöckchen der Alten standen gesträubt wie eine Krone –:mit ihren ausgebreiteten Armen, den krummen grauen Fingern & der breiten, den Kleiderstoff hinabgeflossenen Jauchespur wirkte sie für den kurzen Augenblick unserer Rückschau wie an 1 unsichtbares Kreuz geschlagen, in einer Szene aus einem mutwillig makabren Passionsfilm, und die Gesichtszüge der Alten waren verzerrt, der zahnlose Mund weit offen, so daß niemand sagen konnte, ob dies der Ausdruck namlosen Schmerzes od

Triumfes od unbändiger Wut, od: aber all dies gemeinsam war. Und auf die in Klumpen & Blasen mitten in den Hof langsam sich verbreiternde Jauchepfütze, darin die fortgeworfenen Kuchenstücke mit ihrer hellen Zuckerglasur schwammen, senkten sich in Schwärmen summend die Fliegen..... herab.

Bevor wir uns endgültig zum Gehen wandten, rief die Frau, die uns an Händen hielt, der alten Bäuerin noch zu: –*Und wer den Bauern an den-Russen verraten hat: Da kehrt gefälligst vor der !eigenen Tür. !Fragt doch mal den sauberen Herrn Schwiegersohn, weshalb er damals so knall&fall verschwunden ist – !Wir haben uns !nichts vorzuwerfen. !Strafe euch !!Gott –*, & sie packte derb unsre Hände, zerrte uns fort, während wir, den Fetzen eines zerreißenden Bildes, als letztes noch bleich & flüchtig wie Ateminseln am Fensterglas der Küche die hellen Gesichter der jungen Frau & ihrer neunjährigen Tochter bemerkten. Wir haben sie=beide niemals wiedergesehen.

Die letzte Stunde des Nachmittags floß in wärmeren Farben, die alten, wetterverschliffnen Ziegel der Ruinenhäuser glommen in Karmin, der Buchenhain beugte sich zu längeren Schatten herab & hauchte mit den wildwachsenden Gräsern-ringsum kühlen, pflanzlich herben Atem herab. Er stand noch inmitten des üppigen Unkrautbewuchses, im einstigen Vorgarten, hielt das fleckige Kalenderblatt wieder in Händen, & er sah zu dem Küchenfenster hinüber : hohl, nichtssagend, leer – als würde 1zig eine dumpffeuchte, tintfarbene Finsterness aus diesem Geviert in der Mauer herausfließen. Es gab ja Nichts zu verstehen. Und !niemals etwas zu verzeihn. Aus den Gräsern & den Gebüschen stiegen Insekten die glaskühlen Luftsprossen hinauf. Die Stunde sank.

16 .....Und dieses Mal kam der Herr=Gemahl der Chefarzt aus Ostberlin höchstpersönlich hierher Er hielt sich nicht lange mit Begrüßung & Vorrede auf Es kam zu 1 knappen Konsultation bei unsrer Ärztin-hier & Es war nur noch Schwarz-auf-Weiß festzuhalten Was Wie sie uns sagte offenbar längst beschlossene Sache gewesen war Und so lautete das Ultimatum: ihre Unterschrift auf 1 Papier das praktisch Wie sie sagte den Weg zu Ihrem *Jagdschein* ebnete: die Erklärung ihrer Unzurechnungsfähigkeit & das hieß: Einverständnis zur weiteren ambulanten Therapie (:weitere Spritzen & Medikamente.....) – das Sorgerecht für die beiden Kinder wurde ihr entzogen Und Er ihr Mann machte damit Seine Drohung wahr: Er gab die beiden Kinder zur Adoption frei..... Das heißt (sagte sie uns an jenem Abend) mit ihrer eigenen Unterschrift mit der sie ihre künftige Unzurechnungsfähigkeit bestätigte mußte sie sozusagen bei letztmaligem Gebrauch ihrer Zurechnungsfähigkeit Ihm diesem Reichen-Arzt ihrem Ehemann Freie Hand geben damit Er über sie & ihr weiteres Leben verfügen konnte..... Natürlich Sagte sie versuchte sie sich zu weigern Wenigstens die beiden Kinder wollte sie nicht verlieren Doch umsonst Man drohte ihr im Weigerungsfall die Wiedereinweisung an: In die Heilanstalt Sankt Sowieso in Ostberlin..... Damit hätte sie die beiden Kinder erst recht verloren & zusätzlich wieder sich=selber den Irrenärzten ausgeliefert..... Sie hatte das Ultimatum unterschrieben..... Nach der Unterschrift konnte sie bleiben Hier-bei-uns im Keller der Uni-Bibliothek & konnte ungehindert das Studium der Theologie..... fortsetzen –*Doch* Sagte sie uns an jenem letzten Abend –*? Wie sollte das=alles weitergehen* :Denn selbst wenn sie einestages den Abschuß in Theologie würde machen können: –*?! Was wäre 1=solcher Abschluß wert: Ich habe doch nun den Jagdschein.....* – Dies Alles geschah in den letzten Monaten & Wochen vor dem Fall der-Grenze – Und als die ollen=Kommunisten sozusagen übernacht verschwunden warn Als in Berlin die Mauer Stück-für-Stück niedergerissen wurde Bei Feuerwerk & Jubel Bei Sekt & Polizeisirenen Da hatte sie erstmals wieder so etwas wie Neue Hoffnung..... Alles könne anders werden..... Auch für sie..... Das war zu der Zeit, als die ältere Frau, unsere Adoptivmutter, noch 1 Mal aufbegehrte, sich noch 1 Mal energisch einmischte – so wie damals, als sie wie 1 Rachegöttin in der Kinderkrippe erschienen war & ihn, meinen jüngeren Bruder, diesen schlampigen Wärterinnen & ihrer Gleichgültigkeit – dem Fieber – der Lungenentzündung & jenem *schönen letzten Abend* (von dem jene Wärterinnen, gelangweilt im Aufenthaltsraum der Kinderkrippe über Kreuzworträtseln & Bastei-Romanen wie behäbige Kühe hockend, zu ihr, zu der hereinstürzenden Frau, schwafelten & den sie ihm, diesem fieberglühenden Säugling, versprachen) entrissen hatte. Auch dieses Mal standen *meine beiden Kinder,* wie sie uns, die adoptierten Brüder, inzwischen gewiß bezeichnete, auf dem Spiel.

Aber jetzt, Heute war alles anders. Diesmal sah die Frau sich sozusagen schweigenden Fronten gegenüber, atmosfärischen Verschwörungen gewissermaßen, die sie zwar mit Händen greifen konnte, die sich jedoch einer=jeden Gegenmaßnahme entzogen wie ein Schwamm, ein graues Gelee, das im Gegenteil, je stärker sie dagegen angehen mochte, umso hartnäckiger auswich, sich verdichtend, & von überraschender Seite plötzlich auf sie, auf unsere Adoptivmutter, zurückschlagen sollte.

Vielerlei war geschehen.

Doch wir, ihre *beiden Kinder,* bekamen von All=Dem nur das Schweigen mit, eine über Tage und Wochen sich ausbreitende, gedrückte Stimmung, die in der Mansardenwohnung in der Güterabfertigung wie ein zäher Nebel hing, der mit klammen Händen alle Geräusche, alle Wörter, alles Sprechen erstickte. Wenige Male schlug 1 Tür, stürzte klirrend 1 Topfdeckel : grobheftiger Krach, aufschreckend u beglückend, Wandel vielleicht anzeigend u das drückende Schweigen vernichtend wie 1 Schuß –.– Doch alsbald schloß der Nebel solch Lücke wieder zu. Die ältere Frau (erinnere ich) hastete ruhelos durch die Wohnung, durch alle Zimmer, u ihre Gesichtszüge prägten wieder jene Energie & Hast, wie seinerzeit beim Tobsuchtsanfall meines jüngeren Bruders, u auch dieses Mal lagen über ihrem angestrengten Gesicht zugleich auch die Schatten der Vergeblichkeit, des Wissens von einem Tun, dessen Mühe vollkommen vergebens war.

Zu jener Zeit auch hatte der ältere Mann, unser Adoptivvater, begonnen, sein Zimmer & seinen hohen Lehnstuhl nicht mehr zu verlassen..... 1zig in dem später herbeigeschafften Rollstuhl mochte er noch aus der Wohnung heraus; sie, seine Frau, mußte den schweren Rollstuhl mitsamt dem drohend=schweigenden Mann durch die Straßen schieben, bei Regen & Wind, und durch die Hitze so manch eines Sommers.....

Das Ende hatte viele Jahre zuvor begonnen. Noch in den Jahren, als sie=beide am Ende des Flüchtlingstrecks in jenes Dorf auf den Gutshof geschwemmt wurden, als Gesinde verdingt mit nichts als 1 Schüssel Pellkartoffeln als täglichen Lohn..... Damals hatte er, der ältere Mann, *diese schändliche Beziehung* (wie das genannt wurde) zur jungen Bäuerin, der Tochter des vor den Russen geflüchteten Kulaken, begonnen –: Und Nichts & Niemand konnte dessen Frau, jene Alte im röhrenförmigen Schwarz ihres Kleides, die nun allein den Hof bewirtschaften wollte, die auch den Erpressungsversuchen der staatlichen Werbetreiber für den 1-Tritt in eine LPG zeit-ihres-Lebens widerstanden hatte, von dem Irrtum abbringen, daß diese beiden Flüchtlinge, diese *dahergelaufnen Schädlinge* (wie sie unsere Adoptiveltern genannt hatte) es gewesen waren, die Den Bauern an die Russen verraten hatten.....

Niemand mochte erfahren haben, Was in der Folgezeit an Einzelheiten tatsächlich geschehen war; sie, unsere Adoptivmutter, hatte niemals zu niemandem über sich gesprochen; es war nicht ihre Art gewesen, persönliches Leid anderen

Menschen aufzuladen – sie trug allein, sie schwieg. Sie war gewiß schon immer 1 Dauergast der Dämmerung –.– Nur im Nachhinein, in einer Rückschau auf alles Fertige, auf das Entschiedene u all das unwiderruflich Stattgefundene, das= Alles wie die inwendigen Details auf dem Seziertisch der Pathologie vor Augen lag, wobei alles abgetrennt ausgeweidet & zu neuen, gewissermaßen fachspezifischen Anordnungen auf den blechernen, klirrend=spiegelnden Tabletts Dargelegte die Körperteile 1 vertrauten Menschen waren, den man zu Lebzeiten so nahe bei=sich trug, daß deren Stimme Schrittegeräusche & Geruch schon wie 1 Teil des eigenen Atems waren : wobei jene andere, sozusagen deren anatomische Dimension, in all=dieser=Zeit davor vollkommen ungedacht ungesehen & abwesend blieb, u nun, durch solch 1sicht in deren inneres=fleischliches Geschlinge, diese noch in ihrem Tod als vertraut gefühlte Person, !plötzlich 1 Wandel, 1 Art Decouvrierung ihres nun als monströs empfundenen Zweitdaseins erfuhr, wobei solches Zweit im Empfinden nur Hinweis auf alles vom eigenen=blinden= Augenschein Vergessene sein konnte, & solcher 1-blick auch eine Art Enttäuschung brachte, dergestalt, daß – auch hinter diesem 1 geliebten Menschen – nichts sozusagen Tieferes, all die eigenen Gefühlsmächte Rechtfertigendes vorzufinden war, was es beim schäbigsten Betrüger Hinterhältigen Geizhals Wortbrüchigen Selbstsüchtigen –:mit andern Worten: beim xbeliebigen Nebenmenschen, nicht auch zu sehen gab, als eben Fleisch Fettgewebe Knochen Sehnen & wässerige, durch Gestank angezeigt, offenbar rasch verderbliche Substanzen..... – Vielleicht hat Alles=weitere folgendermaßen sich zugetragen :

Ohne 1 Wort der Klage od des Vorwurfes hatte die ältere Frau (unsere spätere Adoptivmutter) solchem Hergang zugesehen – hatte die Nachtstunden, als ihr Mann ins Zimmer der jungen Bäuerin ging, durchwacht, und als er gegen Morgen zurückkam, betrunken & nur schlampig bekleidet, war sie aufgestanden von dem 1zigen Stuhl in ihrer engen

Gesindekammer, hatte ihn, den betrunkenen Mann, gar nicht angesehen, sondern sie war ohne 1 Wort zu Bett gegangen – hatte den Mann, der schwankend mit scheelen Blicken vor das Bett seiner Frau trat & auf sie niederglotzte, nun nicht mehr beachtet. Er spie kurzböse Laute aus Wut Scham Trotz auf die still daliegende Frau herab, Laute aus der unbändigen Lust zum Verletzen, weil in diesem Zwielicht seiner Rückkehr in einem neu sich brauenden Morgen Alles Störung Verdruß & Selbstentblößung war – :er hätte sie, diese Frau die eineganze Nachtlang gewartet hatte auf ihn, mit der er & sie-mit-ihm alle Scheußlichkeiten eines Flüchtlingstrecks überstanden hatte, jetzt, in solch-1 Moment, gewiß am liebsten geschlagen, getötet, vernichtet mit der Lust u Emfase des Jähzorns am Vernichten – – :knurrend, mit fauligem Atem aus Fusel & Speichel einer fremden Frau, wälzte dieser Mann sich schließlich im Schweißgeruch seiner Kleidung (die von Dünsten penetranten Weiberparfüms durchzogen war) in das Bett nebenan, neben seine Frau (sie lag still, rührte sich nicht; sie schlief nicht, empfand gewiß nichts, dachte vielleicht nur wie 1 Überschriftenzeile für ein Stummfilmspektakel *Er ist ja wieder zurückgekommen*) –, und Schweigen auch hier in ihrer engen Kemenate – in ihren engen=langen Jahren in einer Fremde.

Und hatte in ihrem Stillschweigen längst inzwischen für den Umzug in die viele Kilometer entfernte Kreisstadt gesorgt :!weg von dem Hof = !weg von dieser fremden, umso viele Jahre jüngeren Frau, jener Bäuerin mit ihrem penetranten Parfüm; die Frau hatte sich & ihrem Mann die Anstellung bei der Reichsbahn beschafft, die Mansardenwohnung in der Güterabfertigung dazu –:– die Entfernung sollte die Wende sein, die Rückkehr ihres Mannes zu ihr; sie war es nicht. Der Mann benutzte seinen Job als Schaffner auf den Bahnstrecken über die Dörfer zu einer anderen Rückkehr: Rückkehr zu ihr, zu dieser jungen Bäuerin auf dem Gutshof in dem kleinen Dorf, sooft sein Schichtdienst das zulassen mochte.

Die Frau sah ein, daß sie – in dieser Hinsicht – machtlos war. Also sorgte sie zunächst für Diskretion. Sie vertuschte, was ihr Mann Nacht-für-Nacht & von einer Schicht zur andern heimlich (wie er=sicher meinte) anrichtete. Die Ablenkungsmanöver glückten der Frau offenbar vortrefflich; schließlich erhielten sie u: ihr Mann von-Amts-wegen den Zuspruch zur Adoption 2er Kleinkinder – der 1 im Alter von 4 Jahren, der andere (den mußte sie in einer Art Koppelgeschäft hinzunehmen) knapp 1 Jahr alt –: Sie ließ Nichts aus, diesen Mann ihr=eigenes Gewicht spüren zu lassen. Sie hatte verstanden, sich einzurichten in einer namenerfordernden, namengläubigen Zeit.....

Und nun wurde Alles erschüttert, mit 1 Mal schien Alles anders – : Die Zeiten verfrühter politischer Euforien spien ihre Toten aus –:& wir, die beiden vom Staat vor Jahren zu Waisen erklärten Bälger, durften jetzt – von Amts wegen & von gleichen Staats wegen, der uns zu Waisen deklarierte – wieder 1=leibliche=Mutter haben – wie, so gebe ich ihm diese Erinnerung, das vorgetragen wurde beim Besuch der Jugendfürsorgerin (einer dickhaxigen Beamtin im Spinnengrau ihres Kostüms, das um die Waden zur Glockenform sich stülpte), wobei jene halmafigurige Frau Jugendfürsorgerin während ihres Auftritts den eigelben Schal um ihren Hals mehrfach bedeutsam zurechtzuziehen sich mühte & schließlich die Worte *Kinder haben ein Anrecht auf ihre leibliche Mutter* mit einem fettigen Vibrato & gleichsam wie mit Teig in der Stimme hinsagte, so daß ich, unterstützt durch den Anblick ihrer mit Würfeln bedruckten gelblichen Schalmusterung, bei dieser Frau an Russische Eier denken mußte. Und jene graue Kostümglocke sprach auch von *Treffen organisieren mit der leiblichen Mutter – Glück einer Familie – in unserer sozialistischen Lebens-gemein-Schafft – –*; dann ging die Fremde wieder aus der Mansardenwohnung fort, u Geruch nach Leid's-Ordnern blieb im Zimmer zurück.....

Solch 1 Treffen *mit der leiblichen Mutter* kam tatsächlich zustande. Nichts wissen wir (mein älterer Bruder od ich) darüber; wir wurden an jenem Abend schon sehr früh zu Bett geschickt. 1 Mal in der Nacht wurde vom Korridor die Tür geöffnet –: weißgelbes Licht von Draußen, wie 1 Block aus grellem Licht, stand vor unserem Schlafzimmer hoch aufgestellt, und in diesen hellen Block traten dann die schwarzen Umrisse einer Frauengestalt, die wie ein Scherenschnitt, erstarrt, vor dem Dunkel, vor den beiden fahlen, aus dem Schlaf geweckten Kindsgesichtern, die schweigend u verständnislos der Erscheinung in der Tür entgegenblinzelten, vor dem brotigen Geruch eines Kinderzimmers kapitulierte..... – Später, hörten wir, sei das die 1 Nacht gewesen, als unsere *leibliche Mutter,* nach ihrer sogenannten Rehabilitierung, uns besuchen gekommen war. Es gab damals Streit & Tränen; die fremde Frau (*unsere leibliche Mutter*) reiste ab schon in der Frühe des andern Tags; sie hatte indes für diese 1 Mal Das Recht eines=ganzen Staates auf ihrer Seite.....– Höchstwahrscheinlich gibts keinen Grund für alle Anstrengungen Mühen, für all die Kämpfe & schweigenden Schlachten : So wie niemand zu sagen weiß, weshalb es Freundlichkeit geben kann. Genausowenig weiß niemand, weshalb es überhaupt Etwas gibt & nicht vielmehr Nichts. Danach, nach unserer (meines älteren Bruders u: meiner) Rückübersiedelung zu ihr, zu jener fremden Frau nach Berlin, sollten wir unsere ehemaligen Adoptiveltern niemals wieder besuchen.

Hier – in diesem Dorf, das seinen Namen verloren hat, in diesem Haus ohne Bewohner, wo wir, mein älterer Bruder u: ich, niemals gewohnt haben, niemals länger als 1 Nachmittag gewesen sind, hatte dennoch Vieles für uns begonnen. Und jetzt, nach seiner Rückkehr, in der Leere dieses Ortes, der ein Rand des Vergessens war, in der Finsternis & der Stummheit, wird es noch 1 Mal beginnen. Mönch u Verbrecher sein. So wird 1 Wiederanfang.

......Von der 1. Minute an sozusagen im Gleichschritt mit dem Aufrücken der Händler & Krämer Zog sie diese-Frau in ihrer eigenen Sache los Von Pontius zu Pilatus Von Hinz

nach Kunz Jedermann erzählte sie ihre Geschichte Sogar uns
Rannte zum Kadi Vor Gericht Zu ärztlichen Gutachtern –
Sie !wollte & sie !mußte erklären Wie sie zu ihrem Jagdschein gekommen war Mußte dafür sorgen daß er !Annulliert werde daß sie ihn !Lossein konnte – Und sie mußte
ebenso überrascht feststellen Wie !wenig sich geändert hatte
für sie : Zwar waren einige der beteiligten Figuren verschwunden – der Herr=Genosse Sektionsdirektor hatte sich
schon vor dem Fall-der-Mauer als er sozusagen Die Zeit-Bombe ticken hörte Nach Schweden abgesetzt – von ihrem
Ehemann diesem Reichen-Arzt & Staasiärzteausbilder hörte
sie Daß er in den Vorruhestand versetzt eine hübsche Pension bekäme & sich also Wie das heißt zurückgezogen habe
– die Ärztin-hier bei der sie zur Therapie verpflichtet war
durfte wegen angeblicher od: tatsächlicher Staasimitarbeit
nicht mehr praktizieren – Und für sie für diese-Frau stellte
sich alsbald heraus: schriftlich Festgelegtes ist !beharrlicher
als dessen Schreiber Soviel steht fest Und letztenendes war
sie es wieder 1 Mal selber die sich die größten Fallstricke
legte Mit 1 Mal nämlich erschien im Theologischen Seminar
1 Dozentin die früher Vor-der-Wende Marxismusleninismus gegeben hatte an !derselben Universität vor !denselben
Studenten Angeblich (hieß es) hätte die Sektionsleitung der
Theologie ihr alle nötigen Formulare Unbedenklichkeitsbescheide & Weißderteufel was noch Alles : Mit andern Worten : eine !geweißte Kaderakte besorgt aus Gründen die Die
Kirchen=Funktionäre mit ihrem Gott allein wissen mochten..... Hintenherum hat man sich im Studienjahr zwar
mörderisch aufgeregt Aber letztlich – Na raten Sie mal !Wer
in Harnisch ging & blankgezogen hat: wieder 1 Mal !sie.....
Man sagt sie habe ihren Kreuzzug gegen diese Dozentin
zum 1 offiziell im Namen des Konsistoriums od wie das
heißt als Einspruch gegen die Anstellung dieser Dozentin
erhoben Zum andern – u das war ihr größter !Fehler – hatte
sie diese Dozentin daheim aufgesucht & Sagte sie hatte ihr
dabei so zugesetzt daß die Frau heulend aus ihrem eigenen

Haus gerannt war...... Daraufhin erschien einigemale 1 Abgesandter des Konsistorialrates bei unsrer Schann Dark & eröffnete ihr in ähnlicher Knappheit wie vor wenigen Monaten noch ihr Mann dieser Staasiarztausbilder Daß sie offenbar auf dem Wege sei wieder *ernstlich zu erkranken* & erneut eine Therapie & Medikamente benötige Die Pfarrersfrau der hiesigen Gemeinde (die angeblich auch 1 Ausbildung als Krankenschwester hatte) sollte Die-Spritzen verabreichen (denn die einstige Ärztin durfte zwar nicht mehr direkt praktizieren Konnte aber der Gemeindeschwester sogenannte Ratschläge für ihre Therapie geben.....) Und schließlich (erzählte sie uns) empfahl man ihr von seiten des Theologischen Seminars ganz unverblümt 1 Psychotherapeuten zu konsultieren damit Wie es hieß ihre Aggressivität gedrosselt werde Es bestünde So scheute man sich offenbar nicht zu drohen indes auch die Möglichkeit zur Einweisung in eine kirchliche Heilanstalt..... Jetzt füllte seinen Körper ein Empfinden aus, als stünde er auf einem Boden, von seismischen Wellen erschüttert, u das Echo aus den Bildern & Gerüchen des Geschehens in der vergangenen Nacht – das Wissen 1 Mörder zu sein – griff nach ihm aus diesem tektonischen Beben – die Gerüche des Krankenhauses, ein quecksilbriger Brodem, eine geleeartig zitternde Woge, lauwarm aus geöffneten Därmen, darüber Desinfektionsmittel als ein kühles, alles bedeckendes Laken gebreitet ebenso, wie dieser 1 Moment, als er von dem 1 Bett das Tuch beiseitezog –: Die 1 Grenze wirklich verletzend, und sein Blick in 2 Augen – in !meine Augen – fiel: wachend, in einer dunklen Abwesenheit schon am Rand der Klippe stehend, den nochmaligen, dies Mal den !endgültigen Absturz erwartend –, u jetzt, mit jenen seismischen Wellen ohne erkennbaren Ursprung, griff das Fantomempfinden eines fremden Körpers – !meines Körpers – weiter nach seinen Händen, gab ihm noch 1 Mal solch Fühlen der Knochen Sehnen Fleisch- & Fettpartien unter einer mit Schweiß bedeckten Haut. Der Schweiß entsprang einer Angst, die weniger die Angst vor dem-Tod, vielmehr die Angst vor meinem Nichtvollenden, meinem Nichtsterbenkönnen war u zudem aus jenem Urgrund auffuhr, wo alles-Leben 1 *ist*: kreaturhaft, ich-los, bloß u seiend, & solches auch niedergestreckte, schon zu Tode verwundete Tiere noch mit den Läufen die Luft zerschlagen läßt, in der irren flackernden Anstrengung vielleicht, einen Raum sich zu erfliehen, der weiter als Schmerz & Tod sein möge – – Jetzt empfand er unter den meinen Hals packenden pressenden Händen die Nachgiebigkeit meiner Haut, meines Fleisches, der Knorpel & Sehnen, sah die Haut an den Druckstellen sich verfärben in die Spektralfarben eines sterbenden Wesens – : Und dies Echo stieg jetzt in seinen Sinnen auf als eine Vibration, die noch nach seiner letzten Fiber griff; und rückte ihn langsam in Dämmerzustände, darin alles Geschehen, alle Wahrnehmung des Ortes an dem er sich gerade befand, einer Schwere wich, einem emfatischen Zustand des Verschwindens, jenen Augenblicken gleich, die ihn in früheren Jahren vor den Spiegel führten, darin das Abbild seines schmalen Gesichts, u er den Kopf an den Schläfen zwischen seine beiden Hände nahm, ihn zu zerpressen – das Gehirn *Motor der Hölle* herauszusprengen – die Windungen 1zeln abspulend –, denn er hatte damals geglaubt, *danach* befreiter mit sich=selbst umgehen zu können – –; derselbe Taumel jetzt, die Fahrt mit dem U-Bahnzug in jener Nacht, als er Abschied nehmen mußte von der Frau *mit dem Gesicht einer weißen Füchsin,* als er neben wenigen Fahrgästen schließlich allein in dem Wagen saß, der in brüllender Fahrt mit ohrenzerreißendem Räderquietschen, wie 1 Geschoß den Lauf des Geschützes, die öde Finsternis einer Tunnelstrecke entlangraste, regelmäßig wie von Kugelblitzen vorüberhuschender Tunnellampen beschossen – u sämtliches Wahrnehmen gerann zu einem Murmeln Raunen Flüstern – das Flüstern jenes Alten im schäbigen, grünblauen Straßenanzug, damals unter der schmutzigtrüben Beleuchtung der U-Bahnstation. Er saß auf 1 dieser Doppelbänke, Rücken an Rücken auf dem speckigen, mit Graffitis besprühten Holz. Von oben & aus anderen Tunneln dröhnten dumpf die Züge – da hörte er des Alten unermüdliches, stilles Flüstern; rhythmisierte Schübe schnell dahergesprochener Sätze – die Lippen des Alten schmatzten mit klebrigem Geräusch; mein älterer Bruder reckte den Kopf weit nach hinten, er wollte das Flüstern verstehen, und die fettige grauschwarze Haarmähne des Alten, im Nacken wie von 1 Beil abgehackt, so daß jener Mann wie zur Exekution zurechtgemacht erschien, berührte fast den Hinterkopf meines Bruders –, mitunter auch setzte das Flüstern aus: der Alte seufzte dann, leise, in derselben Tonalität seines Flüsterns – schwieg – & begann von neuem seine Litanei. *–Und dann habe ich – –,* denn manchmal sprach der Alte die ersten Worte in normaler Lautstärke, um sogleich wieder einzusinken in dem vorigen, liedhaften Flüstern. Es waren weder Flüche noch Beschimpfungen (soviel konnte er den Spuren der leise vorüberfließenden Sätze entnehmen), vielmehr eine Beichte, eine Traumerzählung noch während des Träumens, ein Bericht über etwas Endgültiges, das weder emfatisch noch unbeteiligt, sondern nur !endlich 1 Mal ausgesprochen werden mußte in dieser dumpf dröhnenden Krypta aus Stahlträgern Schmutz & trübseligem Licht. So (dachte er damals) würde die Rede gehen, wenn ein Gewässer in Turbulenzen geriete & sein Gedächtnis preisgeben könnte. Die dunkelnde Stunde versenkte die Pflanzenfarben in nachtblaue Tiefen, machte die wildwachsende Vegetation, darin jenes verlassene Dorf langsam einsank – die schweren, dunklen Kirschbäume, die Gräser; ein üppiges Wachstum an Dunkelheiten, emporsprießend aus ungeahnten Schluchten, die Färbungen & Formen der Wolken annehmend, mit spitzigen, pfeil- u speerartigen Auswüchsen zu Gittern anwachsend & sich verflechtend, Äste & Zweige der Kirschbäume sich fügend zu japanischen Ideogrammen an den Rändern der Tuschezeichnungen und in einen tief herab sich senkenden Himmel hinüberfließend, das große, flächige Gemälde wie einen langsam sich bewegenden Rahmen auseinander dehnend zum nächtlichen Gewölbe, wolkend in tintigen Dämpfen, ein Tumult der Dunkelheiten ohne Töne, ohne Geräusche, außer dem Sägen & Zirpen der Insekten, deren Laute nicht allein der Stille & jener atemerstarrenden Dunkelheit angehörten, sondern vielmehr diese gleichsam erzeugend, fördernd, ergänzend, zu weiteren Strömen geschmolzener Dunkelheit sich mischend. Er atmete langsam. Lauschte auf das nahe, unverständliche Flüstern jenes Alten im U-Bahnschacht, auf diese von rituellen Seufzern unterbrochene Beichte, auf dies geflüsterte Lied, während in seinem Kopf ein Rauschen anstieg; vor den Augen verzerrten die Bilder sich zu farbigen Schlieren – Aus-Blicke aus dem Innern 1 Zentrifuge – – –

Dann verlöschte das Rauschen, langsam kehrten die Verzerrungen des abenddunklen Raumes in ihre festen Formen zurück, das Flackern hörte auf. Zur frühen Stunde an einem fremden Ort in einem ebenso fremden Land (wußte er), dessen Sprache er nicht verstand, und die Tür des U-Bahnwagens öffnete sich automatisch mit leisem Zischen, er trat aus dem Wagen heraus – und er war am Meer. 1 kleinen Fischerhafen fand er, die Kutter nach der nächtlichen Fahrt vor Anker, sich wiegend, im Hafenbecken die Planken mit hölzernem Knirschen ächzend. Ruhige, kühle Luft, darin der herbe Geruch geteerter Bohlen & AlgenFischeSalz, tieflotend die See in ihrem Atem. Er trat ein in den Morgen wie in einen geräumigen Saal, in die wenigen Geräusche dieser frühen Stunde.

Nebel zogen über rauhe Dünenkämme, Gräser glommen im Tau u mattgelbes Schimmern im Frührauch zeigte den noch niederen Stand der Sonne. Im Sand Schrittespuren; Möwen, den Nebel durchstreifend; das Meer eine Landschaft aus hellem Glas. Es mochte Intervalle des Morgens geben, wo die Jäger der Nacht ihre Beute längst fanden & sich abkehrten in ihren Schlaf, u die Opfer des Tages ihren Jäger noch nicht kannten. *Hier-Sein ist Stärkung* (lasse ich ihn empfinden) *ich 1 Mörder, der Tod in dieser Zeit ist still. Und*

Entkommen heißt: Was ich denken kann, das ist. Und wieder jenes Flüstern, dieses unverständliche pausenlose Raunen, das vielleicht die sooft erzählte Geschichte eines Lebens war.

Sein Blick suchte jetzt die Möwen & Schwalben, die aus dem Nebel erschienen & ebenso rasch im Nebel, einem stummen Verwandten der Nacht, wieder verschwanden. Die Beute jener Vögel kam aus den Mustern der Insektenschwärme dicht überm Sand, deren Schwirren der Luftströmung u dem aktuellen Luftdruck gemäß. Wege 1 Fisches, dunkel aufschimmernd, beobachtete er für Augenblicke durchs ruhige Meer, folgend der Strömungsrichtung des Plankton : *hier treffen Groß u klein auf1ander.* Er ging, empfindungslos, mit bloßen Füßen durch den Sand. *!Wievielen Frauen bin ich begegnet* (überlegte er, ohne 1 bestimmte Zahl ermitteln zu wollen) *diese 1, die ich gesucht habe, von der es nur noch ein unzusammenhängendes Wissen gab & von der sie als von einer Toten gesprochen haben: Diese 1 ist die Summation all meiner Begegnungen.* Er ging weiter, seine Füße pflügten grellweißen Sand. Jetzt nahm 1 Bö den Nebel beiseite, der Himmel eine Öffnung zu hellem Blau. Zu einem schweren Blau, das hier kräftig gewürzte Fischspeisen & intensiven Schnaps vermuten ließ. Dazu eine spröd=klingende Sprache mit seltsamen, kontrapunktisch gesetzten Pausen. Das Land dehnte sich aus, eine Dünung hinauf, eine Allee, 1 schmaler Streifen taufeuchten Asfalts im Blendlicht der Sonnenstrahlen. Junges Laub noch im Nebelkokon, *wie !rasch das Wetter umschlägt hier.* Und weiter zog der sich öffnende Nebelvorhang die Landschaft hinaus, hinter der Allee zu dahinflutenden Wiesen, in der Ferne das Grün zu Bergen sich rundend. *Irr-Land* (dachte er, weitergehend, also unser Kirke-Land, wo Bestien, leider immer nur kurzzeitig verstellt sind, zumindest für 1 Weile, zu *sessile fatalists who don't mind and only can talk to themselves......*). In Strandnähe rückte ein Dorf seinem Weg entgegen, Ansammlung hellmauriger Häuser mit Dächern aus Schilf, die an ihren unteren Enden bisweilen fast den Erdboden berührten; ihre Formen hell u klar.

Das Flüstern verstummte; er hörte einigemale die Lippen des Alten schmatzen, als probierte jener Fremde den Geschmack der Stille, dort unten im U-Bahnschacht..... *Hier werden Hauptsätze gesprochen. Diese fremde Sprache, von der ich nichts weiß: eine Sprache ?ohne Labyrinth.* Einige der Pforten trugen, offenbar von Alters her, Hausmarken, alten Runenzeichen nicht unähnlich. *Den ersten Landnehmern* (wußte er) *galt bei ihrer Suche als Gebot noch die Distance zum Nachbarn. Fernab wollte man sein von Wahn & Wut der Kollektive. So waren solch Gründungen auch Residenz, u Königliches konnte Gemeingut sein.* In den kargen Vorgärten manch Obstbaum noch unerblüht (seine Ankunft geschah gewiß früh in einem Frühjahr) u leere Zweige übernetzten die Höfe. *Wer hier lebt, ist* (empfand er) *und vergeht nach dem Säen.* Er ahnte, er könnte hier Menschen begegnen, die nach den Ereignissen ihres Tages befragt, antworten würden: Gegen Mittag ist Wind aufgekommen. Menschen auch, die im Suff untertauchten wie im Nebel die Möwen der Frühe. *Dann* (lasse ich ihn überlegen) *kann staatlich geregelte Arbeit noch als asozial empfunden werden, die leidige Unterbrechung der Lust, des Trinkens.* Der Abend nachher ausreichend Grund, eine Runde zu bestellen od: zehn.

Vorausblickend erkannte er nun, daß der helle Streifen Sand, auf dem entlang er lief, zu 1 Spitze sich verjüngte – möglich, er befand sich auf einer Landzunge od auf 1 Insel. Der Flüsterer ließ 1 leises Seufzen hören, und nahm seine Litanei mit, erschien ihm, ehrfürchtiger Sanftheit wieder auf. Zögernd ging er weiter. Zwar lag noch eine große Strecke Weges bis zur Landspitze vor ihm, doch *?Werde ich Hier finden, wonach ich so langezeit gesucht habe: die Begegnung mit dieser 1 Frau – dies dunkle Zentrum all meines Sprechens –* (der Flüsterer hielt 1 Augenblick inne) – – – Es gab nur Vermutungen. .....Sie sollte also die Aktion gegen diese Dozentin abblasen 1 Aktion die inzwischen Wellen schlug u die den Herren=Theologen gar nicht paßte Inzwischen Sagte sie stand sie in ihrem Ringkampf wieder 1 Mal ganz=

allein Und all jene die am Anfang das Große Wort geführt &
ordentlich Öl ins Feuer gegossen & Die ihr immerfort Un-
terstützung zugesagt hatten : die zogen einer nach dem andern den Schwanz ein Dachten an ihre Karriere an der Uni u
(so vermuten wir) waren vielleicht sogar ganz froh darüber
daß unsre Schann Dark sich so weit mit Gott&Derwelt an-
legte denn Wie solln wir sagen diese-Frau war eben auch für
die Theologen Ein Ärgernis & manch einer von Denen wäre
gewiß froh gewesen Wenn sie möglichst schnell wieder in
der Klapsmühle od in einem anderen Orkus verschwunden
wär..... ?Und sie: ?Was hat sie daraufhin getan !Raten Sie
mal : !Nichts an der ganzen Aktion hat sie abgeblasen
!Nichts ausgelassen Mehr noch: Sie !blieb bei all ihren Vor-
würfen Zog gemeinsam mit dem neuen Bürgermeister
(1 Mann der zwar Wie wir meinen guten Willens doch zumeist hoffnungslos überfordert ist) zu Felde gegen solchen
Filz – : Die Folge davon war: Sie mußte sich an jenem Tag
bevor sie uns dies=Alles ihre Ganze=Geschichte erzählt
hatte Bei 1 Psychiater auf ihre Zurechnungsfähigkeit untersuchen lassen..... Was der Eine nicht schafft das schafft dann
der Nachfolger So ist das Und sie steckte bis über beide
Ohren in diesem Sumpf..... Aber sie !dachte nicht daran
aufzugeben – Wir erinnern uns noch genau Was sie zu uns
gesagt hat An jenem Abend an dem wir sie zum letzten Mal
gesehen haben *–Wenn ich mich auch auf mich selber nur ungern
besinne* Sagte sie langsam als müsse sie jedes ihrer Worte erst
suchen *–Doch ich kann an diesem 1 Punkt der Mein-Leben zerstören will schließlich nicht einfach vorbeigehen* Sie machte daraufhin eine Pause als käme ihr das Wichtigste was sie hatte sagen
wolln Nur schwer in Erinnerung *–denn ich kann nicht beweisen daß ich !Normal bin Ich !kann es nicht –* Und nach 1 Weile
–Aber 1 kann ich noch tun – Ich werde – u hatte sich selbst
unterbrochen Nichts sagte sie mehr Kein Wort ?Vielleicht
meinte sie hätte sie uns schon Vielzuviel erzählt – Sie hatte
sich mit dem Ärmel ihrer Jeansjacke übers Gesicht gewischt
Hatte nicht 1 Schluck mehr angerührt Die Weinflasche aus

der sie nicht mal 1 Glas getrunken hatte Ließ sie stehn wo sie war Diese-Frau war dann rasch aufgestanden & hinausgegangen Sie war nicht mehr zurückgekommen Und am anderen Morgen war sie tot.....

Das wars was wir Ihnen noch erzählen wollten von dieser-Frau..... Wie gesagt Wir sprechen nicht gerne über sie und Wir möchten auch nicht wieder auf sie zurückkommen Über ihren Tod können wir nichts sagen Als man sie gefunden hatte tot mit durchgeschnittener Kehle Hatte man keine Spuren eines Kampfes feststellen können Daher die Vermutung daß sie den Täter gekannt haben muß Vielleicht gab es sogar 1 Verabredung dort draußen am Stadtrand Und manch Oberschlauer meinte Sie hätte sogar ihren Tod !gewollt Also einen Killer für=sich für ihren eigenen Tod bestellt..... Aber das scheint uns doch ein bißchen zuviel Kintopp nicht wahr Nun die Toten sollen ruhn Die Seligen wie die Unseligen Sie war ein großes Unglück für uns=alle & für sich=selber Und Wie solln wir sagen es gibt immer u überall etwas Gemeines in dieser Welt..... Soviel steht fest Aber ?hören Sie uns überhaupt noch zu – ?Haben Sie Alles gehört was wir Ihnen gesagt haben – !Werweiß ?vielleicht haben wir am Ende Alles umsonst erzählt – – Sie rühren sich ja nicht – – – Zuerst waren Sie ganz erpicht darauf Alles über diese-Frau zu erfahren – ?!Und jetzt: !kein Zeichen – Auch wenn wir hier genau wie Sie im Krankenhaus liegen & so schnell bestimmt nicht wieder rauskommen werden: !Glauben Sie denn Wir hätten nichts besseres zu tun als stunden&tagelang über diese-Fremde die niemals zu=uns gehörte zu erzählen !Meinen Sie denn Wir hätten unsere Zeit ?!im Lotto gewonn – : Da hätten Wir ja die Ganze Geschichte ebensogut einem Toten erzählen können..... *Und dann* sagte der Flüsterer deutlich, aber nur um sogleich wieder im Fluß seines Raunens zu versinken – Noch 1 Mal (:zum ?wievielten Mal bereits) gebe ich ihm die Stunde seiner letzten Begegnung mit ihr, der Frau *mit dem Gesicht einer weißen Füchsin* dh. dieses 1 Mal, das ihm als das letzte Mal erscheinen wollte. Allein er wußte von einer wirklichen Letztmaligkeit an jenem Abend, denn seine Ausreise in den Westen stand damals kurz bevor: sich häufende Vorladungen zu Behörden – dunkle, 2deutige Bemerkungen dort – 1 Art Laufzettel wie bei der Kündigung in einem Betrieb hatte er erhalten, nun hieß das Unterschriften sammeln, Erklärungen von sogenannter Unbedenklichkeit, von der Staatsbank über den Pflegeverzicht durch die eigenen Eltern (:die gab es für ihn u: mich nicht mehr & 1 Quelle zur Erpressung weniger), bis hin zum Hausbuchführer im Wohnhaus, dem Blockwart einer neueren Gangart, sowie zunehmende Grobheiten im Behördenton (:deren ?Empfinden: *Wer gehen will – der hat Dieses Land in seiner !Seele gekränkt – !schlimmer als ein Verräter*). So mußte er jedes Detail ihrer Begegnung erinnerbar halten, aufsummieren für den Überblick später & als Material in das Werk seiner GEHIRNMECHANIK reihen; 1 Tun in der Kälte, im traumlosen Frost. *In der Zeit hat Feuer keine Form. Schrieb Epikur.* Jene ersten Augen-Blicke einer Wiederbegegnung also, Konfrontation im trüben Gelb der Treppenbeleuchtung im schäbigen Holzrahmen 1 Tür. Im Weiß des Gesichts der Füchsin rote Flecken, punktförmige Spuren. *Du siehst aus, als hättest du grad gefickt.* Seine Hand auf ihrem Halsansatz, wartete er, bis sie die Tür hinter sich geschlossen hatte. –Ich vertrage fremde Häute nicht. – Hatte sie erwidert u meinen Bruder in die Wohnung gelassen, in den süßherben Duft ihres Parfumes, das sich unmerklich mit dem immergelben Licht u dem Geruch ihres Körpers verband. Sie standen im Flur unter dem weitfallenden Lichtrock, der aus der Deckenlampe sich über beide Gestalten stülpte, und (erinnere ich ihn) sie liebte es, den Männern, die sie abends besuchen kamen, in den ersten Momenten an das Glied od an den Hintern zu fassen, auch beim Treppensteigen im Haus od die U-Bahnstufen hinan ließ sie diese Männer stets voran, um irgendwann – überraschend – ihren Griff zu tun. Und alles folgende an jenem Abend in ihrer Wohnung, geschah wie an allen Abenden zuvor: Sie hatten sich als zwei Stücke Fleisch behandelt, ihres, für diese eine Woche im Monat blutend. Und wieder von dem Flüsterer das Seufzen – eine zeitlang Schweigen darauf – Er spürte Stiche von Kiefernnadeln in seinen bloßen Fußsohlen, der folgende Teil des Weges sollte ihn zum Wechseln zwingen. – Das Lippenschmatzen des Flüsterers ging ohne Bruch in sein Raunen über – *An Vorstellungen kleben nur Dreck & Banalitäten aus dem Erinnern* (dachte er noch) *all die Scheiße aus dem eigenen Hoffen – das nicht aufhören will, aus dem Aberglauben vielleicht, alles Sterben, aller Tod, der im eigenen Kopf gewesen ist, könne dann Draußen in Wirklichkeit nicht mehr sein,* als er vor die Absperrung geriet: rostiger Draht gespannt von Pfahl zu Pfahl, im Wiesenland querfeldein sich verlierend, der Zaun.

Jetzt & Hier war er !endlich allein. Keine Gestalten aus dem Erinnern mehr, keine Schimären die ihn noch schrekken konnten. Das Flüstern war verstummt. ?Vielleicht war der Alte in seinem schäbigen Straßenanzug aufgestanden von der Bank im U-Bahnschacht, hatte seine Plastiktüte gegriffen & war fortgegangen, sein Flüstern mit-sich tragend wie seinen Schatten. Rauhe Kiefern, wettersperrig aus harten Gräsern empor gegen unsichtbare Meeresstürme gestemmt, zeichneten seinen Weg in den blaugrauen Sand, darauf sich ausbreitend die herabgesäten Kiefernnadeln als Mikadowürfe aus rostfarbenem Stich. Hinter dem Zaun hörten die Schrittespuren schlagartig auf; Windströme hatten den Sand zu feinen Dünenmustern gezogen. Er überwand die Absperrung.

Und trat ein in ein pflanzenloses Nichts aus stürmegezogenem Sand. Die Ebene erschien wie ein ans Meer gebreiteter, abgemagerter Leib – die feinen Dünengrate prägten Adern & Skelettbau dieses Körpers in eine sandhelle Haut. Seine 1. Schritte zögerten noch; er spürte stundenweite Leere, erfüllt vom Zugstrom des Windes mit seinem Aroma von Fischen & sterbender, auf den flachen Strand geschwemmter Algenmasse, Insekten hüpften als winziges

Punktgenetze daraus hervor..... Er sah im Algengeschlinge tote Fische zuhauf, weiße Leiber mit 1 Schimmer ins Blau, zur Seite gekehrt & über den Strand gestreut wie helle Tasten eines zerbrochenen Klaviers. Fliegen..... umschwirrten die Kadaver, Möwen fielen herab aus dem Wind. Einige Schritte voraus bemerkte er jetzt einen Fisch, der Leib so groß wie eine Katze, von Algenschnüren gefangen, auf dem Sand. Die Wellen gingen zu flach, keine reichte heran, um diesen Fisch ins Meer zurückzuschwemmen. Er lebte noch, bisweilen zuckte der an der Unterseite rötlichweiß glitzernde Fischleib aus den Algen empor, als hätte das Tier von Mal zu Mal sich seiner Lebendigkeit erinnern müssen; dies Aufzucken 1 Art letzten, heftigen Protestes gegen die Drohung des Todes. Od: nur zur aussichtslosen, reflexhaften Abwehr benutzt gegen die Peiniger, Möwen & andere Seevögel – sie näherten sich kreischend dem Tier, sobald es stillag & setzten in kurzen Luftsprüngen zurück mit jedem Aufschnellen des Fisches, um danach erneut auf ihre Beute Anlauf zu nehmen. Die Vögel konnten warten. Sie würden Sieger bleiben; ihre Rücksprünge schon eher Gewohnheit als wirkliche Vorsicht. (Er trat bis auf wenige Schritte Abstand heran.) Jetzt hatte 1 Möwe sich in den Fischleib verbissen, der rötlichweiße Leib peitschte in heftigen Bewegungen auf; die Möwe ließ nicht mehr ab. Schon riß ihr spitzer Schnabel kleinere Stückchen Fleisch aus dem Fischleib – das Maul des Fisches weit wie ein Trichterschlund offen – *Wo ist der Schmerz der Stummen hörbar* – das Tier kämpfte nun gegen das Ersticken & gegen den Schmerz aus den Schnäbelhieben, ein aussichtsloser Kampf –, das Auge des Fisches 1 gläsernes Starren –, & andere Vögel folgten, fraßen, mit den Flügeln in grotesken Schlägen das Gleichgewicht sich bewahrend, unter Schreien & Gekreisch in den großen zuckenden Tierleib sich hinein. Schon konnte der Anblick ein Fischwesen mit Dutzend unkoordiniert flatternden, schlagenden Flügeln vortäuschen, ein Amfibienwesen im Todeskampf – (er trat vorsichtig noch näher, bis auf Armeslänge heran:) einige kleinere Vögel hatten begonnen, mit ihren Schnäbeln die Kiemen des Fisches zu zerhacken, während die größeren Seevögel inzwischen den Fischleib an der Flanke weit aufgerissen hatten : von dem Fischauge war nur 1 gallertartige Spur geblieben, die aus der leeren Augenhöhle troff – 1 winziges Loch hinter den Kiemen legte die fragile Konstruktion der Kieferpartie frei – frei lag auch zu großen Stücken das Knochengerüst, ein dünnes weißrosa farbenes Skelett, und darunter – (er wollte den Anblick nicht glauben) – wie ein Klumpen geronnenen Blutes noch immer zuckend: das Herz.

Noch hatte er die Spitze, das äußerste Ende der Insel, nicht erreicht. Der Himmel schloß sich wieder, Nebel, u stärker als zuvor, zogen erneut herauf, die Landschaft ringsumher schmolz zu wenigen Schritten weit. Schwalben schossen aus dem Nichts plötzlich hervor, flogen tief über den Sand hinweg. *Sie brauchten das Blut der Lebenden, um ihre Sprache wiederzufinden.* ›*Jegliche Seele der Toten, der du den Zutritt zum Blute ruhig gestattet, wird dir untrügliche Wahrheit berichten*‹. Erinnerte er Auswendiggelerntes..... *Und ich – :!*Jetzt sprach die Stimme des Alten im U-Bahnschacht deutlich & laut, er konnte sie verstehen – doch blieb es wieder nur bei diesen beiden Wörtern, denn schon seine nächsten versanken in jenem leisen Flüsterton, im Raunen seines langen Gesanges (den er, mein Bruder, nicht losgeworden war (wie er geglaubt hatte); sondern dieser Gesang war immer da, hatte vielleicht nur für 1 winzigen Augenblick aufgehört) –; er hätte vielleicht sagen können: *Und ich habe nicht bemerkt, daß es ein=ganzes Leben war.*

Die äußerste Landspitze rückte sowohl näher u, im dichter auffließenden Nebel, in weitere Ferne hinaus. Er bemerkte große Mengen von der Meeresströmung angeschwemmten malvenfarbenen Schlamms, nach Motorenöl & toten Fischen stinkend – und sah hinter dem für 1 Moment sich öffnenden Nebelvorhang : die !äußerste Spitze dieses Landes – *u selbst das Ende noch markiert* : mit 1 Pfahl,

1 groben Stecken, Zeichen vielleicht für die Fischer. Und eine Sandbank, eine zufällige Schwachstelle des Meeres, die dort hinführte – durch klares Wasser schimmerte Kiesel hell in Nebelfarben vom Meeresgrund herauf – er ging über die Sandbank dorthin – das Wasser an seinen bloßen Füßen spürte er warm – und dunkel sah er ein Abbild, wellenzersplittert –, –, –, danach würde nur Wasser sein, ein schräges, rasch gleitendes Hinabziehen, eine lockende Tiefe *aus öligem Algendreck und Leere*. Nebel wurde undurchdringlich, umschloß als klammer Mantel eng den Fremden. Regenmuster zeichneten die Luft, den Nebel-Tau – – –

Vielleicht erwachte er nicht wirklich aus diesem Dämmerzustand, er hatte nicht geschlafen. Jetzt stiegen aus dem verlassnen Dorf die Abendschatten auf. Die üppigen Buchenkronen, verwandelt in zerklüftete Schemen, mischten sich übergangslos in das heraufziehende Blau von Nachtwolken ein. Langsam füllte sich der ausgespannte Himmel als würden Fluten einer blauschwarzen Tinte in weiten Fernen ausgegossen – und langsam sog die tagblaue Himmelsleinwand diese dunklen, zäh & träge heraufließenden Fronten auf. Das Kalenderblatt auf den Dielenresten in der einstigen Küche zeigte sich in fahlem Schimmern, verschwunden war im Dunkeln das Reprint, die Schrift. Vielleicht hatte tatsächlich jene einstmals junge Bäuerin , die heimliche Geliebte unseres Adoptivvaters, mit dem Kopierstift ihre Notizen auf das Kalenderblatt geschrieben, & somit einst auch den Tag seiner Beisetzung – jener *Trauerfeier in S.!* –, zu der sie gewiß nicht erschienen war, denn das Gerede all-der-Leute versiegte nie, war immer da & hätte auf solch-1 langezeit ausgebliebene Nahrung nur gewartet. *nach S.!* :Diese Notiz mochte vielmehr ihre eigene Anteilnahme an jenem Tag, der Beisetzung ihres über-die-Jahre hinweg vertrauten Mannes, gewesen sein; war vielleicht nur die 1, die letzte ihn betreffende Kalendernotiz, die sie (jene Frau) Jahr-für-Jahr immer aufs neu, & zunächst heimlich (mit kaum leserlichen, dünnen, winzigen Kürzeln), als ihre alte störrische Mutter noch lebte & über den Hof u sein Geschehen wachte; später (nach deren Tod) dann unverhohlen mit kräftiger Schrift als die sämtlichen, diesen Mann betreffenden Daten – Geburts- & Namenstag, u vielleicht auch jene sentimentalen Momente (:ihre 1. Begegnung möglicherweise) – in jene von dünnen, im Quadrat laufenden Linien begrenzten Kalendertage eingetragen hatte. Denn diese Frau, deren Gesicht dem der gemalten Sonnen in Büchern für Kinder glich, sie mochte hier auf dem Hof geblieben sein, bis zuletzt. Hier hatte sie auf die von seinen Dienstschichten als Schaffner bestimmten, heimlichen Besuche gewartet – später, als zu Beginn der 60er Jahre die ohnehin nahen Grenzanlagen erweitert wurden, das Sperrgebiet auch über dieses Dorf sich legte (die kleine, überland führende Eisenbahnstrecke wurde stillgelegt), mußten seine Besuche bei jener Frau ausbleiben, für immer. Denn nur sie, als Bewohnerin eines Dorfes im Sperrgebiet, erhielt den notwendigen Passierschein, der den Zutritt zu dieser Enklave gestatten ließ..... Von nun an, und nach dem Tod ihrer Mutter umso mehr, wurde die Frau 1sam; und von nun an, wie der langsam ins Land sich ausbreitende Todesstreifen einer Grenze, wußte sie, lag für ihre verbleibenden Jahre die 1samkeit wie der lebenslose Sandstreifen als ein braches, abgeschlossnes Land vor ihr..... – Dann, wiederum Jahre später, hatte sie vom Tod dieses altgewordenen Mannes, dieses Umsiedlers aus dem letzten Krieg, erfahren, von der Beisetzung an einem Montag auf dem Friedhof in der Kreisstadt. Und so mag ihre letzte Notiz für das Ende jener Woche, in der seine Beisetzung stattgefunden hatte, die Notiz vom Sonnabend: *Waschtag,* für die Frau noch 1 anderen, gewissermaßen purgatorischen Sinn bekommen haben.

Als schließlich in 1 letzten Stufe die Grenzanlagen noch 1 Mal erweitert wurden – dieses Dorf selbst schon Grenze war, so daß zuvor die Einwohner evakuiert werden mußten, das Dorf zum namenlosen Ort, zum Verschwinden bestimmt war –; als sie, jene nun ebenfalls altgewordene

Frau, jetzt selber zur Umsiedlerin, zum Flüchtling wurde – anderseits aber, außerhalb der Grenz- & Sperranlagen, in einem größeren Dorf untergebracht, nun sozusagen alles Liegengelassene & alles, worauf sie ein-Leben=lang hatte verzichten müssen, wieder hätte aufnehmen können – :da war es auch für solch einen Wiederanfang zu spät. Die Jahre (wie das heißt) hatten für sie so manches ausgelöscht, und (lasse ich ihn jetzt vermuten) sogar diese Form von Erinnerung an einen einst vertrauten Mann – von ihm, dessen Beisetzungstag sie auf 1 Kalenderblatt notierte (das sie nicht, wie all die übrigen Blätter, fortgeworfen, sondern gleichsam als sein Bild, als seine Fotografie, sehr lange aufbewahrt hatte), war ihr letztlich nichts geblieben als solch 1 Erinnern, allmählich sich verwandelnd zum Reprint eines Biedermeier-Gemäldes, langsam durch das Tageslicht verwischend, erblindend (so daß sie jenes Kalenderblatt = die 1 Erinnerung an ihn, in einem dunkleren Bezirk ihrer Wohnung ausstellen mußte), dennoch auch dort langsam & unaufhaltsam weiter verbleichend; und letztlich mochte es allein jener Reprint=selber gewesen sein, der zu *seinen* Spuren geworden war; verwischt aber nicht verschwindend, nicht zu Nichts werdend, sondern vielmehr lediglich einen Namen einbüßend – *ldeins* – :und noch kein Ende im Verschwinden, Eindunkeln, wie eine Stimme, deren Murmeln & Rauschen immer leiser und leiser sich senkte, aber niemals innehielt, niemals aufhörte, auch im Aufhören nicht aufhören konnte, im Unhörbaren weiter murmelnd flüsternd raunend als 1 Kalenderblatt in einem verwaisten Dorf ohne Namen: Sie hatte es schließlich, als sie, mit den wenigen übriggebliebenen Bewohnern, dieses Dorf verlassen mußte, hier zurücklassen können, an solch 1 Ort, wo dieses Kalenderblatt (wie sie vielleicht meinte) auch wirklich hingehörte.

?Vielleicht (überlegte er) trafen meine Vermutungen tatsächlich zu; ?vielleicht hatte sich all-Das wirklich so zugetragen. Soviel Ungewißheit – soviele Vermutungen. ?Vielleicht auch stiegen meine Vermutungen mit ihrem Glanz der Wahrscheinlichkeit – nur aus !meinen Wünschen auf, die Vergangenheit möge hell sein – u die Menschen darin wären in Sorge gewesen um ihr Tun, damit nichts verlorenginge, damit, lebendiger als Stein, etwas davon – ausgerechnet für !mich – wiederauffindbar wäre. *Nichts als Wünsche, vielleicht, u Achtlosigkeit verteilt mit der Hand des Zufalls die Geschehen; die Menschen erscheinen in ihrer Zeit mit dem Eifer der Fasziniertheit von sich=selbst u ihren Dingen, im Zeitalter der Synthetik mit all ihren unverwesbaren Schöpfungen aus Plastik, die vielleicht nur aus der 1=geheimen Sehnsucht geschehen, einestages die perfekte Auferstehung & damit vielleicht ein besseres Leben als ihr 1. zu erleben – der ewige Traum von der Überwindung des Todes & der Auferstehungswahn; sie werden trotzdem vernachlässigt werden, übersehen & mißachtet, gleichgültig u sorglos preisgegeben wie der Rauch eines Feuers dem Wind, wieder und wieder, und sie vergehen in der unendlichen Leere, die außerhalb dieser Geschehen liegt – u nichts, was in ihr fehlte, in einer zufälligen Verstreuung alles Gelösten, in einer Zwielichtigkeit & Verwahrlosung, die einem=jeden Blick, einem=jeden Satz & einer=jeden Geschichte nur spotten kann angesichts solches Vielzuvielen, das in 1 Licht treten wollte – u dadurch nur die Schatten vergrößerte, die Dunkelheiten schloß..... Außer Nichts bleibt nichts* (dachte er), *u daraus Alles zu Erzählende wird.....* :?Vielleicht aber (lasse ich ihn noch vermuten) ist auch Das nur 1 weitere, 1 etwas andere Vermutung, ?1 neuerlicher Versuch, das Bild der Frau *mit dem Gesicht einer weißen Füchsin* noch 1 Mal aus aller Dunkelheit herauszuholen.....

Früher vor Jahren, überlegte er, hätte man jetzt, zu solch einer Stunde, auch in diesem Haus das Licht eingeschaltet & die Gewohnheiten der Abende ließen Menschen-hier=drinnen einander zukehren, in den ihnen vertrauten über Jahre hinweg gesehenen Gebärden, kurzen Worten, Räuspern, jemand würde wie immer kurz vor dem Essen den Hemdkragen um den Hals lockern, Bestecke klirrten im gelben Stubenlicht, das auch durch kleine Fenster, von Gardinen bedämpft, nach draußen drang – jemandem, der spät erst hierher, nach Hause kam, schon von weitem zeigend: sie sind noch wach –: Die Lichter waren seit langem erloschen. Die Häuser zerfallen. Die Ranken des wilden Weines, dessen Trauben gewiß niemals reiften, die immer klein u hart blieben wie betaute Murmeln aus grünem Glas, u die dichten Blätter darüber, sie kehrten sich in dieser Stunde zu schwarzem Laub. Und aus verlassnen Vorgärten, zwischen derbstämmigen Bäumen, stieg die Finsternis herauf. – Er stand auf, balancierte im Dunkeln über die restlichen Dielenbretter dorthin, wo in der einstigen Küche noch immer 1 Wasserhahn aus der Wand ragte (ein Waschbecken darunter indes war verschwunden). Er versuchte, das Ventil zu öffnen – fest; eingerostet; schon bröckelten Verputz & Stein unter seinen Anstrengungen aus der Wand – :dann gelang es: Und er hörte aus dem Leitungsrohr 1 dumpfen Laut, kurz, hohl, teils ergreifend teils komisch, aus weiter Ferne kommend als wäre es tatsächlich 1 Seufzen. – Als er mit dem Zeigefinger die Ventilöffnung betastete, spürte er Körnchen rostigen Staubs. In seiner Reisetasche wußte er 1 winziges Fläschchen Selterswasser, die letzte heimliche Reserve, gekauft noch im Zug, im Draußen; das war ihm geblieben. Vor Stunden, als der Fernzug, der so lange auf der freien Strecke gehalten hatte, endlich wieder anruckte, die Wagen in einen rauhen klirrenden Kanon, schließlich in eine rasch sich steigernde Fahrt hineinzerrend – hatte er diesen Zug & seinen Zielort längst schon vergessen. Mönch u Verbrecher sein : Er konnte frei verfügen über das Leben der Anderen, über sein eigenes Leben. Er war kein Reisender mehr. Er war an einem Ort, der seinen Namen verloren hatte & der niemals 1 Namen wieder bekommen würde. Der vielleicht zerfallen, in Dreck Stein & Staub sich zurückverwandelnd, und schließlich verschwinden würde; ein Ort also, an dem er nicht gewesen wäre. Dort, in diesem langsam erbleichenden Ort, würde er, unvereinbar mit-sich u: seinen Bildern, 1 blinder Punkt sein, 1 Fleck. Der würde bleiben.

Anmerkungen

1. Zum Gebrauch der Konjunktionen »und«, »oder«

Im folgenden eine Liste der verschiedenen Differenzierungen sowie deren Bedeutungen, wie sie im vorliegenden Text Verwendung finden.

Schreibform	Bedeutung
und	bei Aufzählungen, Reihungen *zeitlicher* Nacheinanderfolge etc.
oder	z. B. beim Variantenvergleich, wobei den einzelnen Varianten unterschiedliche Wahrscheinlichkeiten zukommen.
od	z. B. Variantenvergleich mit gleicher Wahrscheinlichkeit aller beteiligten Varianten
u	bei *Gleichzeitigkeit* des Erscheinens sowie *Gleichwertigkeit* in der Bedeutung verschiedener Ereignisse, Vorgänge etc.
u:	zum Ausdruck von Gegensätzen bzw. der Verflechtung mit Gegensatzpaaren, die als solche dennoch sichtbar bleiben sollen (z. B. »Mensch u: Tier«; »Staat u: Gesellschaft«)
&	bei alten Texten od allgemein bei »Geschäftlichem«; auch für die Bezeichnung von »Geschäftigkeit« allgemein
+	in Traumtexten; Traummaterial u -gedanken unterliegen, der Theorie zufolge, nicht der Zeit u ihren Einflüssen)

Sämtliche Zeichen werden, unabhängig von ihrer Schreibform und differenzierten Bedeutung, konventionell gelesen.

Diese horizontal bestimmte Liste ist erweiterbar, so kann z. B. bei »Oder«-Verknüpfungen der Wahrscheinlichkeitswert einer Variante gegenüber einer anderen Variante bezeichnet werden (denkbare Schreibform: »od:«, wobei der

Doppelpunkt auf die Variante mit höherer Wahrscheinlichkeit hinweist. Also auch möglich: »:od«).

2. Die Schreibform der Numerale, auch als Ziffern

Zum Verdeutlichen des Erscheinungsbildes eines Textes in seiner Physis, worin auch das erotische Moment eines Text(ab)bildes enthalten ist.
Im folgenden ein grober Überblick.

Schreibform	*Bedeutung*
I.	Allgemein, im Zeit-Bezug von Vorgängen;
als Ziffer	kurz, eilig, rasch vorübereilend; auch zeitl.
(z. B. als »1«)	knapp bemessen s. »Terminzwänge« u. ä.
	Kurzatmigkeiten

1.) *Bezeichnung von Menschen in ihrer optischen Erscheinung:* hager bis dürr; aufrechte Körper-Haltung

– ~ *in ihrer charakterlichen Erscheinung:* spartanisch, knauserig bis geizig; Einzelgänger, Eigenbrötler; i. a. wenig genußfreudig, aber auch: ehrlich i. S. v. geradeheraus, gerechter Sinn; geistig flink u. beweglich, dito körperlich

– ~ *in ihren Tätigkeiten:* eilig, auch eilfertig, fahrig; genau bis pingelig

– ~ *in ihren Erlebnissen (resp. Erlebnisfähigkeiten):* karg, auch (zeitl.) kurz, hastig; auch: materielle Not bezeichnend!

2.) *Bezeichnung von Dingen in ihrer optischen Erscheinung:* fragil, von einfachem Bau; i. a.

Enge, Bedrängnis; zudem weithin Sichtbares bzw. Markantes; bei Wegen, Straßen, Flüssen: geradlinig, schmal.

– ~ *in ihren Eigenschaften:* kalt, spitz, scharf (-kantig), hart, kompakt; spröde; klein, von leichtem Gewicht; auch kurzlebig, also schnell Verbrauchtes wie Verbrauchbares

II.	Im wesentlichen fast immer das Gegenteil der
als ausge-	Bedeutungen von I. 1–2. Unabhängig von
schriebenes	der getroffenen Einteilung kann die ausge-
Wort	schriebene Numerale weiterhin auch zur Be-
(z. B. »ein«,	zeichnung von Beliebigkeiten stehen, wichtig
»eine«,	für die Zuordnung und Identifikation bleibt
»eines«)	immer der *unmittelbare* Kontext!

3. Das Setzen von Frage-, Ausrufzeichen, Interpunktion

Das Frage- wie das Ausrufzeichen am Satzbeginn kann und soll für den unmittelbar folgenden Satz als ein Notenschlüssel *wirken!*

Weitere Differenzierungen – Hervorhebungen bestimmter Akzente (die dem einleitenden Zeichen durchaus widersprechen können!) innerhalb eines Satzes direkt am Wort oder an der Silbe – sind insbesondere immer dann vonnöten, wenn die »Gefühle hohe Wellen schlagen«.

Zur Interpunktion
Da es sich bei Textgebilden (auch) um die Darstellung von Sprech-Gesten und -Gebärden in deren körperlicher Entsprechung handelt, soll, was physisch, im »Erscheinungs«-Bild des Satzes, zusammengehört, von einer sturen Gram-

matik nicht zerrissen werden. Oder, was physisch voneinander getrennt ist, sollte durch die Interpunktion im Satzbau keine »Zwangsgemeinschaft« erleiden.

Abschließend zur Bedeutung der ».....« (5 Punkte) am Anfang bzw. Ende so manchen Wortes. Nicht zu verwechseln mit jenen 3 Punkten, die einen Satzabbruch (Aposiopese) kennzeichnen, signalisieren die 5 Punkte im Text der betreffenden Person eine unmittelbare, bevorstehende oder latent (schon »immer«) vorhandene Bedrohung, im schlimmsten Fall die Vernichtung, den Tod – d. h. die *Auflösung*.

HANSER

»Ein großes Kunstwerk der nachtschwarzen Literatur« Süddeutsche Zeitung

528 Seiten. Gebunden

Deutschland in den neunziger Jahren, ein verfallenes Dorf im Niemandsland des ehemaligen Todesstreifens. In einer Ruine haust ein Mann, der sich schreibend dem Vergessen widersetzt. Seine letzte Nacht, bevor die Überreste der Häuser abgerissen werden sollen, belebt sich mit Figuren und ihren Geschichten. »Jirgls Schreiben zielt direkt auf das Zentrum deutscher Verhängnisse – er ist ein Verfinsterungskünstler wie in der neueren deutschen Literatur nur Thomas Bernhard.« Süddeutsche Zeitung

Raoul Schrott im dtv

»Hochintellektuell und sinnlich zugleich.«
Charitas Jenny-Ebeling, ›Neue Zürcher Zeitung‹

Finis Terrae. Ein Nachlaß
dtv 12352

»Mit ›Finis Terrae‹ hat Raoul Schrott einen Entdecker-Roman im vielfältigsten Wortsinn geschrieben, eine Geschichte über Männer, die die wilde Sehnsucht nach einem Welt- und Lebensmodell umtreibt... Der Skandal unseres flüchtigen Daseins bestimmt Rhythmus und Ton dieses großen Buches, das Universen zum Klingen bringt und trotzdem ein Augenschein bleibt. Mit voller, selbstbewußter Stimme wird hier der Wind eingefangen und das Meer. In ›Finis Terrae‹ leuchtet das mediterrane Licht, tropft die Dämmerung über den Rand der Erde, singen die Vokale.« (Nina Toepfer, ›Die Weltwoche‹)

Hotels
dtv 12585

»Gedichte wider die Flüchtigkeit. Mit den titelgebenden Hotels, die Schrott als die ›eigentlichen Tempel unseres Jahrhunderts‹ faszinieren, ist unsere Zeit mit ihren Formen des Reisens und Wohnens, der Erfahrung und Entfremdung präsent; zugleich aber erkundet der Autor, der in tunesischen, italienischen oder griechischen Hotels seine Wahrnehmungsexerzitien zu Papier bringt, die uralten Mythen des Mittelmeerraumes. Die Reise durch die Hotels verschiedener Länder führt somit durch unsere Gegenwart und zurück in die Antike, zu den Wurzeln der europäischen Dichtkunst.« (Karl-Markus Gauss, ›Neue Zürcher Zeitung‹)

dtv

Botho Strauß im dtv

»... ein Erzähler, der für Empfindungen der Liebe
Bilder von einer Eindringlichkeit findet, wie sie in der
zeitgenössischen Literatur ungewöhnlich sind.«
Rolf Michaelis

Die Widmung
Eine Erzählung
dtv 10248

Paare, Passanten
dtv 10250

Kalldewey
Farce · dtv 10346

Der Park
Schauspiel · dtv 10396

**Trilogie des Wiedersehens
Groß und klein**
dtv 10469

Rumor
Roman · dtv 10488

**Die Hypochonder
Bekannte Gesichter,
gemischte Gefühle**
dtv 10549

Der junge Mann
Roman · dtv 10774

Die Fremdenführerin
Stück in zwei Akten
dtv 10943

Niemand anderes
dtv 11236

Besucher
Komödie · dtv 11307

**Kongreß
Die Kette der
Demütigungen**
dtv 11634

**Die Zeit und das Zimmer
Sieben Türen/Bagatellen**
Theaterstücke
dtv 12119

**Wohnen Dämmern
Lügen**
dtv 12274

Schlußchor
Drei Akte
dtv 12279

Beginnlosigkeit
Reflexionen über Fleck
und Linie
dtv 12358

Angelas Kleider
Nachtstück in zwei Teilen
dtv 12437

**Diese Erinnerung an
einen, der nur einen Tag
zu Gast war**
Gedicht · dtv 19007

Gert Hofmann im dtv

»Er ist ein Humorist des Schreckens und unermüdlicher Erfinder stets neuer, stets verblüffender und verblüffend einleuchtender Erzählperspektiven.«
Frankfurter Allgemeine Zeitung

Der Kinoerzähler
Roman · dtv 11626
»Mein Großvater war der Kinoerzähler von Limbach.« Karl Hofmann, der exzentrische Kauz, ist eine stadtbekannte Persönlichkeit. Doch dann kommt der Tonfilm und macht ihn arbeitslos...

Auf dem Turm
Roman · dtv 11763
In einem kleinen sizilianischen Dorf wird die Ehe eines deutschen Urlauberpaares auf eine harte Probe gestellt.

Gespräch über Balzacs Pferd
Vier Novellen · dtv 11925
Unerhörte Begebenheiten aus dem Leben von vier außergewöhnlichen Dichtern: Jakob Michael Reinhold Lenz, Giacomo Casanova, Honoré de Balzac und Robert Walser.

Der Blindensturz
Roman · dtv 11992
Die Geschichte der Entstehung eines Bildes.

Das Glück
Roman · dtv 12050
Wenn Eltern sich trennen...»Ein schöner, durch seine Sprache einnehmender Roman.« (Frankfurter Allgemeine Zeitung)

Vor der Regenzeit
Roman · dtv 12085
Ein Deutscher in Südamerika, das »bizarre Psychogramm eines ehemaligen Wehrmachtsobersten« (Die Zeit).

Die kleine Stechardin
Roman · dtv 12165
Der große Göttinger Gelehrte Georg Christoph Lichtenberg und seine Liebe zu dem 23 Jahre jüngeren Blumenmädchen Maria Dorothea Stechard.

Veilchenfeld
Roman · dtv 12269
1938 in der Nähe von Chemnitz: Ein ruhiger, in sich gekehrter jüdischer Professor wird in den Tod getrieben. Und alle Wohlanständigen machen sich mitschuldig.

Marie Luise Kaschnitz
im dtv

»Was immer sie schrieb – ob Lyrik oder Prosa, ob Erinnerungen oder Tagebücher –, es zeichnet sich durch kammermusikalische Intimität aus. Sie war eine leise Autorin. Gleichwohl ging von ihren besten Büchern eine geradezu alarmierende Wirkung aus.«
Marcel Reich-Ranicki

Der alte Garten
Ein Märchen
dtv 11216
Mitten in einer großen Stadt liegt ein verwilderter Garten, den zwei Kinder voll Neugier und Abenteuerlust für ihre Spiele erobern. Aber die Natur wehrt sich gegen die ungestümen Eindringlinge ... Ein literarisches Gleichnis für den sorglosen Umgang mit unserer Welt.

Griechische Mythen
dtv 11758
Bekannte und weniger bekannte Mythen hat Marie Luise Kaschnitz in diesen frühen, sehr persönlich gefärbten Nacherzählungen dargestellt.

Lange Schatten
Erzählungen
dtv 11941

Wohin denn ich
Aufzeichnungen
dtv 11947

Überallnie
Gedichte
dtv 12015

Das Haus der Kindheit
dtv 12021
Eine faszinierende Reise in die Kindheit. »Eine unheimliche Erzählung, eine Fabel nach der Tradition bester Spukgeschichten, spannend und schön erzählt, und auch an Kafka mag man denken, bei aller Existenzangst und allen Daseinszweifeln unserer Gegenwart.« (Wolfgang Koeppen)

Engelsbrücke
Römische Betrachtungen
dtv 12116
»Das Rom-Buch inspiriert eine Stadt unter dem Deckmantel der Verschwiegenheit ... Die scheinbar lose zusammengesetzten Prosastücke bilden ein Mosaik der Selbstbefragung.« (Hanns-Josef Ortheil)

Marlen Haushofer
im dtv

»Was das Werk der Österreicherin prägt und es so faszinierend macht, ist bei all seiner Klarheit sanfte Güte und menschliche Nachsicht für die ganz alltäglichen Dämonen in uns allen.«
Juliane Sattler in der ›Hessischen Allgemeinen‹

Begegnung mit dem Fremden
Erzählungen
dtv 11205

Die Frau mit den interessanten Träumen
Erzählungen
dtv 11206

Bartls Abenteuer
Roman
dtv 11235
Kater Bartl, Held der Katzenwelt und unumstrittener Liebling von Eltern und Kindern.

Wir töten Stella und andere Erzählungen
dtv 11293
»Marlen Haushofer schreibt über die abgeschatteten Seiten unseres Ichs, aber sie tut es ohne Anklage, Schadenfreude und Moralisierung.«
(Hessische Allgemeine)

Schreckliche Treue
Erzählungen
dtv 11294
»...Sie beschreibt nicht nur Frauenschicksale im Sinne des heutigen Feminismus, sie nimmt sich auch der oft übersehenen Emanzipation der Männer an...«
(Geno Hartlaub)

Die Tapetentür
Roman
dtv 11361
Eine berufstätige junge Frau lebt allein in der Großstadt. Die Distanz zur Umwelt wächst, begleitet von einem Gefühl der Leere und Verlorenheit. Als sie sich verliebt, scheint die Flucht in ein »normales« Leben gelungen...

Eine Handvoll Leben
Roman
dtv 11474
Eine Frau stellt sich ihrer Vergangenheit: Zwei Jahrzehnte sind vergangen, als sie unerkannt in das Haus ihrer Familie zurückkehrt. Sie hat damals eine Ehe und eine Affäre aufgegeben. Nun steht sie ihrem Sohn gegenüber.